Boeken van Jhumpa Lahiri bij Meulenhoff

Een tijdelijk ongemak
De naamgenoot
Vreemd land

Jhumpa Lahiri

De naamgenoot

ROMAN

Uit het Engels vertaald door Ko Kooman

J.M. MEULENHOFF

Voor Alberto en Octavio,
die ik bij andere namen noem

Citaten uit Nikolaj Gogols *De mantel* zijn ontleend
aan de vertaling van Aleida G. Schot

Eerste druk 2003, vijfde druk 2009
Oorspronkelijke titel *The Namesake*
Copyright © 2003 Jhumpa Lahiri
All rights reserved including the rights of reproduction in
whole or in part in any form.
Copyright Nederlandse vertaling © 2003 Ko Kooman en
J.M. Meulenhoff bv, Amsterdam
Illustratie voorzijde © *Chinese Patterns*, The Pepin Press
Foto auteur © Elena Seibert

ISBN 978 90 290 8549 6 / NUR 302

Wij zijn hierbij stil blijven staan, opdat de lezer
zelf kon zien dat dit geheel en al zo had moeten zijn
en dat het onmogelijk was geweest het kind
een andere naam te geven.

NIKOLAJ GOGOL, 'DE MANTEL'

I

1968

OP EEN KLAMME augustusavond, twee weken voor ze is uitgerekend, staat Ashima Ganguli in de keuken van een appartement aan Central Square en mengt in een kom gepofte rijst met zoute pinda's en een gesnipperde rode ui. Ze doet er zout, citroensap en dungesneden groene chilipeper bij, en wou dat ze mosterdolie had om erbij te doen. Ashima eet dit mengelmoesje al zolang ze zwanger is, een bescheiden imitatie van de lekkernij die voor een paar centen op straat te koop is in Calcutta en op de perrons van stations in heel India, in puntzakken van krantenpapier waaruit veel wordt gemorst. Zelfs nu ze er nauwelijks nog ruimte voor heeft, is dit het enige waarnaar ze verlangt. Ze proeft uit de holte van haar hand en fronst haar voorhoofd: zoals gewoonlijk mankeert er iets aan. Ze staart zonder iets te zien naar de plank met haken achter het aanrecht waaraan haar kookgerei hangt, alles bedekt met een dun laagje vet. Ze wist het zweet van haar gezicht met het losse eind van haar sari. Haar gezwollen voeten doen pijn op het grijze gespikkelde linoleum. Haar bekken doet pijn door het gewicht van de baby. Ze opent een kast waarvan de planken bedekt zijn met goor, geelwit geblokt papier dat ze van plan is te vervangen, en pakt nog een ui; ze plukt aan de knisperende paarsrode schil en fronst opnieuw haar voorhoofd. Een vreemde warmte doorstroomt haar onderlijf, gevolgd door een wee, zo hevig dat ze naar adem snakkend ineenkrimpt en de ui op de vloer laat ploffen.

De pijn ebt weg, maar wordt gevolgd door een langere aanval. Op de wc ontdekt ze in haar onderbroek een dikke streep bruinachtig bloed. Ze roept haar man, Ashoke, een doctoraalstudent elektrotechniek aan het Massachusetts Institute of Technology, die in de slaapkamer zit te studeren. Hij zit over een kaarttafeltje gebogen; de rand van hun bed, twee tweepersoonsmatrassen op elkaar onder een roodpaarse gebatikte sprei, dient hem tot stoel. Als ze Ashoke roept, noemt ze hem niet bij zijn naam. Als Ashima aan haar man denkt, denkt ze nooit aan zijn naam, al kent ze die best. Ze heeft zijn achternaam aangenomen, maar weigert zijn voornaam uit te spreken omdat ze dat onbetamelijk vindt. Een Bengaalse echtgenote doet zoiets niet. Zoals een kus of liefkozing in een Indiase film, is de naam van je man iets intiems dat niet wordt uitgesproken, maar listig omzeild. Dus in plaats van Ashokes naam te zeggen, gebruikt ze het vragende zinnetje dat de plaats ervan heeft ingenomen en dat zich ongeveer laat vertalen als 'Hoor eens?'

Bij het krieken van de dag wordt er een taxi gebeld die hen door de lege straten van Cambridge via Massachusetts Avenue en langs Harvard Yard naar het Mount Auburn Hospital brengt. Ashima wordt ingeschreven, beantwoordt vragen over de frequentie en duur van de weeën, terwijl Ashoke de formulieren invult. Ze wordt in een rolstoel gezet en door de glimmende, helverlichte gangen geduwd, een lift in die ruimer is dan haar keuken. Op de kraamafdeling krijgt ze een bed bij een raam in een kamer aan het eind van de hal. Ze wordt verzocht haar sari van Murshidabad-zijde te verruilen voor een gebloemde nachtpon die, enigszins tot haar verlegenheid, niet verder reikt dan haar knieën. Een verpleegster wil de sari opvouwen maar propt hem, kregel van de zes gladde meters stof, ten slotte maar in Ashima's grijsblauwe koffertje. Haar verloskundige, dokter Ashley, tanig en knap op een Lord Mountbatten-achtige manier, met fijn zandkleurig, naar achteren gekamd haar, komt kijken hoever ze is. Het hoofdje van de baby zit goed, het is al aan het indalen. Ze krijgt te horen dat ze nog in een vroeg stadium is, drie centimeter ontsluiting, verstrijking van de baarmoederhals net begonnen. 'Wat betekent ontsluiting?' vraagt ze, en dokter Ashley steekt naast elkaar twee vingers op die hij vervolgens uiteen laat wijken terwijl hij uitlegt wat een onvoorstelbaar iets haar lichaam moet doen om de baby door te laten. Het gaat wel een poosje duren, zegt dokter Ashley; aangezien dit haar eerste zwangerschap is, kan de bevalling wel een etmaal gaan duren, misschien nog wel langer. Ze zoekt het gezicht van Ashoke, maar die is achter het gordijn gestapt dat de dokter heeft dichtgetrokken. 'Ik kom zo terug,' zegt Ashoke in het Bengaals tegen haar, en een verpleegster voegt eraan toe: 'Maakt u zich maar geen zorgen hoor, meneer Ganguli. Ze is nog lang niet zover. Laat u het verder maar aan ons over.'

Nu is ze alleen, door gordijnen van de drie andere vrouwen in de kamer gescheiden. Eén vrouw, maakt ze uit gespreksflarden op, heet Beverly. Een andere heet Lois. Links van haar ligt Carol. 'Godverdomme, godskolere, wat is dit erg,' hoort ze een van hen zeggen. En daarna een mannenstem: 'Ik hou van je, schatje.' Woorden die Ashima haar eigen man nooit heeft horen zeggen en ook nooit van hem verwacht; zo zijn zij nu eenmaal niet. Het is de eerste keer in haar leven dat ze alleen slaapt, tussen vreemden; haar hele leven heeft ze ofwel in één kamer met haar ouders geslapen, of naast Ashoke. Ze zou willen dat de gordijnen open waren, zodat ze met die Amerikaanse vrouwen kon praten. Misschien is een van hen al eerder bevallen, dan kan die haar vertellen wat haar te wachten staat. Maar ze weet al dat Amerikanen, ondanks hun openbare genegenheidsverklaringen, ondanks hun minirokken en bikini's, ondanks hun hand-in-hand lopen op straat en hun gevrij in het gras van de Cambridge Common, op hun privacy gesteld zijn. Ze spreidt haar vingers over de strakgespannen, enorme trommel die haar middel geworden is, en vraagt zich af waar de handjes en voetjes van de baby nu zitten. Het kind is niet langer onrustig; de laatste paar dagen heeft ze het, afgezien van een schokje zo nu en dan, niet meer voelen stompen of schoppen of tegen haar ribben voelen drukken. Ze vraagt zich af of zij de enige Indiase is in het ziekenhuis, maar een lichte trilling van de baby herinnert haar eraan dat ze, technisch gesproken, niet alleen is. Het is vreemd, bedenkt Ashima, dat haar kind geboren gaat worden op een plek waar de meeste mensen komen om te lijden of te sterven. Ze vindt geen troost in de gebroken-witte tegels van de vloer, de gebroken-witte panelen van het plafond, de witte lakens van het strak opgemaakte bed. In India, mijmert ze, gaan vrouwen naar het huis van hun ouders om te bevallen, ver van echtgenoten en schoonfamilie en huishoudelijke beslommeringen, en keren ze weer even terug tot hun kindertijd als de baby komt.

Er komt een nieuwe wee opzetten, heviger dan de vorige. Ze schreeuwt het uit en drukt haar hoofd in het kussen. Haar vingers omklemmen de kille buizen van het ziekenhuisbed. Niemand hoort haar, geen verpleegster snelt haar te hulp. Ze moet van de dokter de duur van de weeën opnemen, dus kijkt ze op haar horloge, een afscheidscadeau van haar ouders, dat om haar pols werd geschoven toen zij hen voor het laatst zag, te midden van luchthavenchaos en tranen. Pas toen ze in het vliegtuig zat, voor het eerst van haar leven in een BOAC VC-10 waarvan de oorverdovende start door zesentwintig leden van haar familie werd gadegeslagen vanaf het terras van Dum Dum Airport, toen ze boven delen van India zweefde waar ze nooit een voet had gezet, en daarna nog verder, buiten India zelf, had ze het horloge opgemerkt tussen de bonte verzameling huwelijksarmbanden aan haar beide armen: ijzer, goud, koraal, schelpjes. Nu heeft ze er nog een armband bij, van plastic, met een labeltje waarop haar patiëntgegevens zijn getypt. Ze draagt het horloge aan de binnenkant van haar pols. Op de achterkant, omringd door de woorden *waterproof*, *antimagnetic* en *shock-protected*, zijn haar initialen als getrouwde vrouw, A.G., gegraveerd.

Op haar polsslagader tikken Amerikaanse seconden. Een halve minuut lang windt er zich een band van pijn om haar buik, die uitstraalt naar haar rug en omlaag schiet door haar benen. En dan weer soelaas. Ze berekent op haar handen de Indiase tijd. De top van haar duim tikt op elke sport van de bruine ladders die in de rug van haar vingers zijn geëtst en stopt bij het midden van de derde: het is negeneneenhalf uur later in Calcutta, al avond, halfnegen. In de keuken van de flat van haar ouders in Amherst Street schenkt nu een bediende de dampende middagthee in glazen en schikt mariakaakjes op een schaaltje. Haar moeder, op het punt grootmoeder te worden, staat bij de spiegel van haar toilettafel en ontwart met haar vingers haar tot het middel reikende haar, dat nog steeds meer zwart is dan grijs. Haar vader staat gebogen over zijn schuine tafel vol inktvlekken bij het raam, schetsend, rokend, luisterend naar de Voice of America. Haar jongere broer, Rana, zit op zijn bed te studeren voor een natuurkundetentamen. Haar geestesoog ziet duidelijk de grijze cementen vloer van haar ouders zitkamer, voelt de massieve koelte ervan aan haar voeten, ook op de heetste dagen. Een reusachtige zwartwitfoto van haar overleden grootvader van vaders kant beheerst de roze gekalkte muur aan de ene kant; ertegenover is een door ruitjes van melkglas afgeschermde alkoof vol boeken en kranten en de aquarelpotjes van haar vader. Even verdwijnt het gewicht van de baby, wordt vervangen door het tafereel dat aan haar ogen voorbijtrekt, om dan weer plaats te maken voor een blauwe strook van de Charles River, dichte groene boomkruinen en auto's die in twee richtingen over Memorial Drive glijden.

In Cambridge is het elf uur 's ochtends, al tijd voor de lunch in de versnelde dag van het ziekenhuis. Een dienblad met warm appelsap, gelatinepudding, ijs en koude kip wordt bij haar neergezet. Patty, de vriendelijke verpleegster met de diamanten verlovingsring en een randje rood haar onder haar kapje, zegt dat Ashima alleen de pudding en het appelsap mag hebben. Ashima vindt het best. Ze zou toch geen kip hebben gewild, zelfs al had het gemogen; de Amerikanen eten hun kip met het vel er nog aan, maar Ashima heeft onlangs in Prospect Street een aardige slager gevonden die het er voor haar af wil halen. Patty komt om haar kussen op te schudden, het beddengoed recht te trekken. Af en toe komt dokter Ashley een kijkje nemen. 'Maak je maar geen zorgen,' kwettert hij vrolijk, terwijl hij zijn stethoscoop op Ashima's buik gedrukt houdt en een klopje op haar hand geeft en haar diverse armbanden bewondert. 'Alles ziet er volkomen normaal uit. We verwachten een volkomen normale bevalling, mevrouw Ganguli.'

Maar voor Ashima's gevoel is er niets normaal. Voor haar gevoel is er de afgelopen anderhalf jaar, sinds haar aankomst in Cambridge, helemaal niets normaal geweest. Het is niet zozeer de pijn, die ze, dat weet ze op de een of andere manier, wel zal overleven. Het is wat er daarna komt: moeder zijn in een vreemd land. Want het was één ding om zwanger te zijn, om 's ochtends wakker te worden met een misselijk gevoel, om hele nachten wakker te liggen, die doffe pijn te voelen in haar rug, de vele bezoeken aan de wc. Al die tijd had ze, ondanks het toenemende ongemak, zich verbaasd over het vermogen van haar lichaam om leven te maken, net zoals haar moeder en grootmoeder en al haar overgrootmoeders dat hadden gedaan. Dat het zo ver van huis gebeurde, ongezien en onverzorgd door hen die zij liefhad, had het nog wonderbaarlijker gemaakt. Maar de schrik slaat haar om het hart bij de gedachte een kind te moeten opvoeden in een land waar ze helemaal geen familie heeft, waar ze zo weinig weet, waar het leven zo onzeker is en zo kaal.

'Wilt u niet even een stukje lopen? Dat zal u misschien goed doen,' zegt Patty als ze het dienblad op komt halen.

Ashima kijkt op van een stukgelezen exemplaar van het tijdschrift *Desh*, dat ze had meegenomen om in het vliegtuig naar Boston te lezen en nog steeds maar niet weg kan gooien. De met Bengaalse letters bedrukte bladzijden, die ietwat ruw aanvoelen, schenken haar altijd weer troost. Ze heeft alle korte verhalen en gedichten en artikelen al wel tien keer gelezen. Op bladzijde elf staat een pentekening van haar vader, die als illustrator voor het tijdschrift werkt: een skyline van Noord-Calcutta, gezien vanaf het dak van hun flat op een mistige januari-ochtend. Ze had achter haar vader gestaan toen hij het tekende, toegekeken terwijl hij over zijn ezel gebogen stond, een sigaret bungelend tussen zijn lippen, zijn schouders gehuld in een zwarte kasjmier sjaal.

'Ja, dat is goed,' zegt Ashima.

Patty helpt Ashima uit bed, steekt haar voeten in slofjes, drapeert een tweede nachtjapon om haar schouders. 'U moet maar denken,' zegt Patty terwijl Ashima probeert te gaan staan, 'over een dag of twee bent u nog maar de helft van wat u nu bent.' Ze geeft Ashima een arm en samen lopen ze de kamer uit, de gang op. Na een paar meter blijft Ashima staan, haar benen trillen terwijl er een nieuwe pijngolf door haar lichaam trekt. Ze schudt haar hoofd en haar ogen vullen zich met tranen. 'Ik kan het niet.'

'U kunt het best. Knijp maar in mijn hand. Knijp maar zo hard als u wilt.'

Na een minuut gaan ze verder, naar de verpleegsterskamer. 'Hoopt u op een jongen of op een meisje?' vraagt Patty.

'Als er maar tien vinger aan zitten en tien teen,' antwoordt Ashima. Want het zijn deze anatomische details, deze bijzondere levenstekens, die ze zich het moeilijkst voor de geest kan halen als ze zich verbeeldt dat ze het kind in haar armen heeft.

Patty glimlacht, een ietsje te breed, en opeens beseft Ashima haar vergissing, weet ze dat ze 'vingers' en 'tenen' had moeten zeggen. Die vergissing doet haar bijna evenveel pijn als haar laatste wee. Engels was haar studierichting. In Calcutta had ze, voordat ze trouwde, voor haar doctoraal gestudeerd. Ze had in haar buurt kinderen bijles aan huis gegeven, op hun veranda's en bedden, ze geholpen om Tennyson en Wordsworth uit het hoofd te leren, om woorden als *sign* en *cough* uit te spreken, om te begrijpen waarin de Aristotelische tragedie van die van Shakespeare verschilt. Maar in het Bengaals kan een vinger ook vingers, en een teen ook tenen betekenen.

Het was op een dag na zo'n bijles geweest dat Ashima's moeder haar bij de voordeur had opgewacht en gezegd dat ze direct naar de slaapkamer moest gaan om zich klaar te maken: er was een man die haar wilde zien. Het was de derde in evenveel maanden. De eerste was een weduwnaar geweest met vier kinderen. De tweede, een striptekenaar voor een krant, die haar vader kende, was op de Esplanade door een bus aangereden waarbij hij zijn linkerarm had verloren. Tot haar grote opluchting hadden beiden haar afgewezen. Ze was negentien, zat midden in haar studie en had helemaal geen haast om te trouwen. En dus, gehoorzaam maar zonder verwachtingen, had ze haar haren losgekamd en opnieuw gevlochten, de kohl weggeveegd die onder haar ogen was uitgelopen, met een fluwelen kussentje wat Cuticura-poeder op haar huid aangebracht. De doorschijnende papegaaigroene sari die ze geplooid in haar onderrok stopte, was door haar moeder op het bed voor haar klaargelegd. Alvorens de zitkamer binnen te gaan had Ashima even gewacht op de gang. Ze hoorde haar moeder zeggen: 'Ze is dol op koken, en ze kan uitstekend breien. Deze trui die ik aanheb, had ze binnen een week af.'

Ashima glimlachte, geamuseerd door haar moeders verkoopkunst; ze had bijna een jaar aan die trui gebreid en dan had haar moeder nog de mouwen gedaan. Ze keek naar de vloer waar bezoekers gewoonlijk hun schoeisel uittrokken en zag, naast twee paar sandalen, een paar herenschoenen staan die anders waren dan alle schoenen die ze ooit in de straten, trams en bussen van Calcutta of zelfs in de etalage van de Bata had gezien. Het waren bruine schoenen met zwarte hakken en gebroken-witte veters en stiksel. Aan weerszijden van elke schoen liep een band met gaatjes zo groot als linzen, en de punten waren versierd met een fraai patroontje dat eruitzag of het er met een naald in was geprikt. Toen ze ze van dichterbij bekeek, zag ze dat de naam van de schoenmaker aan de binnenkanten was geschreven in gouden letters die bijna weggesleten waren: dinges & zn. Ze zag de maat, achteneenhalf, en de initialen U.S.A. En terwijl haar moeder doorging met haar lof te zingen, stapte Ashima, niet in staat een plotselinge, overweldigende aandrang te weerstaan, in de schoenen die daar aan haar voeten stonden. Oud zweet van de eigenaar mengde zich met het hare en deed haar hart sneller kloppen; nog nooit had ze iets ervaren dat de aanraking van een man zo nabij kwam. Het leer was gekreukt, zwaar, en nog warm. Bij de linkerschoen was het haar opgevallen dat een van de gekruiste veters een gaatje had overgeslagen, en deze vergissing stelde haar op haar gemak.

Ze haalde haar voeten uit de schoenen en ging de kamer binnen. De man zat in een rotanstoel, zijn ouders balanceerden op de rand van het tweepersoonsbed waarin haar broer 's nachts sliep. Hij was aan de mollige kant en zijn uiterlijk had iets geleerds, hoewel nog jeugdig, met een zwarte uilenbril en een scherpe, prominente neus. Een keurig geknipte snor, verbonden met een baard die alleen zijn kin bedekte, verleende hem een elegant, vaag aristocratisch voorkomen. Hij droeg bruine sokken en een bruine pantalon onder een groen-wit gestreept overhemd en hij staarde mistroostig naar zijn knieën. Hij keek niet op toen ze binnenkwam. Hoewel ze voelde dat hij naar haar keek terwijl ze door de kamer liep, zat hij, toen het haar even later lukte stiekem opnieuw zijn kant uit te kijken, weer onaangedaan met zijn ogen neergeslagen. Hij schraapte zijn keel alsof hij het woord wilde nemen, maar zei vervolgens niets. In plaats daarvan deed zijn vader het woord; hij zei dat de man aan het St. Xavier's College had gestudeerd, en daarna aan het B.E. College, en dat hij aan beide instellingen was afgestudeerd als beste van zijn jaar. Ashima ging zitten en streek de plooien van haar sari glad. Ze voelde de goedkeurende blik van haar moeder. Ashima was één meter vierenzestig lang, groot voor een Bengaalse vrouw, en woog vijfenveertig kilo. Haar gelaatskleur was iets donkerder dan blank, maar ze was meer dan eens vergeleken met de actrice Madhabi Mukherjee. Haar nagels waren bewonderenswaardig lang, haar vingers, net als die van haar vader, kunstzinnig slank. Ze informeerden naar haar studie en haar werd verzocht enkele coupletten van 'The Daffodils' voor te dragen. De familie van de man woonde in Alipore. De vader was personeelschef bij de douaneafdeling van een scheepvaartmaatschappij. 'Mijn zoon woont al twee jaar in het buitenland,' zei de vader van de man. 'Hij is in Boston gepromoveerd op een proefschrift over vezeloptiek.' Ashima had nog nooit van Boston gehoord, evenmin als van vezeloptiek. Haar werd gevraagd of ze bereid was met een vliegtuig te reizen en zo ja, of ze in staat zou zijn in een stad te wonen die bekendstond om zijn strenge winters met veel sneeuw, en alleen.

'Is híj er dan niet?' had ze gevraagd, wijzend naar de man in wiens schoenen ze heel even had gestaan, maar die nog geen woord tegen haar had gesproken.

Pas na de verloving had ze zijn naam leren kennen. Een week later werden de uitnodigingen gedrukt en twee weken daarna werd ze opgesierd en aangekleed door talloze tantes en talloze nichtjes die om haar heen zwermden. Dat waren haar laatste ogenblikken als Ashima Bhaduri, voordat ze Ashima Ganguli werd. Haar lippen werden donker gemaakt, haar voorhoofd en wangen bestippeld met sandelhoutpasta, haar haar in een wrong gedaan, met bloemen bestoken en op zijn plaats gehouden met wel honderd spelden, waarvan het verwijderen wel een uur zou gaan duren, als de bruiloft eenmaal voorbij was. Over haar hoofd werd rood gaas gedrapeerd. De lucht was vochtig, en ondanks de spelden wilde Ashima's haar, dikker dan dat van al haar nichtjes, niet plat liggen. Ze droeg al de halskettingen en chokers en armbanden die voorbestemd waren het grootste deel van hun leven door te brengen in een extra grote cassette in een bankkluis in New England. Op het vastgestelde uur werd ze op een *piri* gezet die door haar vader was versierd, anderhalve meter opgehesen en naar buiten gedragen om de bruidegom te ontmoeten. Ze had haar gezicht bedekt met een hartvormig betelblad en haar hoofd gebogen gehouden totdat ze hem zeven keer omcirkeld had.

Achtduizend mijl verderop, in Cambridge, Massachusetts, heeft ze hem leren kennen. 's Avonds kookt ze voor hem, in de hoop hem te behagen, met de suiker, de bloem, de rijst en het zout die zo opvallend wit en schoon zijn en waarover ze haar moeder al in haar eerste brief naar huis heeft geschreven. Inmiddels heeft ze geleerd dat haar man zijn eten het liefst wat aan de zoute kant heeft, dat wat hij het lekkerste van de kerrieschotel met lamsvlees vindt, de aardappelen zijn, en dat hij graag zijn maaltijd afsluit met een kleine portie rijst met *dal*. 's Nachts, als hij naast haar in bed ligt, luistert hij als zij hem vertelt wat ze die dag heeft beleefd: haar wandelingen langs Massachusetts Avenue, de winkels waar ze komt, de hare krisjna's die haar lastigvallen met hun pamfletjes, de pistache-ijsjes waarop ze zichzelf op

Harvard Square trakteert. Al verdient hij als assistent niet veel, toch legt hij wat geld opzij dat hij om de paar maanden naar zijn vader stuurt om een aanbouw aan het huis van zijn ouders te helpen betalen. Hij is veeleisend wat zijn kleren betreft; hun eerste woordenwisseling ging over een trui die door haar schuld in de wasmachine gekrompen was. Als hij van de universiteit thuiskomt, is het eerste wat hij doet zijn overhemd en broek ophangen en een pyjama met trekkoord aandoen, en als het koud is een pullover. 's Zondags is hij een uur in de weer met zijn doosjes schoensmeer en drie paar schoenen, twee zwart en één bruin. Het bruine paar had hij aan toen hij voor het eerst bij haar op bezoek kwam. Als ze hem zo in kleermakerszit ziet zitten op kranten die hij op de vloer heeft uitgespreid, ingespannen poetsend, moet ze altijd weer denken aan haar indiscretie in de gang van haar ouderlijk huis. Het is een moment dat haar nog steeds met schrik vervult, en dat zij, hoeveel ze hem 's nachts ook vertelt over het leven dat ze nu delen, liever voor zich houdt.

Op een andere verdieping van het ziekenhuis, in een wachtkamer, buigt Ashoke zich over een *Boston Globe* van een maand oud, die iemand op een stoel naast hem heeft achtergelaten. Hij leest over de rellen tijdens de Democratische Nationale Conventie in Chicago en over dr. Benjamin Spock, de kinderarts die twee jaar cel heeft gekregen omdat hij gedreigd heeft dienstweigeraars van advies te dienen. De Favre Leuba aan zijn pols loopt zes minuten voor op de grote grijze klok aan de muur. Het is halfvijf 's ochtends. Een uur geleden sliep Ashoke nog als een roos, thuis, met naast zich, op Ashima's helft van het bed, de tentamens die hij tot diep in de nacht had liggen nakijken, toen de telefoon ging. Ashima had volledige ontsluiting en werd naar de verloskamer gebracht, had iemand aan de andere kant gezegd. Bij aankomst in het ziekenhuis kreeg hij te horen dat ze persweeën had en dat het nu elk moment kon gebeuren. Elk moment. En toch leek het nog maar zo kort geleden, die staalgrauwe winterochtend toen de hagel tegen de ruiten kletterde, dat ze haar thee had uitgespuugd en hem verweten had dat hij er zout in plaats van suiker in had gedaan. Om zijn gelijk aan te tonen had hij een teugje van het zoete vocht uit haar kopje genomen, maar ze had volgehouden dat het bitter smaakte en het in de gootsteen gegooid. Dat was de oorzaak van haar eerste vermoeden geweest, dat vervolgens door de dokter was bevestigd, en daarna werd hij elke ochtend wakker van het geluid, als ze haar tanden ging poetsen, van haar gebraak. Voordat hij naar de universiteit vertrok, zette hij een kopje thee voor haar neer, naast het bed waarin ze lusteloos en zwijgend bleef liggen. Vaak gebeurde het dat hij haar 's avonds bij zijn thuiskomst nog steeds in bed aantrof, de thee onaangeroerd.

Hij verlangt nu zelf hevig naar een kop thee, aangezien hij daar voor zijn vertrek naar het ziekenhuis geen tijd meer voor had. Maar uit de machine op de gang komt alleen maar koffie, in het beste geval lauw, in kartonnen bekertjes. Hij neemt zijn uilenbril af die een opticien in Calcutta hem heeft aangemeten, poetst de glazen met een katoenen zakdoek die hij altijd bij zich draagt en waarop zijn moeder met lichtblauw garen een A voor Ashoke heeft geborduurd. Zijn zwarte haar, dat hij normaal netjes naar achteren kamt, zit in de war en staat half overeind. Hij staat op en begint te ijsberen, net als de andere aanstaande vaders. Tot nu toe is de deur van de wachtkamer twee keer opengegaan en is een verpleegster in een blauw mouwschort komen vertellen dat een van hen een zoon heeft of een dochter. Er worden handen geschud en ruggen beklopt alvorens de vader wordt weggeleid. De mannen wachten met sigaren, bloemen, adresboeken, flessen champagne. Ze roken sigaretten, morsen as op de vloer. Ashoke is immuun voor dat soort zwakheden. Hij rookt niet en drinkt niet. Ashima is degene die al hun adressen bewaart, in een klein notitieboekje dat ze altijd in haar handtas heeft. Het is nooit bij hem opgekomen om bloemen voor zijn vrouw te kopen.

Hij verdiept zich weer in de *Globe*, en ijsbeert al lezend verder. Ashoke is een beetje mank, hij trekt bij elke stap bijna onmerkbaar met zijn rechtervoet. Al vanaf zijn kinderjaren heeft hij de gewoonte om al lopend te lezen, met een boek in zijn hand onderweg naar school, van kamer naar kamer in zijn ouderlijk huis van drie verdiepingen in Alipore, en onder het beklimmen en afdalen van de trap van rode klei. Niets kon hem afleiden. Niets kon hem doen struikelen. Als tiener had hij de complete Dickens gelezen. Hij las ook recentere schrijvers, zoals Graham Greene en Somerset Maugham, die hij kocht bij zijn favoriete stalletje in College Street met *pujo*-geld. Maar het meest hield hij van de Russen. Zijn grootvader van vaders kant, een emeritus professor in de Europese literatuur aan de universiteit van Calcutta, las eruit voor in Engelse vertalingen toen Ashoke nog een kleine jongen was. Elke dag tegen theetijd, als zijn broertjes en zusjes buiten *kabadi* en cricket speelden, ging Ashoke naar de kamer van zijn grootvader en dan las die hem, ruggelings op bed liggend met zijn voeten over elkaar, een uur lang voor, het open boek rechtop op zijn borst, terwijl Ashoke met opgetrokken knietjes naast hem lag. Een uur lang was Ashoke doof en blind voor de wereld om hem heen. Hij hoorde zijn broertjes en zusjes niet lachen op het platte dak en had geen oog voor het piepkleine, stoffige, rommelige kamertje waarin zijn grootvader las. 'Lees alle Russen, en lees ze dan opnieuw,' had zijn grootvader gezegd. 'Ze zullen je nooit teleurstellen.' Toen Ashokes Engels goed genoeg was, begon hij de boeken zelf te lezen. Lopend in straten die tot de drukste en lawaaiigste ter wereld behoorden, de Chowringhee Road en de Gariahat Road, had hij bladzijden gelezen van *De gebroeders Karamazov*, *Anna Karenina* en *Vaders en zonen*. Een jonger neefje dat geprobeerd had hem dat na te doen, was bij Ashoke thuis van de trap van rode klei gevallen en had daarbij een arm gebroken. Ashokes moeder was er altijd van overtuigd geweest dat haar oudste zoon onder een bus of tram zou komen, met zijn neus diep in *Oorlog en vrede*. Dat hij lezend in een boek zou sterven.

Op een dag, in de vroege ochtend van 20 oktober 1961, was dit bijna gebeurd. Ashoke was tweeëntwintig en studeerde aan het B.E. College. Hij had vakantie en reisde met de 83 Up Howrah-

Ranchi Express om zijn grootouders te gaan bezoeken, die na het emeritaat van zijn grootvader van Calcutta naar Jamshedpur waren verhuisd. Ashoke was nog nooit in een vakantie van huis weg geweest. Maar zijn grootvader was kortgeleden blind geworden, en hij had speciaal om het gezelschap van Ashoke gevraagd, opdat die hem 's morgens uit *The Statesman* voor kon lezen, en 's middags uit Dostojevski en Tolstoj. Ashoke had de uitnodiging gretig aanvaard. Hij had twee koffers bij zich, één met kleren, de andere leeg. Want bij dit bezoek, had zijn grootvader gezegd, zou Ashoke de boeken krijgen uit de kast met de glazen deurtjes, de boeken die hij een leven lang had verzameld en achter slot en grendel had bewaard. De boeken waren Ashoke al zijn hele kindertijd beloofd, en zo lang als hij zich kon herinneren had hij ze meer dan wat ook ter wereld begeerd. Hij had er de afgelopen jaren alvast een paar gekregen, voor zijn verjaardag en andere bijzondere gelegenheden. Maar nu de tijd was gekomen dat hij de rest ging erven, nu zijn grootvader de boeken zelf niet meer lezen kon, was het hem triest te moede, en toen hij de lege koffer onder zijn zitplaats schoof, bracht de gewichtloosheid ervan hem van zijn stuk en betreurde hij de omstandigheden waaraan het te danken was dat hij bij zijn terugkeer vol zou zijn.

Hij had voor de reis maar één boek meegenomen, een gebonden uitgave van korte verhalen van Nikolaj Gogol, die zijn grootvader hem gegeven had bij zijn eindexamen van de middelbare school. Op de titelpagina had Ashoke onder zijn grootvaders handtekening die van hemzelf gezet. Vanwege Ashokes grote voorliefde voor dit boek was de rug onlangs gespleten, waardoor het binnenwerk in tweeën dreigde te vallen. Zijn lievelingsverhaal in het boek was het laatste, 'De mantel', en dat was het verhaal dat Ashoke begonnen was te herlezen toen de trein 's avonds laat met een langgerekt, oorverdovend gegil uit het station van Howrah vertrok, weg van zijn ouders en zijn zes jongere broers en zusters, die hem allemaal uitgeleide waren komen doen en die tot het laatste moment bij het raam hadden samengedromd en hem vanaf het lange, schemerige perron hadden uitgewuifd. Hij had 'De mantel' al ontelbare malen gelezen, en bepaalde zinnen en uitdrukkingen hadden zich in zijn geheugen gegrift. Telkens weer werd hij gegrepen door het absurde, tragische, maar vreemd stimulerende verhaal van Akaki Akakijevitsj, de verarmde hoofdpersoon, die zijn leven doorbrengt met het nederig kopiëren van documenten die door anderen geschreven zijn en de spot van werkelijk al zijn medemensen moet verduren. Zijn hart ging uit naar de arme Akaki, een eenvoudige kantoorklerk, zoals ook Ashokes vader dat aan het begin van zijn loopbaan was geweest. Telkens als hij het verhaal las van Akaki's doop en de reeks zonderlinge namen die door zijn moeder werden afgewezen, moest Ashoke hardop lachen. Hij huiverde bij de beschrijving van de grote teen van de kleermaker Petrovitsj, 'met de vergroeide nagel, dik en hard als het schild van een schildpad'. Het water liep hem in de mond bij het koude kalfsvlees en de slagroomgebakjes en champagne die Akaki consumeerde op de avond dat hij van zijn dierbare mantel werd beroofd, hoewel Ashoke deze delicatessen zelf nooit had geproefd. Telkens weer was Ashoke diep geschokt als Akaki werd beroofd op 'een plein dat eruitzag als een lugubere kale vlakte', waar hij koud en kwetsbaar achterbleef, en bij Akaki's dood, enkele bladzijden later, kreeg hij altijd weer tranen in zijn ogen. In bepaalde opzichten kwam het verhaal hem, telkens als hij het herlas, minder logisch voor en werden de scènes die hij zich zo levendig voor de geest haalde en zo volledig in zich opnam steeds onwerkelijker en ondoorgrondelijker. En zoals de geest van Akaki door de laatste bladzijden rondwaarde, zo waarde hij ook rond door het diepste van Ashokes ziel en liet daar zijn licht schijnen over alles wat irrationeel, alles wat onvermijdelijk was in het leven.

Buiten werd het snel donker en maakten de verspreide lichten van Howrah plaats voor het absolute niets. Hij had een couchette in de tweede klas, achter de airconditioned zevende wagon. Vanwege het seizoen was de trein drukker en lawaaiiger dan normaal, vol gezinnen op vakantie. Kindertjes met hun mooiste kleertjes aan, de meisjes met kleurige linten in het haar. Hoewel hij voor zijn vertrek naar het station nog gegeten had, stond er een vierdelig pannensetje naast zijn voeten dat door zijn moeder was gevuld voor het geval hij in de loop van de nacht door honger zou worden overvallen. Hij deelde de coupé met drie anderen. Er was een middelbaar echtpaar uit Bihar dat, zo maakte hij uit hun gesprekken op, zojuist hun oudste dochter had uitgehuwelijkt, en een vriendelijke, buikige, middelbare Bengaalse zakenman in driedelig pak met stropdas, die Ghosh heette. Ghosh vertelde Ashoke dat hij twee jaar met een werkvergunning in Engeland had doorgebracht, maar dat hij onlangs naar India was teruggekeerd omdat zijn vrouw absoluut niet in een vreemd land kon aarden. Ghosh sprak met ontzag over Engeland. De schitterende lege straten, de glanzend gepoetste zwarte auto's, de rijen glimmend witte huizen, het had alles veel weg van een droom, zei hij. De treinen vertrokken en arriveerden er op tijd, vertelde Ghosh. Niemand spuugde op het trottoir. Zijn zoon was in een Engels ziekenhuis geboren.

'Veel van de wereld gezien?' vroeg Ghosh aan Ashoke, terwijl hij zijn schoenen losmaakte en met gekruiste benen op zijn bed ging zitten. Hij haalde een pakje Dunhill uit de zak van zijn colbert en hield het iedereen in de coupé voor, alvorens zelf een sigaret op te steken.

'Eén keer naar Delhi,' antwoordde Ashoke. 'En tegenwoordig eens in het jaar naar Jamshedpur.'

Ghosh stak zijn arm uit het raam en tipte het gloeiende puntje van zijn sigaret de nacht in. 'Niet deze wereld,' zei hij, terwijl hij teleurgesteld de coupé rondkeek. Hij wenkte met zijn hoofd naar het raam. 'Engeland. Amerika,' zei hij, alsof de naamloze dorpen die ze passeerden voor die landen hadden plaatsgemaakt. 'Heb je er weleens aan gedacht om daarheen te gaan?'

'Mijn docenten hebben het er weleens over. Maar ik ben niet alleen op de wereld,' zei Ashoke.

Ghosh keek bedenkelijk. 'Al getrouwd?'

'Nee. Een moeder en vader en zes broers en zusjes. Ik ben de oudste.'

'En over een paar jaar ben je getrouwd en woon je in het huis van je ouders,' opperde Ghosh.

'Best mogelijk.'

Ghosh schudde het hoofd. 'Je bent nog jong, en vrij,' zei hij, zijn handen spreidend om zijn woorden kracht bij te zetten. 'Doe jezelf een plezier. Voor het te laat is en zonder er te veel over na te denken moet je een kussen pakken en een deken en zoveel je kunt van de wereld gaan zien. Je zult er geen spijt van hebben. Op een dag is het te laat.'

'Mijn grootvader zegt altijd dat je daar boeken voor hebt,' zei Ashoke, van de gelegenheid gebruikmakend om het boek in zijn handen open te slaan. 'Om te reizen zonder van je plaats te komen.'

'Ieder zijn meug,' zei Ghosh. Hij hield beleefd zijn hoofd een ietsje schuin en liet het peukje van zijn sigaret uit zijn vingers vallen. Hij stak zijn hand in een tas aan zijn voeten en haalde er zijn agenda uit, waarin hij de twintigste oktober opzocht. De bladzijde was leeg en met een vulpen waarvan hij plechtig de dop afschroefde, schreef hij zijn naam en adres op. Hij scheurde het blaadje uit de agenda en gaf het aan Ashoke. 'Mocht je ooit van gedachten veranderen en contacten nodig hebben, laat het me dan weten. Ik woon in Tollygunge, vlak achter de tramremise.'

'Dank u wel,' zei Ashoke. Hij vouwde de informatie op en stopte het achter in zijn boek.

'Heb je zin in een spelletje?' vroeg Ghosh. Hij haalde een versleten spel kaarten uit zijn zak, met een plaatje van de Big Ben op de achterkant. Maar Ashoke weigerde beleefd, want hij kende geen kaartspelen en ging bovendien liever lezen. Een voor een poetsten de passagiers hun tanden op het balkon, trokken hun pyjama's aan, maakten het gordijn om hun couchette vast en legden zich te slapen. Ghosh bood aan het bovenste bed te nemen en klom, nadat hij zijn kostuum zorgvuldig had opgevouwen, met blote voeten het laddertje op, zodat Ashoke het raam voor zich alleen had. Het echtpaar uit Bihar nam wat snoepjes uit een doosje, dronk water uit hetzelfde kopje zonder de lippen aan de rand te zetten, ging toen ook in bed liggen, deed het licht uit en keerde het gezicht naar de wand.

Alleen Ashoke bleef zitten lezen, nog aangekleed. Een enkel lichtpeertje gloeide zwak boven zijn hoofd. Van tijd tot tijd keek hij door het open raam naar de inktzwarte Bengaalse nacht en de vage vormen van palmbomen en de allersimpelste behuizingen. Voorzichtig sloeg hij de gelige bladzijden van zijn boek om, waarvan er al enkele fijne wormgaatjes vertoonden. De stoomlocomotief pufte gestaag, krachtig, door. Diep in zijn borstkas voelde hij het hossen en stoten van de wielen. Vonken uit de schoorsteen vlogen langs zijn raam. Een dun laagje vettig roet vormde spikkeltjes aan één kant van zijn gezicht, op zijn ooglid, zijn arm, zijn hals; zijn grootmoeder zou erop staan dat hij zich meteen na aankomst zou wassen met een stuk Margo-zeep. Verdiept in de kleermakersperikelen van Akaki Akakijevitsj, verloren in de brede, witbesneeuwde, winderige straten van Sint-Petersburg, niet vermoedend dat hij zelf ooit ergens zou gaan wonen waar het sneeuwde, zat Ashoke om halfdrie 's ochtends nog te lezen, als een van de weinige passagiers in de trein die nog wakker waren toen de locomotief en zeven wagons uit de rails van het breedspoor liepen. Het geluid was dat van een exploderende bom. De eerste vier wagons kantelden in een greppel die langs de spoorbaan liep. De vijfde en zesde wagon, waarin de eersteklas en airconditioned passagiers zaten, schoven in elkaar, zodat de passagiers in hun slaap werden gedood. De zevende, waarin Ashoke zat, kantelde eveneens en werd door de kracht van de ontsporing verder het veld in geslingerd. Het ongeluk gebeurde op 209 kilometer van Calcutta, tussen het station van Ghatshila en dat van Dhalbumgarh. De walkietalkie van de conducteur werkte niet; pas nadat de man bijna vijf kilometer hardlopend had afgelegd van de plaats van het ongeluk naar Ghatshila, kon hij de eerste oproep om hulp uitzenden. Er verstreek nog ruim een uur voor de reddingswerkers arriveerden, met lantaarns en schoppen en bijlen om lichamen uit de wagons te bevrijden.

Ashoke herinnert zich nog altijd hun roepen, hun vragen of er nog overlevenden waren. Hij herinnert zich dat hij probeerde terug te roepen, zonder resultaat, omdat er uit zijn mond niets dan een vrijwel onhoorbaar raspend geluid kwam. Hij herinnert zich het geluid van halfdode mensen om hem heen, kreunend en op de wanden van de trein kloppend, schor fluisterend om hulp, woorden die alleen zij die ook beknel zaten en gewond waren konden horen. Zijn borst en de rechtermouw van zijn overhemd zaten onder het bloed. Hij was gedeeltelijk uit het coupéraam geduwd. Hij herinnert zich dat hij helemaal niets kon zien; de eerste uren dacht hij dat hij misschien, net als zijn grootvader naar wie hij onderweg was, blind was geworden. Hij herinnert zich de scherpe brandlucht, het gegons van vliegen, gehuil van kinderen, de smaak van stof en bloed op zijn tong. Ze waren nergens, ergens in een veld. Om hen heen liepen dorpelingen, politie-inspecteurs, een paar dokters. Hij weet nog dat hij dacht dat hij ging sterven, dat hij misschien al gestorven was. Hij voelde de onderhelft van zijn lichaam niet, en daardoor wist hij ook niet dat de verbrijzelde ledematen van Ghosh over zijn benen lagen gedrapeerd. Ten slotte zag hij het kille, onvriendelijke blauw van het ochtendgloren, de maan en een paar laatste sterren. De bladzijden van zijn boek, dat uit zijn hand was geslingerd, fladderden in twee gedeelten dicht bij de trein. Het schijnsel van een lantaarn verlichtte ze heel even, wat een ogenblik de aandacht van een reddingswerker trok. 'Niks te zien, hier,' hoorde Ashoke iemand zeggen. 'Kom, we gaan verder.'

Maar het lantaarnlicht aarzelde nog even, net lang genoeg voor Ashoke om zijn hand op te tillen, een gebaar waarvan hij geloofde dat het het laatste restje leven dat hij in zich had zou verbruiken. Hij hield nog één blaadje van 'De mantel' stijf verfrommeld in zijn vuist, en toen hij die optilde viel het vodje papier op de grond. 'Wacht even!' hoorde hij iemand roepen. 'Die knaap bij dat boek. Ik zag hem bewegen.'

Hij werd uit het treinwrak getrokken, op een draagbaar gelegd en met een andere trein naar een ziekenhuis in Tatanagar vervoerd. Hij had zijn bekken gebroken, zijn rechterdijbeen en drie ribben aan de rechterkant. Het daaropvolgende jaar van zijn leven bracht hij plat op zijn rug door; hij moest van de dokter zo stil mogelijk liggen terwijl zijn botten genazen. Er bestond een kans dat zijn rechterbeen altijd verlamd zou blijven. Hij werd overgebracht naar het Calcutta Medical College, waar hij twee schroeven in zijn heupen kreeg. In december was hij in zijn ouderlijk huis in Alipore teruggekeerd, als een lijk op de schouders van zijn vier broers door de tuin en de rode kleitrap op gedragen. Drie keer per dag werd hij met een lepel gevoerd. Hij deed zijn plas en behoefte in een pan. Dokters en bezoekers kwamen en gingen. Zelfs zijn blinde grootvader uit Jamshedpur kwam op bezoek. Zijn familie had de krantenberichten bewaard. Op een foto zag hij de aan flarden gescheurde trein, een grillige skyline van verwrongen wrakstukken, bewakingspersoneel zittend op de persoonlijke bezittingen die niet waren opgeëist. Hij las dat er op enkele meters van de spoorbaan lasplaten en bouten gevonden waren, wat aanleiding gaf tot de verdenking, die later nooit was bevestigd, dat er sabotage in het spel was geweest. Hij las dat veel lijken onherkenbaar waren verminkt. 'Vakantiegangers hadden afspraak met de dood,' kopte *The Times of India*. In het begin had hij het grootste deel van de dag naar het plafond van de slaapkamer liggen staren, naar de drie beige bladen van de ventilator die in het midden ronddraaiden, met donkere randen van het vuil. Hij hoorde de bovenrand van een kalender tegen de muur schrapen als de ventilator aanstond. Als hij zijn hals naar rechts draaide, kon hij een venster zien met een bestofte fles Dettol op het kozijn, en als de luiken open waren het beton van de muur die het huis omgaf en de slanke lichtbruine gekko's die er rondrenden. Hij luisterde naar de onafgebroken parade van geluiden van buiten: voetstappen, gerinkel van fietsbellen, het onophoudelijke gekras van kraaien en de toeters van fietsriksja's in de steeg die zo nauw was dat taxi's er niet door konden. Hij hoorde het vullen van kruiken uit de welput op de hoek. Elke avond in de schemering hoorde hij hoe er bij de buren op een tritonschelp werd geblazen als oproep tot het gebed. De glinsterende groene smurrie die zich in het open riool verzamelde kon hij ruiken, maar niet zien. In het huis ging het leven door. Zijn vader kwam thuis en ging naar zijn werk, zijn broers en zusjes gingen naar school. Zijn moeder werkte in de keuken en kwam zo nu en dan naar hem kijken, haar schoot geel van de kurkuma. Twee keer per dag kwam de meid de vloer dweilen.

Overdag was hij suf door de pijnstillers. 's Nachts droomde hij dat hij nog in het wrak van de trein opgesloten zat of, nog erger, dat het ongeluk nooit had plaatsgevonden, dat hij ergens op straat liep, een bad nam, in kleermakerszit op de vloer zat en een bord eten naar binnen werkte. En dan werd hij wakker, nat van het zweet, in tranen, ervan overtuigd dat hij geen van deze dingen ooit nog zou doen. Ten slotte begon hij, in een poging deze nachtmerries te vermijden, 's avonds laat te lezen, wanneer zijn roerloze lichaam het onrustigst en zijn geest alert en helder was. Hij weigerde evenwel de Russen te lezen die zijn grootvader voor hem had meegebracht, of welke roman dan ook. Die boeken, die speelden in landen die hij nog nooit had gezien, herinnerden hem alleen maar aan zijn bedlegerigheid. In plaats daarvan las hij zijn studieboeken, deed hij zijn best om weer bij te komen, loste hij bij het licht van een zaklantaarn vergelijkingen op. In die stille uren dacht hij dikwijls aan Ghosh. 'Pak een kussen en een deken,' hoorde hij Ghosh steeds maar zeggen. Hij herinnerde zich het adres dat Ghosh op een blaadje uit zijn agenda had geschreven, ergens achter de tramremise in Tollygunge. Daar woonde nu een weduwe, een zoon zonder vader. Om hem op te beuren, praatte zijn familie elke dag met hem over de toekomst, de dag dat hij zonder hulp zou kunnen staan, door de kamer lopen. Hierom was het, dag aan dag, dat zijn vader en moeder baden. Hierom was het dat zijn moeder op woensdag geen vlees meer at. Maar terwijl de maanden verstreken begon Ashoke zich een ander soort toekomst voor te stellen. Hij zag zichzelf niet alleen weer lopen, maar weglopen, zo ver hij kon, van de plek waar hij geboren was en waar hij bijna de dood had gevonden. Het volgende jaar keerde hij, lopend met een stok, naar college terug.

Hij studeerde af, en zonder zijn ouders iets te zeggen vroeg hij een beurs aan om zijn ingenieursstudie te kunnen voortzetten in het buitenland. Pas toen zijn verzoek met een volledige beurs was beloond, vertelde hij hun, met een nieuw paspoort in zijn hand, wat hij van plan was. 'Maar we hebben je al bijna een keer verloren,' had zijn vader verbijsterd geprotesteerd. Zijn broers en zusters hadden gesmeekt en gehuild. Zijn moeder had sprakeloos drie dagen geweigerd te eten. Ondanks dit alles was hij gegaan.

Zeven jaar later zijn er nog steeds beelden die hem van streek maken. Ze loeren om een hoek als hij zich op het MIT door zijn afdeling haast, zijn post doorneemt. Ze zweven bij zijn schouder als hij zich 's avonds aan tafel over een bord rijst buigt, of zich 's nachts tegen Ashima's lichaam vlijt. Bij elk keerpunt in zijn leven – op zijn bruiloft, toen hij achter Ashima stond met zijn armen om haar middel en over haar schouder keek terwijl er gepofte rijst in het vuur werd gestrooid, of tijdens zijn eerste uren in Amerika, bij het zien van een grauw stadje onder een dik pak sneeuw – heeft hij tevergeefs geprobeerd deze beelden te verdringen: de verwrongen, vernielde, gekantelde treinwagons, zijn lichaam verwrongen eronder, het afschuwelijke knarsende geluid dat hij gehoord maar niet begrepen had, zijn verpulverde botten. Het is niet de herinnering aan de pijn die hem achtervolgt; daar heeft hij geen herinnering aan. Het is de herinnering aan het wachten voordat hij gered werd, aan de angst, die nog altijd bonst in zijn keel, dat er geen redding zou komen. Nog steeds heeft hij last van claustrofobie, houdt hij in liften zijn adem in, krijgt hij het benauwd in auto's als de ramen niet aan beide kanten openstaan. In het vliegtuig vraagt hij om de zitplaats bij het tussenschot. Soms vervullen huilende kinderen hem met een hevige angst. Nog steeds drukt hij soms op zijn ribben om te voelen of ze wel stevig zijn.

Dat doet hij nu weer, in het ziekenhuis, en hij schudt opgelucht, ongelovig, zijn hoofd. Hoewel het Ashima is die het kind draagt, voelt ook hij zich zwaar, door de gedachte aan het leven, aan zijn leven en het leven dat daaruit voortkomen gaat. Hij is grootgebracht zonder stromend water, bijna omgekomen toen hij tweeëntwintig was. Opnieuw proeft hij het stof op zijn tong, ziet hij de verwrongen trein, de enorme ijzeren wielen die ondersteboven liggen. Niets van dit alles had mogen gebeuren. Maar nee, hij had het overleefd. Hij was tweemaal geboren in India, en daarna voor de derde maal in Amerika. Drie levens en dertig jaar. Dat heeft hij aan zijn ouders te danken, en aan hun ouders en aan de ouders van hun ouders. Hij dankt God niet, hij vereert openlijk Marx en wijst in stilte de godsdienst af. Maar er is nog een dode ziel die hij dank verschuldigd is. Hij kan het boek niet bedanken; het boek is, net zoals hijzelf bijna, in flarden ten onder gegaan, in de vroegste uren van een oktoberdag, in een veld op 209 kilometer van Calcutta. In plaats van God te danken, dankt hij Gogol, de Russische schrijver die zijn leven heeft gered, op het moment dat Patty de wachtkamer binnenkomt.

2
———

DE BABY, EEN jongen, wordt om vijf over vijf 's ochtends geboren. Hij is vijftig centimer lang en weegt 3423 gram. Het eerste glimpje wat Ashima ziet, voordat de navelstreng wordt doorgeknipt en het kind wordt weggedragen, is van een wezentje dat bedekt is met een dikke witte pasta en strepen bloed, haar bloed, op zijn schouders, voetjes en hoofdje. Een naald in haar onderrug heeft alle gevoel van haar middel tot haar knieën weggenomen en haar in de laatste stadia van de bevalling een barstende hoofdpijn bezorgd. Als alles voorbij is, begint ze hevig te rillen, als bij een acute koortsaanval. Een halfuur lang rilt ze, versuft, onder een deken, vanbinnen leeg, vanbuiten nog misvormd. Ze is niet in staat iets te zeggen, de verpleegsters een kans te geven haar te helpen haar bebloede nachtjapon te verruilen voor een schone. Ondanks eindeloos veel glazen water is haar keel uitgedroogd. Ze moet op een toilet gaan zitten en uit een fles warm water tussen haar benen spuiten. Uiteindelijk wordt ze schoongesponst, krijgt ze een nieuwe nachtpon aan en wordt ze weer een andere kamer ingereden. De verlichting is er aangenaam zacht, en er is maar één bed naast het hare, voorlopig nog leeg. Als Ashoke komt neemt Patty juist Ashima's bloeddruk op; Ashima leunt tegen een stapel kussens met het kind als een langwerpig wit pakketje in haar armen. Naast het bed staat een wiegje met een kaartje eraan waarop JONGETJE GANGULI staat.

'Hij is er,' zegt ze zachtjes, en kijkt met een flauwe glimlach naar Ashoke op. Haar huidskleur is gelig, haar lippen zijn kleurloos. Ze heeft kringen onder haar ogen en haar haar, losgekomen uit de vlecht, ziet eruit alsof het in dagen niet is gekamd. Haar stem klinkt hees, alsof ze verkouden is. Hij schuift een stoel naast het bed en Patty helpt de baby over te hevelen van moeders naar vaders armen. Tijdens deze overgang doorbreekt het kind de stilte in de kamer met een kort kreetje. Zijn ouders reageren beiden verschrikt, maar Patty lacht goedkeurend. 'Kijk eens aan,' zegt ze tegen Ashima, 'hij kent jullie al.'

Ashoke doet wat Patty hem zegt: hij steekt zijn armen uit en steunt met de ene hand het hoofdje, met de andere de bips.

'Toe maar,' spoort Patty hem aan. 'Hij wil dat je hem stevig vasthoudt. Hij is sterker dan je denkt.'

Ashoke houdt het minuscule pakketje hoger, dichter tegen zijn borst. 'Zo?'

'Beter,' zegt Patty. 'En nu laat ik jullie drietjes even alleen.'

Aanvankelijk is Ashoke eerder onthutst dan ontroerd, door het puntige hoofdje, de gezwollen oogleden, de witte vlekjes op de wangetjes, de vlezige bovenlip die over de onderlip valt. De huid van het kind is lichter dan die van Ashima en hemzelf, en zo doorschijnend dat je aan de slapen dunne groene adertjes kunt zien. Het hoofdje is bedekt met pluizig zwart haar. Hij probeert de ooghaartjes te tellen. Hij betast voorzichtig het flanel om de handjes en voetjes te voelen.

'Alles zit erop en eraan,' zegt Ashima, die haar man gadeslaat. 'Ik heb het al gecontroleerd.'

'Hoe zijn z'n ogen? Waarom doet hij ze niet open? Heeft hij ze al opengedaan?'

Ze knikt.

'Wat kan hij zien? Kan hij ons zien?'

'Ik denk van wel. Maar niet echt duidelijk. En niet helemaal in kleur. Nog niet.'

Ze zitten zwijgend bij elkaar, doodstil, alle drie. 'Hoe voel je je nu? Viel het mee?' vraagt hij even later aan Ashima.

Maar er komt geen antwoord, en als Ashoke opkijkt van het gezicht van zijn zoon ziet hij dat ook zij in slaap is gevallen.

Als hij weer naar het kind kijkt, zijn de oogjes open, en ze kijken naar hem op zonder te knipperen, even donker als het haar op het hoofdje. Het gezichtje is totaal veranderd, Ashoke heeft nog nooit zoiets volmaakts gezien. Hij stelt zich zichzelf voor als een donkere, korrelige, vage aanwezigheid. Als een vader voor zijn zoon. Weer denkt hij aan de nacht waarin hij bijna gestorven was, de herinnering aan die uren die hem voor altijd hebben getekend flakkert op en dooft langzaam in hem uit. Gered te worden uit het wrak van die trein was het eerste wonder in zijn leven geweest. Maar dit hier, in zijn armen, dat vrijwel niets weegt maar alles verandert, is het tweede.

Behalve zijn vader heeft de baby drie bezoekers, allen Bengali's – Maya en Dilip Nandi, een jong echtpaar uit Cambridge waarmee Ashima en Ashoke een paar maanden geleden in de supermarkt van Purity Supreme hebben kennisgemaakt, en dr. Gupta, een postdoctoraal onderzoeker uit Dehadrun, een vrijgezel van in de vijftig met wie Ashoke in de wandelgangen van het MIT bevriend is geraakt. Als het tijd voor de voeding is, gaan de heren, Ashoke incluis, even de gang op. Maya en Dilip geven het jongetje een ratel en een babyboek, waarin zijn ouders elk mogelijk aspect van zijn prille jeugd kunnen vastleggen. Er is zelfs een cirkeltje waarin een plukje haar van zijn eerste knipbeurt kan worden geplakt. Van dr. Gupta krijgt het jongetje een fraai geïllustreerde uitgave van de kinderversjes van *Mother Goose*. 'Boft hij even,' zegt Ashoke, terwijl hij de prachtig ingenaaide bladzijden omslaat. 'Nog maar een paar uur oud en nu al boekenbezitter.' Wat een verschil met zijn eigen kindertijd, denkt hij.

Ashima denkt hetzelfde, zij het om andere redenen. Want hoe dankbaar ze ook is voor het gezelschap van de Nandi's en dr. Gupta, toch kunnen deze kennissen de mensen niet vervangen die hen eigenlijk hadden moeten omringen. Zonder ook maar één grootouder of ouder of oom of tante aan haar zijde is het alsof de geboorte van het kind, net als bijna alles in Amerika, eigenlijk maar toeval is, niet helemaal echt. En terwijl ze haar zoon streelt en zoogt en observeert, kan ze niet anders dan hem beklagen. Ze heeft nog nooit van iemand gehoord die zo alleen, zo misdeeld, op de wereld kwam.

Omdat geen van beide grootouderparen een telefoon heeft die het doet, is hun enige verbinding met thuis een telegram, dat Ashoke aan beide echtparen in Calcutta heeft gestuurd: 'Met uw zegen, moeder en zoon gezond.' Wat een naam voor het kind betreft hebben ze besloten om Ashima's grootmoeder, die al over de tachtig is en die al haar andere zes kleinkinderen namen gegeven heeft, deze eer te gunnen. Toen haar grootmoeder van Ashima's zwangerschap hoorde, was ze bijzonder gecharmeerd van het idee de eerste *sahib* in de familie zijn naam te mogen geven. Dus hebben Ashima en Ashoke afgesproken om de beslissing over de naam van hun kind uit te stellen tot er een brief komt, zonder zich iets aan te trekken van de ziekenhuisformulieren waarmee een geboorteakte moet worden aangevraagd. Ashima's grootmoeder heeft de brief zelf gepost. Ze is met haar wandelstok naar het postkantoor gelopen, de eerste keer in tien jaar dat ze het huis uit kwam. In de brief staan een naam voor een meisje en een voor een jongen. Ashima's grootmoeder heeft ze aan niemand verteld.

Hoewel de brief al maanden geleden, in juli, is verstuurd, is hij nog steeds niet aangekomen. Ashima en Ashoke maken zich niet al te veel zorgen. Ze weten immers allebei dat een baby niet echt een naam nodig heeft. Hij moet worden gevoed en gezegend, wat goud en zilver krijgen, na het voeden op de rug worden geklopt en voorzichtig onder het hoofdje worden vastgehouden. Namen kunnen wel wachten. In India nemen ouders de tijd. Het was niet ongebruikelijk dat er jaren verstreken voordat de juiste naam, de best mogelijke naam, werd gekozen. Ashima en Ashoke kennen allebei voorbeelden van neefjes en nichtjes die pas officieel een naam kregen toen ze, zes of zeven jaar oud, bij een school werden ingeschreven.

De Nandi's en dr. Gupta begrijpen het volkomen. Natuurlijk moeten jullie wachten, beamen ze. Wachten op de naam in de brief van zijn overgrootmoeder.

Bovendien zijn er altijd koosnaampjes die je zolang kunt geven: in de Bengaalse nomenclatuur is het gebruikelijk dat elk individu twee namen krijgt. Het Bengaalse woord voor koosnaam is *daknam*, wat letterlijk 'bijnaam' betekent; de naam die door vrienden, familie en andere intimi wordt gebruikt, thuis en op andere momenten in de persoonlijke, vertrouwelijke sfeer. Koosnamen zijn een hardnekkig overblijfsel van de kindertijd, dat ons eraan herinnert dat het leven niet altijd zo serieus, zo formeel, zo gecompliceerd hoeft te zijn. Ook herinneren ze ons eraan dat wij niet alles voor iedereen kunnen betekenen. Iedereen heeft een koosnaam. Ashima's koosnaam is Monu, die van Ashoke is Mithu, en ook nu ze volwassen zijn, worden ze binnen hun respectievelijke families nog zo genoemd, bij de namen waarmee ze aanbeden en uitgefoeterd zijn, gemist en bemind.

Elke koosnaam wordt gekoppeld aan een goede naam, een *bhalonam*, waarmee men in de buitenwereld wordt geïdentificeerd. Goede namen gebruikt men dus op enveloppen, op diploma's, in telefoonboeken, en voor alle andere publieke doeleinden. (Daarom staat op brieven van Ashima's moeder 'Ashima' aan de buitenkant en 'Monu' aan de binnenkant.) Goede namen vertegenwoordigen doorgaans waardige en verlichte eigenschappen. Ashima betekent 'zij die onbeperkt is, zonder grenzen'. Ashoke, de naam van een keizer, betekent 'hij die het verdriet ontstijgt'. Koosnamen grijpen niet zo hoog. Koosnamen worden nooit officieel vastgelegd, maar alleen uitgesproken en onthouden. Anders dan goede namen zijn koosnamen vaak betekenisloos, opzettelijk mal, ironisch of zelfs onomatopeïsch. Als klein kind luistert iemand vaak onbewust naar tientallen koosnamen, tot er uiteindelijk eentje blijft hangen.

Dus op een gegeven moment, als de baby zijn roze, gerimpelde snoetje optilt en zijn kleine kring van bewonderaars in ogenschouw neemt, buigt meneer Nandi zich naar voren en noemt het kind 'Buro', het Bengaalse woord voor 'oude man'.

'Hoe heet hij? Buro?' informeert Patty opgewekt, terwijl ze weer een dienblad met gebraden kip voor Ashima brengt. Ashoke licht het deksel op en haalt de kip eruit. Ashima wordt nu door de verpleegsters van de kraamafdeling officieel 'mevrouw pudding-en-ijs' genoemd.

'Nee, nee, dat is geen naam,' legt Ashima uit. 'We hebben nog niet gekozen. Mijn grootmoeder kiest een naam.'

Patty knikt. 'Komt ze binnenkort hier?'

Ashima lacht, haar eerste echte lach sinds de bevalling. Het idee dat haar grootmoeder, die in de vorige eeuw geboren is, een sterk gekrompen vrouwtje in witte weduwedracht en met een getaande huid die niet wil rimpelen, in een vliegtuig zou stappen en naar Cambridge zou komen, vindt ze onvoorstelbaar, een idee dat, hoe welkom, hoe wenselijk ook, voor haar gevoel totaal onmogelijk is, absurd. 'Nee, maar we verwachten een brief.'

Die avond gaat Ashoke terug naar het appartement en kijkt of de brief er al is. Er verstrijken drie dagen. Ashima leert van de verpleegsters hoe ze luiers moet verwisselen en het navelstompje schoonhouden. Ze krijgt hete zoutwaterbaden om de pijn van haar kneuzingen en hechtingen te verlichten. Ze krijgt een lijst van kinderartsen en talloze brochures over borstvoeding en moederbinding en inentingen en monsters van babyshampoo en wattenstokjes en zalfjes. De vierde dag brengt goed nieuws en slecht nieuws. Het goede nieuws is dat Ashima en de baby de volgende morgen naar huis mogen. Het slechte nieuws, bij monde van meneer Wilcox, die voor het ziekenhuis de geboortebewijzen verzorgt, is dat ze een naam voor hun zoon moeten kiezen. Want in Amerika, zo krijgen ze te horen, kan een baby zonder geboorteakte niet uit het ziekenhuis ontslagen worden. En in een geboorteakte moet een naam staan.

'Maar meneer,' protesteert Ashima, 'wij kunnen hem onmogelijk zelf een naam geven.'

Meneer Wilcox, tenger, kaal, humorloos, kijkt naar het echtpaar, beiden zichtbaar in het nauw, en vervolgens naar het naamloze kind. 'Juist, ja,' zegt hij. 'En waarom niet?'

'We wachten op een brief,' zegt Ashoke, en hij legt uit hoe de vork in de steel zit.

'Juist, ja,' zegt meneer Wilcox weer. 'Dat is jammer. Ik vrees dat uw enige alternatief is dat er in de akte komt te staan "jongetje Ganguli". U zult dat dan natuurlijk in het bevolkingsregister moeten laten wijzigen als er een naam wordt gekozen.'

Ashima kijkt vragend Ashoke aan. 'Moeten we dat wel doen?'

'Ik kan het u niet aanbevelen,' zegt meneer Wilcox. 'U moet dan vóórkomen en leges betalen. Het is een eindeloos gedoe.'

'Goeie genade,' zegt Ashoke.

Meneer Wilcox knikt en er valt een stilte. 'Hebt u niets anders achter de hand?'

Ashima fronst haar voorhoofd. 'Wat betekent dat, "achter de hand"?'

'Nou, iets in reserve, voor het geval u het met de keuze van uw grootmoeder niet eens bent.'

Ashima en Ashoke schudden het hoofd. Het is bij geen van beiden ooit opgekomen om aan de keuze van Ashima's grootmoeder te twijfelen, om de wens van een oudere op die manier te negeren.

'U kunt hem toch gewoon naar uzelf vernoemen, of naar een voorouder,' oppert meneer Wilcox, en hij bekent dat hij eigenlijk Howard Wilcox III heet. ''t Is een mooie traditie. De Franse en Engelse koningen deden het ook,' voegt hij eraan toe.

Maar dat is onmogelijk, bedenken Ashima en Ashoke in stilte. Die traditie bestaat niet onder Bengali's, een zoon naar zijn vader of grootvader en een dochter naar haar moeder of grootmoeder vernoemen. Dit teken van respect in Amerika en Europa, dit symbool van overerving en afstamming, zou in India worden bespot. In Bengaalse families zijn persoonsnamen heilig, onschendbaar. Ze kunnen niet worden geërfd of gedeeld.

'Maar kunt u hem dan niet naar iemand anders vernoemen? Naar iemand waar u veel bewondering voor hebt?' zegt meneer Wilcox, zijn wenkbrauwen verwachtingsvol opgetrokken. Hij zucht. 'Denkt u er nog eens over na. Ik kom over een paar uur terug,' zegt hij, voordat hij de kamer uitgaat.

De deur gaat dicht, en dat is het moment waarop, met een lichte trilling van herkenning, alsof hij het altijd al geweten heeft, de perfecte naam voor zijn zoon Ashoke te binnen schiet. Hij herinnert zich het blaadje van het boek, stijf verfrommeld in zijn hand, de plotselinge schok van het licht van de lantaarn in zijn gezicht. Maar voor het eerst denkt hij aan dat moment niet met ontzetting terug, maar met dankbaarheid.

'Dag, Gogol,' fluistert hij, en buigt zich over het hooghartige gezichtje, het stevig ingepakte lijfje van zijn zoon. 'Gogol,' herhaalt hij, voldaan. De baby wendt zijn hoofdje af met een uitdrukking van uiterste ontsteltenis en gaapt.

Ashima vindt het goed, wetend dat de naam niet alleen staat voor het leven van haar zoon, maar ook voor dat van haar man. Ze kent het verhaal van het ongeluk, een verhaal dat ze de eerste keer met beleefde pasgetrouwde belangstelling heeft aangehoord, maar bij de gedachte waaraan het haar nu, juist nu, koud om het hart wordt. Soms werd ze 's nachts gewekt door de gesmoorde kreten van haar man, soms zaten ze samen in de subway en werd hij door het ritme van de wielen plotseling zwijgzaam en afwezig. Zelf heeft ze nooit iets van Gogol gelezen, maar ze is bereid hem in haar geestelijke boekenkast een plaats te geven naast Tennyson en Wordsworth. Bovendien is het maar een koosnaam, niet iets om serieus te nemen, alleen maar iets om voorlopig in de akte te zetten zodat ze uit het ziekenhuis ontslagen kunnen worden. Als meneer Wilcox terugkomt met zijn typemachine, spelt Ashoke de naam voor hem. Aldus wordt Gogol Ganguli in het ziekenhuisarchief opgenomen. 'Het ga je goed, Gogol,' zegt Patty, en ze drukt een geluidloos kusje op zijn schoudertje, en tegen Ashima, weer gekleed in haar gekreukelde zijden sari: 'Het allerbeste, hoor.' Een eerste foto, ietwat overbelicht, wordt genomen door dr. Gupta op die broeiend hete nazomerdag: Gogol, een wazig hoopje in een dekentje, rustend in zijn moeders armen. Ze staat op de stoep van het ziekenhuis en kijkt in de camera met samengeknepen ogen tegen de zon. Haar echtgenoot kijkt van terzijde toe, de koffer van zijn vrouw in de hand, en lacht met gebogen hoofd. 'Gogol doet zijn intrede in de wereld,' zal zijn vader later op de achterkant schrijven, met Bengaalse letters.

Gogols eerste thuis is een volledig gemeubileerd appartement op tien minuten lopen van Harvard en twintig van het MIT. Het appartement is op eenhoog in een huis van drie verdiepingen dat met zalmkleurige shingles is bekleed en omgeven door een halfhoge heining van harmonicagaas. Het grijs van het dak, het grijs van sigarettenas, sluit aan bij het trottoir en de straat. Aan één kant van de straat staat eeuwig een rij auto's bij meters geparkeerd. Op de hoek van het blok bevindt zich een kleine tweedehandsboekhandel, die men betreedt door vanaf straatniveau drie treden af te dalen, en ertegenover is een muf winkeltje waar je de krant en sigarettten en eieren kunt kopen, en waar, tot Ashima's lichte afschuw, een langharige kat naar believen op de schappen mag zitten. Behalve deze buurtwinkeltjes zijn er nog meer met shingles beklede huizen van dezelfde vorm en afmetingen en in dezelfde staat van licht verval, mintgroen geschilderd, of lila, of kobaltblauw. Dit is het huis waar Ashoke achttien maanden geleden Ashima heen heeft gebracht, laat op een avond in februari, na haar aankomst op Logan Airport. In het donker kon ze, klaarwakker door de jetlag, door de ramen van de taxi nauwelijks iets zien behalve bergen sneeuwbrokken op de grond, die glommen als in stukken gevallen blauwwitte stenen. Pas de volgende ochtend, toen ze heel even naar buiten stapte met een paar sokken van Ashoke over haar dungezoolde slippers en de ijzige kou van New England in haar oorholten en kaken drong, zag ze voor het eerst werkelijk iets van Amerika: kale bomen met beijzelde takken, hondenpis en -poep ingebed in de sneeuwbanken, geen kip op straat.

Het appartement bestaat uit drie kamers op een rijtje zonder gang. Aan de voorkant is een woonkamer met een driekantig erkerraam dat uitkijkt op de straat. In het midden ligt de slaapkamer en aan de achterkant de keuken. Het is helemaal niet wat ze had verwacht. Helemaal niet zoals de huizen in *Gone With the Wind* of *The Seven-Year Itch*, films die ze met haar broer en haar neefjes en nichtjes gezien heeft in de Lighthouse en de Metro. Het appartement is tochtig in de winter en in de zomer ondraaglijk heet. Voor de dikglazen ramen hangen sombere donkerbruine gordijnen. Er zijn zelfs kakkerlakken in de badkamer, die 's avonds uit de kieren tussen de tegels tevoorschijn komen. Maar ze heeft nergens over geklaagd. Ze heeft haar teleurstelling voor zich gehouden, om Ashoke niet te kwetsen en haar ouders niet ongerust te maken. In plaats daarvan vertelt ze in haar brieven naar huis over het krachtige kookgas dat op elk moment van de dag of de nacht uit vier branders op het fornuis opvlamt en het warme water uit de kraan waaraan je je handen kunt branden en het koude water dat je veilig kunt drinken.

De bovenste twee verdiepingen van het huis worden bewoond door de Montgomery's, een sociologie-professor aan de Harvard University en zijn vrouw, van wie ze het appartement huren. De Montgomery's hebben twee kinderen, meisjes, Amber en Clover, zeven en negen jaar oud, die allebei hun tot het middel reikend haar altijd los dragen, en die op warme dagen urenlang kunnen schommelen in een autoband die met een touw aan de enige boom in de achtertuin is opgehangen. De professor, die Ashima en Ashoke gevraagd heeft hem Alan te noemen en niet professor Montgomery, zoals ze aanvankelijk deden, heeft een weerbarstige, roestkleurige baard, waardoor hij veel ouder lijkt dan hij in werkelijkheid is. Ze zien hem naar Harvard Yard lopen, op rubberen teenslippers, in een tot op de draad versleten broek en een suède jasje met franje. Riksjarijders kleden zich beter dan professoren hier, denkt Ashoke, die nog steeds in colbert en stropdas naar besprekingen met zijn mentor gaat, vaak bij zichzelf. De Montgomery's hebben een dofgroen Volkswagenbusje dat vol stickers zit: 'Stop de oorlog!' 'Gelijke rechten voor man en vrouw!' 'Ban de beha!' Ze hebben een wasmachine in het souterrain waarvan ook Ashoke en Ashima gebruik mogen maken, en een televisie in hun woonkamer die Ashoke en Ashima duidelijk door het plafond kunnen horen. Het was door het plafond, op een avond in april, toen Ashoke en Ashima aan tafel zaten, dat ze het nieuws van de moord op Martin Luther King hadden gehoord en, nog maar kort geleden, op senator Robert Kennedy.

Soms staan Ashima en Judy, Alans vrouw, zij aan zij in de tuin de was op te hangen. Judy draagt altijd een spijkerbroek, afgescheurd tot shortje als het zomer wordt, en een halsketting van schelpjes. Over haar vlassige blonde haar, dat dezelfde structuur en kleur heeft als dat van haar dochters, draagt ze steevast een rode katoenen sjaal die in haar nek is vastgeknoopt. Ze werkt bij een vrouwengezondheidscollectief in Somerville, een paar dagen per week. Toen ze hoorde dat Ashima zwanger was, was ze vol lof over Ashima's besluit om het kind borstvoeding te geven, maar teleurgesteld toen ze begreep dat Ashima zich voor de geboorte van haar kind aan het medische establishment ging toevertrouwen; Judy had haar dochters thuis ter wereld gebracht, geholpen door vroedvrouwen van het collectief. Judy en Alan gaan 's avonds weleens uit en laten Amber en Clover dan zonder oppas achter. Eén keertje maar, toen Clover verkouden was, hebben ze Ashima gevraagd om een oogje in het zeil te houden. Ashima denkt met blijvende afschuw aan hun woning terug – zo vlak boven haar, maar zo totaal anders, met overal stapels: stapels boeken en kranten, stapels vuile borden op het aanrecht in de keuken, asbakken zo groot als platte borden boordevol uitgedrukte peuken. De meisjes slapen samen in een bed waarop bergen kleren liggen. Toen ze even op de rand van Alan en Judy's matras was gaan zitten, was ze met een kreet achterovergesukkeld, stomverbaasd bij de ontdekking dat er water in zat. In plaats van muesli en theezakjes stonden er flessen whisky en wijn op de koelkast, voor het merendeel bijna leeg. Alleen al van de aanblik kreeg Ashima een dronken gevoel.

Ze komen thuis uit het ziekenhuis met behulp van dr. Gupta, die een auto heeft, en zitten in de broeihete woonkamer voor hun enige ventilatortje, nu opeens een gezin. In plaats van een bank hebben ze zes stoelen, alle zes driepotig, met ovale houten ruggen en zwarte driehoekige zittingen. Tot haar verwondering merkt Ashima, nu ze weer terug is in het sombere driekamerappartement, dat ze de drukte en het gedoe van het ziekenhuis mist, en Patty, en de pudding en het ijs dat haar geregeld werd gebracht. Als ze langzaam door de kamers schuifelt ergert ze zich aan de vuile afwas in de keuken, het onopgemaakte bed. Tot nu toe heeft Ashima het normaal gevonden dat er niemand is die de vloer voor haar veegt of voor haar wast of boodschappen doet of kookt op de dagen dat ze moe is of heimwee heeft of een boze bui. Ze heeft leren aanvaarden dat het ontbreken van dergelijke gemakken tot de Amerikaanse levensstijl behoort. Maar nu, met een huilende baby in haar armen en haar door de melk gezwollen borsten, haar bezwete lichaam, haar liezen die nog zo pijnlijk zijn dat ze amper kan zitten, kan ze het allemaal opeens niet meer aan.

'Ik kan dit niet,' zegt ze tegen Ashoke, als die haar een kopje thee brengt, het enige wat hij voor haar kan bedenken, het laatste waar ze nu trek in heeft.

'Met een paar dagen gaat het je wel lukken,' antwoordt hij, om haar moed in te spreken, niet wetend wat anders te doen. Hij zet het kopje op de bladderende vensterbank naast haar neer. 'Volgens mij valt hij weer in slaap,' zegt hij dan, naar Gogol kijkend, wiens wangen methodisch de borst van zijn vrouw bewerken.

'Dat gaat het niet,' zegt ze met verstikte stem, wegkijkend van de baby en van hem. Ze trekt het gordijn een stukje weg en laat het weer vallen. 'Niet hier. Niet zo.'

'Wat bedoel je, Ashima?'

'Ik bedoel dat je op moet schieten met promoveren.' Dan, in een opwelling, zegt ze het voor het eerst ronduit: 'Ik bedoel dat ik Gogol niet alleen wil opvoeden in dit land. Dat is niet goed. Ik wil terug.'

Hij kijkt Ashima aan, haar gezicht is magerder, de gelaatstrekken scherper dan ze waren toen ze trouwden, en hij beseft dat haar leven in Cambridge, als zijn vrouw, al zijn tol heeft geëist. Al meer dan eens heeft hij haar bij zijn thuiskomst van de universiteit neerslachtig in bed aangetroffen, terwijl ze de brieven van haar ouders aan het herlezen was. 's Ochtends vroeg, als hij merkt dat ze stilletjes huilt, slaat hij een arm om haar heen, maar weet hij niet wat hij zeggen moet, omdat hij voelt dat het zijn schuld is, want hij heeft haar getrouwd en hierheen gebracht. Opeens moet hij denken aan Ghosh, zijn reisgenoot in de trein, die ter wille van zijn vrouw uit Engeland was teruggekeerd. 'Als ik ergens spijt van heb, is het dat wel,' had hij aan Ashoke bekend, een paar uur voor hij zijn leven verloor.

Ze worden onderbroken door een zacht klopje op de deur: Alan en Judy en Amber en Clover, ze komen alle vier naar het kindje kijken. Judy draagt een schotel met een geblokte theedoek eroverheen en zegt dat ze een quiche van broccoli heeft gemaakt. Alan zet een vuilniszak neer die gevuld is met babykleertjes van Amber en Clover en ontkurkt een fles gekoelde champagne. Het schuimende vocht spat op de vloer, wordt in bekers geschonken. Ze heffen de bekers op Gogol, waarbij Ashima en Ashoke maar net doen of ze drinken. Amber en Clover staan elk aan een kant van Ashima, beiden verrukt als Gogol een handje om een vinger van elk van hen vouwt. Judy grist de baby van Ashima's schoot. 'Dag schoonheid,' kirt ze. 'O, Alan,' zegt ze, 'laten wij er ook nog eentje nemen.' Alan biedt aan de wieg van de meisjes uit de kelder te halen, en samen met Ashoke zet hij hem in elkaar in de ruimte naast Ashima's en Ashokes bed. Ashoke gaat naar de winkel op de hoek en een doos wegwerpluiers neemt de plaats in van de ingelijste zwartwitfoto's van Ashima's familie op de toilettafel. 'Twintig minuten op honderdvijfenzeventig voor de quiche,' zegt Judy tegen Ashima. 'En als je iets nodig hebt geef je maar een gil,' zegt Alan nog, voor ze de deur uitgaan.

Drie dagen later is Ashoke weer naar het MIT, Alan weer naar Harvard, zijn Amber en Clover weer naar school. Judy is weer naar haar werk bij het collectief en Ashima, voor het eerst alleen met Gogol in het stille huis, lijdend aan een slaapgebrek dat veel erger is dan op het dieptepunt van haar jetlag, zit op een driehoekige stoel bij het driekantige erkerraam in de woonkamer de hele dag te huilen. Ze huilt terwijl ze hem voedt en hem streelt tot hij inslaapt, en terwijl hij huilt tussen slapen en voeden. Ze huilt als de post is geweest omdat er geen brieven uit Calcutta zijn aangekomen. Ze huilt als ze Ashoke belt op zijn afdeling en hij niet opneemt. Op een dag huilt ze als ze naar de keuken gaat om te koken en ziet dat de rijst op is. Ze gaat naar boven en klopt bij Alan en Judy aan. 'Bedien jezelf,' zegt Judy, maar de rijst in Judy's bus is bruin. Uit beleefdheid neemt Ashima er een kopje van, maar beneden gooit ze het weg. Ze belt Ashoke op zijn afdeling om hem te vragen of hij onderweg naar huis rijst wil kopen. Als er ook ditmaal niet opgenomen wordt, staat ze op, wast haar gezicht en kamt haar haar. Ze verschoont Gogol, kleedt hem aan en legt hem in de marineblauwe kinderwagen met witte wielen die ze van Alan en Judy heeft gekregen. Voor het eerst duwt ze hem door de weldadig warme straten van Cambridge, naar Purity Supreme, om een zak witte langkorrelrijst te kopen. De boodschap duurt langer dan normaal, want nu wordt ze keer op keer op straat en tussen de schappen van de supermarkt aangehouden door volslagen vreemden, allemaal Amerikanen, die haar opeens opmerken en haar toelachen en feliciteren met wat ze heeft gedaan. Ze kijken nieuwsgierig, bewonderend, in de kinderwagen. 'Hoe oud?' vragen ze. 'Een jongen of een meisje?' 'Hoe heet hij?'

Ze begint er eer in te scheppen om het alleen te doen, om een dagelijks programma op te stellen. Net als Ashoke, die het zeven dagen per week druk heeft met zijn colleges, zijn onderzoek en zijn proefschrift, heeft ook zij nu iets dat haar helemaal in beslag neemt, dat haar uiterste toewijding vergt, haar laatste beetje energie. Voordat Gogol geboren was, had haar leven geen zichtbaar patroon gevolgd. Ze bracht uren door in het appartement met dutten, pruilen, en het telkens herlezen van haar vijf Bengaalse romans in bed. Maar terwijl er toen aan de dagen geen eind wilde komen, is het nu in een ommezien avond – diezelfde uren worden nu gevuld door Gogol, nu ze door de drie kamers van het appartement loopt met hem in haar armen. Nu wordt ze om zes uur wakker, haalt Gogol uit de wieg voor zijn eerste voeding, en dan liggen zij en Ashoke in bed met de baby tussen hen in en bewonderen het minuscule mensje dat ze samen hebben voortgebracht. Tussen elf en één uur, als Gogol slaapt, kookt ze alvast voor 's avonds, een gewoonte die ze tientallen jaren zal volhouden. Elke middag gaat ze met hem naar buiten, loopt ze met hem door de straten om nog het een of ander voor het avondeten te kopen of in Harvard Yard te gaan zitten, soms Ashoke te treffen op een bank op het terrein van het MIT en hem zelfgemaakte *samosa's* te brengen en een verse thermosfles thee. Soms, als ze naar de baby kijkt, ziet ze stukjes van haar familie in zijn gezichtje – de glanzende ogen van haar moeder, de dunne lippen van haar vader, de scheve glimlach van haar broer. Ze ontdekt een wolwinkel en begint te breien voor de aanstaande winter: truitjes, dekentjes, wantjes, mutsjes voor Gogol. Om de paar dagen baadt ze Gogol in de porseleinen gootsteenbak in de keuken. Elke week knipt ze voorzichtig de nagels van zijn tien vingertjes en teentjes. Als ze hem in de kinderwagen naar de kinderarts brengt voor zijn prikken, gaat ze de spreekkamer uit en stopt ze haar oren dicht. Op een dag komt Ashoke thuis met een polaroidcamera om foto's van de baby te nemen, en als Gogol slaapt, plakt ze de vierkante, wit omrande kiekjes voorzien van onderschriften op stukjes afplakband achter plastic vellen in een album. Ze zingt hem in slaap met de Bengaalse liedjes die haar moeder voor haar gezongen heeft. Ze drinkt de zoete, melkachtige geur in van zijn huid, de botergeur van zijn adem. Op een dag tilt ze hem hoog boven haar hoofd en lacht hem toe met open mond, waarbij een golf van onverteerde melk van zijn laatste voeding uit zijn keel opwelt en in de hare stroomt. De rest van haar leven zal ze zich de schok van dat warme, zure vocht blijven herinneren, een smaak die het haar onmogelijk maakt die dag nog iets anders door haar keel te krijgen.

Er komen brieven van haar ouders, van de ouders van haar man, van tantes en ooms, van neven en nichten en vrienden, van iedereen, lijkt het wel, behalve van Ashima's grootmoeder. De brieven staan vol met alle mogelijke zegenwensen, in een schrift dat ze het grootste deel van hun leven om zich heen hebben gezien, in kranten, op reclameborden en op luifels, maar dat ze nu alleen nog maar in deze dierbare, lichtblauwe epistels kunnen lezen. Soms komen er twee brieven per week. In één week zelfs drie. Zoals altijd luistert Ashima tussen twaalf en twee of ze de voetstappen van de postbode de portiek in hoort komen, gevolgd door het zachte klikken van de klep van de brievenbus in de deur. De marges van de brieven van haar ouders, altijd een gedeelte in het haastige schrift van haar moeder gevolgd door de sierlijke, zwierige hand van haar vader, zijn vaak versierd met tekeningen van dieren gemaakt door Ashima's vader, en die bevestigt Ashima met plakband aan de muur boven de wieg van Gogol. 'We snakken ernaar hem te zien,' schrijft haar moeder. 'Dit zijn de allerbelangrijkste maanden. Elk uur verandert er iets. Dat moet je onthouden.' Ashima antwoordt met zorgvuldige beschrijvingen van haar zoon, een verslag van de omstandigheden van zijn eerste lachje, de dag dat hij zich voor het eerst omrolde, zijn eerste kreetje van pret. Ze schrijft dat ze aan het sparen zijn om naar India te komen, volgend jaar december, als Gogol één is. (Ze vermeldt niet dat de kinderarts haar heeft gewaarschuwd voor tropische ziekten. Een bezoek aan India vereist een heel stel nieuwe inentingen, heeft hij gezegd.)

In november, als Gogol drie maanden is, krijgt hij een lichte oorontsteking. Als Ashima en Ashoke de koosnaam van hun zoon getypt zien op een recept voor antibiotica, als ze hem boven zijn inentingsoverzicht zien staan, stoort hun dat; koosnamen hoor je zo niet in de openbaarheid te brengen. Maar er is nog steeds geen brief van Ashima's grootmoeder. Ze beginnen zich zorgen te maken dat hij onderweg is zoekgeraakt. Ashima besluit haar grootmoeder te schrijven en haar de situatie uit te leggen, met het verzoek een nieuwe brief met de namen te sturen. De volgende dag komt er in Cambridge een brief aan. Hoewel hij van Ashima's vader is, staan er in de marges geen tekeningen voor Gogol, geen olifanten, papegaaien of tijgers. De brief is drie weken geleden geschreven en bericht dat Ashima's grootmoeder een beroerte heeft gehad, dat haar rechterkant blijvend verlamd is en haar geest beschadigd. Ze kan niet meer kauwen, nauwelijks slikken, ze herinnert zich en herkent nog maar weinig uit haar meer dan tachtigjarige leven. 'Ze is nog onder ons, maar eerlijk gezegd zijn we haar al kwijt,' schrijft haar vader. 'Bereid je maar voor, Ashima. Het is mogelijk dat je haar niet meer zult zien.'

Het is hun eerste slechte nieuws van thuis. Ashoke kent Ashima's grootmoeder nauwelijks, hij herinnert zich vaag dat hij bij zijn bruiloft haar voeten heeft aangeraakt, maar Ashima zelf is dagenlang ontroostbaar. Ze zit thuis met Gogol als de bladeren bruin worden en van de bomen vallen, als de dagen al vroeg onbarmhartig donker gaan worden, en ze denkt aan de laatste keer dat ze haar grootmoeder, haar *dida*, heeft gezien, een paar dagen voordat ze naar Boston vertrok. Ashima had haar bezocht; voor die gelegenheid had haar grootmoeder na meer dan tien jaar weer de keuken betreden om voor Ashima een lichte stoofschotel van aardappels en geitenvlees te maken. Ze had haar eigenhandig zoete lekkernijen gevoerd. In tegenstelling tot haar ouders en haar andere verwanten, had haar grootmoeder Ashima niet vermaand om geen rundvlees te eten, of geen jurken te dragen, of niet haar haar af te knippen, of niet haar familie te vergeten zodra ze in Boston was geland. Haar grootmoeder was niet beducht geweest voor zulke tekenen van verraad; zij was de enige die, correct, had voorspeld dat Ashima nooit zou veranderen. Voor haar vertrek had Ashima met gebogen hoofd voor het portret van wijlen haar grootvader gestaan en hem om zijn zegen gevraagd voor haar reis. Daarna had ze zich gebukt om met het stof van haar dida's voeten haar voorhoofd aan te raken.

'Ik kom, dida,' had Ashima gezegd. Want dat was de frase die Bengali's altijd gebruikten in plaats van 'vaarwel'.

'Geniet er maar van,' had haar grootmoeder gebulderd met haar zware stem, terwijl ze Ashima overeind hielp komen. Met trillende handen had haar grootmoeder haar duimen op de tranen gedrukt die langs Ashima's wangen liepen en ze weggewist. 'Doe wat ik nooit zal doen. Het komt allemaal goed. Onthoud dat goed. En nu moet je gaan.'

Met de baby groeit ook hun kring van Bengaalse kennissen. Via de Nandi's, die nu zelf ook een kind verwachten, maken Ashoke en Ashima kennis met de Mitra's, en via de Mitra's met de Banerjees. Meer dan eens is Ashima in Cambridge, wandelend met Gogol in zijn wagentje, aangesproken door jonge Bengaalse vrijgezellen die verlegen informeerden waar ze vandaan kwam. Evenals Ashoke vliegen die vrijgezellen één voor één naar Calcutta en komen terug met een echtgenote. Ieder weekend, zo lijkt het wel, is er een nieuw huis te bezoeken, met een nieuw echtpaar of jong gezin kennis te maken. Ze komen allemaal uit Calcutta, en alleen daarom al zijn het vrienden. De meesten van hen wonen op loopafstand van elkaar in Cambridge. De mannen zijn docent, onderzoeker, arts, ingenieur. De vrouwen, geplaagd door heimwee en onzekerheid, wenden zich tot Ashima om recepten en advies, en zij vertelt hun dat je karper kunt kopen in Chinatown, en dat je *halwa* kunt maken van tarwepap. De families gaan op zondagmiddag bij elkaar langs. Ze drinken thee met suiker en gecondenseerde melk en eten garnalenkoekjes die ze in een steelpan hebben gebakken. Ze zitten in een kring op de vloer en zingen liederen van Nazrul en Tagore, waarbij ze elkaar een dik, in geel linnen gebonden boek met teksten doorgeven, en Dilip Nandi op het harmonium speelt. Ze voeren verhitte discussies over de films van Ritwik Ghatak contra die van Satyajit Ray. Over de CPIM contra de Congrespartij. Noord- contra Zuid-Calcutta. Urenlang twisten ze over de politiek van Amerika, een land waarin geen van hen het recht heeft te stemmen.

In februari, als Gogol zes maanden oud is, kennen Ashima en Ashoke al genoeg mensen om een echt feest te geven. De aanleiding: Gogols *annaprasan*, zijn rijstceremonie. Bengaalse baby's worden niet gedoopt, er is geen naamgevingsritueel voor het aangezicht Gods. In plaats daarvan draait de eerste plechtige ceremonie in hun leven om het consumeren van eten in vaste vorm. Ze vragen Dilip Nandi om de rol van Ashima's broer op zich te nemen; hij moet het kind vasthouden en het voor de eerste keer rijst, het hoofdvoedsel van de Bengali's, te eten geven.

Gogol is gekleed als een Bengaalse bruidegom in miniatuur, in een lichtgele *pajama-punjabi*, geschonken door zijn grootmoeder in Calcutta. De geur van het komijnzaad dat ze in het pakje van de pyjama had meegestuurd, zit nog in de stof. Een hoofdtooi die Ashima van papier heeft geknipt en met stukjes aluminiumfolie heeft versierd, wordt met een touwtje om Gogols hoofdje vastgemaakt. Om zijn hals draagt hij een dun veertienkaraats gouden kettinkje. Op zijn kleine voorhoofdje zijn met veel moeite en geduld van sandelhoutpasta zes beige miniatuurmaantjes geboetseerd die boven zijn wenkbrauwen zweven. Zijn oogjes zijn met een veegje kohl geaccentueerd. Hij zit onrustig op de schoot van zijn ere-oom, die op een beddensprei op de vloer heeft plaatsgenomen, met gasten voor, naast en achter hem. Het eten wordt in tien afzonderlijke kommen geserveerd. Ashima betreurt dat het bord waarop de rijst is opgediend van melamine is, niet van zilver of koper of tenminste van roestvrij staal. De laatste kom bevat *payesh*, een warme rijstpudding die Ashima altijd op zijn verjaardag als kind en zelfs als volwassene voor hem zal maken, om te eten met een plakje cake.

Hij wordt door zijn vader en vrienden gefotografeerd, fronsend, terwijl hij in de drukte het gezicht van zijn moeder zoekt. Ze heeft het druk met het klaarzetten van het buffet. Ze heeft een zilverkleurige sari aan, een huwelijkscadeau dat ze nu voor het eerst draagt, over een blouse met halflange mouwen. Zijn vader draagt een doorschijnend wit Punjaabs hes op een wijd uitlopende broek. Ashima zet papieren borden klaar waarvan er drie op elkaar moeten worden gebruikt om het gewicht te dragen van de *biryani*, de karper in yoghurtsaus, de dal, de zes verschillende groenteschotels waarvan de voorbereiding haar een week heeft gekost. De gasten eten staande, of in kleermakerszit op de vloer. Ze hebben ook Alan en Judy van boven uitgenodigd, die er net zo uitzien als altijd, in spijkerbroek en dikke trui vanwege de kou, en met wollen sokken in leren sandalen. Judy neemt het buffet in ogenschouw en bijt in iets dat een garnalenkoekje blijkt te zijn. 'Ik dacht dat Indiërs vegetariërs waren,' fluistert ze Alan toe.

Het voeden van Gogol begint. Het is allemaal maar symboliek, een gebaar. Niemand verwacht dat het jongetje meer zal eten dan een korreltje rijst hier en een lepeltje dal daar – het is allemaal bedoeld om hem in te wijden in een leven van consumeren, een maaltijd ter inluiding van de tienduizenden ongememoreerde maaltijden die zullen komen. Een paar vrouwen joelen als de plechtigheid een aanvang neemt. Een tritonschelp wordt herhaaldelijk beklopt en doorgegeven, maar er is niemand in de kamer die er geluid uit krijgt. Grassprieten en de slanke, rustige vlam van een *pradeep* worden bij Gogols hoofdje gehouden. Het kind is als betoverd, wriemelt niet, wendt zich niet af, opent gehoorzaam zijn mond voor alles wat er voorbijkomt. Hij neemt zijn payesh drie keer. Ashima krijgt tranen in haar ogen als Gogols mondje gretig de lepel inviteert. In stilte betreurt ze dat haar eigen broer er niet is om hem te voeden, haar eigen ouders om hem met hun handen op zijn hoofdje te zegenen. Dan komt de grote finale, het moment waarop ze allemaal hebben gewacht. Om zijn toekomstige levenspad te voorspellen wordt Gogol een bord voorgehouden met daarop een kluit koude Cambridge-aarde uit de achtertuin, een balpen en een dollarbiljet, om te zien of hij een landeigenaar, een geleerde of een zakenman zal worden. De meeste kinderen pakken een van de drie, soms alle drie, maar Gogol raakt niets aan. Hij toont geen interesse in het bord, maar wendt zich af en drukt even zijn gezichtje tegen de schouder van zijn ere-oom.

'Stop het geld in zijn hand!' roept iemand uit de groep. 'Een Amerikaanse jongen moet rijk zijn!'

'Nee!' protesteert zijn vader. 'De pen. Pak de pen, Gogol.'

Gogol bekijkt aarzelend het bord. Tientallen donkere hoofden kijken vol verwachting toe. De stof van de Punjaabse pyjama begint zijn huid te irriteren.

'Vooruit, Gogol, pak eens wat,' zegt Dilip Nandi, en hij trekt het bord dichterbij. Gogol fronst, en zijn onderlip trilt. Pas dan, als hij, een halfjaar oud, gedwongen wordt zijn toekomst onder ogen te zien, begint hij te huilen.

Het is weer augustus. Gogol is één. Hij grijpt zich vast, loopt al een beetje, zegt woorden in twee talen na. Hij noemt zijn moeder 'ma', zijn vader 'baba'. Als er iemand in de kamer 'Gogol' zegt, draait hij zijn hoofdje om en lacht. Hij slaapt 's nachts, en overdag tussen twaalf en drie. Hij heeft zeven tandjes. Hij probeert voortdurend elk vodje papier en textiel en wat hij maar op de vloer kan vinden in zijn mond te steken. Ashoke en Ashima treffen voorbereidingen voor hun eerste reis naar Calcutta, in december, als Ashoke kerstvakantie heeft. Onder druk van de aanstaande reis trachten ze een goede naam voor Gogol te bedenken, zodat ze een paspoort voor hem kunnen aanvragen. Ze vragen hun Bengaalse vrienden om suggesties. Hele avonden verstrijken met het overwegen van deze of gene naam. Maar niets spreekt hen aan. Ze hebben inmiddels de hoop opgegeven dat haar grootmoeder zich de naam nog herinneren zal, want Ashima's grootmoeder, zo wordt hun verteld, herinnert zich Ashima niet eens meer. Maar ze hebben nog even de tijd. De reis naar Calcutta is pas over vier maanden. Ashima vindt het jammer dat ze niet eerder heeft kunnen gaan, zodat ze Durga pujo zouden kunnen meevieren, maar het duurt nog jaren voor Ashoke in aanmerking komt voor een sabbatical, en meer dan drie weken in december zit er voor hen dus niet in. 'Het is net zoiets als het voor jullie zou zijn om een paar maanden na Kerstmis naar huis te gaan,' legt Ashima aan Judy uit als ze op een dag weer samen de was ophangen. Judy antwoordt dat zij en Alan boeddhist zijn.

In razende vaart gaat Ashima pullovers breien voor haar vader, haar schoonvader, haar vijf broers, haar drie lievelingsooms. Ze zijn allemaal hetzelfde, met v-hals, van dennengroene wol, vijf recht, twee averecht, op naalden nummer negen. De uitzondering is die van haar vader, die breit ze in een dubbele gerstekorrelsteek met twee dikke kabels en knopen van voren. Hij draagt liever vesten dan pullovers en ze denkt eraan zakjes aan te brengen voor het spel kaarten dat hij altijd bij zich heeft om op elk moment patience te kunnen spelen. Behalve het vest neemt ze drie marterharen penselen voor hem mee uit de Harvard Coop, nummers waarom hij per brief heeft verzocht. Hoewel ze waanzinnig duur zijn, duurder dan alles wat ze ooit in Amerika heeft gekocht, zegt Ashoke niets als hij de rekening ziet. Op een dag gaat Ashima winkelen in het centrum van Boston waar ze uren met Gogol in zijn wandelwagentje door het souterrain van Jordan Marsh dwaalt en haar geld tot de laatste cent uitgeeft. Ze koopt theelepeltjes die niet bij elkaar passen, katoenbatisten kussenslopen, gekleurde kaarsen, stukken zeep aan een touwtje. In een drugstore koopt ze een Timex-horloge voor haar schoonvader, Bic-pennen voor haar neven en nichten, borduurgaren en vingerhoeden voor haar moeder en haar tantes. In de trein naar huis is ze opgetogen, doodmoe, zenuwachtig in het vooruitzicht van de reis. Het is druk in de trein, en in het begin moet ze staan en ze kan met haar ene hand in de lus met de andere maar nauwelijks al haar tassen en het wandelwagentje vasthouden, maar dan vraagt een meisje of ze misschien wil gaan zitten. Ashima bedankt haar, laat zich dankbaar op de zitplaats neer en propt de tassen beschermend achter haar benen. Ze zou wel net als Gogol een dutje willen doen. Ze leunt met haar hoofd tegen het raam, sluit haar ogen en denkt aan thuis. Ze ziet in gedachten de zwarte ijzeren tralies voor de ramen van de flat van haar ouders en Gogol, in zijn Amerikaanse babykleertjes en luiers, spelen onder de plafondventilator op hun hemelbed. Ze stelt zich haar vader voor met een tand uit zijn mond, verloren na een recente val op de trap, heeft haar moeder geschreven. Ze probeert zich in te denken hoe het zal zijn als haar grootmoeder haar niet herkent.

Als ze haar ogen opendoet, ziet ze dat de trein met open deuren stilstaat op haar halte. Ze springt overeind met wild bonzend hart. 'Neem me niet kwalijk,' zegt ze, terwijl ze het wandelwagentje en zichzelf door de dicht opeengepakte lichamen wringt. 'Mevrouw,' zegt iemand als ze de deur heeft bereikt en op het punt staat om uit te stappen, 'uw spullen.' Ze ontdekt haar vergissing als de deuren zich sluiten en de ondergrondse zich weer in beweging zet. Ze kijkt hem na tot de achterste wagon in de tunnel verdwenen is, en zij en Gogol als enigen op het perron zijn achtergebleven. Ze duwt het wandelwagentje over Massachusetts Avenue naar huis en laat haar tranen de vrije loop in de wetenschap dat ze het zich onmogelijk kan permitteren terug te gaan om alles nog een keer te kopen. De rest van de middag is ze woest op zichzelf, vernederd bij de gedachte straks met lege handen in Calcutta aan te moeten komen, afgezien van de pullovers en de penselen. Maar als Ashoke thuiskomt, belt hij de afdeling gevonden voorwerpen van de MBTA; de volgende dag zijn de tassen terug en er ontbreekt geen theelepeltje. Op de een of andere manier voelt Ashima zich door dit kleine wonder met Cambridge verbonden op een manier die ze daarvoor nooit voor mogelijk had gehouden, verwant met zijn uitzonderingen zowel als zijn regels. Bij etentjes heeft ze nu een verhaal te vertellen. Vrienden luisteren, verbaasd over haar geluk. 'Zoiets kan alleen in dit land,' zegt Maya Nandi.

Op een nacht niet lang daarna zijn ze diep in slaap als de telefoon gaat. Door het geluid zijn ze direct klaarwakker, met bonzend hart, als ontwaakten ze uit dezelfde angstige droom. Al voordat Ashoke de hoorn opneemt, weet Ashima dat het een oproep uit India is. Een paar maanden geleden heeft haar familie haar in een brief haar telefoonnummer in Cambridge gevraagd, en ze heeft het tegen haar zin in haar antwoord vermeld, wetend dat het alleen maar een weg was waarlangs slecht nieuws haar bereiken kon. Terwijl Ashoke overeind gaat zitten, de hoorn van de haak neemt en zich met een zachte, vermoeide stem meldt, bereidt Ashima zich vast voor. Ze klapt de zijwand van de wieg omlaag om Gogol te sussen die zich begint te roeren na het rinkelen van de telefoon en laat de feiten in haar hoofd de revue passeren. Haar grootmoeder is in de tachtig, bedlegerig, vrijwel seniel, niet meer in staat te eten of te praten. De laatste paar maanden van haar leven, zo schreven haar ouders in hun laatste brief, zijn een lijdensweg geweest, voor haar grootmoeder en voor hen die haar kennen. Het was geen leven meer. Ze ziet voor haar geestesoog haar moeder dit alles zachtjes zeggen in de telefoon van de buren, staande in de zitkamer van de buren. Ashima bereidt zich voor op het nieuws, op het aanvaarden van het feit dat Gogol nooit zijn overgrootmoeder zal ontmoeten, de geefster van zijn verloren naam.

Het is onaangenaam koud in de kamer. Ze neemt Gogol op en kruipt weer in bed, onder de deken. Ze drukt de baby tegen haar lichaam aan om zich sterker te voelen en neemt hem aan de borst. Ze denkt aan het crèmekleurige vest dat ze gekocht heeft met haar grootmoeder in gedachten, en dat in een boodschappentas in de kast zit. Ze hoort Ashoke praten, hoort hem bedaard, maar toch zo luid dat ze vreest dat hij Alan en Judy boven wakker zal maken, zeggen: 'Ja, goed, ik begrijp het. Maak je geen zorgen, ja, ik zal het doen.' Hij zwijgt even en luistert. 'Ze willen je spreken,' zegt hij tegen Ashima, en hij legt even een hand op haar schouder. In het donker geeft hij haar de telefoon, en na een korte aarzeling stapt hij uit bed.

Ze pakt de telefoon aan om het nieuws zelf te horen, om haar moeder te troosten. Onwillekeurig vraagt ze zich af wie haar zal troosten als haar eigen moeder sterft, als dat nieuws haar ook op deze manier zal bereiken, haar midden in de nacht uit haar droom zal rukken. Ondanks haar vrees voelt ze ook opwinding: dit wordt de eerste keer in bijna drie jaar dat ze de stem van haar moeder hoort. De eerste keer sinds haar vertrek van Dum Dum Airport dat iemand haar Monu zal noemen. Maar het is niet haar moeder maar haar broer Rana die belt. Zijn stem klinkt klein, als door een draad geregen, nauwelijks herkenbaar, door de gaatjes van de hoorn. Ashima's eerste vraag is hoe laat het daar is. Ze moet de vraag drie keer herhalen, hard roepend, om te worden verstaan. Rana zegt dat het lunchtijd is. 'Ben je nog van plan om in december te komen?' vraagt hij.

Ze voelt een pijn in haar borst, ontroerd om na al die tijd haar broer haar *didi* te horen noemen, zijn oudere zuster, een woord dat alleen hij en niemand anders ter wereld mag gebruiken. Tegelijkertijd hoort ze in de keuken in Cambridge water stromen en haar echtgenoot een kast opendoen om een glas te pakken. 'Natuurlijk komen we,' zegt ze, even van haar stuk gebracht doordat ze het haar echo zachtjes, minder overtuigend, hoort herhalen. 'Hoe is het met dida? Is er verder nog iets met haar gebeurd?'

'Ze leeft nog,' zegt Rana. 'Maar nog steeds hetzelfde.'

Ashima zakt achterover in haar kussen, slap van opluchting. Ze zal haar grootmoeder toch nog zien, al is het ook voor de laatste keer. Ze kust Gogol op zijn kruin, drukt haar wang tegen de zijne. 'Goddank. Geef me ma eens,' zegt ze, haar benen over elkaar slaand. 'Ik wil haar even spreken.'

'Ze is niet thuis,' zegt Rana na een stilte vol gekraak.

'En baba?'

Een stukje stilte volgt alvorens zijn stem terugkomt. 'Niet thuis.'

'O.' Ze realiseert zich het tijdsverschil – haar vader moet al aan het werk zijn op de redactie van *Desh*, haar moeder naar de markt, een jute tas in de hand, om groente en vis te kopen.

'Hoe gaat het met de kleine Gogol?' vraagt Rana haar. 'Spreekt hij alleen maar Engels?'

Ze lacht. 'Hij spreekt eigenlijk nog helemaal niks.' Ze begint Rana te vertellen dat ze Gogol aan het leren is om 'dida', 'dadu' en 'mamu' te zeggen en om zijn grootouders en zijn oom van foto's te herkennen. Maar een nieuwe portie gekraak, nu nog langer, legt haar halverwege het zwijgen op.

'Rana? Hoor je me nog?'

'Je bent niet te verstaan, didi,' zegt Rana, en zijn stem klinkt steeds zachter. 'Niet te verstaan. We spreken elkaar later wel.'

'Ja,' zegt ze, 'later. Tot gauw. Tot heel gauw. Schrijf me.' Ze legt de telefoon neer, gesterkt door het horen van de stem van haar broer. Even later is ze verward en een tikje geïrriteerd. Waarom neemt hij de moeite om te bellen als hij alleen maar wil vragen hoe het met haar gaat? Waarom belt hij als haar ouders allebei niet thuis zijn?

Ashoke komt terug uit de keuken met een glas water in zijn

hand. Hij zet het glas neer en knipt het lampje naast het bed aan.

'Ik ben klaarwakker,' zegt Ashoke, al is zijn stem nog klein van vermoeidheid.

'Ik ook.'

'En Gogol?'

'Die slaapt weer.' Ze staat op en legt hem terug in de wieg, trekt het dekentje op tot zijn schouders en stapt rillend weer in bed. 'Ik begrijp het niet,' zegt ze en kijkt hoofdschuddend naar het verfrommelde laken. 'Waarom moest Rana ons nu zo nodig bellen? Terwijl het zo duur is. Er klopt iets niet.' Ze wendt zich tot Ashoke en kijkt hem aan. 'Wat heeft hij precies tegen jou gezegd?'

Ashoke schudt zijn hoofd heen en weer, zijn profiel omlaag gericht.

'Hij heeft iets tegen jou gezegd dat je mij niet vertelt. Vertel eens, wat heeft hij gezegd?'

Hij blijft zijn hoofd schudden, en dan buigt hij zich naar haar kant van het bed en drukt hij haar hand zo stevig dat het een beetje pijn doet. Hij drukt haar op het bed en gaat op haar liggen, zijn gezicht afgewend, en zijn lichaam begint plotseling te trillen. Hij houdt haar zo lang op deze manier vast dat ze zich afvraagt of hij het licht uit zal doen en haar zal gaan liefkozen. In plaats daarvan vertelt hij haar wat Rana hem een paar minuten geleden verteld heeft, wat Rana zijn zuster door de telefoon niet zelf durfde te vertellen: dat haar vader gisteravond is gestorven, aan een hartaanval, terwijl hij patience zat te spelen in bed.

Ze vertrekken zes dagen later naar India, zes weken eerder dan ze van plan waren geweest. Alan en Judy, die Ashima de volgende ochtend bij het ontwaken horen huilen en vervolgens het nieuws van Ashoke vernemen, zetten een vaas met bloemen bij de deur. In die zes dagen is er geen tijd om nog een goede naam voor Gogol te bedenken. Ze krijgen een noodpaspoort met 'Gogol Ganguli' over het zegel van de Verenigde Staten getypt, en Ashokes handtekening namens zijn zoon. De dag voor hun vertrek zet Ashima Gogol in zijn wagentje, stopt het vest dat ze voor haar vader gebreid heeft en de penselen in een boodschappentas en loopt naar Harvard Square, naar het station van de subway. 'Neemt u me niet kwalijk meneer,' vraagt ze een heer op straat, 'ik moet met de subway mee.' De man helpt haar het wagentje naar beneden te dragen, en Ashima gaat op het perron staan wachten. Als de subway komt, rijdt ze rechtstreeks terug naar Central Square. Ditmaal is ze klaarwakker. Er zit maar een half dozijn mensen in de wagon, hun gezichten verborgen achter de *Globe*, of verdiept in pocketboekjes, of dwars door haar heen starend naar niets. Als de trein vaart mindert, gaat ze staan, klaar om uit te stappen. Ze kijkt niet meer om naar de boodschappentas die ze met opzet onder haar zitplaats heeft laten staan. 'Hé, die Indiase dame heeft haar spullen vergeten,' hoort ze als de deuren zich sluiten, en als de trein wegrijdt hoort ze een vuist op het glas bonzen, maar ze loopt met Gogol in het wagentje weg over het perron.

De volgende avond stappen ze in een vliegtuig van PanAm naar Londen, waar ze na een tussenstop van vijf uur een ander vliegtuig naar Calcutta zullen nemen, via Teheran en Bombay. Op de startbaan in Boston, haar riemen al vast, kijkt Ashima op haar horloge en berekent op haar vingers hoe laat het in India is. Maar deze keer komt haar geen beeld van haar familie voor de geest. Ze weigert zich voor te stellen wat ze snel genoeg zal zien: haar moeders vermiljoen uit haar scheiding gewist, haar broers dikke haar afgeschoren ten teken van rouw. Het vliegtuig komt in beweging, de reusachtige vleugels wiegen zachtjes op en neer. Ashima kijkt naar Ashoke, die nogmaals controleert of hun paspoorten en groene kaarten in orde zijn. Ze kijkt hoe hij alvast zijn horloge verzet in afwachting van hun aankomst en ziet de bleke zilveren wijzertjes naar hun plaats toe scharen.

'Ik wil niet,' zegt ze, en wendt zich tot het donkere ovale raampje. 'Ik wil ze niet zien. Ik kan het niet.'

Ashoke legt zijn hand op de hare terwijl het vliegtuig snelheid begint te maken. En dan draait Boston schuin onder hen weg en klimmen ze moeiteloos omhoog boven een donkere Atlantische Oceaan. De wielen worden ingetrokken en de cabine schudt als het toestel zich door de eerste wolkenlaag omhoogwerkt. Hoewel Gogol watjes in zijn oren heeft, krijst hij toch in de armen van zijn rouwende moeder terwijl ze verder klimmen, terwijl hij voor het eerst van zijn leven over de aardbol vliegt.

3

1971

DE GANGULI'S ZIJN naar een universiteitsstad buiten Boston verhuisd. Voorzover ze weten zijn zij de enige Bengali's daar. De stad heeft een historische wijk, een rijtje koloniale bouwsels waarnaar 's zomers in het weekend toeristen komen kijken. Er is een congregationalistische kerk met een wit torentje, een natuurstenen gerechtsgebouw met ernaast een gevangenis, een openbare bibliotheek met een koepel, een houten waterput waaruit volgens de overlevering Paul Revere nog gedronken heeft. 's Winters branden er kaarsen achter de ramen van de huizen als het donker is. Ashoke heeft een aanstelling gekregen aan de universiteit als wetenschappelijk assistent elektrotechniek. Voor het geven van onderwijs aan vijf groepen verdient hij zestienduizend dollar per jaar. Hij krijgt een eigen kamer, met zijn naam in een strookje zwart plastic gegrift naast de deur. Hij deelt met de andere leden van zijn afdeling de diensten van een bejaarde secretaresse, mevrouw Jones geheten, die dikwijls een bord met zelfgebakken bananenbrood bij het koffieapparaat in de docentenkamer neerzet. Ashoke vermoedt dat mevrouw Jones, wier man tot zijn dood aan de Engelse afdeling van de universiteit heeft gedoceerd, ongeveer de leeftijd van zijn eigen moeder heeft. Mevrouw Jones leidt een leven dat Ashokes moeder vernederend zou hebben gevonden: ze eet alleen, rijdt in haar eigen auto door regen en sneeuw naar haar werk en ziet haar kinderen en kleinkinderen hoogstens drie of vier keer per jaar.

De baan heeft alles waarvan Ashoke ooit heeft gedroomd. Hij heeft altijd gehoopt aan een universiteit te kunnen lesgeven in plaats van te werken voor een bedrijf. Wat een kick, denkt hij, om college te staan geven voor een zaal vol Amerikaanse studenten.

Wat een voldoening geeft het hem om zijn naam onder 'Wetenschappelijke staf' in de universitaire studiegids gedrukt te zien. Wat een genot als mevrouw Jones tegen hem zegt: 'Professor Ganguli, uw vrouw aan de telefoon.' Vanuit zijn kamer op de vierde verdieping heeft hij een prachtig uitzicht op de binnenplaats, omgeven door de met wingerd begroeide bakstenen gebouwen, en als het aangenaam weer is, gebruikt hij zijn twaalfuurtje op een bank, luisterend naar de tonen van het carillon in de universitaire klokkentoren. Op vrijdag, als hij zijn laatste college gegeven heeft, gaat hij naar de bibliotheek om internationale kranten aan lange stokken te lezen. Hij leest over Amerikaanse vliegtuigen die bevoorradingsroutes van de Vietcong in Cambodja bombarderen, over Naxalieten die in de straten van Calcutta worden vermoord, over India en Pakistan die elkaar de oorlog verklaren. Soms wandelt hij naar de zonnige, onbevolkte bovenste verdieping van de bibliotheek, waar alle literatuur wordt bewaard. Hij snuffelt in de stellingen, meestal eindigend bij zijn geliefde Russen, waar hij bijzondere troost put uit de naam van zijn zoon die in gouden letters op de ruggen van een rij rode, groene en blauwe banden staat.

Voor Ashima's gevoel is de verhuizing naar de voorsteden ingrijpender, pijnlijker dan die van Calcutta naar Cambridge is geweest. Ze had liever gehad dat Ashoke de betrekking bij Northeastern had aanvaard, zodat ze in de stad hadden kunnen blijven. Tot haar stomme verbazing zijn er in deze stad nauwelijks trottoirs, geen straatverlichting, geen openbaar vervoer, kilometers in de omtrek geen winkel te bekennen. Ze heeft geen interesse om te leren rijden in de nieuwe Toyota Corolla die ze zich nu moeten aanschaffen. Ook al is ze niet meer zwanger, toch blijft ze gepofte rijst met pinda's en ui mengen in een kom. Want buitenlander zijn, zo wordt Ashima zo langzamerhand duidelijk, is een soort levenslange zwangerschap – een eeuwig wachten, een constante last, een zich voortdurend niet lekker voelen. Het is een blijvende verantwoordelijkheid, een intermezzo in wat ooit een gewoon leven is geweest, om dan te ontdekken dat dat vorige leven verdwenen is, vervangen door iets dat gecompliceerder is en veeleisender. Vreemdeling zijn, gelooft Ashima, is iets dat bij buitenstaanders dezelfde nieuwsgierigheid opwekt als zwangerschap, dezelfde combinatie van medelijden en respect.

Haar uitstapjes buiten het appartement, als haar man naar zijn werk is, blijven beperkt tot de universiteit waarbinnen ze wonen, en tot het historische wijkje dat aan het universiteitsterrein grenst. Ze wandelt wat rond met Gogol en laat hem op de binnenplaats rondlopen, of gaat met hem in de studentenkantine zitten om televisie te kijken als het regent. Eens per week maakt ze dertig samosa's, die ze verkoopt in het internationale koffiehuis voor vijfentwintig cent per stuk, samen met de Linzer taartjes van mevrouw Etzold en de baklava van mevrouw Cassolis. Op vrijdag gaat ze met Gogol naar het verteluurtje in de openbare bibliotheek. Na zijn vierde verjaardag brengt ze hem drie ochtenden per week naar de peuterklas van de universiteit. Tijdens de uren dat Gogol in de peuterklas vingerverft en het Engelse alfabet leert, loopt Ashima met haar ziel onder haar arm, niet meer gewend om alleen te zijn. Ze mist het handje van haar zoon aan het losse eind van haar sari als ze over straat loopt. Ze mist de klank van zijn ietwat gemelijke, hoge jongensstemmetje dat haar vertelt dat hij honger heeft, of moe is, of nodig moet. Om niet alleen thuis te hoeven zijn, gaat ze in de leeszaal van de openbare bibliotheek in een gebarsten leren leunstoel zitten om brieven naar haar moeder te schrijven of tijdschriften te lezen of een van haar Bengaalse boeken van thuis. De zaal is licht en vrolijk, met een tomaatrood tapijt op de vloer en mensen die de krant lezen om een grote ronde houten tafel met een forsythia of een vaas kattenstaarten in het midden. Als ze Gogol erg mist, gaat ze naar de kinderkamer; daar, op een mededelingenbord geprikt, hangt een foto van hem waarop hij en profil met zijn beentjes over elkaar op een kussen tijdens het verteluurtje zit te luisteren naar de kinderbibliothecaresse, mevrouw Aiken, die voorleest uit *De kat met de hoed.*

Na twee jaar in een oververhit, door de universiteit gesubsidieerd appartement, zijn Ashima en Ashoke toe aan het kopen van een eigen huis. 's Avonds na het eten gaan ze in hun auto met Gogol op de achterbank naar huizen kijken. Ze kijken niet in de historische wijk, waar de voorzitter van Ashokes afdeling woont, in een achttiende-eeuws herenhuis waar hij en Ashima en Gogol eens per jaar op tweede kerstdag op de thee mogen komen. Ze kijken in gewone straten, waar plastic kinderbadjes en honkbalknuppels op de gazons slingeren. Alle huizen hebben Amerikaanse eigenaars. Binnen houdt men zijn schoenen aan, in de keuken staan kattenbakken, honden blaffen en springen op als Ashima en Ashoke aanbellen. Ze leren de namen van de verschillende bouwstijlen: *cape*, *saltbox*, *raised ranch*, *garrison*. Uiteindelijk kiezen ze voor een met shingles gedekt huis in koloniale stijl van twee verdiepingen in een nieuwbouwbuurt, een huis waarin nog niemand heeft gewoond, op duizend vierkante meter grond. Dit is het kleine stukje Amerika waarop zij aanspraak maken. Gogol vergezelt zijn ouders naar banken, zit te wachten als zij de eindeloze papieren tekenen. De hypotheek wordt goedgekeurd en de verhuizing zal in de lente plaatsvinden. Als Ashoke en Ashima per U-Haul naar het nieuwe huis vertrekken, zien ze met verbazing hoeveel ze bezitten. Ze zijn elk met één koffer naar Amerika gekomen, met kleren voor een paar weken; nu liggen er genoeg oude nummers van de *Globe* in de hoeken van het appartement opgestapeld om al hun borden en glazen in te verpakken. Hele jaargangen van *Time Magazine* moeten worden weggegooid.

De muren van het nieuwe huis worden geschilderd, de oprit geasfalteerd, de shingles en het zonneterras waterdicht gemaakt en gebeitst. Ashoke neemt foto's van alle kamers, met Gogol ergens in het beeld, om te versturen naar de familie in India. Op sommige foto's doet Gogol de koelkast open, of praat hij zogenaamd in de telefoon. Hij is een stevig gebouwd kind, met volle wangen, maar met nu al iets melancholieks in zijn gezicht. Als hij voor de camera poseert, moet hij altijd tot een lachje worden verleid. Het huis is een kwartier van de dichtstbijzijnde supermarkt vandaan en veertig minuten van een winkelcentrum. Het adres is Pemberton Road nummer 67. Hun buren zijn de Johnsons, de Mertons, de Aspri's, de Hills. Er zijn vier bescheiden slaapkamers en anderhalve badkamer. De plafonds zijn twee meter vijftien hoog en er is een garage voor één auto. In de woonkamer is een bakstenen open haard en een erker met uitzicht op de tuin. In de keuken zijn de apparaten allemaal geel. Er is een carrousel en op de vloer ligt linoleum met een tegelpatroon. Een aquarel van Ashima's vader, van een kamelenkaravaan in een woestijn in Rajasthan, wordt bij een plaatselijke prentenwinkel ingelijst en in de woonkamer aan de muur gehangen. Gogol heeft een eigen kamer, een bed met een lade onderin, een metalen wandrek met daarin Tinkertoys, Lincoln Logs, een View-Master, en Etch-A-Sketch. Het grootste deel van Gogols speelgoed is gekocht bij tuinverkopen, evenals het meeste meubilair en de gordijnen, de broodrooster en een set potten en pannen. Eerst aarzelt Ashima zulke spullen in haar huis te halen, omdat ze het gênant vindt om iets te kopen dat oorspronkelijk aan vreemden heeft toebehoord, Amerikaanse vreemden bovendien. Maar Ashoke attendeert haar erop dat zelfs zijn voorzitter spullen van tuinverkopen heeft, en dat een Amerikaan, ook al woont hij in een kast van een huis, zich niet te goed voelt om een tweedehands broek te dragen die hij voor vijftig cent heeft gekocht.

Als ze in het huis trekken, moet de tuin nog worden aangelegd. Er groeien geen bomen op het perceel, geen struiken flankeren de voordeur, zodat het beton van het fundament duidelijk zichtbaar is. En zo speelt de eerste paar maanden de vier jaar oude Gogol in een ongeëgaliseerde hoop tuinaarde, bezaaid met stenen en stokken, en laat hij met zijn modderige gympjes overal sporen na. Dit behoort tot zijn vroegste indrukken. Zijn hele verdere leven zal hij zich die kille, zonloze lente blijven herinneren waarin hij in de aarde wroette, stenen verzamelde, zwartgele salamanders ontdekte onder een stuk leisteen. Hij zal zich de geluiden herinneren van de andere kinderen in de buurt, die lachend op hun Big Wheels driewielers door de straat fietsten.

Hij zal zich de warme, zonnige zomerdag herinneren toen een vrachtwagen de bovenste laag tuinaarde kwam storten, en dat hij een paar weken later met zijn vader en moeder op het zonneterras stond en iele grassprietjes uit de kale, zwarte grond zag komen.

In het begin gaat het gezin 's avonds uit rijden, om stukje bij beetje de nieuwe omgeving te verkennen: de verwaarloosde landwegen, de schaduwrijke binnenwegen, de boerderijen waar je in het najaar pompoenen kon plukken en in juli bessen kon kopen in groene kartonnen doosjes. Over de achterbank van de auto zit een plastic beschermhoes en de asbakjes in de deuren zijn nog verzegeld. Ze rijden tot het donker wordt, zonder vooropgezet doel, langs verborgen vijvers, begraafplaatsen, *culs-de-sac*, doodlopende straten. Soms rijden ze helemaal de stad uit, naar een van de stranden aan de North Shore. Zelfs in de zomer gaan ze nooit zwemmen of in de zon liggen om bruin te worden. Ze gaan in hun gewone kleren, en bij hun aankomst is het hokje van de kaartjesverkoper al leeg en zijn de meeste badgasten naar huis; op de parkeerplaats staat nog maar een handjevol auto's en de enige andere bezoekers zijn mensen die hun hond uitlaten of van de zonsondergang genieten of met metaaldetectors het strand afzoeken. Onderweg in de auto verbeiden de Ganguli's het moment waarop het streepje blauwe oceaan in zicht komt. Op het strand verzamelt Gogol stenen en graaft hij gangen in het zand. Hij en zijn vader lopen op blote voeten, hun broekspijpen tot halverwege hun kuiten opgerold. Hij ziet hoe zijn vader in een paar minuten een vlieger oplaat, zo hoog dat Gogol zijn hoofd achterover moet houden om hem te zien, een wiebelend stipje tegen de hemel. De wind geselt hun oren en verkilt hun gezicht. Sneeuwwitte meeuwen zweven met roerloze vleugels, zo laag dat je ze aan kunt raken. Gogol rent de zee in en uit, zijn opgerolde broekspijpen raken doorweekt, zijn ondiepe voetafdrukken zijn even later verdwenen. Zijn moeder slaakt een gilletje en tilt lachend met haar slippers in één hand haar sari een paar centimeter boven haar enkels als ze haar voeten in het schuimende, ijskoude water zet. Ze strekt haar arm uit naar Gogol en neemt hem bij de hand. 'Niet zo ver,' zegt ze. De golven trekken zich terug, verzamelen kracht, het zachte, donkere zand lijkt onmiddellijk onder hun voeten weg te spoelen, zodat ze hun evenwicht verliezen. 'Ik zak weg. Ik word naar beneden gezogen,' zegt ze altijd.

In de augustusmaand waarin Gogol vijf wordt, merkt Ashima dat ze opnieuw zwanger is. 's Morgens dwingt ze zichzelf een sneetje toast te eten, alleen omdat Ashoke het voor haar klaarmaakt en toekijkt als ze het in bed opeet. Haar hoofd tolt voortdurend. Ze ligt de hele dag op bed, een roze plastic prullenmand naast zich, de gordijnen dicht, een smaak van metaal in haar mond. Ze kijkt naar *The Price is Right* en *Guiding Light* en *The $10,000 Pyramid* op de televisie, die Ashoke van de woonkamer naar haar kant van het bed heeft verplaatst. Als ze rond het middaguur naar de keuken wankelt om voor Gogol een boterham met pindakaas te maken, walgt ze van de geur van haar koelkast en is ze ervan overtuigd dat de inhoud in afval is veranderd, dat er vlees in te rotten ligt. Soms ligt Gogol naast haar in bed in een prentenboek te kijken, of te kleuren met zijn potloden. 'Je wordt straks een grote broer,' zegt ze op een dag tegen hem. 'Dan is er iemand die dada tegen jou zegt. Spannend, hè?' Soms, als ze zich beter voelt, vraagt ze Gogol om een fotoalbum te halen en dan kijken ze samen naar kiekjes van Gogols grootouders en van zijn ooms en tantes en neefjes en nichtjes, waaraan hij, ook al is hij een keer in Calcutta geweest, geen herinnering heeft. Ze laat hem een vierregelig versje van Tagore uit het hoofd leren en de namen van de godheden die de tienhandige godin Durga tijdens het pujo-feest luister bijzetten: Saraswati met haar zwaan en Kartik met zijn pauw aan haar linkerkant, Lakshmi met haar uil en Ganesh met zijn muis aan haar rechterkant. 's Middags slaapt Ashima, maar voordat ze haar ogen dichtdoet, zet ze de televisie op Kanaal 2 en vraagt ze Gogol naar *Sesamstraat* te kijken en *The Electric Company*, om het Engels bij te houden dat hij in de peuterklas leert.

's Avonds eten Gogol en zijn vader samen, alleen, kip-kerrie met rijst, die zijn vader elke zondag voor een hele week kookt in twee oude sudderpannen. Als hij het eten gaat opwarmen, vraagt zijn vader aan Gogol de deur van de slaapkamer dicht te doen omdat zijn moeder de lucht niet verdragen kan. Het is vreemd om zijn vader in plaats van zijn moeder in de keuken aan het fornuis te zien staan. Als ze aan tafel zitten, mist Gogol het geluid van hun conversatie, evenals het geluid van de televisie in de woonkamer als het tijd is voor het nieuws. Zijn vader eet met zijn hoofd over zijn bord gebogen, bladert wat in het laatste nummer van *Time* en werpt zo nu en dan een blik op Gogol om te zien of hij wel eet. Hoewel zijn vader niet vergeet de rijst en kerrie vooraf voor Gogol te mengen, neemt hij niet de moeite om er aparte balletjes van te maken, zoals zijn moeder dat doet, en die langs de rand van zijn bord te leggen als de cijfers van een klok. Gogol heeft al geleerd om zelf met zijn vingers te eten zonder het eten de binnenkant van zijn hand te laten kleuren. Hij heeft geleerd het merg uit een lamsbotje te zuigen en op te passen voor graatjes in de vis. Maar zonder zijn moeder aan tafel heeft hij helemaal geen zin om te eten. Elke avond verlangt hij ernaar dat ze uit de slaapkamer zal komen en tussen hem en zijn vader gaat zitten, zodat de geur van haar sari en trui de lucht vervult. Hij is het beu om dag na dag hetzelfde te eten, en op een avond schuift hij voorzichtig de rest van zijn eten opzij. Met zijn wijsvinger begint hij in het restant van de saus op zijn bord te tekenen. Hij speelt boter-kaas-en-eieren.

'Eet door,' zegt zijn vader, opkijkend van zijn weekblad. 'Je mag niet met eten spelen.'

'Ik ben vol, baba.'

'Je hebt je bord nog niet leeg.'

'Ik kan niet meer, baba.'

Het bord van zijn vader is schoongepoetst, de kippenbotjes ontdaan van kraakbeen en tot een rossig moes gekauwd, het laurierblad en het kaneelstokje brandschoon. Ashoke kijkt Gogol aan en schudt misprijzend, onvermurwbaar, zijn hoofd. Dagelijks ergert Ashoke zich aan half opgegeten boterhammen die mensen op de universiteit in vuilnisbakken gooien, aan appels waarvan niet meer dan één, twee happen zijn genomen. 'Eet je bord leeg, Gogol. Toen ik zo oud was als jij at ik blik.'

Omdat zijn moeder steevast moet overgeven als ze in een rijdende auto zit, is ze niet in staat haar man te vergezellen als hij in september 1973 Gogol voor de eerste keer naar de kleuterklas van de plaatselijke openbare lagere school brengt. Inmiddels is de tweede week van het schooljaar aangebroken, maar Gogol heeft de eerste week in bed gelegen, net als zijn moeder, lusteloos, zonder trek in eten, klagend over buikpijn, zelfs een keer overgevend in zijn moeders roze prullenmand. Hij wil niet naar de kleuterschool. Hij wil de nieuwe kleren niet aan die zijn moeder bij Sears heeft gekocht en die aan een knop van zijn ladekast hangen, of zijn Charlie Brown boterhammentrommeltje dragen, of in de gele schoolbus stappen die stopt aan het eind van Pemberton Road. De school is in tegenstelling tot de peuterklas kilometers van huis, kilometers van de universiteit verwijderd. Al meermalen zijn ze in de auto naar de school gaan kijken, een laag, lang, bakstenen gebouw met een plat dak en een vlag die wappert aan een lange witte stok op het gazon.

Dat Gogol niet naar de kleuterschool wil, heeft een reden. Zijn ouders hebben hem verteld dat hij op school niet Gogol zal heten, maar bij een nieuwe naam zal worden genoemd, een goede naam, die zijn ouders uiteindelijk voor hem hebben gekozen, net voor hij aan zijn formele schoolopleiding begint. De nieuwe naam, Nikhil, is vernuftig verbonden met de oude. Niet alleen is het een volkomen respectabele Bengaalse goede naam, die 'hij die geheel is en alles omvat' betekent, maar hij vertoont ook een bevredigende overeenkomst met Nikolaj, de eerste voornaam van de Russische Gogol. Ashoke was kortgeleden op het idee gekomen toen hij gedachteloos naar de banden van Gogol in de bibliotheek stond te staren en had zich toen naar huis gehaast om Ashima te vragen wat zij ervan dacht. Hij voerde aan dat de naam betrekkelijk gemakkelijk uit te spreken was, al bestond het gevaar dat de Amerikanen met hun obsessie voor bondigheid hem zouden inkorten tot Nick. Ze antwoordde dat ze het wel een geschikte naam vond, maar later, alleen, had ze gehuild bij de gedachte aan haar grootmoeder, die eerder dat jaar was gestorven, en aan de brief, die eeuwig ergens tussen India en Amerika zou blijven zweven, waarin de goede naam stond die ze gekozen had voor Gogol. Soms droomt Ashima nog van de brief: ze ontdekt hem na al deze jaren in de brievenbus op Pemberton Road en als ze hem openmaakt blijkt hij blanco te zijn.

Maar Gogol wil geen nieuwe naam. Hij begrijpt niet waarom hij naar iets anders moet luisteren. 'Waarom moet ik nu een nieuwe naam hebben?' vraagt hij zijn ouders, met tranen in zijn ogen. Het zou nog tot daaraantoe zijn als ook zijn vader en moeder hem Nikhil zouden noemen. Maar ze vertellen hem dat de nieuwe naam alleen maar door de onderwijzers en de kinderen op school zal worden gebruikt. Hij is bang om Nikhil te zijn, iemand die hij niet kent, die hem niet kent. Zijn ouders vertellen hem dat ook zij elk twee namen hebben, net als al hun Bengaalse vrienden in Amerika en al hun familieleden in Calcutta. Het hoort bij het volwassen worden, zeggen ze, het hoort bij het Bengali zijn. Ze schrijven de naam op een vel papier en vragen hem die tien keer over te schrijven. 'Maak je maar geen zorgen, hoor,' zegt zijn vader. 'Voor mij en je moeder blijf je gewoon Gogol.'

Op school worden Ashoke en Gogol begroet door de secretaresse, mevrouw McNab, die Ashoke vraagt een inschrijvingsformulier in te vullen. Hij overlegt een afschrift van Gogols geboorteakte en inentingsbewijzen, die mevrouw McNab samen met de akte in een map doet. 'Komt u maar mee,' zegt mevrouw McNab, en ze gaat hen voor naar de kamer van het schoolhoofd. Candace Lapidus luidt de naam op de deur. Mevrouw Lapidus verzekert Ashoke dat het missen van de eerste week kleuterschool geen probleem is, dat alles toch nog wat rommelig is. Mevrouw Lapidus is een lange, slanke vrouw met kort, witblond haar. Ze heeft matblauwe ogenschaduw op en draagt een citroengeel mantelpak. Ze geeft Ashoke een hand en vertelt hem dat er nog twee Indiase kinderen op school zitten, Jayadev Modi in groep drie en Rekha Saxena in groep vijf. Kennen de Ganguli's hen misschien? Ashoke zegt tegen mevrouw Lapidus dat dit niet het geval is. Ze kijkt naar het inschrijvingsformulier en lacht vriendelijk naar het jongetje, dat zich vastklampt aan zijn vaders hand. Gogol is gekleed in een kobaltblauwe broek, rood-witte gymschoenen en een gestreepte coltrui.

'Welkom op de basisschool, Nikhil. Ik ben je schoolhoofd, mevrouw Lapidus.'

Gogol kijkt omlaag naar zijn gympjes. Het schoolhoofd spreekt zijn naam anders uit dan zijn ouders, ze maakt het tweede deel langer, zodat het klinkt als 'hiel'.

Ze bukt zich, zodat haar gezicht op gelijke hoogte is met het zijne, en legt een hand op zijn schouder. 'Kun je mij zeggen hoe oud je bent, Nikhil?'

Als de vraag wordt herhaald en er nog steeds geen antwoord komt, vraagt mevrouw Lapidus: 'Meneer Ganguli, verstaat Nikhil wel Engels?'

'Ja, natuurlijk,' zegt Ashoke. 'Mijn zoon is volkomen tweetalig.'

Om te bewijzen dat Gogol Engels kent, doet Ashoke nu iets wat hij nog nooit eerder heeft gedaan. Hij spreekt zijn zoon aan in verzorgd, geaccentueerd Engels. 'Vooruit, Gogol,' zegt hij, met een aai over diens bol, 'vertel mevrouw Lapidus eens hoe oud je bent.'

'Wat was dat?' vraagt mevrouw Lapidus.

'Pardon, mevrouw?'

'Die naam die u gebruikte. Iets met een G.'

'O, dat, dat zeggen we alleen thuis tegen hem. Maar zijn goede naam moet... is' – hij knikt vastberaden – 'Nikhil.'

Mevrouw Lapidus fronst haar voorhoofd. 'Ik ben bang dat ik het niet begrijp. Zijn goede naam?'

'Inderdaad.'

Mevrouw Lapidus bestudeert het inschrijvingsformulier. Met

die twee andere Indiase kinderen heeft ze dit probleem niet gehad. Ze opent de map en bekijkt het inentingsrapport, de geboorteakte. 'Ik geloof dat hier sprake is van een misverstand, meneer Ganguli,' zegt ze. 'Volgens deze bescheiden is de wettige naam van uw zoon Gogol.'

'Dat is juist. Maar laat mij het u alstublieft uitleggen...'

'Dat u wilt dat wij hem Nikhil noemen.'

'Dat is juist.'

Mevrouw Lapidus knikt. 'En waarom dan wel?'

'Dat is onze wens.'

'Ik kan u niet helemaal volgen, meneer Ganguli. Bedoelt u dat Nikhil een tweede voornaam is? Of een bijnaam? Veel kinderen hebben een bijnaam, hier. Op dit formulier is plaats...'

'Nee, nee, het is geen tweede voornaam,' zegt Ashoke. Hij begint zijn geduld te verliezen. 'Hij heeft geen tweede voornaam. Geen bijnaam. Zijn goede naam, zijn schoolnaam, is Nikhil.'

Mevrouw Lapidus knijpt haar lippen op elkaar en glimlacht. 'Maar hij reageert er niet op, dat is duidelijk.'

'Alstublieft, mevrouw Lapidus,' zegt Ashoke, 'het is heel gewoon dat een kind in het begin wat in de war is. Gunt u hem een beetje tijd, alstublieft. Ik verzeker u dat hij wel zal wennen.'

Hij bukt zich en vraagt Gogol, ditmaal in het Bengaals, kalm en rustig, of hij alsjeblieft antwoord wil geven als mevrouw Lapidus hem iets vraagt. 'Niet bang zijn, Gogol,' zegt hij, terwijl hij de kin van zijn zoon met zijn vinger optilt. 'Je bent nu een grote jongen. Niet huilen, hoor.'

Hoewel mevrouw Lapidus er geen woord van verstaat, luistert ze aandachtig toe, en hoort ze weer die naam. Gogol. Dunnetjes, met potlood noteert ze hem op het inschrijvingsformulier.

Ashoke overhandigt het lunchtrommeltje en een windjackje voor als het koud wordt. Hij bedankt mevrouw Lapidus. 'Braaf zijn, Nikhil,' zegt hij in het Engels. En dan, na een korte aarzeling, is hij verdwenen.

Als ze alleen zijn, vraagt mevrouw Lapidus: 'Vind je het fijn om naar de basisschool te gaan, Gogol?'

'Mijn ouders willen dat ik anders heet op school.'
'En jij, Gogol? Wil jij ook anders heten?'
Hij zwijgt even en schudt dan zijn hoofd.
'Betekent dat nee?'
Hij knikt. 'Ja.'
'Dan is dat geregeld. Kun je je naam op dit blaadje schrijven?'

Gogol pakt een potlood, grijpt het stevig vast en vormt de letters van het enige woord dat hij tot dusver uit zijn hoofd heeft leren schrijven. In zijn zenuwen schrijft hij de L omgekeerd. 'Wat kun jij prachtig schrijven,' zegt mevrouw Lapidus. Ze verscheurt het oude inschrijvingsformulier en vraagt mevrouw McNab of ze een nieuw wil typen. Dan neemt ze Gogol bij de hand en voert hem door een met tapijt beklede gang met geverfde betonnen wanden. Ze opent een deur en Gogol maakt kennis met zijn onderwijzeres, juffrouw Watkins, een vrouw in een overal, op klompen en met het haar in twee vlechten. De klas is een wereldje van bijnamen – Andrew is Andy, Alexandra Sandy, William Billy, Elizabeth Lizzy. Het lijkt in niets op het lager onderwijs dat Gogols ouders hebben genoten, met vulpennen en gepoetste zwarte schoenen en schriften en goede namen en meneer of mevrouw, zo jong als ze waren. Hier is het enige ritueel het betuigen van trouw, 's morgens vroeg, aan de Amerikaanse vlag. De rest van de dag zitten ze om een gemeenschappelijke ronde tafel, drinken limonade, eten koekjes en doen een dutje op oranje kussentjes op de vloer. Aan het eind van de eerste schooldag wordt hij naar huis gestuurd met een brief aan zijn ouders van mevrouw Lapidus, opgevouwen en vastgeniet aan een touwtje om zijn hals, met de mededeling dat, in verband met de voorkeur van hun zoon, hij op school de naam Gogol zal dragen. En de voorkeur van de ouders dan? vragen Ashima en Ashoke zich hoofdschuddend af. Maar omdat ze er geen van beiden veel voor voelen om de zaak op de spits te drijven, besluiten ze maar toe te geven.

En zo gaat Gogols formele schoolopleiding van start. Boven aan vellen gelig kladpapier schrijft hij keer op keer zijn koosnaam en het alfabet in hoofdletters en kleine letters. Hij leert optellen en aftrekken en zijn eerste woorden spellen. Op de kaften van de boeken waaruit hij leert lezen laat hij zijn erfenis achter, zijn naam in potlood B2 onder een reeks andere. Bij kunstzinnige oriëntatie, zijn lievelingsuur van de week, krast hij zijn naam met paperclips in de bodem van aardewerken koppen en kommen. Hij plakt ongekookte pasta op karton en zet zijn signatuur met forse penseelstreken onder zijn schilderstukken. Dagelijks brengt hij zijn scheppingen mee naar huis voor Ashima, die ze trots aan de deur van de koelkast hangt. 'Gogol G,' signeert hij zijn werk in de rechteronderhoek, alsof er onderscheid dient te worden gemaakt tussen hem en een andere Gogol op de school.

In mei wordt zijn zusje geboren. Ditmaal gaat de bevalling snel. Op een zaterdagochtend, onder het spelen van Bengaalse liedjes op de stereo-installatie, vatten ze het plan op naar een tuinverkoop in de buurt te gaan. Gogol eet diepvrieswafels als ontbijt en zou willen dat zijn ouders de muziek uitdeden, zodat hij de tekenfilms kan horen waarnaar hij kijkt, als zijn moeders vliezen breken. Zijn vader zet de muziek uit en belt Dilip en Maya Nandi op, die nu in een buitenwijk op twintig minuten afstand van hen wonen en zelf ook een zoontje hebben. Daarna belt hij de buurvrouw, mevrouw Merton, die heeft aangeboden op Gogol te passen tot de Nandi's er zijn. Hoewel zijn ouders hem op deze gebeurtenis hebben voorbereid, voelt hij zich toch wat opgelaten als mevrouw Merton met haar borduurwerkje arriveert en heeft hij geen zin meer in tekenfilms. Hij kijkt op de stoep hoe zijn vader zijn moeder de auto in helpt, en zwaait hen uit. Als tijdverdrijf maakt hij een tekening van zichzelf en zijn ouders en zijn nieuwe broertje of zusje, op een rijtje voor hun huis. Hij vergeet niet een stipje op zijn moeders voorhoofd te zetten, een bril op zijn vaders neus, een lantaarnpaal bij het tegelpad voor het huis. 'Zo, dat lijkt als twee druppels water,' zegt mevrouw Merton, over zijn schouder kijkend.

Die avond is Maya Nandi, die hij Maya mashi noemt alsof ze

zijn moeders zuster, zijn eigen tante is, net bezig het avondeten op te warmen dat ze heeft meegebracht als zijn vader opbelt om te zeggen dat het kindje geboren is. De volgende dag ziet Gogol zijn moeder zitten in een verstelbaar ziekenhuisbed, met een plastic bandje om haar pols, haar buik niet meer zo hard en rond. Door een groot raam ziet hij zijn zusje slapen in een glazen bedje, het enige kindje op de kraamafdeling met een dikke, zwarte kop haar. Hij maakt kennis met de verpleegsters van zijn moeder. Hij drinkt het vruchtensap en eet de pudding van het dienblad van zijn moeder. Verlegen geeft hij zijn moeder de tekening die hij gemaakt heeft. Onder de figuurtjes heeft hij zijn eigen naam geschreven en 'ma' en 'baba'. Alleen onder het kindje staat niets. 'Ik wist niet hoe het kindje heette,' zegt Gogol, en dat is het moment dat zijn ouders het hem vertellen. Ditmaal zijn Ashoke en Ashima er klaar voor. Ze hebben de namen bij de hand, voor een jongen en voor een meisje. Na Gogol hebben ze hun lesje geleerd. Ze weten nu dat scholen in Amerika niet doen wat de ouders zeggen en een kind onder zijn koosnaam inschrijven. De enige manier om die verwarring te voorkomen, hebben ze besloten, is de koosnaam helemaal af te schaffen, zoals veel van hun Bengaalse vrienden al hebben gedaan. Voor hun dochter zijn koosnaam en goede naam een en dezelfde: Sonali, ofwel 'zij die van goud is'.

Als Gogol twee dagen later uit school komt, treft hij zijn moeder weer thuis, in een badjas gehuld in plaats van in een sari, en ziet hij voor het eerst zijn zusje wakker. Ze heeft een roze pyjamaatje aan waar haar handjes en voetjes in schuilgaan, met een roze mutsje dat om haar vollemaansgezichtje is vastgestrikt. Ook zijn vader is thuis. Zijn ouders zetten Gogol op de bank in de woonkamer en leggen Sonali op zijn schoot. Hij moet haar tegen zijn borst houden en met één hand haar hoofdje steunen, terwijl zijn vader foto's neemt met een nieuwe Nikon-kleinbeeldcamera. De sluiter klikt zachtjes, herhaaldelijk, de kamer baadt in warm middaglicht. 'Ha, Sonali,' zegt Gogol, stijfjes rechtop zittend. Hij kijkt omlaag naar haar gezichtje en dan omhoog naar de lens. Hoewel Sonali de naam op haar geboorteakte is, de naam die ze officieel haar hele leven dragen zal, gaan ze haar thuis algauw Sonu noemen, dan Sona, en uiteindelijk Sonia. Sonia maakt haar tot wereldburgeres. Het legt een Russisch verband met haar broer, het is Europees, Zuid-Amerikaans. Later wordt het de naam van de Italiaanse echtgenote van de Indiase premier. In het begin is Gogol teleurgesteld omdat hij niet met haar kan spelen, omdat ze alleen maar slaapt en haar luiers bevuilt en huilt. Maar op den duur begint ze toch op hem te reageren, te kirren als hij haar buikje kietelt, of haar duwt in haar schommeltje, bediend met een lawaaiige zwengel, of als hij 'kiekeboe' roept. Hij helpt zijn moeder haar in bad te doen, haalt de handdoek en de shampoo. Hij houdt haar bezig op de achterbank van de auto als ze op zaterdagavond op de snelweg rijden, onderweg naar etentjes bij vrienden van hun ouders. Want inmiddels zijn alle Bengali's van Cambridge verhuisd naar plaatsen als Dedham en Framingham en Lexington en Winchester, naar huizen met tuinen en oprijlanen. Ze kennen nu zoveel Bengali's dat er zelden nog een zaterdag vrij is, zodat Gogol zich zijn hele verdere leven de zaterdagen uit zijn kinderjaren zal herinneren als één enkel, voortdurend herhaald tafereel: een stuk of dertig mensen in een vierkamer-voorstadswoning, de kinderen kijken televisie of doen een bordspel in een souterrain, de ouders eten en converseren in het Bengaals dat de kinderen onder elkaar niet meer spreken. Hij zal zich de verwaterde kerrieschotel herinneren die hij van papieren bordjes moest eten, en soms de pizza of afhaalchinees die speciaal voor de kinderen werd besteld. Ze hebben zoveel mensen uitgenodigd voor Sonia's rijstceremonie dat Ashoke een gebouw van de universiteit afhuurt, met twintig opklaptafels en een bedrijfskachel. In tegenstelling tot haar meegaande oudere broer weigert Sonia, zeven maanden oud, al het voedsel. Ze speelt met de aarde die ze uit de tuin hebben gehaald en dreigt het dollarbiljet in haar mond te steken. 'Dit,' zegt een van de gasten, 'dit is de ware Amerikaan.'

Terwijl hun levens in New England zich vullen met bevriende mede-Bengali's, zijn de mensen uit dat andere, vroegere leven, de mensen die Ashima en Ashoke niet bij hun goede namen, maar als Monu en Mithu kennen, langzaam aan het verdwijnen. Meer sterfgevallen dienen zich aan, steeds vaker schrikken ze midden in de nacht van de telefoon, steeds meer brieven vallen er in de bus die berichten van ooms en tantes die er niet meer zijn. Het nieuws van deze sterfgevallen raakt nooit zoek in de post zoals andere brieven. Op de een of andere manier slaagt slecht nieuws, hoezeer ook elektrisch geladen, hoezeer ook van echo's vervuld, er altijd in hen te bereiken. Nog geen tien jaar in het buitenland, zijn ze beiden al wees: Ashokes ouders beiden gestorven aan kanker, Ashima's moeder aan een nierziekte. Gogol en Sonia worden vroeg in de ochtend door deze sterfgevallen gewekt, als ze hun ouders door dunne slaapkamerwanden horen schreeuwen. Ze strompelen de kamer van hun ouders in, niet-begrijpend, in verlegenheid gebracht door het zien van hun ouders tranen, zelf maar matig aangedaan. In zekere zin leven Ashoke en Ashima het leven van hoogbejaarden, van hen aan wie iedereen die ze ooit gekend en bemind hebben is ontvallen, van hen die nog leven en alleen nog troost vinden in de herinnering. Zelfs de familieleden die nog leven, schijnen in zekere zin dood te zijn, altijd onzichtbaar, onaanraakbaar. Stemmen door de telefoon, bij tijd en wijle kond doend van geboorten en huwelijken, bezorgen hun koude rillingen. Hoe is het mogelijk dat ze nog leven, nog praten? Hun aanblik, als ze om de paar jaar Calcutta bezoeken, is nog vreemder. Zes of acht weken gaan voorbij als in een droom. Weer terug in Pemberton Road, in het bescheiden huis dat opeens reusachtig lijkt, is er niets dat hen bij het verleden bepaalt; ook al hebben ze net zo'n honderd familieleden gezien, toch hebben ze het gevoel dat ze de enige Ganguli's ter wereld zijn. De mensen met wie ze zijn opgegroeid zullen nooit dit leven zien, dat weten ze zeker. Die zullen nooit de lucht van een mistige ochtend in New England opsnuiven, nooit bij de buren de schoorsteen zien roken, nooit in een auto zitten kleumen tot de ruiten zijn ontdooid en de motor is opgewarmd.

En toch, voor een oppervlakkige waarnemer lijken de Ganguli's, afgezien van de naam op hun brievenbus en van de exemplaren van *India Abroad* en *Sangbad Bichitra* die er worden bezorgd, niet anders te zijn dan hun buren. In hun garage zijn, net als in alle andere garages, spaden te vinden, en snoeischaren en een slee. Ze kopen een barbecue om 's zomers op de veranda *tandoori* te maken. Elke stap, elke aankoop, hoe klein ook, gaat met wikken en wegen gepaard, wordt met bevriende Bengali's overlegd. Maakte het iets uit of je een hark van plastic kocht of van metaal? Wat was beter, een echte kerstboom of een kunstboom? Ze leren met Thanksgiving kalkoenen te braden, hoewel ingewreven met knoflook, komijn en rode peper, in december een krans op hun voordeur te spijkeren, sneeuwpoppen wollen sjaals om te doen, met Pasen gekookte eieren paars en roze te verven en in huis te verstoppen. Ter wille van Gogol en Sonia vieren ze, met steeds meer toeters en bellen, de geboorte van Christus, een evenement waar de kinderen veel meer naar uitkijken dan naar de verering van Durga en Saraswati. Voor pujo's, die voor het gemak op twee zaterdagen per jaar worden gevierd, worden Gogol en Sonia naar een highschool vervoerd, of naar een door Bengali's overgenomen zaaltje van de Knights of Columbus, waar ze goudsbloemblaadjes naar een kartonnen afbeelding van de godin moeten gooien en flauwe vegetarische gerechten moeten eten. Het haalt niet bij Kerstmis, als ze kousen aan de schoorsteenmantel hangen en koekjes en melk voor de kerstman klaarzetten en bergen cadeautjes krijgen en vrij hebben van school.

Ook in andere opzichten gaan Ashoke en Ashima overstag. Hoewel Ashima nog steeds niets anders draagt dan sari's en sandalen van de Bata, leert Ashoke, die zijn hele leven gewend is geweest zijn broeken en overhemden te laten maken, confectie te kopen. Hij verruilt zijn vulpennen voor ballpoints, Wilkinson-scheermesjes en zijn varkensharen scheerkwast voor Bic-krabbertjes van zes in een pak. Al is hij nu docent in vaste dienst, hij draagt geen colbert en stropdas meer naar de universiteit. Nu er waar hij zich ook wendt of keert een klok te zien is – naast zijn bed, boven het fornuis als hij thee zet, in de auto waarmee hij naar zijn werk rijdt, aan de muur tegenover zijn bureau – draagt hij geen polshorloge meer en heeft hij zijn Favre Leuba aan de diepten van zijn sokkenlade toevertrouwd. In de supermarkt laat hij Gogol het karretje vullen met artikelen die hij en Sonia, maar zijzelf niet, gebruiken: apart verpakte plakjes kaas, mayonaise, tonijn, hotdogs. Voor Gogols lunches kopen ze fijne vleeswaren bij de delicatessenafdeling, en 's ochtends maakt Ashima boterhammen met Bolognese worst of rosbief. Na lang aandringen van Gogol geeft ze toe en kookt ze als traktatie eens per week een Amerikaanse maaltijd voor hem: Shake 'n Bake kip of Hamburger Helper, bereid met lamsgehakt.

Ze doen niettemin wat ze kunnen. Ze maken er een punt van met de kinderen naar Cambridge te rijden als de Apu Trilogie in de Orson Welles speelt, of als er in de Memorial Hall een Kathakali dansuitvoering of een sitar-recital wordt gegeven. Als Gogol in de derde klas zit, sturen ze hem eens in de twee weken op zaterdag naar Bengaalse taal- en cultuurles bij een van hun vrienden aan huis. Want Ashima en Ashoke blijven het verontrustend vinden dat, als ze hun ogen dichtdoen, hun kinderen precies klinken als Amerikanen, routineus converserend in een taal die hun soms nog steeds voor raadsels stelt, in klanken die ze gewend zijn te wantrouwen. Op Bengaalse les leert Gogol zijn voorouderlijke alfabet te lezen en te schrijven, dat achter in zijn keel begint met een ongeaspireerde к en geleidelijk over zijn verhemelte naar voren loopt, om te eindigen met vluchtige klinkers die buiten zijn lippen zweven. Hij leert letters te schrijven die aan een balk hangen, en op den duur uit deze ingewikkelde vormen zijn naam in elkaar te knutselen. Ze lezen in het Engels geschreven pamfletten over de Bengaalse renaissance en de revolutionaire verrichtingen van Subhas Chandra Bose. De kinderen volgen de lessen zonder belangstelling, wensend dat ze in plaats daarvan ballet of softbal konden doen. Gogol heeft er een hekel aan, omdat hij door de Bengaalse les om de week op zaterdagochtend een tekenles moet missen, waarvoor hij zich op aanraden van zijn lerares kunstzinnige vorming heeft ingeschreven. De tekenles wordt gegeven op de hoogste verdieping van de openbare bibliotheek, op mooie dagen maken ze wandelingen door de historische buurt, gewapend met grote schetsblokken en potloden, en dan moeten ze de gevel van het een of andere gebouw tekenen. In de Bengaalse les gebruiken ze handgenaaide leesboeken die hun leraar uit Calcutta heeft meegebracht en die, zoals Gogol wel moet opmerken, gedrukt zijn op papier dat veel weg heeft van het gevouwen toiletpapier dat hij op school gebruikt.

Als jongetje heeft Gogol vrede met zijn naam. Hij herkent stukjes van zichzelf in verkeersborden: 'GO LEFT', 'GO RIGHT', 'GO SLOW'. Voor zijn verjaardag bestelt zijn moeder een taart waarop zijn naam in lichtblauwe suikerletters op een wit geglaceerd oppervlak is gespoten. Het lijkt alles volkomen normaal. Het stoort hem niet dat zijn naam nooit tot de keuzemogelijkheden op sleutelhangers of sierspeldjes of koelkastmagneetjes behoort. Er is hem verteld dat hij vernoemd is naar een beroemde Russische schrijver, geboren in een andere eeuw. Dat de naam van die schrijver, en dus ook de zijne, in de hele wereld bekend is en altijd zal voortleven. Op een dag neemt zijn vader hem mee naar de bibliotheek van de universiteit en laat hem, op een plank ver boven zijn bereik, een rij banden zien van Gogol. Als zijn vader een van de boeken op een willekeurige bladzijde openslaat, zijn de letters veel kleiner dan in de *Hardy Boys*-reeks waarin Gogol pas is begonnen te lezen. 'Over een paar jaar,' zegt zijn vader, 'ben je zover dat je ze kunt lezen.' Hoewel invallende onderwijzers altijd stoppen en verontschuldigend rondkijken als ze bij zijn naam op het lijstje zijn aangeland, zodat Gogol al voordat het hem gevraagd wordt moet roepen 'Dat ben ik', staan de vaste leerkrachten er allang niet meer bij stil. Na een jaar of twee plagen zijn medeleerlingen hem niet meer en zeggen ze geen 'Giechel' of 'Gorgel' meer. De ouders zijn eraan gewend zijn naam op de lijst van spelers te zien in de programma's van de toneelstukjes die met Kerstmis op school worden opgevoerd. 'Gogol is een uitmuntende leerling, weetgierig en ijverig,' schrijven zijn onderwijzers jaar na jaar op zijn rapport. '*Go*, Gogol!' schreeuwen zijn klasgenoten op gouden herfstdagen als hij een run maakt, of de honderd meter sprint.

Wat zijn achternaam, Ganguli, betreft: als hij tien is, is hij al drie keer in Calcutta geweest, twee keer in de zomer en een keer tijdens Durga pujo, en van het laatste bezoek herinnert hij zich nog de aanblik ervan, deftig gebeiteld in de witgekalkte gevel van het huis van zijn grootvader van vaders kant. Hij herinnert zich nog zijn verbazing bij het zien van zes bladzijden gevuld met Ganguli's, drie kolommen per bladzijde, in het telefoonboek van Calcutta. Hij had de bladzijde eruit willen scheuren als souvenir, maar toen hij dat aan een van zijn neven had verteld, had die gelachen. Tijdens taxiritten door de stad, onderweg naar de diverse huizen van zijn verwanten, had zijn vader hem de naam ook elders aangewezen, op de zonneschermen van confiseurs, kantoorboekhandels en opticiens. Hij had Gogol verteld dat Ganguli een erfenis van de Britten is, een verengelste uitspraak van zijn eigenlijke achternaam, Gangopadhyay.

Weer thuis in Pemberton Road helpt hij zijn vader met het plakken van losse gouden letters, gekocht in de ijzerwinkel, die samen de naam 'GANGULI' op hun brievenbus vormen. Op een ochtend, de dag na Halloween, ontdekt Gogol, onderweg naar de bushalte, dat de naam ingekort is tot 'GANG', en dat er met potlood 'GREEN' achter is gekrabbeld. Zijn oren gaan gloeien als hij het ziet, en hij rent het huis weer in, totaal ontdaan, overtuigd als hij is dat zijn vader zich beledigd zal voelen. Al is het ook zíjn achternaam, toch is er iets dat Gogol vertelt dat deze schending meer voor zijn ouders bedoeld is dan voor Sonia en hem. Want inmiddels is hij gaan merken dat in winkels de caissières ginnegappen om het accent van zijn ouders en dat verkopers zich bij voorkeur tot Gogol richten, alsof zijn ouders ontoerekeningsvatbaar zijn, of doof. Maar zijn vader maakt zich er niet druk om, evenmin als nu om de brievenbus. 'Het is maar een kwajongensstreek,' zegt hij tegen Gogol, met een wegwerpend handgebaar, en 's avonds rijden ze weer naar de ijzerwinkel om de ontbrekende letters opnieuw te kopen.

Maar op een dag wordt het eigenaardige van zijn naam hem duidelijk. Hij is elf jaar oud, zit in groep acht en maakt met zijn school een excursie met het een of andere historische doel. Ze vertrekken in hun schoolbus, twee klassen, twee onderwijzers, twee extra begeleiders, en rijden het stadje uit en de snelweg op. Het is een kille, spectaculaire novemberdag, de lucht is strakblauw en helgele bladeren dwarrelen van de bomen en bedekken de grond. De kinderen schreeuwen en zingen en drinken blikjes priklimonade gewikkeld in zilverpapier. Eerst bezoeken ze een oud textielfabriekje ergens in Rhode Island. De volgende halte is een ongeschilderd houten huisje met piepkleine raampjes dat op een uitgestrekt terrein staat. Binnen, als hun ogen aan het schaarse licht gewend zijn, zien ze een bureau met een inktpot erop, een beroete open haard, een wastobbe en een kort, smal ledikant. Hier woonde vroeger een dichter, wordt hun verteld. Al het meubilair is door een touw van het midden van de kamer gescheiden en op bordjes staat dat ze niets aan mogen raken. Het plafond is zo laag dat de onderwijzers zich gebukt van de ene schemerige kamer naar de andere moeten begeven. Ze nemen een kijkje in de keuken, met zijn ijzeren fornuis en natuurstenen gootsteen, en lopen achter elkaar een paadje af om het gemakhuisje te zien. De leerlingen slaken kreten van afschuw als ze een tinnen pot aan de zitting van een houten stoel zien hangen. In het souvenirwinkeltje koopt Gogol een prentbriefkaart van het huis en een balpen vermomd als ganzenveer.

De laatste bezienswaardigheid die ze die dag aandoen, met de bus een paar minuten van het huis van de dichter verwijderd, is een kerkhof waar de man begraven ligt. Ze drentelen wat van graf naar graf, tussen dikke en dunne grafstenen, sommige scheef alsof ze buigen in de wind. De stenen zijn rechthoekig of rond van boven, zwart en grijs, vaker dof dan glanzend, begroeid met mos. Op veel stenen zijn de letters vervaagd. Ze vinden de steen met de naam van de dichter. 'Even verzamelen,' zeggen de onderwijzers, 'het is tijd voor een project.' De leerlingen krijgen elk een aantal vellen blanco krantenpapier en een paar dikke kleurkrijtjes waar de etiketjes van af zijn gescheurd. Gogol huivert ondanks zichzelf. Hij heeft nog nooit een voet op een kerkhof gezet, er alleen in het voorbijgaan, vanuit een auto, een blik naar geworpen. Er ligt een grote begraafplaats aan de rand van hun woonplaats; toen ze een keer in de file stonden, hadden hij en zijn familie uit de verte een begrafenis gadegeslagen, en sindsdien moeten ze van zijn moeder altijd hun blik afwenden als ze er langskomen.

Tot Gogols verwondering moeten ze niet de grafstenen tekenen, maar door wrijven een afdruk van het oppervlak maken. Een onderwijzer gaat op zijn hurken zitten, houdt met één hand het krantenpapier op zijn plaats, en laat hun zien hoe het moet. De kinderen hollen weg tussen de rijen doden, over leerachtige bladeren, speurend naar hun eigen naam, een handjevol kan triomfantelijk een graf aanwijzen waar ze familie van zijn. 'Smith!' schreeuwen ze. 'Collins!' 'Wood!' Gogol is oud genoeg om te weten dat hij zelf verbrand zal worden in plaats van begraven, dat zijn lichaam geen plaats in de grond in zal nemen, dat geen steen in dit land zijn naam zal dragen als hij niet meer leeft. In Calcutta heeft hij, vanuit taxi's en één keer vanaf het dak van het huis van zijn grootouders, gezien hoe de lijken van vreemden op de schouders van mensen door de straten werden gedragen, met bloemen overdekt en in lakens gewikkeld.

Hij loopt naar een smalle, zwart geworden steen met een prettige vorm, van boven rond met een kruis erop. Hij knielt neer in het gras, houdt het papier omhoog en begint zachtjes te wrijven met de zijkant van zijn krijtje. De zon gaat al onder en zijn vingers zijn stijf van de kou. De onderwijzers en begeleiders zitten op de grond met hun benen gestrekt tegen de grafstenen geleund, en de geur van hun mentholsigaretten zweeft door de lucht. Eerst verschijnt er niets dan een korrelige, egale, nachtblauwe vlek. Maar dan, opeens, ontmoet het krijtje een lichte weerstand, en verschijnen er als door een wonder achter elkaar letters op het papier: 'ABIJAH CRAVEN, 1701-45'. Gogol heeft nog nooit iemand ontmoet die Abijah heet, evenmin, realiseert hij zich nu, als hij ooit een tweede Gogol heeft ontmoet. Hij vraagt zich af hoe je Abijah uitspreekt, of het de naam van een man is of van een vrouw. Hij loopt naar een andere grafsteen, nog geen dertig centimeter hoog, en drukt er een nieuw vel papier tegenaan. Dit graf is van een zekere ANGUISH MATHER, een kind. Hij rilt bij de gedachte aan gebeente niet groter dan het zijne daar onder de grond. Sommige kinderen van de klas houden het project algauw voor gezien en zitten elkaar achterna tussen de zerken, stoeiend en klierend en bellen blazend van klapkauwgom. Maar Gogol gaat van graf tot graf met papier en krijt, en wekt de ene na de andere naam tot leven. 'PEREGRINE WOTTON, D. 1699.' 'EZEKIEL AND URIAH LOCKWOOD, BROTHERS, R.I.P.' Deze namen bevallen hem, om hun vreemdheid, hun zwier. 'Zo, die namen zie je tegenwoordig niet veel meer,' merkt een van de begeleiders op, als hij langs komt lopen en een blik op zijn wrijfsels werpt. 'Zo'n beetje als die van jou.' Totnogtoe is het niet bij Gogol opgekomen dat namen in de loop der tijden doodgaan, dat ze sterven, net als mensen. Tijdens de rit terug naar school worden de wrijfsels van de andere kinderen verscheurd, verfrommeld, naar elkaars hoofd gegooid en onder de donkergroene banken achtergelaten. Maar Gogol zit stilletjes met zijn wrijfsels zorgvuldig opgerold als perkamenten op zijn schoot.

Thuis is zijn moeder hevig ontsteld. Wat was dit voor excursie? Het was al erg genoeg dat ze hun lijken met gestifte lippen in met zijde gevoerde kisten begroeven. Alleen in Amerika (een uitdrukking die ze de laatste tijd vaak gebruikt), alleen in Amerika nemen ze kinderen mee naar kerkhoven in naam van de kunst. Wat komt hierna, zou ze graag willen weten, een bezoekje aan het mortuarium? In Calcutta zijn de lijkverbrandingsplaatsen strikt verboden terrein, vertelt ze Gogol, en hoewel ze er met alle macht tegen vecht, hoewel ze hier was en niet daar, beide keren dat het gebeurde, toch ziet ze hoe de lichamen van haar ouders door de vlammen worden verzwolgen. 'De dood is geen vermakelijkheid,' zegt ze, op onvaste, stijgende toon, 'niet iets om plaatjes van te maken.' Ze weigert de wrijfsels in de keuken op te hangen naast zijn andere scheppingen, zijn houtskooltekeningen en zijn collages van tijdschriftenfoto's, zijn potloodschets van een Griekse tempel die hij uit een encyclopedie heeft nagetekend, zijn pasteltekening van de voorgevel van de openbare bibliotheek, waarmee hij een wedstrijd heeft gewonnen die was uitgeschreven door het bestuur van de bibliotheek. Nooit eerder had ze een product van haar zoons tekenkunst afgewezen. De schuld die ze voelt om Gogols verbouwereerde gezicht wordt verzacht door gezond verstand. Hoe kan ze nu eten koken voor haar gezin met de namen van dode mensen aan de muur?

Maar Gogol is eraan gehecht. Om redenen die hij niet kan verklaren of zelfs maar begrijpen spreken deze oude puriteinse geesten, deze allereerste immigranten in Amerika, deze dragers van onmogelijke, in onbruik geraakte namen, hem aan, en wel zo sterk dat hij ondanks zijn moeders weerzin weigert de wrijfsels weg te gooien. Hij rolt ze op, brengt ze naar boven en verstopt ze in zijn kamer achter zijn ladekast, een plek waarvan hij weet dat zijn moeder er nooit zal kijken en waar ze ongezien maar veilig nog jarenlang stof zullen vergaren.

4
1982

GOGOLS VEERTIENDE VERJAARDAG. Zoals de meeste gebeurtenissen in zijn leven is dit voor zijn ouders weer een aanleiding om voor hun Bengaalse vriendenkring een feest te geven. Zijn eigen vrienden van school waren de dag tevoren uitgenodigd, een tamme aangelegenheid, met pizza's die zijn vader onderweg van zijn werk naar huis had gehaald, een honkbalwedstrijd op de televisie waar ze samen naar hadden gekeken, een spelletje pingpong in de rommelkamer. Voor het eerst van zijn leven heeft hij nee gezegd tegen de geglaceerde taart, de doos met veelkleurige ijsjes, de worstenbroodjes, de ballonnen en slingers aan de muren. Het andere feestje, het Bengaalse, wordt gehouden op de zaterdag die het dichtst bij zijn echte geboortedag valt. Zoals altijd begint zijn moeder al dagen van tevoren met koken en stapelt ze de koelkast vol met schotels die met aluminiumfolie zijn afgedekt. Ze bereidt al zijn lievelingskostjes: lams-kerrieschotel met veel aardappelen, *luchi's*, dikke *channa* dal met gewelde bruine rozijnen, ananas chutney, *sandeshes* gevormd uit saffraangele ricottakaas. Dit alles vindt ze minder vermoeiend dan het voeden van een stelletje Amerikaanse kinderen, van wie de helft altijd beweert allergisch te zijn voor melk en die het allemaal vertikken om de korsten van hun brood op te eten.

Er komen bijna veertig gasten, uit drie verschillende staten. De vrouwen zijn gekleed in oogverblindende sari's, waarbij de pantalons en polohemden van hun echtgenoten povertjes afsteken. Een groepje mannen installeert zich in een kring op de vloer en begint onmiddellijk een potje te pokeren. Dit zijn al zijn *mashi's* en *mesho's*, zijn eretantes en -ooms. Ze brengen allemaal hun kinderen mee, de vrienden van zijn ouders geloven niet in babysitters. Als gewoonlijk is Gogol het oudste kind in de groep. Hij is te oud om verstoppertje te spelen met de achtjarige Sonia en haar vriendinnetjes met paardenstaartjes en uiteenstaande tanden, maar nog niet oud genoeg om in de woonkamer met zijn vader en de andere echtgenoten over de economische politiek van Reagan te praten, of om rond de eettafel met zijn moeder en de echtgenotes de laatste nieuwtjes uit te wisselen. Het dichtst bij zijn eigen leeftijd is een meisje dat Moushumi heet, dat met haar ouders kortgeleden uit Engeland naar Massachusetts is verhuisd en dat een paar maanden geleden op een soortgelijke manier haar dertiende verjaardag heeft gevierd. Maar Gogol en Moushumi hebben elkaar niets te vertellen. Moushumi zit in kleermakerszit op de vloer, ze draagt een bril met een kastanjebruin plastic montuur en een bovenmaatse genopte hoofdband die haar dikke, halflange haar naar achteren houdt. Op haar schoot staat een kellygroene Bermudatas met roze biesjes en houten hengsels; in de tas zit een dikke tube lipbalsem met 7 up-smaak, die ze van tijd tot tijd over haar lippen haalt. Ze leest in een beduimeld exemplaar van *Pride and Prejudice*, terwijl de andere kinderen, Gogol incluis, op en naast het bed van zijn ouders naar *The Love Boat* en *Fantasy Island* liggen te kijken. Zo nu en dan vraagt een kind aan Moushumi of ze iets, het geeft niet wat, wil zeggen met haar Engelse accent. Sonia vraagt of ze prinses Diana weleens op straat heeft zien lopen. 'Ik verfoei Amerikaanse televisie,' verklaart Moushumi ten slotte tot ieders verrukking, waarna ze de gang opzoekt om verder te kunnen lezen.

Als de gasten vertrokken zijn, worden de cadeaus uitgepakt. Gogol krijgt meerdere woordenboeken, meerdere rekenmachientjes, meerdere Cross-vulpen-en-vulpotloodsetjes, meerdere lelijke truien. Zijn ouders geven hem een Instamatic-camera, een nieuw schetsboek, kleurpotloden en de tekenvulpen waarom hij had gevraagd, plus twintig dollar die hij naar eigen inzicht mag besteden. Sonia heeft een kaart voor hem gemaakt met viltstiften op papier dat ze uit een van zijn eigen tekenboeken heeft gescheurd, met de tekst 'Gefeliciteerd met je verjaardag Goggles', zoals ze hem steevast noemt, in plaats van dada. Zijn moeder legt de dingen waar hij niet blij mee is, en dat is bijna alles, opzij om aan zijn neefjes en nichtjes te geven als ze weer naar India gaan. Later die avond zit hij alleen op zijn kamer te luisteren naar kant 3 van het Witte Album op de RCA-pick-up die door zijn ouders is afgedankt. Het album is een cadeau dat hij op zijn Amerikaanse verjaardagsfeestje op school van een vriendje heeft gekregen. Gogol, geboren toen de groep al bijna ter ziele was, is totaal in de ban van John, Paul, George en Ringo. Hij heeft bijna al hun platen, en het enige dat op het prikbord aan zijn kamerdeur zit is het overlijdensbericht van Lennon, inmiddels al vergeeld en broos, dat hij uit de *Boston Globe* heeft geknipt. Hij zit met gekruiste benen op het bed over de songteksten gebogen als er op zijn deur wordt geklopt.

'Binnen,' brult hij, in de verwachting dat het Sonia in haar pyjama is, die komt vragen of ze zijn Magic 8 bal mag lenen, of zijn Rubik-kubus. Maar tot zijn verrassing is het zijn vader, op kousenvoeten, een beginnend buikje zichtbaar onder zijn haverkleurige pullover, zijn snor al grijzend. Tot Gogols nog grotere verrassing ziet hij een cadeau in zijn vaders hand. Zijn vader heeft hem nog nooit iets voor zijn verjaardag gegeven dat niet door zijn moeder was gekocht, maar dit jaar, zegt zijn vader, terwijl hij door de kamer naar Gogol toe komt, heeft hij iets bijzonders. Het cadeau is verpakt in rood-groen-goud gestreept papier dat nog van Kerstmis over is, onhandig dichtgeplakt met cellotape. Het is duidelijk een boek, dik, gebonden, door zijn vader zelf ingepakt. Gogol haalt voorzichtig het papier eraf, maar toch laat de cellotape een kleine beschadiging achter op het stofomslag. *De korte verhalen van Nikolaj Gogol* staat erop. Aan de binnenkant is het prijsje verwijderd.

'Ik heb het speciaal voor jou bij de boekhandel besteld,' zegt zijn vader, met stemverheffing om boven de muziek uit te komen. 'Het is vandaag de dag moeilijk nog een gebonden uitgave te vinden. 't Is een Engelse editie, van een klein uitgeverijtje. Het heeft vier maanden geduurd voor het hier was. Ik hoop dat je het mooi vindt.'

Gogol buigt zich naar de versterker en zet hem iets zachter. Hij zou liever *The Hitchhiker's Guide to the Galaxy* hebben gekregen, of desnoods een nieuw exemplaar van *De Hobbit*, ter vervanging van het oude, dat hij verleden zomer is kwijtgeraakt in Calcutta, waar hij het op het dak van zijn vaders huis in Alipore heeft laten liggen en het door kraaien is meegenomen. Hoewel zijn vader het weleens oppert, is het nog nooit bij hem opgekomen een letter van Gogol te lezen, of van welke Russische schrijver dan ook. Er is hem nooit verteld waarom hij eigenlijk Gogol is genoemd; hij heeft geen weet van het ongeluk waarbij zijn vader bijna om het leven is gekomen. Hij denkt dat zijn vader hinkt omdat hij als tiener bij het voetballen een blessure heeft opgelopen. Wat betreft Gogol kent hij maar de halve waarheid: dat het zijn vaders lievelingsschrijver is.

'Dank je, baba,' zegt Gogol, verlangend om met zijn songteksten verder te gaan. Hij is de laatste tijd lui, hij spreekt zijn ouders in het Engels aan hoewel zij tegen hem Bengaals blijven praten. Zo nu en dan houdt hij in huis zijn sportschoenen aan. Aan tafel gebruikt hij soms een vork.

Zijn vader staat daar nog steeds in zijn kamer en kijkt hem vol verwachting aan, zijn handen gevouwen op zijn rug, dus bladert Gogol het boek maar eens door. Een enkele afbeelding voorin, op gladder papier dan de rest, betreft een portret in potlood van de schrijver, gekleed in een fluwelen jasje, een bloezend wit hemd en een halsdoek. Het gezicht heeft iets vosachtigs, met kleine, donkere ogen, een smal, gesoigneerd snorretje, en een bijzonder lange, puntige neus. Donker haar valt stijl over zijn voorhoofd en zit aan weerszijden tegen zijn hoofd geplakt, en er speelt een verontrustende, ietwat hooghartige glimlach om de lange, smalle lippen. Gogol Ganguli ziet tot zijn opluchting geen gelijkenis. Goed, zijn neus is lang, maar niet zó lang, zijn haar donker, maar echt niet zó donker, zijn huidskleur is bleek, maar beslist niet zó bleek. Zijn haardracht is totaal anders – dikke Beatle-achtige lokken waarachter zijn wenkbrauwen schuilgaan. Gogol Ganguli draagt een Harvard-sweatshirt en een grauwe corduroy broek van Levi's. Hij heeft één keer in zijn leven een stropdas gedragen, toen hij de bar mitswa van een vriendje bijwoonde. Nee, constateert hij met overtuiging, van enige gelijkenis is geen sprake.

Inmiddels heeft hij een grondige hekel gekregen aan vragen met betrekking tot zijn naam, aan het voortdurend maar uitleg moeten geven. Hij heeft een hekel aan het dragen van een naamplaatje op zijn trui tijdens de Jongerendag van de Verenigde Naties op school. Hij heeft zelfs een hekel aan het signeren van zijn tekeningen bij kunstzinnige vorming. Hij haat het dat zijn naam zowel absurd is als onbekend, dat hij niets te maken heeft met wie hij is, dat hij noch Indiaas noch Amerikaans, maar nota bene Russisch is. Hij haat het dat hij ermee leven moet, met een koosnaam die tot goede naam geworden is, elke dag, elke seconde. Hij haat het die naam op de bruinpapieren verzendhoes te zien van de *National Geographic* waarop hij van zijn ouders voor zijn vorige verjaardag een abonnement heeft gekregen, en permanent in de lijst met eervolle vermeldingen in het plaatselijk nieuwsblad. Soms slaagt zijn naam, een vormloos en gewichtloos ding, er desondanks in hem lichamelijk te kwellen, zoals de schurende slip van een hemd dat hij gedwongen is altijd te dragen. Soms wenst hij dat hij hem op de een of andere manier kon verhullen, afkorten, zoals de andere Indiase jongen op zijn school, Jayadev, die zich nu Jay laat noemen. Maar de naam Gogol, van zichzelf al kort en goed bekkend, verzet zich tegen verandering. Andere jongens van zijn leeftijd zijn al begonnen meisjes het hof te maken, ze mee te vragen naar de film of de pizzeria, maar hij hoort zichzelf in een potentieel romantische situatie niet 'Dag, met Gogol', zeggen. Hij hoort het zichzelf helemaal niet zeggen.

In het licht van het weinige dat hij van Russische schrijvers weet, betreurt hij het hevig dat zijn ouders uitgerekend de gekste naam voor hem hebben uitgezocht. Met Leo of Anton had hij kunnen leven. Alexander, verkort tot Alex, zou hij prima hebben gevonden. Maar Gogol klinkt hem belachelijk in de oren, het mist elke waardigheid, elk gewicht. Wat hem nog het meest dwarszit is de willekeur in de kwestie. Gogol, kan hij niet laten zijn vader meer dan eens te zeggen, is de lievelingsschrijver van zijn vader, niet die van hem. Maar het is ook zijn eigen schuld. Zijn voornaam kon, althans op school, Nikhil zijn geweest. Die ene dag, die eerste dag op de kleuterschool, die hij zich niet meer herinneren kan, had alles kunnen veranderen. Hij had maar voor vijftig procent van de tijd Gogol kunnen zijn. Net als zijn ouders toen ze naar Calcutta gingen, kon hij een tweede identiteit hebben gehad, een b-kant van zijn ik. 'We hebben ons best gedaan,' leggen zijn ouders uit aan vrienden en verwanten die willen weten waarom hun zoon geen goede naam heeft, 'maar hij reageerde alleen op Gogol. En de school stond erop,' voegen ze eraan toe. 'We leven in een land waar een president Jimmy heet. Heus, we konden er echt niets aan doen.'

'Nogmaals bedankt,' zegt Gogol nu tegen zijn vader. Hij doet het boek dicht en zwaait zijn benen over de rand van het bed om de band in zijn wandrek te zetten. Maar zijn vader maakt van de gelegenheid gebruik om naast hem op het bed te gaan zitten. Even legt hij zijn hand op Gogols schouder. Het lichaam van de jongen is de laatste maanden lang geworden, bijna even lang als dat van Ashoke. De kinderlijke molligheid is uit zijn gezicht verdwenen. De stem is lager geworden, is nu enigszins hees. Ashoke realiseert zich nu dat hij en zijn zoon waarschijnlijk dezelfde maat schoenen dragen. Bij het schijnsel van de bedlamp ontdekt Ashoke een waas van donshaartjes op de bovenlip van zijn zoon. In zijn hals is de adamsappel duidelijk zichtbaar. De lichtgekleurde handen zijn, net als die van Ashima, lang en smal. Ashoke vraagt zich af hoeveel Gogol lijkt op hem toen hij zo oud was. Maar er zijn geen foto's waarop Ashokes uiterlijk als kind is vastgelegd; van vóór zijn paspoort, vóór zijn leven in Amerika bestaat er geen visuele documentatie. Op het nachtkastje ziet Ashoke een spuitbus deodorant, een tube Clearasil. Hij pakt het boek dat tussen hen op bed ligt en wrijft beschermend met zijn hand over de band. 'Ik ben zo vrij geweest het eerst te lezen. Het is al heel wat jaartjes geleden dat ik deze verhalen gelezen heb. Ik hoop dat je het niet erg vindt.'

'Geen probleem,' zegt Gogol.

'Ik voel een bijzondere verwantschap met Gogol,' zegt Ashoke. 'Meer dan met enige andere schrijver. Weet je waarom?'

'Omdat je van zijn verhalen houdt.'

'Afgezien daarvan. Maar hij heeft het grootste deel van zijn volwassen leven buiten zijn vaderland doorgebracht. Net als ik.'

Gogol knikt. 'Juist ja.'

'En er is nog een andere reden.' De muziek is afgelopen en er valt een stilte. Maar dan draait Gogol de plaat om en zet het geluid weer harder voor 'Revolution 1'.

'En dat is?' vraagt Gogol, ietwat ongeduldig.

Ashoke kijkt de kamer rond. Hij ziet het overlijdensbericht van Lennon op het prikbord, en dan een cassette met klassieke Indiase muziek die hij maanden geleden voor Gogol heeft gekocht na een concert van de Kresge Stichting, nog in de ongeopende verpakking. Hij ziet de berg verjaardagskaarten op de mat, en herinnert zich een hete augustusdag veertien jaar geleden in Cambridge, toen hij zijn zoon voor het eerst in zijn armen hield. Sinds die dag, de dag dat hij vader werd, is de herinnering aan zijn ongeluk vervaagd, in de loop der jaren op de achtergrond geraakt. Hoewel hij die nacht nooit vergeten zal, spookt die niet meer constant door zijn hoofd, achtervolgt die hem niet meer, zoals vroeger. Hij werpt geen schaduw meer over zijn leven, dompelt het niet onverwacht in duisternis, zoals hij placht te doen. De herinnering is nu vast verbonden aan een ver verleden tijd, aan een plaats ver van Pemberton Road. Vandaag, de verjaardag van zijn zoon, is een dag om het leven te eren, in plaats van weer te worstelen met de dood. En dus besluit Ashoke om, althans voorlopig, de verklaring van de naam van zijn zoon nog maar voor zich te houden.

'Geen andere reden. Welterusten,' zegt hij tegen Gogol, en staat op van het bed. Bij de deur staat hij stil en draait zich om. 'Weet je wat Dostojevski eens heeft gezegd?'

Gogol schudt van nee.

'Wij komen allemaal uit Gogols mantel.'

'Wat betekent dat nu weer?'

'Op een dag zul je het gaan begrijpen. Nog welgefeliciteerd.'

Gogol staat op en doet de deur dicht achter zijn vader, die de ergerlijke gewoonte heeft hem altijd half open te laten. Hij doet voor alle zekerheid de deur op slot en klemt het boek dan op een hoge plank tussen twee delen van de *Hardy Boys*. Hij nestelt zich weer met de songteksten op het bed, maar opeens valt hem iets in. Die schrijver naar wie hij is genoemd – die heet niet van zijn voornaam Gogol. Zijn voornaam is Nikolaj. Gogol Ganguli heeft niet alleen een koosnaam die als goede naam dient, maar bovendien een achternaam die dienstdoet als voornaam. En zo dringt het tot hem door dat niemand ter wereld die hij kent, in Rusland, India, Amerika of waar dan ook, dezelfde naam heeft als hij. Zelfs niet de man wiens naam hij draagt.

Het jaar daarop is Ashoke aan de beurt voor een sabbatical, en Gogol en Sonia krijgen te horen dat ze allemaal acht maanden naar Calcutta gaan. Als zijn ouders het hem op een avond na het eten vertellen, denkt Gogol dat ze een grapje maken. Maar dan vertellen ze hem dat de tickets al gereserveerd zijn en de afspraken al gemaakt. 'Beschouw het maar als een lange vakantie,' zeggen Ashoke en Ashima tegen hun totaal verbouwereerde kinderen. Maar Gogol weet dat acht maanden geen vakantie is. Hij vreest het vooruitzicht van acht maanden zonder eigen kamer, zonder zijn platen en zijn stereo-installatie, zonder vrienden. In Gogols visie komt acht maanden in Calcutta praktisch neer op een verhuizing, een mogelijkheid die, tot nu toe, in de verste verte niet bij hem is opgekomen. Bovendien zit hij nu in de tweede klas van de middelbare school. 'En hoe moet dat dan met school?' wil hij weten. Zijn ouders herinneren hem eraan dat zijn docenten nooit moeilijk hebben gedaan als hij eens een poosje afwezig was. Dan gaven ze hem werkboeken voor wiskunde en taal mee waar hij niet naar omkeek, en als hij weer terug was prezen ze hem dat hij zo goed bijgebleven was. Maar Gogols studiebegeleider uit toch zijn bezorgdheid als Gogol hem vertelt dat hij de hele tweede helft van het tiende leerjaar afwezig zal zijn. Er wordt een afspraak gemaakt met Ashima en Ashoke, om de mogelijkheden te bespreken. De studiebegeleider vraagt of het mogelijk is Gogol op een internationale school te plaatsen. Maar de dichtstbijzijnde internationale school is in New Delhi, bijna dertienhonderd kilometer van Calcutta. De studiebegeleider vraagt of Gogol zich misschien niet later bij zijn ouders kan voegen, aan het eind van het schooljaar in juni, en dan zolang bij familie kan logeren. 'We hebben in dit land geen familie,' legt Ashima hem uit. 'Daarom gaan we ook naar India.'

En zo, na amper vier maanden in de tiende groep, na een vroege avondmaaltijd van rijst en gekookte aardappels met eieren die ze van zijn moeder moeten opeten, al krijgen ze straks in het vliegtuig ook een maaltijd opgediend, is hij weg, met boeken voor wiskunde en Amerikaanse geschiedenis in zijn koffer, die net als de andere met hangsloten wordt verzegeld en met touwen omwonden, en van labels met het adres van zijn vaders huis in Alipore voorzien. Gogol vindt de labels altijd verontrustend, omdat hij bij het zien ervan het gevoel krijgt dat zijn familie niet echt in Pemberton Road woont. Ze vertrekken op eerste kerstdag en rijden met hun enorme verzameling bagage naar Logan Airport terwijl ze thuis met pakjes in de weer hadden moeten zijn. Sonia is uit haar humeur. Ze heeft een beetje koorts als gevolg van haar tyfusprik, en had gehoopt die ochtend in de woonkamer ondanks alles een versierde boom met lichtjes te zien. Maar in de woonkamer ligt alleen maar rommel: prijskaartjes van alle presentjes die ze voor hun familieleden hebben ingepakt, plastic klerenhangers, karton van overhemden. Ze verlaten rillend het huis, zonder jassen en handschoenen, die hebben ze straks niet nodig, en als ze terugkomen is het augustus. Het huis is verhuurd aan een paar Amerikaanse studenten die zijn vader via de universiteit heeft gevonden, een ongetrouwd stel, Barbara en Steve geheten. Op het vliegveld staat Gogol in de rij voor de incheckbalie met zijn vader, die gekleed is in colbert met stropdas, wat hij nog steeds zo vindt horen als je met het vliegtuig reist. 'Gezin van vier personen,' zegt zijn vader als ze aan de beurt zijn, en hij haalt twee Amerikaanse en twee Indiase paspoorten tevoorschijn. 'Twee hindoemaaltijden, alstublieft.'

In het vliegtuig moet Gogol een aantal rijen achter zijn ouders en Sonia gaan zitten, helemaal in een andere afdeling. Zijn ouders vinden dit bijzonder onplezierig, maar Gogol vindt het heimelijk prettig om alleen te zijn. Als de stewardess met haar drankenkarretje langskomt beproeft hij zijn geluk en vraagt hij om een bloody mary, waarna hij voor het eerst van zijn leven de metalen beet van de alcohol ervaart. Ze vliegen eerst naar Londen, en vervolgens via Dubai naar Calcutta. Als ze boven de Alpen vliegen, komt zijn vader uit zijn stoel om door het raampje foto's van de besneeuwde toppen te nemen. Bij vorige reizen vond Gogol het opwindend dat ze over zoveel landen vlogen; telkens weer trok hij hun route na op de kaart die in de stoelzak onder zijn eetblaadje zat en voelde hij zich een beetje een avonturier. Maar ditmaal zit het hem dwars dat het altijd Calcutta is waar ze naartoe gaan. Behalve bij familie op bezoek gaan, was er in Calcutta niets te beleven. Het planetarium en de dierentuin en het Victoria Memorial heeft hij al minstens tien keer gezien. Maar naar Disneyland of de Grand Canyon zijn ze nog nooit geweest. Eén keertje maar, toen hun aansluitende vlucht vertraging had, hebben ze vanaf Heathrow met een dubbeldeksbus een rondrit door Londen gemaakt.

Op de laatste etappe van de reis zijn er nog maar een paar niet-Indiërs in het vliegtuig over. Bengaalse conversatie vult de cabine; zijn moeder heeft al adressen uitgewisseld met de familie aan de overkant van het gangpad. Voor de landing glipt ze het toilet in en trekt daar, wonderbaarlijk genoeg in die minuscule ruimte, een nieuwe sari aan. Er wordt nog een laatste maaltijd geserveerd, een kruidenomelet met een schijfje tomaat van de grill erop. Gogol geniet van elke hap, in de wetenschap dat er de komende acht maanden niets meer zo smaken zal. Door het raampje ziet hij palmen en bananenbomen, een vochtige, kleurloze lucht. De wielen raken de grond, het vliegtuig wordt met ontsmettingsmiddel bespoten, en dan dalen ze af naar het platform van Dum Dum Airport en ademen de zurige, misselijkmakende lucht van de vroege ochtend in. Ze staan stil om terug te wuiven naar de rij familieleden die als gekken staan te wuiven op het bezoekersterras, kleine neefjes en nichtjes op de schouders van ooms. Zoals gewoonlijk horen de Ganguli's tot hun opluchting dat al hun bagage is aangekomen, bij elkaar en ongeschonden, en ze zijn nog opgeluchter als de douane niet moeilijk doet. En dan gaan de matglazen deuren open en weer zijn ze officieel gearriveerd, niet langer in het overgangsgebied, verzwolgen door omhelzingen en kussen en kneepjes in wangen en lachende gezichten. Er zijn eindeloos veel namen die Gogol en Sonia in hun hoofd moeten prenten, niet tante zus en oom zo, maar veel preciezere termen: *mashi* en *pishi*, *mama* en *maima*, *kaku* en *jethu*, om aan te duiden of ze verwant zijn van moeders- of vaderskant, aangetrouwd of bloedverwant. Ashima, nu Monu, huilt van opluchting, en Ashoke, nu Mithu, kust zijn broers op beide wangen, neemt hun hoofden in zijn handen. Gogol en Sonia kennen deze mensen, maar ze voelen zich niet nauw met hen verbonden zoals hun ouders. In enkele minuten veranderen Ashoke en Ashima voor hun ogen in vrijpostiger, minder gecompliceerde versies van zichzelf, met een luidere stem, een bredere glimlach en een zelfvertrouwen dat Gogol en Sonia in Pemberton Road nooit zien. 'Ik ben bang, Goggles,' fluistert Sonia haar broer in het Engels toe, terwijl ze zijn hand pakt en die niet meer los wil laten.

Ze worden meegetroond naar wachtende taxi's, en via VIP Road, langs kolossale vuilstortplaatsen, bereiken ze het centrum van Noord-Calcutta. Gogol is vertrouwd met het straatbeeld, maar toch kijkt hij weer met grote ogen naar de kleine, donkere mannetjes die riksja's trekken, en naar de vervallen gebouwen naast huizen met opengewerkte balkons, met hamers en sikkels op de gevels geschilderd. Hij kijkt naar de forensen die gevaarlijk aan trams en bussen hangen en elk moment op straat geslingerd dreigen te worden, en naar de gezinnen die rijst koken en hun haar wassen op het trottoir. Bij zijn moeders flat in Amherst Street, waar zijn oom nu woont met zijn gezin, kijken buren uit hun ramen en vanaf hun daken omlaag als Gogol en zijn familie uit de taxi stappen. Ze staan daar met hun kleurige, dure sportschoenen, Amerikaanse kapsels, rugzakken aan één schouder. Eenmaal binnen krijgen Sonia en hij een kop Horlick's oplosdrank, een bord met stroperige, sponzige *rossogolla's* waar ze geen trek in hebben, maar die ze plichtsgetrouw naar binnen werken. Van hun voeten wordt op papier de omtrek getekend en een bediende wordt ermee naar de Bata gestuurd om rubberen slippers voor hen te kopen die ze binnenshuis moeten dragen. De koffers worden van sloten en touwen ontdaan en alle geschenken worden uitgepakt, bewonderd en gepast.

In de dagen die volgen wennen ze opnieuw aan het slapen onder een muskietennet, aan baden door bekers water boven hun hoofd leeg te gooien. 's Ochtends ziet Gogol hoe zijn neefjes en nichtjes hun wit-blauwe schooluniformen aantrekken en waterflessen om hun borst gespen. Zijn tante, Uma maima, speelt de hele ochtend de baas in de keuken, en gunt de bedienden die gehurkt bij de afvoerput de vuile borden schuren met as, of hoopjes specerijen fijnstampen op platte stenen die wel zerken lijken, geen rust. In huize Ganguli in Alipore ziet hij de kamer waarin ze gewoond zouden hebben als zijn ouders in India waren gebleven, het ebbenhouten hemelbed waarin ze allemaal samen geslapen zouden hebben, de grote kast waarin ze hun kleren zouden hebben bewaard.

In plaats van zelf een appartement te huren, logeren ze acht maanden lang bij hun diverse familieleden en pendelen van huis naar huis. Ze logeren in Ballygunge, Tollygunge, Salt Lake en Budge Budge, en zeulen per taxi over hobbelige wegen eindeloos heen en weer door de stad. Om de paar weken is er een ander bed om in te slapen, een ander gezin om mee samen te leven, nieuwe regels om je aan te houden. Afhankelijk van waar ze zijn, eten ze zittend op een vloer van rode klei of beton of terrazzo, of aan tafels met marmeren bladen die te koud zijn om je armen op te laten rusten. Hun neefjes, nichtjes, ooms en tantes ondervragen hen over het leven in Amerika, over wat ze eten als ontbijt, over hun vriendjes en vriendinnetjes op school. Ze bekijken de foto's van hun huis in Pemberton Road. 'Kleedjes in de badkamer,' zeggen ze, 'stel je voor.' Zijn vader heeft het druk met zijn onderzoek en geeft lezingen aan de Jadavpur Universiteit. Zijn moeder winkelt in New Market, gaat naar de bioscoop en zoekt haar oude schoolvriendinnen op. Acht maanden lang zet ze geen voet in een keuken. Ze zwerft naar hartenlust rond in een stad waarin Gogol, ook al is hij er al meermalen geweest, zich onmogelijk kan oriënteren. Na drie maanden heeft Sonia haar boeken van Laura Ingalls Wilder stuk voor stuk meer dan tien keer gelezen. Gogol slaat zo nu en dan een blik in een schoolboek, dik van de hitte. Hij heeft zijn sportschoenen meegebracht in de hoop zijn veldlooptraining bij te kunnen houden, maar in deze tjokvolle verstopte straten vol scheuren en gaten is hardlopen onmogelijk. De enige keer dat hij het probeert, stuurt Uma maima, die hem vanaf het dak heeft gezien, een bediende met hem mee, zodat Gogol niet verdwaalt.

Het is gemakkelijker je te schikken in de beperking. In Amherst Street zit Gogol aan zijn grootvaders tekentafel en snuffelt in een blik met uitgedroogde tekenpennen. Hij schetst wat hij door de ijzeren tralies van het venster kan zien: de rommelige skyline, de tuintjes, het plein met de kinderhoofdjes waar hij dienstmeisjes bezig ziet met het vullen van koperen potten bij de welput, de mensen die passeren onder de smoezelige kappen van riksja's, zich met pakjes huiswaarts spoeden door de regen. Een keer, op het dak, met uitzicht op de Howrahbrug in de verte, rookt hij met een bediende een *bidi*, stijf gerold in olijfgroene bladeren. Van alle mensen die hen vrijwel voortdurend omringen, is Sonia zijn enige bondgenoot, de enige persoon die praat en zit en ziet zoals hij. Terwijl de rest van het huisgezin slaapt, ruziën Sonia en hij over de walkman, over de smeltende verzameling cassettebandjes die Gogol thuis op zijn kamer heeft opgenomen. Van tijd tot tijd bekennen ze elkaar heimelijk hun onweerstaanbare hunkering naar een hamburger, naar een stuk pepperonipizza of een glas koude melk.

Ze zijn verrast als ze in de zomer horen dat hun vader een uitstapje voor hen heeft bedacht, eerst naar Delhi om een oom te bezoeken en dan naar Agra om de Taj Mahal te zien. Het wordt Gogols en Sonia's eerste reis buiten Calcutta, hun eerste ervaring met een Indiase trein. Ze vertrekken van Howrah, dat immense, torenhoge, galmende station, waar koelies op blote voeten de Samsonite-koffers van de Ganguli's op hun hoofd stapelen, waar complete gezinnen in rijen onder dekens liggen te slapen op de vloer. Gogol is zich bewust van de gevaren onderweg: zijn neven hebben hem verteld van de bandieten die in Bihar op de loer liggen, zodat zijn vader nu onder zijn overhemd een speciaal kledingstuk draagt met verborgen zakken voor contant geld en zijn moeder en Sonia hun gouden sieraden af doen. Op het perron lopen ze van coupé naar coupé, zoekend naar hun vier namen op de passagierslijst die aan de buitenkant van de trein is geplakt. Ze installeren zich op hun blauwe couchettes, waarvan de bovenste twee tussen de wanden hangen als het bedtijd is en overdag met schuifsloten op hun plaats worden gehouden. Van een conducteur krijgen ze hun beddengoed, zware witkatoenen lakens en dunne wollen dekens. 's Morgens kijken ze naar het landschap door het getinte raam van hun airconditioned wagon. Daardoor is het uitzicht, ook bij mooi weer, somber en grauw.

Na al die maanden zijn ze niet meer gewend alleen met hun viertjes te zijn. Een paar dagen lang, in Agra, dat voor Ashima en Ashoke even onbekend is als voor Gogol en Sonia, zijn ze toerist, logeren ze in een hotel met zwembad, drinken ze flessenwater, eten ze in restaurants met vork en lepel, betalen ze met een creditcard. Ashima en Ashoke spreken in gebroken Hindi, en tegen jongetjes die prentbriefkaarten of marmeren snuisterijen willen verkopen, moeten ze zeggen: 'Engels, alsjeblieft.' Gogol merkt in bepaalde restaurants dat zij er de enige Indiërs zijn, afgezien van het personeel. Twee dagen lang wandelen ze om het marmeren mausoleum, dat zich baadt in een grijze, gele, roze of oranje gloed, al naar gelang de stand van de zon. Ze bewonderen de volmaakte symmetrie en poseren voor kiekjes onder de minaretten waar vroeger toeristen afsprongen om zelfmoord te plegen. 'Hier wil ik een foto, van ons tweetjes alleen,' zegt Ashima tegen Ashoke als ze om het kolossale voetstuk heen lopen, en onder de verblindende zon van Agra, uitkijkend over de opgedroogde Yamuna, leert Ashoke Gogol de Nikon te bedienen, hoe hij moet scherpstellen en de film transporteren. Een gids vertelt hun dat na de voltooiing van de Taj van alle bouwarbeiders, tweeëntwintigduizend man, de duimen werden afgehakt, zodat het bouwwerk nooit nog eens gemaakt zou kunnen worden. Die nacht in het hotel wordt Sonia gillend wakker: haar duimen zijn verdwenen. 'Het is maar een legende,' stellen haar ouders haar gerust. Maar het verhaal laat ook Gogol niet los. Geen ander gebouw heeft ooit zo'n sterke indruk op hem gemaakt. Tijdens hun tweede dag bij de Taj doet hij een poging de koepel en een deel van de façade te tekenen, maar de sierlijkheid van het gebouw laat zich niet vangen en hij gooit het probeersel weg. In plaats daarvan verdiept hij zich in de reisgids, bestudeert de geschiedenis van de mogolarchitectuur en leert hij de namen van de respectievelijke keizers: Babur, Hamayun, Akbar, Jahangitr, sjah Jahan, Aurangzeb. In Fort Agra kijken hij en zijn familie door het raam van de kamer waar sjah Jahan door zijn eigen zoon gevangen werd gehouden. In Sikandra, het mausoleum van Akbar, bekijken ze de vergulde fresco's in de toegangspoort, gehavend, geplunderd, verbrand, de edelstenen met pennenmessen uitgestoken, graffiti in de steen gegrift. In Fatehpur Sikri, Akbars verlaten zandstenen stad, wandelen ze over binnenplaatsen en door zuilengangen waar papegaaien en valkjes rondvliegen, en in de graftombe van Salim Chishti bindt Ashima rode draadjes aan een marmeren traliewerk, want dat brengt geluk.

Maar het ongeluk achtervolgt hen op de terugreis naar Calcutta. Op het station van Benares vraagt Sonia haar vader om een schijf jackfruit, een soort broodvrucht, voor haar te kopen, waarvan haar lippen ondraaglijk gaan jeuken en tot driemaal hun normale dikte opzwellen. Ergens in Bihar, midden in de nacht, wordt in een andere coupé een zakenman in zijn slaap doodgestoken en van driehonderdduizend roepie beroofd, waarna de trein vijf uur stilstaat terwijl de plaatselijke politie de zaak onderzoekt. De Ganguli's vernemen de oorzaak van het oponthoud de volgende ochtend, als het ontbijt wordt geserveerd. De passagiers zijn geagiteerd en ontsteld, en raken er niet over uitgepraat. 'Word eens wakker. Er is een vent in de trein vermoord,' zegt Gogol in zijn hoge couchette tegen Sonia, die onder hem ligt. Het meest ontsteld van allemaal is Ashoke, die zich in stilte die andere trein herinnert, in die andere nacht en dat andere veld waar hij tot stilstand was gekomen. Ditmaal had hij niets gehoord en was hij door alle commotie heen geslapen.

Na hun terugkeer in Calcutta worden Gogol en Sonia beiden doodziek. Het is de lucht, de rijst, de wind, merken hun familieleden terloops op, ze zijn niet opgewassen tegen het leven in een arm land, zeggen ze. Ze lijden aan verstopping, gevolgd door het omgekeerde. 's Avonds komen er dokters aan huis met stethoscopen in zwartleren tassen. Ze krijgen kuren van Entroquinol, met *ajowan*-water dat brandt in hun keel. En als ze weer beter zijn is het tijd om afscheid te nemen: de dag waarvan ze zeker wisten dat die nooit zou komen, is nog maar twee weken ver. Potloodbakjes uit Kasjmir worden gekocht voor Ashoke om cadeau te doen aan zijn collega's op de universiteit. Gogol koopt Indiase stripboeken voor zijn Amerikaanse vrienden. De avond voor hun vertrek ziet hij zijn ouders met gebogen hoofd voor de ingelijste portretten van zijn grootouders staan, huilend als kinderen. En dan arriveert de karavaan van taxi's en Ambassadors om hen een laatste keer door de stad te vervoeren. Hun vliegtuig vertrekt bij het ochtendgloren, dus moeten ze in het donker van huis en rijden ze door straten, zo leeg dat ze onherkenbaar zijn. Een tram met zijn ene kleine koplamp is het enige andere dat beweegt. Op het vliegveld de rij mensen die hen ook hebben afgehaald, hun kost en inwoning hebben gegeven en hen al die maanden op hun wenken hebben bediend, de mensen wier naam, zo niet wier leven, hij deelt en die zich opnieuw op het bezoekersterras verzamelen om hen uit te zwaaien. Gogol weet dat zijn familie daar staan zal tot het vliegtuig is weggezweefd, tot de knipperlichten niet meer zichtbaar zijn. Hij weet dat zijn moeder op de terugreis naar Boston zwijgend naar de wolken zal zitten staren. Maar voor Gogol verdringt de opluchting snel elk restje van treurigheid. Opgelucht pelt hij de folie van zijn ontbijt af, haalt het bestek uit de luchtdichte plastic verpakking, vraagt de stewardess van British Airways om een glas jus d'orange. Opgelucht zet hij zijn koptelefoon op om *The Big Chill* te zien en de hele thuisreis naar topveertignummers te luisteren.

Binnen vierentwintig uur zijn hij en zijn familie terug in Pemberton Road, waar het late augustusgras nodig geknipt moet worden en de huurders een pak melk en wat brood in de koelkast hebben achtergelaten. Op de trap staan vier plastic tassen vol post. De eerste dagen slapen de Ganguli's het grootste deel van de dag en zijn ze 's nachts klaarwakker, proppen ze zich vol toast om drie uur in de ochtend terwijl ze de koffers een voor een uitpakken. Ook al zijn ze thuis, ze kunnen moeilijk wennen aan de ruimte, de compromisloze stilte die hen omgeeft. Ze hebben nog steeds het gevoel onderweg te zijn, losgekoppeld van hun echte leven, gevangen in een andere dienstregeling, een intimiteit die alleen zij viertjes kunnen delen. Maar aan het eind van de week, als zijn moeders vriendinnen haar nieuwe goud en sari's hebben bewonderd, als de acht koffers op het zonneterras zijn gelucht en opgeborgen, als de *chanachur* in Tupperware is gedaan en de meegesmokkelde mango's als ontbijt met muesli en thee zijn genuttigd, is het alsof ze nooit weg zijn geweest. 'Wat zijn jullie donker geworden,' zeggen de vrienden van hun ouders spijtig tegen Gogol en Sonia. Die nemen het voor kennisgeving aan. Ze trekken zich in hun drie kamers terug, in hun drie aparte bedden, op hun dikke matrassen en kussens en hoeslakens. Na een bezoek aan de supermarkt vullen de koelkast en de keukenkastjes zich met bekende etiketten: Skippy, Hood, Bumble Bee, Land O'Lakes. Zijn moeder gaat de keuken in en maakt weer als vanouds hun eten klaar; zijn vader rijdt in de auto, maait het gras en gaat weer naar de universiteit. Gogol en Sonia slapen zo lang als ze willen, kijken televisie, smeren boterhammen met pindakaas voor zichzelf ongeacht het uur van de dag. Het staat hun weer vrij om te kibbelen, elkaar te plagen, te brullen en te schreeuwen en 'hou je kop dicht' te roepen. Ze nemen warme douches, praten Engels tegen elkaar en fietsen door de buurt. Ze bellen hun Amerikaanse vrienden op, die blij zijn hen weer te zien, maar helemaal niet vragen waar ze zijn geweest. En zo verdwijnen de acht maanden naar de achtergrond, snel afgedaan, snel vergeten, als kleren die je voor een bepaalde gelegenheid gedragen hebt, of in een seizoen dat voorbij is, opeens alleen nog maar hinderlijk, van geen betekenis voor hun leven.

In september gaat Gogol terug naar highschool om aan zijn *junior year* te beginnen: hoofdvak biologie, hoofdvak Amerikaanse geschiedenis, trigonometrie voor gevorderden, Spaans, hoofdvak Engels. In de Engelse les leest hij *Ethan Frome*, *The Great Gatsby*, *The Good Earth*, *The Red Badge of Courage*. Als het zijn beurt is om voor de klas te komen draagt hij de monoloog 'Een morgen, en een morgen, en een morgen' uit *Macbeth* voor, de enige regels poëzie die hij in zijn hele leven van buiten zal kennen. Zijn leraar, meneer Lawson, is een tenger, tanig, schaamteloos jeugdig mannetje met een verrassend laag stemgeluid, rossig blond haar, kleine maar doordringende groene ogen, een bril met hoornen montuur. Hij is het voorwerp van schoolbrede speculatie en enige roddel, aangezien hij ooit getrouwd is geweest met juffrouw Sagan, die Frans geeft. Hij draagt kakibroeken en effen truien van Shetlandwol in felle kleuren, lichtgroen, geel en rood, lurkt onafgebroken zwarte koffie uit dezelfde geschilferde blauwe mok, overleeft de vijftig minuten van het lesuur niet zonder zich te verontschuldigen en in de leraarskamer een sigaret te gaan roken. Ondanks zijn geringe postuur heeft hij een overheersende, fascinerende presentie in de klas. Zijn handschrift is berucht vanwege de onleesbaarheid; opstellen van leerlingen worden regelmatig teruggegeven met donkerbruine kringen van koffie of lichtbruine van whisky. Elk jaar geeft hij iedereen ofwel een D of een F voor het eerste werkstuk, een bespreking van 'De Tijger' van Blake. Een aantal meisjes in de klas houden vol dat meneer Lawson onbeschrijflijk sexy is en zijn smoorverliefd op hem.

Meneer Lawson is de eerste leraar van Gogol die weet heeft van, en waardering heeft voor de schrijver Gogol. De eerste schooldag keek hij op van de lessenaar toen hij bij Gogols naam in het klassenboek was aangekomen, een uitdrukking van milde verbazing op zijn gezicht. Anders dan andere leraren vroeg hij niet of dat werkelijk zijn naam was, of zijn achternaam, of een afkorting van iets anders. Ook vroeg hij niet, zoals velen in hun domheid deden, of dat geen schrijver was. In plaats daarvan riep hij de naam op een volkomen redelijke toon, zonder hapering, zonder twijfel, zonder besmuikt lachje, precies zoals hij Brian en Erica en Tom had geroepen. En toen: 'Zo, dus nu zullen we "De mantel" moeten lezen. Of anders "De neus".'

Op een ochtend in januari, in de week na de kerstvakantie, zit Gogol in zijn bank bij het raam en ziet hoe ijle, suikerige sneeuwvlokjes aarzelend uit de lucht komen dwarrelen. 'We gaan dit trimester besteden aan het korte verhaal,' kondigt meneer Lawson aan, en hetzelfde ogenblik weet Gogol wat er komen gaat. Met groeiende vrees en een licht misselijk gevoel ziet hij hoe meneer Lawson de stapel boeken op zijn lessenaar uitdeelt; hij geeft een half dozijn versleten exemplaren van een bloemlezing, *Klassieke korte verhalen*, aan elke voorste leerling van een rij. Gogols exemplaar is bijzonder gehavend, met versleten hoeken, de kaft gevlekt als door een witte schimmel. Hij kijkt naar de inhoudsopgave en ziet dat Gogol na Faulkner komt en vóór Hemingway. Het zien van de naam in hoofdletters op de gekreukelde bladzijde maakt hem lichamelijk onwel. Het is alsof die naam een bijzonder onflatteuze foto van hem is die hem noopt zichzelf te verdedigen, in de trant van 'dat ben ik niet echt'. Gogol wil zichzelf excuseren, zijn hand opsteken en naar de wc vluchten, maar tegelijkertijd wil hij ook zo min mogelijk de aandacht op zich vestigen. Dus blijft hij zitten, vermijdt elk oogcontact met zijn klasgenoten en bladert het boek door. Bij een aantal auteursnamen is door vorige lezers met potlood een sterretje gezet, maar bij de naam Nikolaj Gogol staat niets. Elke auteur is vertegenwoordigd met één verhaal. Het verhaal van Gogol heet 'De mantel'. Maar de rest van het lesuur heeft meneer Lawson het niet meer over Gogol. In plaats daarvan lezen ze, tot Gogols opluchting, om beurten hardop uit 'Het collier' van Guy de Maupassant. Misschien, bedenkt Gogol hoopvol, is meneer Lawson niet eens van plan om het verhaal van Gogol te behandelen. Misschien is hij het wel vergeten. Maar als de bel gaat en de leerlingen collectief overeind komen, steekt meneer Lawson zijn hand op. 'Voor morgen lezen jullie het verhaal van Gogol,' roept hij, terwijl ze door de deur naar buiten drommen.

De volgende dag schrijft meneer Lawson 'Nikolaj Vaseljevitsj Gogol' met hoofdletters op het bord, omcirkelt de naam en schrijft de geboorte- en sterfdatum van de schrijver er tussen haakjes onder. Gogol opent de ringband op zijn schrijfblad en neemt met tegenzin de gegevens over. Hij houdt zichzelf voor dat het zo vreemd niet is: tenslotte zit er ook een William in de klas, zo niet een Ernest. Meneer Lawsons linkerhand stuurt het krijtje snel over het bord, maar Gogols pen raakt achter. De losse ringbandbladen blijven leeg terwijl die van zijn klasgenoten zich vullen met feiten waarover hij hoogstwaarschijnlijk al spoedig zal worden ondervraagd: geboren in 1809 in de Oekraïense provincie Poltawa in een familie van kleine kozakkenadel. Vader, een kleine grondbezitter die ook toneelstukken schreef, stierf toen Gogol zestien was. Studeerde aan het lyceum van Nezjin, ging in 1828 naar Sint-Petersburg, waar hij in 1829 ambtenaar werd op de afdeling Publieke Werken van het ministerie van Binnenlandse Zaken. Van 1830 tot 1831 werkzaam op de afdeling kroondomeinen, waarna hij geschiedenisles ging geven op een meisjeskostschool en later aan de Universiteit van Sint-Petersburg. Op zijn tweeëntwintigste raakte hij bevriend met Aleksandr Poesjkin. In 1830 publiceerde hij zijn eerste korte verhaal. In 1836 werd zijn komisch toneelstuk *De Revisor* opgevoerd in Sint-Petersburg. Ontmoedigd door de gemengde reacties op het stuk ontvlucht hij Rusland. De volgende twaalf jaar verblijft hij in het buitenland, in Parijs, Rome en elders, en schrijft hij het eerste deel van *De dode zielen*, de roman die als zijn beste werk wordt beschouwd.

Meneer Lawson zit op de rand van zijn bureau, slaat zijn benen over elkaar en bladert even verder in een geel kantoorschrijfblok met aantekeningen. Naast het schrijfblok ligt een biografie van de schrijver, een dik boek met de titel *Gogol*, waarin veel bladzijden met reepjes papier zijn gemarkeerd.

'Geen alledaagse jongen, die Nikolaj Gogol,' zegt meneer Lawson. 'Nu wordt hij vereerd als een van Ruslands briljantste schrijvers. Maar tijdens zijn leven was er niemand die hem begreep, hijzelf nog het minst. Je zou kunnen zeggen dat hij de belichaming was van wat wel een "excentriek genie" wordt genoemd. Gogols leven was, in een notendop, een gestaag verval tot krankzinnigheid. De schrijver Ivan Toergenjev beschreef hem als een intelligent, zonderling en ziekelijk schepsel. Hij stond bekend als een hypochonder en een zwaar paranoïde, gefrustreerd mens. Bovendien was hij volgens alle beschrijvingen ziekelijk zwaarmoedig en leed hij aan diepe depressies. Hij maakte moeilijk vrienden. Hij is nooit getrouwd en heeft geen kinderen verwekt. Er wordt algemeen aangenomen dat hij als maagd gestorven is.'

Vanuit Gogols nek verbreidt zich een warm gevoel naar zijn wangen en oren. Telkens als zijn naam wordt uitgesproken krimpt hij onmerkbaar ineen. Zijn ouders hebben hem nooit iets van dit alles verteld. Hij kijkt naar zijn klasgenoten, maar die lijken onverschillig en schrijven gehoorzaam op wat meneer Lawson zegt terwijl hij over zijn schouder kijkt en met zijn slordige handschrift het schoolbord vult. Opeens wordt hij kwaad op meneer Lawson. Ergens voelt hij zich verraden.

'Gogols literaire loopbaan omvatte een periode van ongeveer elf jaar, waarna hij min of meer verlamd werd door een *writer's block*. De laatste jaren van zijn leven werden gekenmerkt door fysieke aftakeling en geestelijke gekweldheid,' zegt meneer Lawson. 'In een wanhopige poging zijn gezondheid en creatieve inspiratie te herwinnen, nam Gogol zijn toevlucht tot een reeks kuur- en herstellingsoorden. In 1848 maakte hij een pelgrimstocht naar Palestina. Uiteindelijk keerde hij naar Rusland terug. In 1852 zwoer hij in Moskou, gedesillusioneerd en overtuigd van zijn mislukking als schrijver, alle literaire activiteit af en verbrandde hij het manuscript van het tweede deel van *De dode zielen*. Vervolgens sprak hij over zichzelf een doodvonnis uit en pleegde langzaam zelfmoord door niet meer te eten.'

'Getver,' zegt iemand achter in de klas. 'Waarom doet iemand zichzelf zoiets aan?'

Een paar leerlingen kijken verholen naar Emily Gardener, over wie gefluisterd wordt dat ze anorexia heeft.

Meneer Lawson, een vinger geheven, gaat verder. 'De dag voor zijn dood probeerden doktoren hem te reanimeren door hem in een bad van bouillon te leggen en ijswater over zijn hoofd te gieten, waarna ze zeven bloedzuigers op zijn neus zetten. Zijn handen werden vastgebonden, zodat hij zich niet van de dieren kon ontdoen.'

De klas begint, op één na, eendrachtig te kreunen en te steunen, zodat meneer Lawson flink zijn stem moet verheffen om zich verstaanbaar te maken. Gogol staart naar zijn schrijfblad zonder iets te zien. Hij weet zeker dat de hele school de les van meneer Lawson heeft gehoord. Dat het op de geluidsinstallatie is gezet. Hij buigt zijn hoofd en drukt onopvallend zijn handen op zijn oren. Maar meneer Lawson blijft toch nog hoorbaar: 'De avond daarop was hij niet meer volledig bij bewustzijn en dermate uitgemergeld dat men zijn ruggengraat door zijn maag kon voelen.' Gogol sluit zijn ogen. Hou op, alstublieft, zou hij tegen meneer Lawson willen zeggen. Hou op, zegt hij, de woorden vormend met zijn mond. En dan, opeens, is het stil. Gogol kijkt op en ziet dat meneer Lawson zijn krijtje in de bak van het bord laat vallen. 'Ik ben zo terug,' zegt hij, en verdwijnt om een sigaret te gaan roken. De leerlingen, aan deze gang van zaken gewend, beginnen onder elkaar te praten. Ze klagen over het verhaal, vinden het te lang. Ze klagen dat er moeilijk doorheen te komen was. Ze hebben het over de moeilijkheid van de Russische namen en sommigen bekennen dat ze die hebben overgeslagen. Gogol zegt niets. Hij heeft zelf het verhaal niet gelezen. Hij heeft het boek van Gogol dat hij van zijn vader voor zijn veertiende verjaardag heeft gekregen nooit aangeraakt. En gisteren heeft hij na de les de bloemlezing van korte verhalen achter in zijn kastje weggestopt, omdat hij hem niet wilde meenemen naar huis. Het verhaal lezen, vindt hij, zou een eerbewijs zijn aan het werk van zijn naamgenoot, een aanvaarding ervan, eigenlijk. Maar nu hij zijn klasgenoten hoort klagen, voelt hij zich tegen beter weten in toch verantwoordelijk, alsof de kritiek zijn eigen werk betreft.

Meneer Lawson keert terug en gaat weer op zijn bureau zitten. Gogol hoopt dat het biografische deel van de les nu voorbij is. Wat valt er verder nog over te zeggen? Maar meneer Lawson neemt *Gogol* ter hand. 'Dit is een verslag van zijn laatste uren,' zegt hij, en na een bladzijde aan het eind te hebben opgslagen, leest hij: '"Zijn voeten waren ijskoud. Tarasenkov stopte een warme kruik in het bed, maar zonder resultaat: hij rilde. Koud zweet bedekte zijn uitgeteerde gezicht. Blauwe kringen verschenen onder zijn ogen. Om middernacht kwam dokter Klimentov dokter Tarasenkov aflossen. Om de stervende man verlichting te geven diende hij hem een dosis kalomel toe en legde hij warme broden om zijn lichaam. Gogol begon weer te kreunen. Hij ijlde zachtjes, de hele nacht. 'Vooruit!' fluisterde hij. 'Sta op, val aan, val die windmolen aan!' Daarna verzwakte hij nog meer, zijn gezicht viel in en werd donker, zijn ademhaling werd onwaarneembaar. Hij scheen tot rust te komen, in elk geval leed hij niet meer. Om acht uur in de ochtend van 21 februari 1852 blies hij de laatste adem uit. Hij was nog geen drieënveertig jaar oud."'

Gogol heeft op de middelbare school nog geen afspraakjes. Hij is soms in stilte verliefd, op meisje zus of meisje zo met wie hij al bevriend is. Hij gaat niet naar schoolbals of feestjes. Hij en zijn groepje vrienden, Colin en Jason en Marc, luisteren liever samen naar platen, naar Dylan en Clapton en The Who, en lezen Nietzsche in hun vrije uren. Zijn ouders vinden het niet vreemd dat hun zoon geen vriendinnetjes heeft en geen smoking huurt voor zijn eindejaarsfeest. Zelf hebben ze nooit van hun leven verkering gehad, en ze zien dan ook geen reden om Gogol hierin te stimuleren, zeker niet op zijn leeftijd. In plaats daarvan sporen ze hem aan lid te worden van de studieclub wiskunde en zijn hoge gemiddelde cijfer te handhaven. Zijn vader wil graag dat hij techniek gaat studeren, liefst aan het MIT. Gerustgesteld door zijn cijfers en zijn kennelijke onverschilligheid voor meisjes, vermoeden zijn ouders niet dat Gogol, op zijn eigen onhandige manier, een Amerikaanse tiener is. Ze verdenken hem bijvoorbeeld niet van het roken van wiet, wat hij zo nu en dan doet als hij en zijn vrienden bij elkaar thuis naar platen luisteren. Ze vermoeden niet dat hij, als hij 's nachts bij een vriend blijft slapen, naar een plaats in de buurt rijdt om *The Rocky Horror Picture Show* te zien, of naar Boston om rockgroepen te zien optreden op Kenmore Square.

Op een zaterdag kort voordat hij de studiekeuzetest moet doen, rijden zijn ouders met Sonia naar Connecticut voor het weekend, en laten Gogol voor het eerst van zijn leven een nacht alleen thuis. Het komt geen moment bij hen op dat Gogol, in plaats van op zijn kamer met de stopwatch in de hand testopgaven te oefenen, met Colin en Jason en Marc naar een feest zal rijden. Ze zijn uitgenodigd door Colins oudere broer, die eerstejaars is aan de universiteit waaraan Gogols vader doceert. Hij kleedt zich voor het feest zoals normaal, in spijkerbroek en bootschoenen en een geruit flanellen hemd. Hoewel hij dikwijls op de campus is geweest, om zijn vader te bezoeken op de technische faculteit of om zwemles te krijgen of om op de atletiekbaan te oefenen, heeft hij nog nooit een studentenhuis vanbinnen gezien.

Bij aankomst zijn ze nerveus, ietwat misselijk, bang te worden gesnapt. 'Als iemand iets vraagt, heeft mijn broer gezegd, dan zeggen we dat we eerstejaars van Amherst zijn,' instrueert Colin hen in de auto.

Het feest neemt een hele gang in beslag, de deuren van de afzonderlijke kamers staan allemaal open. Ze gaan de eerste kamer binnen waar hun dat lukt, het is er vol, donker, heet. Niemand heeft iets in de gaten als Gogol en zijn drie vrienden zich een weg naar het biervaatje banen. Een poosje staan ze in een kringetje met hun gevulde plastic bekertjes, luidkeels pratend om boven de muziek uit te komen. Maar dan ziet Colin zijn broer op de gang en Jason moet naar de wc en Marc wil al een tweede biertje. Gogol slentert ook de gang op. Iedereen schijnt iedereen te kennen, is verwikkeld in conversaties waar je onmogelijk nog tussen kunt komen. Muziek afkomstig uit de verschillende kamers mengt zich onaangenaam in Gogols oren. Hij voelt zich te gezond tussen dit gescheurde-jeans- en T-shirtvolk, vreest dat zijn haar te recent gewassen is en te netjes gekamd. Toch schijnt het helemaal geen punt te zijn en kan het niemand kennelijk iets schelen. Aan het eind van de gang gaat hij een trap op en boven is er een andere gang, even druk en lawaaiig. In de hoek ziet hij een stelletje elkaar zoenen, tegen de muur aan gedrukt. In plaats van zich een weg door de drukte te banen, besluit hij nog een trap hoger te gaan. Ditmaal treft hij een lege gang aan, een met donkerblauw tapijt beklede vlakte en witte houten deuren. Het enige teken van leven in deze ruimte is het gedempte geluid van stemmen dat van beneden komt. Net als hij zich wil omdraaien om de trap weer af te dalen gaat een van de deuren open en komt er een meisje tevoorschijn, een mooi, slank meisje met een hooggesloten, genopt jurkje uit een tweedehandswinkel, en versleten Doc Martens-schoenen. Ze heeft kort, donkerbruin haar dat naar binnen krult en boven haar wenkbrauwen in een korte pony is geknipt. Haar gezicht is hartvormig, haar lippen verleidelijk rood geverfd.

'Neem me niet kwalijk,' zegt Gogol. 'Ik mag hier zeker niet komen?'

'Ja, officieel is dit een vrouwenverdieping,' zegt het meisje. 'Maar dat heeft nog nooit een jongen weerhouden.' Ze neemt hem vol aandacht op, zoals geen meisje hem ooit heeft bekeken. 'Jij studeert hier niet, hè?'

'Nee,' zegt hij, met bonzend hart. En dan herinnert hij zich zijn clandestiene identiteit voor deze avond: 'Ik ben eerstejaars op Amherst.'

'O, leuk,' zegt het meisje en ze loopt naar hem toe. 'Ik ben Kim.'

'Aangenaam.' Hij steekt zijn hand uit en zij schudt die, iets langer dan nodig is. Even kijkt ze hem vol verwachting aan, dan glimlacht ze, waardoor twee voortanden zichtbaar worden die elkaar iets overlappen.

'Kom,' zegt ze, 'ik geef je een rondleiding.' Ze lopen samen de trap af. Ze brengt hem naar een kamer waar ze een biertje neemt en hij schenkt zichzelf er ook een in. Hij staat wat ongemakkelijk naast haar terwijl ze blijft staan om wat vrienden te groeten. Ze banen zich een weg door een gemeenschappelijke ruimte die voorzien is van een televisie, een cola-automaat, een versleten zitbank en een verzameling stoelen. Ze gaan op de bank zitten, onderuit, vrij ver van elkaar. Kim ziet een pakje sigaretten op de salontafel slingeren en steekt er eentje op.

'Nou?' zegt ze, zich naar hem toe wendend om hem aan te kijken, ietwat wantrouwig, ditmaal.

'Wat?'

'Zou je jezelf niet eens voorstellen?'

'O,' zegt hij. 'Ja.' Maar hij wil Kim zijn naam niet vertellen. Hij wil haar reactie niet ondergaan, haar prachtige blauwe ogen groot zien worden. Hij zou voor deze ene keer wel een andere naam willen gebruiken, om door deze avond heen te komen. Zo vreselijk zou dat toch niet zijn. Hij heeft al tegen haar gelogen dat hij aan Amherst studeerde. Hij zou zichzelf voor kunnen stellen als Colin, of Jason, of Marc, als wie dan ook, en dan konden ze verder praten en wat niet wist wat niet deerde. Hij kon uit een miljoen namen kiezen. Maar dan bedenkt hij dat hij niet eens hoeft te liegen. Niet in wettelijke zin. Hij herinnert zich de andere naam die ooit voor hem gekozen was, de naam die hij had moeten dragen.

'Ik heet Nikhil,' zegt hij voor het eerst van zijn leven. Hij zegt het aarzelend, met een stem die hem gespannen in de oren klinkt, zodat zijn mededeling onbedoeld in een vraag verandert. Hij kijkt Kim aan, met gefronste wenkbrauwen, in de verwachting dat ze hem zal aanvallen, hem zal corrigeren, hem in zijn gezicht zal uitlachen. Hij houdt zijn adem in. Zijn gezicht tintelt, van triomf of van angst, dat weet hij niet.

Maar Kim vindt het prima. 'Nikhil,' zegt ze, en ze blaast een dun pluimpje rook naar het plafond. Weer keert ze zich naar hem toe en lacht. 'Nikhil,' zegt ze nog eens. 'Die heb ik nog nooit gehoord. Wat een prachtige naam.'

Ze blijven nog een poosje zo zitten, het gesprek gaat verder, Gogol stomverbaasd dat het zo gemakkelijk gaat. Zijn hoofd zweeft in de wolken, hij luistert maar half terwijl Kim hem vertelt van haar colleges, van het stadje in Connecticut waar ze vandaan komt. Hij voelt zich tegelijkertijd schuldig en opgewekt, beschermd als door een onzichtbaar schild. Omdat hij weet dat hij haar nooit meer zal zien, durft hij die avond veel. Hij kust haar luchtig op de mond terwijl ze tegen hem praat, zijn been drukt zachtjes tegen het hare op de bank, hij haalt heel even een hand door haar haar. Het is de eerste keer dat hij iemand kust, de eerste keer dat hij het gezicht, het lichaam en de adem van een meisje zo dicht bij de zijne voelt. 'Dat je haar zomaar hebt gekust, Gogol,' roepen zijn vrienden in de auto onderweg naar huis. Hij schudt als bedwelmd zijn hoofd, al even verbaasd als zij, nog steeds in vervoering. 'Ik was het niet,' zegt hij bijna. Maar hij vertelt hun niet dat het Gogol niet was die Kim heeft gekust. Dat Gogol er niets mee te maken heeft gehad.

5

ZOVEEL MENSEN ZIJN van naam veranderd: acteurs, schrijvers, revolutionairen, travestieten. In de geschiedenisles had Gogol geleerd dat Europese immigranten op Ellis Island hun naam lieten veranderen, dat slaven zich anders noemden nadat ze waren vrijgemaakt. Gogol weet het niet, maar ook Nikolaj Gogol heeft zichzelf een andere naam gegeven, door zijn achternaam van Gogol-Janowski tot Gogol te vereenvoudigen toen hij op zijn tweeëntwintigste in de *Literaire Gazet* publiceerde. (Hij had ook onder de naam Yanov gepubliceerd, en een keer zijn werk ondertekend met 'oooo' ter ere van de vier o's in zijn volledige naam.)

Op een dag in de zomer van 1986, in de hectische weken voordat hij het huis uitgaat, net voor het begin van zijn eerste jaar aan Yale, doet Gogol Ganguli hetzelfde. Hij rijdt met de forensentrein naar Boston, stapt op North Station over op de Green Line en rijdt naar Lechmere. Hij kent de omgeving hier vrij goed: hij is met zijn familie dikwijls in Lechmere geweest om een nieuwe televisie of stofzuiger te kopen, en hij heeft met school het Natuurwetenschappelijk Museum bezocht. Maar hij is hier nog nooit in zijn eentje geweest, en al heeft hij de route op een blaadje genoteerd, toch verdwaalt hij nog even onderweg naar het Hof voor Familie- en Erfrecht van Middlesex. Hij draagt een blauw oxford-overhemd, een kakibroek, een camelkleurige corduroy blazer, speciaal gekocht voor zijn universitaire kennismakingsweek, die te warm is voor deze drukkend hete dag. Om zijn hals draagt hij zijn enige stropdas, kastanjebruin met schuine gele strepen. Gogol is nu bijna één meter tachtig lang, slank van postuur, zijn dikke bruinzwarte haar is net aan een knipbeurt toe. Zijn gezicht is mager, intelligent, opeens knap, de botstructuur geprononceerder, de lichte, goudkleurige huid gladgeschoren en gaaf. Hij heeft Ashima's ogen, groot, doordringend, met krachtige, sierlijke wenkbrauwen, en hij heeft met Ashoke de lichte verdikking op het puntje van zijn neus gemeen.

Het Hof is een imposant oud bakstenen gebouw met zuilen, zo groot als een heel stratenblok, maar de ingang is aan de zijkant, onder straatniveau. Eenmaal binnen leegt Gogol zijn zakken en loopt hij door een metaaldetector, alsof hij op een luchthaven is en op het punt staat een reis te beginnen. Hij geniet van de koelte van de airconditioning, van het prachtige stucwerkplafond, van de stemmen die aangenaam weerklinken in het marmeren interieur. Hij had zich een veel minder groots decor voorgesteld. En toch is dit een plek waar, naar hij mag aannemen, mensen komen die willen scheiden, of die testamenten aanvechten. Een man achter een inlichtingenloket zegt dat hij boven moet wachten, in een ruimte gevuld met ronde tafeltjes waaraan mensen zitten te lunchen. Gogol gaat zitten en zwaait ongeduldig een lang been op en neer. Omdat hij vergeten is een boek mee te brengen pakt hij maar een achtergelaten stuk van de *Globe* en leest op de kunstpagina vluchtig een artikel over de Helga-schilderijen van Andrew Wyeth.

Na een poosje begint hij zijn nieuwe handtekening te oefenen in de marge van de krant. Hij probeert verschillende stijlen uit: zijn hand is nog niet gewend aan de hoeken van de N, de puntjes op de twee i's. Hij vraagt zich af hoe vaak hij zijn oude naam heeft geschreven, op hoeveel proefwerken en vragenlijsten, hoeveel huiswerktaken, hoeveel jaarboektekstjes voor vrienden. Hoe vaak schrijft een mens in zijn leven zijn naam – een miljoen keer? Twee miljoen keer?

Het idee om zijn naam te veranderen is een paar maanden geleden bij hem opgekomen. Hij zat in de wachtkamer van zijn tandarts en bladerde wat in een nummer van *Reader's Digest*, tot zijn oog op een artikel viel dat zijn aandacht trok. Het was getiteld 'De tweede doop'. 'Weet u wie deze beroemdheden zijn?' stond er onder de kop. Er volgde een lijst namen en, onder aan de bladzijde, in kleine lettertjes, ondersteboven gedrukt, de beroemde personen waarbij ze hoorden. De enige die hij wist te raden was Robert Zimmerman, de echte naam van Bob Dylan. Hij had nooit geweten dat Molière was geboren als Jean-Baptiste Poquelin en dat Lev Trotski eigenlijk Lev Davidovitsj Bronstein heette. Dat Gerald Ford was geboren als Leslie Lynch King junior en Engelbert Humperdinck als Arnold George Dorsey. Ze hadden allemaal zichzelf een nieuwe naam gegeven, zei het artikel, en het voegde eraan toe dat elke Amerikaanse burger het recht had om dit te doen. Hij las dat tienduizenden Amerikanen per jaar hun naam lieten veranderen. Het enige wat je moest doen, volgens het artikel, was een verzoekschrift bij de rechtbank indienen. En opeens zag hij in gedachten 'Gogol' bij de lijst namen staan, en 'Nikhil' in kleine lettertjes omgekeerd eronder.

Die avond, aan tafel, begon hij erover tegen zijn ouders. Het was tot daaraantoe dat de naam Gogol op zijn highschooldiploma stond gekalligrafeerd en onder zijn foto in het jaarboek gedrukt, zo was hij begonnen. Het was tot daaraantoe, zelfs, dat hij getypt stond op zijn aanvragen voor vijf Ivy League-universiteiten, alsmede Stanford en Berkeley. Maar over vijf jaar op een doctorandusbul? Boven een curriculum vitae? Midden op een visitekaartje? Het moest de naam worden die zijn ouders hem gegeven hadden, betoogde hij, de goede naam die ze voor hem gekozen hadden toen hij vijf was.

'Gedane zaken nemen geen keer,' had zijn vader gezegd. 'Zoiets is geen kleinigheid. Gogol is in feite je goede naam geworden.'

'Het is te ingewikkeld, nu,' had zijn moeder beaamd. 'Je bent te oud.'

'Dat ben ik niet,' hield hij vol. 'Ik zou niet weten waarom. Waarom moesten jullie mij zo nodig een koosnaam geven? Wat had dat voor zin?'

'Dat is gebruikelijk bij ons, Gogol,' hield zijn moeder vol. 'Dat doen Bengali's nu eenmaal.'

'Maar het is niet eens een Bengaalse naam.'

Hij vertelde zijn ouders wat hij bij meneer Lawson had geleerd, dat Gogol zijn leven lang ongelukkig was, dat hij geestelijk labiel was, dat hij zichzelf had doodgehongerd. 'Wisten jullie dat allemaal van hem?' vroeg hij.

'Je vergeet te vermelden dat hij ook een genie was,' zei zijn vader.

'Ik begrijp jullie niet. Hoe konden jullie mij nu vernoemen naar zo'n vreemde figuur? Niemand neemt mij serieus,' zei Gogol.

'Wie dan? Wie neemt jou niet serieus?' wilde zijn vader weten. Hij haalde zijn vingers uit zijn bord en keek hem recht in de ogen.

'De mensen,' zei hij, liegend tegen zijn ouders. Want zijn vader had gelijk: de enige die Gogol niet serieus nam, de enige die hem kwelde, de enige die zich constant bewust was van en zich gedupeerd voelde door de ongebruikelijkheid van zijn naam, de enige die hem voortdurend ter discussie stelde en er niet mee leven kon, was Gogol. Maar hij had desondanks doorgezet, en gezegd dat ze blij moesten zijn, want dat hij nu officieel een Bengaalse naam zou dragen, in plaats van een Russische.

'Ik weet het niet, Gogol,' had zijn moeder hoofdschuddend gezegd. 'Ik weet het echt niet.' Ze stond op om de tafel af te ruimen. Sonia sloop stilletjes naar boven. Gogol bleef met zijn vader aan tafel zitten. Ze zaten daar samen en hoorden zijn moeder de borden leegschrapen terwijl ze de gootsteenbak vol liet lopen.

'Verander hem dan maar,' zei zijn vader eenvoudig, rustig, even later.

'Serieus?'

'In Amerika is alles mogelijk. Ga je gang maar.'

En dus had hij een naamsveranderingsformulier van de staat Massachusetts aangevraagd, dat hij ingevuld, samen met een uittreksel uit de burgerlijke stand en een cheque, moest indienen bij het Hof voor Familie- en Erfrecht van Middlesex. Hij was met het formulier naar zijn vader gegaan, die er even vluchtig naar gekeken had alvorens zijn handtekening te zetten, met dezelfde gelatenheid waarmee hij een cheque of een creditcardkwitantie tekende, zijn wenkbrauwen iets opgetrokken boven zijn brilmontuur, in stilte het verlies berekenend. Hij had 's nachts toen iedereen sliep de rest van het formulier op zijn kamer ingevuld. De aanvraag bestond uit één kant van een crèmekleurig vel, maar toch had hij over het invullen langer gedaan dan over zijn formulieren voor de universiteit. Op de eerste regel vulde hij de naam in die hij wilde veranderen en zijn geboortedatum en -plaats. Hij vulde de nieuwe naam in die hij wilde aannemen en tekende het formulier met zijn oude handtekening. Maar één onderdeel van het formulier had hem tijd gekost: in een regel of drie moest hij uitleggen waarom hij de naamsverandering wilde. Bijna een uur had hij daar gezeten, niet wetend wat op te schrijven. Ten slotte had hij maar niets ingevuld.

Op het afgesproken tijdstip komt zijn zaak voor. Hij betreedt een zaal en neemt plaats op een lege houten bank achterin. De rechter, een middelbare, zwaarlijvige zwarte vrouw met een half brilletje op haar neus, zit tegenover hem op een podium. De griffier, een magere jonge vrouw met kortgeknipt haar, vraagt om zijn aanvraagformulier, controleert het even en overhandigt het dan aan de rechter. In de rechtszaal vormen de vlaggen van de staat Massachusetts en de Verenigde Staten en een olieverfportret van een rechter de enige versiering. 'Gogol Ganguli,' zegt de griffier en wenkt Gogol naar het podium te komen, en al is hij vastbesloten om door te zetten, toch realiseert hij zich met iets van spijt dat dit de laatste keer in zijn leven is dat hij die naam in een officiële context hoort uitspreken. Ondanks de goedkeuring van zijn ouders voelt hij dat hij tegenover hen zijn boekje te buiten gaat, dat hij een vergissing corrigeert die zij hebben begaan.

'Waarom wilt u uw naam veranderen, meneer Ganguli?' vraagt de rechter.

De vraag overvalt hem, en secondelang weet hij niet wat te zeggen. 'Om persoonlijke redenen,' zegt hij ten slotte.

De rechter kijkt hem aan, voorovergebogen, haar hand onder haar kin. 'Zoudt u misschien iets duidelijker willen zijn?'

Eerst zegt hij niets, niet bereid om enige verdere uitleg te geven. Hij vraagt zich af of hij de rechter het hele ingewikkelde verhaal moet vertellen, van de brief van zijn overgrootmoeder die nooit in Cambridge was aangekomen, en van koosnamen en goede namen en wat er die eerste dag op de kleuterschool was gebeurd. Maar in plaats daarvan haalt hij diep adem en vertelt hij de mensen in de rechtszaal wat hij zijn ouders nooit heeft durven bekennen. 'Ik haat de naam Gogol,' zegt hij. 'Ik heb die naam altijd gehaat.'

'Goed,' zegt de rechter. Ze stempelt en tekent het formulier en geeft het aan de griffier terug. Gogol krijgt te horen dat alle andere instanties van de naamsverandering op de hoogte dienen te worden gesteld, dat hij zelf verantwoordelijk is voor het inlichten van het motorrijtuigenregister, banken en scholen. Hij bestelt drie gewaarmerkte afschriften van het naamsveranderingsbesluit, twee voor hemzelf en één voor zijn ouders, om te bewaren in hun bankkluis. Niemand vergezelt hem tijdens deze gerechtelijke overgangsrite, en als hij de rechtszaal verlaat, is er niemand die hem opwacht om het moment te vieren met bloemen en polaroidkiekjes en ballonnen. De hele procedure is trouwens een wissewasje, en als hij op zijn horloge kijkt, ziet hij dat er vanaf het moment dat hij de rechtszaal betrad maar tien minuten verstreken zijn. Hij stapt weer de drukkend warme middag in, zwetend, nog maar half overtuigd dat het echt is gebeurd. Hij neemt de T-subway over de rivier naar Boston. Hij loopt met zijn blazer aan een vinger over zijn schouder geslagen over de Common, over de bruggen en over de kronkelpaden langs de lagune. Dikke wolken verbergen het blauw van de lucht, dat slechts hier en daar zichtbaar is als kleine meren op een landkaart, en er dreigt regen.

Is dit het gevoel van iemand die dik was en slank is geworden, of van een gevangene die in vrijheid is gesteld? 'Ik ben Nikhil,' wil hij de mensen vertellen die hun honden uitlaten, achter kinderwagens lopen, brood aan de eenden voeren. Als hij Newbury Street inloopt vallen de eerste druppels. Hij schiet Newbury Comics binnen en koopt van zijn verjaardagsgeld *London Calling* en *Talking Heads:77*, en een Che Guevara-poster voor zijn kamer in het studentenhuis. Hij steekt een aanvraagformulier voor een studenten-American Express creditcard in zijn zak, dankbaar dat de naam Gogol niet in reliëfletters onder aan zijn eerste creditcard zal prijken. 'Ik ben Nikhil,' zou hij graag tegen de aantrekkelijke, geneusringde caissière met zwartgeverfd haar en een papierblanke huid zeggen. De caissière geeft hem zijn wisselgeld en kijkt langs hem heen naar de volgende klant, maar daarom niet getreurd; in plaats daarvan bedenkt hij hoeveel andere vrouwen hij nu in de rest van zijn leven kan benaderen met ditzelfde onaanvechtbare, niet-belangwekkende feit. Toch is er de daaropvolgende drie weken iets dat hem dwarszit. Ook al staat er 'Nikhil' op zijn nieuwe rijbewijs, ook al heeft hij het oude met de naaischaar van zijn moeder in reepjes geknipt, ook al heeft hij de bladzijden voor in zijn lievelingsboeken waarop hij zijn naam had geschreven eruit gescheurd: iedereen die hij kent in zijn wereld noemt hem nog steeds Gogol. Het dringt tot hem door dat zijn ouders en hun vrienden en de kinderen van hun vrienden, en al zijn eigen highschoolvrienden hem nooit anders dan Gogol zullen noemen. Hij zal in de vakanties en 's zomers Gogol blijven; telkens als hij jarig is, zal Gogol hem weer bezoeken. Iedereen die op zijn afscheidsfeestje voor zijn vertrek naar de universiteit komt, schrijft 'Veel succes, Gogol' op de kaarten.

Pas op zijn eerste dag in New Haven, als zijn vader en zijn betraande moeder en Sonia op de terugweg naar Boston zijn, begint hij zich voor te stellen als Nikhil. De eersten die hem bij zijn nieuwe naam noemen zijn Brandon en Jonathan, met wie hij een wooneenheid deelt en die beiden in de loop van de zomer per post hebben vernomen dat hij Gogol heet. Brandon, slungelig en blond, is in Massachusetts opgegroeid, niet ver van Gogol, en gaat naar Andover College. Jonathan, die Koreaan is en cello speelt, komt uit Los Angeles.
'Is Gogol je voornaam of je achternaam?' wil Brandon weten.

Normaal ergert die vraag hem. Maar vandaag heeft hij een nieuw antwoord. 'Eigenlijk is het mijn tweede voornaam,' zegt hij bij wijze van verklaring, als ze gedrieën in hun gemeenschappelijke zitkamer zitten. 'Nikhil is mijn eerste naam. Die hadden ze per ongeluk weggelaten.'

Jonathan knikt instemmend, met zijn gedachten bij het opstellen van zijn stereo-installatie. Brandon knikt eveneens. 'Hé, Nikhil,' zegt Brandon even later, als ze het meubilair in hun zitkamer naar hun tevredenheid hebben neergezet, 'heb je zin in een pijpje?' Omdat al het andere opeens zo nieuw is, ervaart Gogol het hebben van een nieuwe naam niet als iets vreselijk vreemds. Hij woont in een nieuwe staat, heeft een nieuw telefoonnummer. Hij eet van een blad in een gemeenschappelijke eetzaal, deelt een wc met een hele verdieping, doucht zich 's morgens in een cel. Hij slaapt in een nieuw bed, dat zijn moeder nog per se wilde opmaken voor ze vertrok.

Tijdens de kennismakingsdagen holt hij over de campus van hot naar haar, over de elkaar kruisende tegelpaden, langs de klokkentoren en de met kantelen en torentjes versierde gebouwen. Hij gunt zich in het begin geen tijd om zoals de andere studenten op de Old Campus in het gras te gaan zitten en de collegeroosters te bestuderen, frisbee te spelen en elkaar tussen de groen geoxideerde beelden van zittende mannen in toga te leren kennen. Hij maakt een lijstje van alle plaatsen waar hij zijn moet en omcirkelt de gebouwen op zijn campusplattegrond. Als hij alleen op zijn kamer is, typt hij een schriftelijk verzoek op zijn Smith Corona, waarin hij de administratie op de hoogte stelt van zijn naamsverandering en voorbeelden geeft van zijn oude en nieuwe handtekening, naast elkaar. Hij geeft deze bescheiden aan een secretaresse, met een kopie van het naamsveranderingsformulier. Hij vertelt zijn decaan van zijn naamsverandering, hij vertelt het aan de man die zijn studentenidentiteitsbewijs en zijn bibliotheekkaart verzorgt. Hij corrigeert de vergissing in alle heimelijkheid, zonder Jonathan en Brandon te vertellen waar hij het de hele dag zo druk mee heeft, en dan is het opeens gebeurd.

Na zoveel werk gaat het plotseling als vanzelf. Als de ouderejaars arriveren en de colleges beginnen, heeft hij een hele universiteit erop voorbereid hem Nikhil te noemen: studenten en docenten en assistenten en meisjes op feestjes. Nikhil schrijft zich in voor zijn eerste vier colleges: inleiding tot de kunstgeschiedenis, middeleeuwse geschiedenis, een semester Spaans, en astronomie als verplicht exact vak. Op het laatste nippertje schrijft hij zich ook nog in voor een avondcursus tekenen. Hij vertelt zijn ouders niet dat hij tekenles neemt, iets wat ze in dit stadium van zijn leven maar onverantwoordelijk zouden vinden, ondanks het feit dat zijn eigen grootvader tekenaar was. Ze maken zich al zorgen omdat hij nog geen hoofdstudie en geen beroep heeft gekozen. Net als hun andere Bengaalse vrienden verwachten zijn ouders dat hij het, zo al niet tot ingenieur, dan toch minstens tot arts, advocaat of econoom zal schoppen. Dat waren de vakken die hen naar Amerika hadden gebracht, houdt zijn vader hem keer op keer voor, de beroepen waarmee ze zich bestaanszekerheid en respect hebben verworven.

Maar nu hij Nikhil is, lukt het hem beter zijn ouders te negeren, hun zorgen en smeekbeden naar de achtergrond te dringen. Opgelucht tikt hij zijn naam boven zijn werkstukken. Hij leest de telefonische boodschappen die zijn huisgenoten op allerhande vodjes papier voor Nikhil in hun kamers neerleggen. Hij opent een bankrekening, schrijft zijn nieuwe naam in zijn studieboeken. '*Me llamo Nikhil*,' zegt hij in zijn college Spaans. Het is als Nikhil, dat eerste semester, dat hij een sikje laat staan, op feestjes Camel Lights gaat roken en tussen het schrijven van scripties en het studeren voor tentamens door Brian Eno, Elvis Costello en Charlie Parker ontdekt. Het is als Nikhil dat hij tijdens een weekend met Jonathan de Metro-North naar Manhattan neemt en zich voorziet van een vals identiteitsbewijs waarmee hij in de cafés van New Haven sterke drank kan bestellen. Het is als Nikhil dat hij tijdens een feest in Ezra Stiles zijn maagdelijkheid verliest, met een meisje in een Schots geruite rok, legerschoenen en een mosterdkleurige maillot. Als hij om drie uur 's ochtends met een kater wakker wordt, is ze verdwenen en kan hij zich haar naam niet meer herinneren.

Er is maar één probleem: hij voelt zich geen Nikhil. Nog niet. Het probleem is ten dele dat de mensen die hem nu als Nikhil kennen niet weten dat hij vroeger Gogol was. Ze kennen hem alleen maar in het heden, niet in het verleden. En na achttien jaar Gogol voelen twee maanden Nikhil pover, onbeduidend aan. Soms heeft hij het gevoel dat hij zichzelf in een toneelstuk de rol van een tweeling heeft toebedeeld, niet te onderscheiden met het blote oog, maar fundamenteel verschillend. Soms voelt hij nog zijn oude naam, pijnlijk, zonder waarschuwing, zoals zijn voortand een week of wat geleden na gevuld te zijn ondraaglijk was gaan steken, en uit zijn mond dreigde te vallen als hij koffie dronk, of ijswater, en ook een keer toen hij in een lift stond. Hij is bang dat hij ontmaskerd zal worden, dat de hele charade een keer aan het licht zal komen. In angstdromen worden zijn dossiers gepubliceerd en wordt zijn oorspronkelijke naam afgedrukt op de voorpagina van de *Yale Daily News*. Eén keer tekent hij per abuis in de universiteitsboekwinkel een creditcardkwitantie met zijn oude naam. Het komt voor dat hij drie keer Nikhil moet horen voordat hij antwoord geeft.

Nog verwarrender is het als degenen die hem gewoonlijk Gogol noemen hem gaan aanduiden als Nikhil. Bijvoorbeeld, als zijn ouders op zaterdagochtend opbellen en Brandon of Jonathan opneemt, vragen ze of Nikhil er is. En hoewel hij zelf zijn ouders heeft gevraagd dit te doen, heeft hij er in de praktijk toch moeite mee, geeft het hem op dat moment het gevoel dat hij geen familie, geen kind van hen is. 'Kom eens een weekend samen met Nikhil bij ons thuis,' zegt Ashima tegen zijn huisgenoten als ze met Ashoke tijdens het ouderweekend in oktober de campus bezoekt en de kamer voor de gelegenheid ijlings van drankflessen, asbakken en Brandons hasjpijp is ontdaan. De naamsvervanging klinkt voor Gogols gevoel niet goed, correct maar vals, zoals het klinkt als zijn ouders Engels tegen hem spreken in plaats van Bengaals. Nog vreemder is het als zijn ouders hem in het bijzijn van zijn nieuwe vrienden direct met Nikhil aanspreken: 'Nikhil, laat ons eens zien in welke gebouwen jij je colleges krijgt,' vraagt zijn vader. Later die avond, als ze met Jonathan in een restaurant in Chapel Street eten, vergist Ashima zich als ze vraagt: 'Gogol, heb je al besloten wat je als hoofdvak gaat doen?' Hoewel Jonathan, die luistert naar iets wat zijn vader zegt, het niet heeft gehoord, voelt Gogol zich machteloos, geërgerd, maar niet in staat zijn moeder iets kwalijk te nemen, verstrikt als ze is in de janboel die hij zelf heeft veroorzaakt.

Tijdens zijn eerste semester gaat hij, gehoorzaam maar met tegenzin, om het andere weekend naar huis, als zijn laatste college op vrijdag eropzit. Hij neemt de sneltrein naar Boston en stapt daar over op een forensentrein, zijn weekendtas vol studieboeken en vuile was. Ergens in de loop van de tweeënhalf uur durende reis verdampt Nikhil en neemt Gogol weer bezit van hem. Zijn vader haalt hem af van het station, altijd na van tevoren te hebben opgebeld of de trein op tijd is. Samen rijden ze door de stad, langs de vertrouwde wegen met bomen erlangs, terwijl zijn vader hem vragen stelt over zijn studie. Tussen vrijdagavond en zondagmiddag wordt, dankzij zijn moeder, de was gedaan, maar blijven de studieboeken onaangeroerd; alle goede voornemens ten spijt merkt Gogol dat hij bij zijn ouders thuis tot weinig anders in staat is dan eten en slapen. Het bureau op zijn kamer voelt te klein aan. Hij wordt afgeleid door de telefoon, door zijn ouders en door Sonia die praat en door het huis loopt. Hij mist de Sterling Library, waar hij elke avond na het eten studeert, en het nachtelijke programma waarvan hij nu deel uitmaakt. Hij mist zijn studentenwoning in Farnham waar hij onder het roken van een van Brandons sigaretten met Jonathan naar muziek luistert en leert hoe hij de klassieke componisten uit elkaar kan houden.

Thuis kijkt hij naar MTV met Sonia, terwijl die haar spijkerbroeken vermaakt door centimeters van de onderkant te knippen en in de aldus vernauwde pijpen ritssluitingen te naaien. Eén keer is de wasmachine een weekend bezet omdat Sonia bezig is het overgrote deel van haar kleren zwart te verven. Ze zit nu op de highschool, waar ze les krijgt van meneer Lawson en de dansavonden bezoekt waar Gogol zelf nooit is geweest, en al naar feestjes gaat waar zowel jongens en meisjes te vinden zijn. Haar beugel is eraf en onthult een zelfverzekerde, frequente, Amerikaanse lach. Haar eertijds schouderlange haar is door een vriendinnetje asymmetrisch afgeknipt. Ashima leeft in angst dat Sonia een lok ervan blond zal verven, wat Sonia meer dan eens gedreigd heeft te zullen doen, en dat ze in het winkelcentrum nog meer gaatjes in haar oren zal laten prikken. Ze ruziën hevig over dat soort dingen, waarbij Ashima in tranen uitbarst en Sonia met de deuren slaat. Soms zijn zijn ouders in het weekend voor een feest uitgenodigd en dan staan ze erop dat zowel Gogol als Sonia meegaat. De gastheer of gastvrouw brengt hem dan naar een kamer waar hij in zijn eentje kan studeren terwijl beneden het feest voortdendert, maar het draait er altijd op uit dat hij met Sonia en de andere kinderen televisie kijkt, zoals hij dat zijn hele leven heeft gedaan. 'Ik ben achttien,' zegt hij een keer tegen zijn ouders als ze van een feest weer naar huis rijden, een feit dat in hun ogen geen enkel verschil maakt. Tijdens een weekend begaat Gogol de fout naar New Haven te verwijzen als thuis. 'Sorry, dat heb ik thuisgelaten,' zegt hij, als zijn vader hem vraagt of hij eraan gedacht heeft de sticker van Yale te kopen die zijn ouders op de achterruit van hun auto willen plakken. Ashima is diep verontwaardigd door die opmerking en komt er de hele dag op terug. 'Net drie maanden van huis, en moet je jezelf nu eens horen,' zegt ze, en vertelt hem dat zijzelf, na twintig jaar in Amerika te hebben gewoond, het nog steeds niet over haar hart kan verkrijgen om Pemberton Road 'thuis' te noemen.

Maar het is zijn kamer in Yale waar Gogol zich nu het meest op zijn gemak voelt. Hij houdt van deze gebouwen, die oud zijn, en van een gratie die de tijd trotseert. Hij vindt het een prettig idee dat zoveel studenten er vóór hem gewoond hebben. Hij houdt van de solide gestucte muren, de donkere houten vloeren, hoezeer ook gevlekt en gehavend. Hij houdt van de dakkapel die het eerste is wat hij 's ochtends ziet als hij zijn ogen opendoet en naar Battell Chapel kijkt. De gotische architectuur van Yale heeft zijn hart gestolen. Hij verbaast zich voortdurend over de fysieke schoonheid die hem omringt, die hem aan zijn omgeving bindt op een manier die hij in Pemberton Road, ook al is hij daar opgegroeid, nooit heeft gevoeld. Voor zijn tekenles, waarvoor hij wekelijks zes schetsen moet maken, tekent hij met grote toewijding de details van gebouwen: luchtbogen, gotische zuilengangen vol vloeiende traceringen, zware ronde portalen en dikke zuilen van lichtroze steen. In het nieuwe semester volgt hij een inleidend college architectuur. Hij leest hoe de piramiden, de Griekse tempels en de middeleeuwse kathedralen zijn gebouwd en bestudeert in zijn leerboek de plattegronden van kerken en paleizen. Hij leert de ontelbare termen, het vocabulaire dat bij de details van oude gebouwen hoort, door ze op afzonderlijke systeemkaarten te schrijven en op de achterkant het bijbehorende detail te tekenen: architraaf, entablement, timpaan, boogsteen. Samen vormen die woorden een andere taal die hij wil leren kennen. Hij bergt de kaarten op in een schoenendoos, repeteert de termen voor het tentamen, leert er veel meer uit zijn hoofd dan nodig is, en bewaart de doos met kaarten ook na het tentamen, terwijl hij er in zijn vrije tijd nog kaarten aan toevoegt.

In de herfst van zijn tweede jaar stapt hij op Union Station in een bijzonder drukke trein. Het is de woensdag voor Thanksgiving. Hij schuifelt door de coupés met zijn weekendtas zwaar van de boeken voor zijn college renaissancearchitectuur, waarvoor hij in de volgende vijf dagen een scriptie moet maken. Passagiers hebben zich al deels van het treinbalkon meester gemaakt en zitten mistroostig op hun bagage. 'Alleen staanplaatsen hier,' roept de conducteur. 'Ik wil m'n geld terug,' klaagt een passagier. Gogol loopt door, van de ene coupé naar de volgende, op zoek naar een minder druk balkon waar hij misschien nog kan zitten. In de allerlaatste wagon van de trein ziet hij een lege zitplaats. Een meisje zit bij het raam te lezen in een dubbelgevouwen nummer van *The New Yorker*. Op de zitplaats naast haar ligt een chocoladebruine suède jas met een voering van schapenvacht, die er de oorzaak van is dat de passagier vóór Gogol is doorgelopen. Maar iets zegt Gogol dat de jas van het meisje is, dus staat hij stil en vraagt: 'Is die jas van u?'

Ze tilt haar smalle lichaam op en schikt met één snelle beweging de jas onder haar billen en benen. Hij heeft haar gezicht eerder op de campus gezien, ze is iemand die zijn weg heeft gekruist in de gangen van gebouwen waar hij op weg naar en van colleges doorheen komt. Hij herinnert zich dat ze tijdens zijn eerste jaar haar haar nadrukkelijk cranberryrood had geverfd en het tot op kaaklengte had afgeknipt. Ze heeft het nu tot op haar schouders laten groeien en het terug laten keren tot wat de natuurlijke kleur lijkt te zijn, lichtbruin met hier en daar een plukje blond. Ze heeft een scheiding, iets uit het midden, en niet helemaal recht. Het haar van haar wenkbrauwen is donkerder, wat aan haar overigens vriendelijke gelaatstrekken een ernstige uitdrukking geeft. Ze draagt een fraai gebleekte spijkerbroek, bruinleren laarsjes met gele veters en dikke rubberzolen. Haar trui met kabelmotief van hetzelfde gespikkelde grijs als haar ogen is te groot voor haar, de mouwen vallen half over haar handen. Een mannenportefeuille puilt uit de voorzak van haar spijkerbroek.

'Hallo, ik heet Ruth,' zegt ze. Zij herkent hem op dezelfde vage manier als hij haar.

'Ik heet Nikhil.' Hij gaat zitten, te moe om zijn weekendtas in het bagagerek te tillen. Hij duwt hem zo goed en zo kwaad als het gaat onder zijn zitplaats, zijn lange benen in een onhandige bocht, zich ervan bewust dat hij zweet. Hij ritst zijn blauwe, met dons gevoerde parka open. Hij masseert zijn vingers, waarin de leren draagriemen van de weekendtas een kriskraspatroon van striemen hebben achtergelaten.

'Sorry,' zegt Ruth, die hem gadeslaat. 'Ik denk dat ik alleen maar probeerde het onvermijdelijke uit te stellen.'

Nog zittend bevrijdt hij zijn armen uit de parka. 'Wat bedoel je?'

'Dat ik de indruk wilde wekken dat hier iemand zat. Met die jas.'

'Slim bekeken, toch. Soms doe ik om dezelfde reden net of ik slaap,' bekent hij. 'Als ik slaap is er niemand die naast me wil zitten.'

Ze lacht zachtjes en duwt een haarlok achter haar oor. Haar schoonheid is direct, zonder pretentie. Ze heeft geen make-up op, alleen een beetje lippenglans; twee bruine moedervlekjes bij haar rechterjukbeen zijn het enige dat de lichte perziktient van haar gezicht onderbreekt. Ze heeft slanke, kleine handen met ongepolijste nagels en ruwe nagelriemen. Ze buigt zich voorover om het tijdschrift weg te leggen en een boek uit de tas aan haar voeten te halen, en hij ziet even een glimpje huid boven de band van haar broek.

'Ga je naar Boston?' vraagt hij.

'Maine. Daar woont mijn vader. Op South Station moet ik overstappen op een bus. Daarvandaan is het nog vier uur. Wat is jouw college?'

'J.E.'

Hij hoort dat zij aan Silliman College studeert, dat ze als hoofdstudie Engels wil gaan doen. Bij het uitwisselen van hun studie-ervaringen tot dusver ontdekken ze dat ze begin vorig jaar allebei psychologie 110 hebben gedaan. Het boek in haar handen is een paperbackuitgave van *Timon of Athens*, en hoewel ze voortdurend een vinger bij een bladzij houdt, leest ze verder geen woord meer. En hij taalt niet meer naar de inhoud van het boek over perspectief dat hij uit zijn weekendtas heeft gehaald. Ze vertelt hem dat ze in een commune is opgegroeid in Vermont, een kind van hippies, en dat ze tot groep zeven lagere school thuis onderwijs heeft gehad. Haar ouders zijn nu gescheiden. Haar vader woont met haar stiefmoeder samen op een boerderij waar ze lama's fokken. Haar moeder, die antropologe is, doet veldonderzoek onder vroedvrouwen in Thailand.

Hij kan zich niet voorstellen zulke ouders te hebben, uit zo'n milieu te komen, en als hij zijn eigen opvoeding beschrijft, lijkt die saai vergeleken bij de hare. Maar Ruth toont zich geïnteresseerd en wil alles weten van zijn bezoeken aan Calcutta. Ze vertelt hem dat haar ouders ooit in India zijn geweest, ergens in een ashram, voordat zij geboren was. Ze vraagt hoe de straten eruitzien, en de huizen, dus tekent Gogol op de blanco laatste bladzijde van zijn boek over perspectief een plattegrond van de flat van zijn grootouders van moederskant, en loodst hij Ruth over de veranda's en de terrazzovloeren terwijl hij haar vertelt van de blauwgekalkte muren, de smalle keuken, de zitkamer met rotanmeubelen die eruitzagen alsof ze buiten op een veranda thuishoorden. Hij tekent met vaste hand, dankzij de handtekencursus die hij dit jaar volgt. Hij wijst haar de kamer waar Sonia en hij slapen als ze op bezoek zijn en hij beschrijft het uitzicht op het steegje aan weerszijden waarvan onder golfplaten daken kleine bedrijfjes opereren. Als hij klaar is, neemt Ruth het boek van hem over en bekijkt ze de tekening die hij gemaakt heeft, terwijl ze met haar vinger door de kamers loopt. 'Ik zou er graag eens heengaan,' zegt ze en opeens ziet hij haar voor zijn geestesoog met een gebruind gezicht en bruine armen en een rugzak om wandelen langs Chowringhee zoals veel westerse toeristen doen, winkelen in New Market, logeren in het Grand Hotel.

Terwijl ze zitten te praten krijgen ze een standje van een vrouw aan de andere kant van het gangpad, ze zou graag even slapen, zegt ze. Dit spoort hen alleen maar aan om verder te praten, nu zachter, met hun hoofden naar elkaar toe gebogen. Gogol heeft geen idee in welke staat ze zijn, welke stations ze zijn gepasseerd. De trein dendert over een brug, de ondergaande zon is koortsig mooi en werpt een opzienbarende rosse gloed op de gevels van de houten huizen aan de waterkant. In enkele minuten verdwijnen deze kleuren, om plaats te maken voor de bleekheid die voorafgaat aan de schemering. Als het donker is, ziet hij in het raam hun spiegelbeeld als het ware buiten de trein zweven. Ze hebben allebei een droge keel van het praten en op een gegeven moment biedt hij aan iets te gaan halen in de restauratiewagen. Ze vraagt hem of hij een zak chips voor haar mee wil brengen en een kop thee met melk. Hij vindt het prettig dat ze geen moeite doet de portefeuille uit de zak van haar spijkerbroek te halen, dat ze hem toestaat haar te trakteren. Hij komt terug met een koffie voor hemzelf en de chips en de thee, plus een bekertje melk dat de barman hem meegegeven heeft in plaats van het normale schenkkannetje room. Ze praten verder. Ruth eet de chips en veegt met de rug van haar hand het zout om haar mond weg. Ze biedt er Gogol ook een paar aan, die ze een voor een voor hem uit de zak haalt. Hij vertelt haar van de maaltijden die hij in Indiase treinen genuttigd heeft toen hij met zijn familie naar Delhi en Agra reisde, de roti's en de lichtelijk zure dal die bij het ene station werden besteld en bij het volgende heet geleverd, de dikke gefrituurde groentekoekjes die met brood en boter als ontbijt werden geserveerd. Hij vertelt haar van de thee die door het open raam van venters op het perron werd gekocht, die hem schonken uit enorme aluminium ketels met suiker en melk er al in, en dat hij gedronken werd uit bekers van grof aardewerk die na afloop op de rails kapot werden gesmeten. Haar belangstelling voor deze details vleit hem; hij realiseert zich dat hij over zijn belevenissen in India nog nooit met een Amerikaanse vriend of vriendin heeft gesproken.

Hun wegen scheiden zich plotseling; Gogol verstout zich nog op het laatste moment haar nummer te vragen en hij schrijft het in hetzelfde boek waarin hij de plattegrond voor haar heeft getekend. Hij zou graag samen met haar op South Station op haar bus naar Maine wachten, maar hij moet over tien minuten een pendeltrein halen die hem naar zijn buitenwijk brengt. Aan zijn vakantie lijkt wel geen eind te komen; het enige waaraan hij kan denken is teruggaan naar New Haven en Ruth opbellen. Hij vraagt zich af hoe vaak hun wegen zich hebben gekruist, hoeveel keren ze zonder het te weten samen in Commons hebben gegeten. Hij denkt terug aan psychologie 110, wensend dat hij uit zijn geheugen een beeld van haar kon opdiepen, aantekeningen makend aan de andere kant van de collegezaal, haar hoofd over haar schrijfblad gebogen. Het meest denkt hij terug aan de trein, verlangt hij ernaar om weer naast haar te zitten, stelt hij zich hun gezichten voor, blozend door de warmte van de coupé, hun lichamen verstard in dezelfde houding, haar haar glanzend in de gele lampen aan het plafond. Op de terugreis zoekt hij haar, kijkt hij in alle coupés, maar ze is nergens te bekennen, en uiteindelijk gaat hij zitten naast een bejaarde non in een bruin habijt en met opvallend wit dons op haar bovenlip, die de hele reis snurkt.

Terug in Yale spreekt hij de week daarop met Ruth af om koffie te gaan drinken in boekhandel Atticus. Ze is een paar minuten te laat en draagt dezelfde spijkerbroek, laarsjes en chocoladebruine suède jas als bij hun eerste ontmoeting. Weer vraagt ze om thee. Aanvankelijk bespeurt hij een stroefheid waarvan hij in de trein niets had gemerkt. Het café is lawaaiig en hectisch, de tafel tussen hen lijkt te breed. Ruth is stiller dan eerst, ze kijkt omlaag naar haar kopje en speelt met de suikerzakjes, haar blik dwaalt zo nu en dan af naar de boeken die langs de wanden staan. Maar al snel gaat het gesprek weer even vlot als de vorige keer en vertellen ze elkaar wat ze in de vakantie hebben beleefd. Hij vertelt haar hoe Sonia en hij een hele dag de keuken in Pemberton Road hebben bezet en een kalkoen hebben gevuld en deeg gerold voor pasteitjes, dingen die zijn moeder eigenlijk niet graag doet. 'Ik heb op de terugreis naar je gezocht,' bekent hij haar, en hij vermeldt ook de snurkende non. Later lopen ze samen door het Center for British Art; er is een tentoonstelling van tekeningen uit de Renaissance die ze allebei graag willen zien. Hij loopt met haar op tot Silliman en ze spreken af om een paar dagen later weer koffie te gaan drinken. Nadat ze elkaar welterusten hebben gewenst, treuzelt Ruth bij de poort, omlaag kijkend naar de boeken die ze aan haar borst drukt, en hij vraagt zich af of hij haar zal kussen, iets wat hij al uren heeft willen doen, of dat er, voor haar gevoel, alleen maar van vriendschap sprake is. Ze begint achteruit naar de ingang te lopen, glimlacht hem toe en neemt een indrukwekkend aantal stappen alvorens nog eenmaal te zwaaien en zich om te draaien.

Hij begint haar op te wachten na haar colleges, prent haar

rooster in zijn hoofd, kijkt omhoog naar de gebouwen en drentelt onopvallend door de zuilengangen. Ze lijkt altijd verheugd hem te zien en laat haar vriendinnen staan om hem te begroeten. 'Natuurlijk mag ze je graag,' verzekert Jonathan Gogol op een avond in de eetzaal, na geduldig diens uitvoerige verslag van hun omgang te hebben aangehoord. Een paar dagen later, als hij Ruth terug naar haar kamer is gevolgd omdat ze een boek is vergeten dat ze nodig heeft voor een college, legt hij zijn hand op de hare als ze de deurknop wil pakken. Haar kamergenoten zijn er niet. Hij wacht op haar op de bank in de zitkamer terwijl ze het boek aan het zoeken is. Het is rond het middaguur, de lucht is betrokken, het regent een beetje. 'Gevonden,' zegt ze, en hoewel ze beiden naar college moeten, blijven ze in de kamer op de bank zitten en kussen elkaar tot het te laat is om nog te gaan.

Elke avond studeren ze samen in de bibliotheek en gaan aan weerszijden van een tafel zitten om niet voortdurend te fluisteren. Zij neemt hem mee naar haar eetzaal en hij haar naar de zijne. Hij neemt haar mee naar de beeldentuin. Hij denkt onafgebroken aan haar, als hij gebogen staat over het schuine bord in zijn tekenklas, onder de sterke witte lampen van de studio, en in de verduisterde zaal waar hij colleges renaissancearchitectuur volgt, terwijl een diaprojector beelden van Palladiaanse landhuizen op een scherm voorbij laat trekken. Over een paar weken eindigt het semester, dus hebben ze het druk met tentamens en scripties en honderden bladzijden collegestof. Maar veel meer dan de hoeveelheid werk die hij verzetten moet, vreest hij de maand van scheiding die de wintervakantie voor hen in petto heeft. Op een zaterdagmiddag vlak voor de tentamens vertelt ze hem in de bibliotheek dat haar kamergenoten alle twee de hele dag weg zullen zijn. Ze lopen samen via Cross Campus terug naar Silliman, en hij gaat naast haar op haar onopgemaakte bed zitten. De kamer ruikt net als zij, een poederachtige bloemengeur, zonder de scherpte van parfum. Aan de muur boven haar bureau hangen schrijversportretten op ansichtkaarten, Oscar Wilde en Virginia Woolf. Hun lippen en wangen zijn nog stijf van de kou en ze houden nog even hun jas aan. Ze liggen samen tegen haar schapenvachtvoering en ze leidt zijn hand onder haar omvangrijke trui. Zo was het de eerste keer niet geweest, de enige andere keer dat hij met een meisje was. Van die episode herinnert hij zich niets, alleen dat hij na afloop dankbaar was geweest dat hij geen maagd meer was.

Maar ditmaal is hij zich van alles bewust, van de warme holte van Ruths onderlijf, de manier waarop haar sluike haar in dikke lokken op het kussen rust, de lichte verandering in haar gelaatstrekken als ze ligt. 'Je bent geweldig, Nikhil,' fluistert ze als hij haar kleine borsten streelt die ver uit elkaar staan, de ene lichtroze tepel een ietsje groter dan de andere. Hij kust ze, kust de verspreide moedervlekjes op haar buik terwijl zij zich zachtjes naar hem toe buigt, voelt haar handen op zijn hoofd en dan op zijn schouders, voelt hoe zij hem tussen haar gespreide benen leidt. Hij voelt zich onbeholpen, onbekwaam, als hij haar daar proeft en ruikt, en toch hoort hij haar zijn naam fluisteren en zeggen dat het heerlijk is. Ze weet wat ze doen moet, ritst zijn spijkerbroek open, staat even op om een doosje met een pessarium uit haar bureaula te halen.

Een week later is hij weer thuis en helpt hij Sonia en zijn moeder met het versieren van de kerstboom, schept hij met zijn vader de sneeuw van de oprit, gaat hij naar het winkelcentrum om snel nog wat cadeautjes te kopen. Hij loopt door het huis te ijsberen, heeft geen rust, zegt dat hij kou heeft gevat. Kon hij gewoon maar de auto van zijn ouders lenen om Ruth na Kerstmis in Maine op te zoeken, of kon zij maar haar hem toe komen. Hij was zonder meer welkom, had ze hem verzekerd, haar vader en stiefmoeder vonden het best. Hij kon de logeerkamer krijgen, had ze gezegd, en 's nachts kon hij dan bij haar in bed kruipen. Hij ziet zichzelf al op de boerderij die ze hem heeft beschreven, wakker worden bij de geur van gebakken eieren, met haar wandelen door besneeuwde, braakliggende velden. Maar zo'n uitstapje zou betekenen dat hij zijn ouders over Ruth moest vertellen, en daar heeft hij geen zin in. Hij heeft geen geduld voor hun verrassing, hun nervositeit, hun heimelijke teleurstelling, hun vragen naar wat Ruths ouders voor de kost doen en of de affaire wel of niet serieus is. Hoe graag hij haar ook bij zich zou hebben, hij ziet haar niet in Pemberton Road aan de keukentafel zitten in haar spijkerbroek en overmaatse trui, en beleefd zijn moeders eten naar binnen werken. Hij ziet zich niet samen met haar in het huis waar hij nog steeds Gogol is.

Hij praat met haar als zijn familie slaapt, stilletjes in de lege keuken, en laat de gesprekken voor rekening komen van zijn telefoon op de universiteit. Ze spreken af om elkaar een keer in Boston te treffen en de dag door te brengen op Harvard Square. De sneeuw ligt er kniehoog en de lucht is felblauw. Ze gaan eerst naar de film in de Brattle, kopen kaartjes voor de voorstelling die het eerste begint, en gaan achteraan op het balkon zitten zoenen, zodat de mensen zich omdraaien en kijken. Ze lunchen in café Pamplona, eten achter in een hoekje sandwiches met ham uit blik en een kom knoflooksoep. Ze geven elkaar cadeautjes: zij geeft hem een tweedehands boekje met tekeningen van Goya en hij geeft haar een paar blauwe wollen wanten en een cassette met zijn favoriete Beatle-nummers. Ze ontdekken een winkel boven het café die uitsluitend boeken over architectuur verkoopt, en hij grasduint in de rekken en trakteert zichzelf op een paperbackeditie van de Engelse vertaling van *Voyage d'Orient* van Le Corbusier, want hij denkt erover in het voorjaar architectuur als hoofdvak te kiezen. Later wandelen ze hand in hand, zo nu en dan elkaar kussend tegen een gebouw, in dezelfde straten waar hij als kind in zijn wandelwagentje doorheen werd geduwd. Hij laat haar het huis zien van de Amerikaanse professor waar hij en zijn ouders eens hebben gewoond, toen Sonia nog niet geboren was, jaren waaraan hij geen herinnering heeft. Hij heeft het huis op foto's gezien, weet van zijn ouders de naam van de straat. Degene die er nu woont schijnt niet thuis te zijn, de sneeuw is niet van de portiektrap geveegd en op de deurmat heeft zich een aantal opgerolde kranten verzameld. 'Ik wou dat we naar binnen konden,' zegt hij. 'Ik wou dat we samen alleen konden zijn.' Kijkend naar het huis, nu, met Ruth aan zijn zijde, haar hand met want in de zijne, voelt hij zich vreemd machteloos. Ook al was hij toen nog maar een peuter, toch voelt hij zich verraden door zijn onvermogen, destijds, te weten dat hij op een dag, jaren later, onder zulke andere omstandigheden naar het huis zou terugkeren, en dat hij dan zo gelukkig zou zijn.

Als het volgende jaar aanbreekt, hebben zijn ouders een vaag idee van Ruth. Terwijl hij twee keer naar de boerderij in Maine is geweest en daar haar vader en stiefmoeder heeft leren kennen, is Sonia, die inmiddels in het geheim een vriendje heeft, de enige in zijn familie die Ruth heeft ontmoet, tijdens een weekend waarin Sonia hem in New Haven bezocht. Zijn ouders zijn niet nieuwsgierig naar zijn vriendin. Zijn relatie met haar is een verworvenheid in zijn leven waar ze niet in het minst trots op of ingenomen mee zijn. Ruth zegt dat ze het niet erg vindt, dat het wel iets romantisch heeft. Maar Gogol weet dat het niet goed zit. Konden zijn ouders haar maar gewoon accepteren, zoals haar familie hem accepteert, zonder wat voor soort druk dan ook. 'Je bent te jong om je al zo te binden,' zeggen Ashoke en Ashima. Ze voeren zelfs voorbeelden aan van Bengaalse mannen die met Amerikaanse vrouwen zijn getrouwd en die inmiddels weer gescheiden zijn. Het wordt er niet beter op als hij zijn ouders verzekert dat trouwen wel het laatste is waar hij aan denkt. Soms legt hij de hoorn op de haak. Hij heeft met zijn ouders te doen als ze zo tegen hem praten, omdat ze zelf nooit jong en verliefd zijn geweest. Hij vermoedt dat ze heimelijk blij zijn als Ruth een semester in Oxford gaat studeren. Ze heeft al lang geleden gezegd dat ze dat graag wil, tijdens de eerste weken van hun verkering, toen de lente van het derde jaar nog een stipje aan de horizon had geleken. Ze had hem gevraagd of hij het erg vond als ze zich opgaf, en hoewel de gedachte dat ze zo ver weg zou zijn hem een misselijk gevoel gaf, had hij geantwoord, nee, natuurlijk niet, die twaalf weken zouden zo voorbij zijn.

Hij is dat voorjaar zonder haar verloren. Hij brengt al zijn vrije tijd in de studio door, vooral de vrijdagavonden en de weekends, als ze normaliter samen zouden zijn geweest, als ze samen aten bij Naples en films gingen zien in de aula van de rechtenfaculteit. Hij luistert naar de muziek waar zij van houdt, Simon & Garfunkel, Neil Young, Cat Stevens, en koopt voor zichzelf nieuwe exemplaren van de platen die zij van haar ouders heeft gekregen. Hij wordt beroerd als hij bedenkt hoever ze nu van hem weg is, en dat, als hij 's nachts ligt te slapen, zij ergens boven een wastafel haar tanden poetst en haar gezicht wast om aan de volgende dag te beginnen. Hij verlangt naar haar zoals zijn ouders, al deze jaren, hebben verlangd naar de mensen van wie ze houden in India – voor het eerst in zijn leven ervaart hij dit gevoel. Maar zijn ouders weigeren hem geld te geven om in zijn voorjaarsvakantie naar Engeland te vliegen. Hij spendeert het beetje geld dat hij verdient met werken in de eetzaal aan intercontinentale telefoongesprekken die hij tweemaal per week met Ruth voert. Tweemaal per dag kijkt hij in zijn brievenbusje of er brieven of kaarten zijn aangekomen met de veelkleurige postzegels van de Britse koningin. Hij neemt die brieven en kaarten overal mee naartoe, tussen de bladzijden van zijn boeken. 'Mijn Shakespeare-college is het beste dat ik ooit heb gevolgd,' schrijft ze met violette inkt. 'De koffie is hier niet te drinken. Iedereen zegt constant "cheers". Ik denk voortdurend aan je.'

Op een dag woont hij een forumdiscussie bij over Indiase romans die in het Engels geschreven zijn. Hij voelt zich verplicht om erheen te gaan: een van de forumleden, Amit, is een verre neef die in Bombay woont en die Gogol nog nooit heeft ontmoet. Zijn moeder heeft hem gevraagd om Amit de groeten van haar te doen. Gogol luistert verveeld naar de panelleden, die het steeds maar hebben over iets dat ze 'marginaliteit' noemen, alsof het een ziektebeeld betreft. Het grootste deel van het uur tekent hij portretten van de sprekers, die aan een lange tafel boven hun teksten gebogen zitten. 'Teleologisch gesproken zijn ABCD's niet in staat de vraag te beantwoorden "Waar kom je vandaan?"' verklaart de socioloog van het forum. Gogol heeft de term ABCD nog nooit gehoord. Uiteindelijk begrijpt hij dat die staat voor 'American-Born Confused Deshi'* Met andere woorden, hijzelf. Hij hoort dat de c ook kan staan voor 'conflicted'. Hij weet dat *deshi*, een algemeen woord voor 'landgenoot', 'Indiaas' betekent, en dat zijn ouders en al hun vrienden altijd gewoon *desh* zeggen als ze India bedoelen. Maar voor Gogol is India geen desh. Voor hem is het, net als voor de Amerikanen, India.

Gogol zakt onderuit in zijn stoel en overdenkt enkele pijnlijke waarheden. Bijvoorbeeld, hoewel hij zijn moedertaal vloeiend spreekt en verstaat, is zijn vaardigheid in het lezen en schrijven ervan uiterst beperkt. Tijdens bezoeken aan India is zijn Amerikaans getint Engels een bron van eindeloos vermaak voor zijn verwanten, en als hij en Sonia tegen elkaar praten, schudden tantes, ooms, neven en nichten altijd ongelovig het hoofd en zeggen: 'Ik kan er geen woord van verstaan!' Leven met een koosnaam en een goede naam in een land waar dat soort onderscheid niet bestaat – als je een voorbeeld van totale desoriëntatie zocht, dan was dat het wel. Hij kijkt om zich heen of hij iemand van de toehoorders kent, maar het zijn niet zijn eigen soort mensen – veel literatuurstudenten met leren schoudertassen, gouden ziekenfondsbrilletjes en vulpennen, veel mensen naar wie Ruth zou hebben gezwaaid. Er zijn ook veel ABCD's. Hij had geen idee dat er zoveel op de universiteit waren. Hij heeft in zijn afdeling geen ABCD's als vrienden. Hij mijdt ze, want ze doen hem te veel denken aan de manier waarop zijn ouders verkiezen te leven, die geen mensen als vriend hebben omdat ze hen aardig vinden, maar vanwege een verleden dat ze toevallig gemeen hebben. 'Zeg Gogol, waarom ben je geen lid van de Indiase vereniging hier?' vraagt Amit hem na afloop, als ze samen in de Anchor iets gaan drinken. 'Ik heb er gewoon geen tijd voor,' antwoordt Gogol. Hij vertelt zijn goedbedoelende neef niet dat hij zich geen grotere hypocrisie kan voorstellen dan lid te worden van een organisatie die vrijwillig gelegenheden viert die hij gedurende zijn

---

* In Amerika geboren, gedesoriënteerde Indiër.

kinderjaren en puberteit door zijn ouders gedwongen werd bij te wonen. 'Ik heet nu Nikhil,' zegt Gogol, plotseling gedeprimeerd als hij bedenkt hoe lang hij dit nog zal moeten zeggen, aan mensen zal moeten vragen het te onthouden, zijn oude naam te vergeten, en hoe lang hij nog het gevoel zal hebben dat hij een inlegvel met 'erratum' op zijn borst moet dragen.

Met Thanksgiving in zijn vierde jaar neemt hij, alleen, de trein naar Boston. Hij en Ruth zijn niet meer bij elkaar. In plaats van na die twaalf weken uit Oxford terug te komen was ze daar gebleven om een zomercursus te doen. Ze legde uit dat een professor die ze bewonderde daarna met emeritaat zou gaan. Gogol had de zomer in Pemberton Road doorgebracht. Hij had een onbetaalde stage gelopen bij een klein architectenbureau in Cambridge, waar hij bij Charrette boodschappen deed voor de ontwerpers, in de omgeving bouwterreinen fotografeerde en een paar tekeningen beletterde. Om geld te verdienen waste hij 's avonds af in een Italiaans restaurant in de stad van zijn ouders. Eind augustus was hij naar Logan Airport gegaan om Ruth bij haar thuiskomst te verwelkomen. Hij had haar in de aankomsthal opgewacht, haar meegenomen naar een hotel voor één nacht en betaald met het geld dat hij in het restaurant had verdiend. De kamer keek uit op het stadspark, op de wanden zat dik roze en crème gestreept behang. Ze hadden voor het eerst de liefde bedreven in een tweepersoonsbed. Ze hadden buiten de deur gegeten omdat ze geen van beiden de gerechten op het roomservicemenu konden betalen. Ze liepen Newbury Street in en kozen een Grieks restaurantje uit met tafeltjes op het trottoir. Het was een bloedhete dag. Ruth was uiterlijk niet veranderd, maar haar conversatie was doorspekt met woorden en uitdrukkingen die ze in Engeland had opgepikt, zoals 'ik stel me zo voor dat' en 'ik veronderstel' en 'vermoedelijk'. Ze vertelde van haar semester en hoe ze van Engeland genoten had, en van haar bezoeken aan Barcelona en Rome. Ze wilde haar doctoraalstudie ook in Engeland gaan doen, zei ze. 'Ik stel me zo voor dat ze daar ook goede architectenopleidingen hebben,' had ze gezegd. 'Je zou met me mee kunnen gaan.' De volgende morgen had hij haar naar de bus naar Maine gebracht. Maar binnen een paar dagen na hun hereniging in New Haven, waar hij met vrienden een appartement in Howe Street had gehuurd, hadden ze ruzie gekregen en ten slotte allebei toegegeven dat er iets veranderd was.

Ze gaan elkaar nu uit de weg als hun wegen zich toevallig kruisen in de bibliotheek of op straat. Hij heeft haar telefoonnummer doorgestreept en haar adressen in Oxford en Maine. Maar als hij op de trein stapt, moet hij, of hij wil of niet, terugdenken aan die middag, twee jaar geleden, toen ze elkaar hadden ontmoet. Als gewoonlijk is de trein weer afgeladen en ditmaal zit hij de halve reis op het balkon. Na Westerly vindt hij een zitplaats en verdiept zich in de studiegids voor het volgende semester. Maar om de een of andere reden voelt hij zich onrustig, somber, en kijkt hij ongeduldig uit naar het eind van de reis. Hij neemt niet de moeite zijn jas uit te doen, heeft geen zin naar de restauratiewagen te gaan om iets te drinken al heeft hij dorst. Hij bergt de studiegids op en opent een bibliotheekboek waar hij voor zijn doctoraalscriptie iets aan kan hebben, een vergelijking van de bouwstijl van Italiaanse renaissancepaleizen met die van de mogolpaleizen in India. Maar na een paar alinea's houdt hij ook dit voor gezien. Zijn maag knort en hij vraagt zich af wat er straks thuis te eten zal zijn, wat zijn vader heeft klaargemaakt. Zijn moeder en Sonia zijn naar India vertrokken en blijven daar drie weken om de bruiloft van een neef bij te wonen, en Gogol en zijn vader zullen dit jaar Thanksgiving vieren bij vrienden thuis.

Hij keert zijn hoofd naar het raam en kijkt naar het voorbijtrekkende herfstlandschap: de roze en paarse waterval bij een textielververij, elektriciteitscentrales, een grote bolvormige watertank, bedekt met een laag roest. Verlaten fabrieken met rijen vierkante raampjes die voor een deel zijn ingegooid, alsof ze door de motten zijn aangevreten. Aan de bomen zijn de bovenste takken al kaal, de resterende bladeren geel en dun als papier. De trein rijdt langzamer dan normaal, en als hij op zijn horloge kijkt, ziet hij dat ze flink achterlopen op het schema. En dan, ergens buiten Providence, in een lege grasvlakte, staat de trein stil. Meer dan een uur staan ze daar, terwijl een grote, dieprode zonneschijf achter de bomen aan de horizon verdwijnt. De lichten gaan uit en het wordt onaangenaam warm in de trein. De conducteurs rennen zenuwachtig door de coupés. 'Waarschijnlijk een kapotte leiding,' merkt een heer naast Gogol op. Aan de andere kant van het gangpad zit een vrouw met grijs haar te lezen, een jas als een deken aan haar borst gedrukt. Achter hem bespreken twee studenten de gedichten van Ben Jonson. Nu de treinmotor zwijgt, kan Gogol zachtjes een opera op iemands walkman horen spelen. Door het raam ziet hij een prachtige donkerende saffierblauwe lucht. Hij ziet roestige spoorrails op hopen liggen. Pas als de trein weer in beweging komt, klinkt er een mededeling over de intercom dat er zich een medisch noodgeval heeft voorgedaan. Maar de ware toedracht, die een passagier van een conducteur heeft gehoord, doet snel de ronde: iemand heeft zelfmoord gepleegd door voor de trein te springen.

Het bericht heeft hem geschokt en in verlegenheid gebracht. Hij geneert zich vanwege zijn ergernis en zijn ongeduld, en hij vraagt zich af of het slachtoffer een man of een vrouw is, jong of oud. Hij stelt zich voor dat die persoon dezelfde dienstregeling heeft geraadpleegd die hij in zijn rugzak heeft en precies het moment heeft uitgerekend waarop de trein zou passeren. Het naderen van de koplampen. Als gevolg van de vertraging mist hij in Boston zijn forensentrein en moet hij veertig minuten wachten op de volgende. Hij belt het huis van zijn ouders, maar er neemt niemand op. Hij probeert zijn vaders afdeling op de universiteit, maar ook daar blijft de telefoon overgaan. Op het station ziet hij dat zijn vader op het donkere perron staat te wachten. Hij draagt sportschoenen en een corduroy broek, zijn gezicht staat bezorgd. Hij heeft een regenjas aan met ceintuur, om zijn hals een sjaal die Ashima voor hem heeft gebreid, een tweedpet op zijn hoofd.

'Het spijt me dat ik zo laat ben,' zegt Gogol. 'Hoe lang sta je al te wachten?'

'Vanaf kwart voor zes,' zegt zijn vader. Gogol kijkt op zijn horloge. Het is bijna acht uur.

'Er was een ongeluk gebeurd.'

'Ik weet het. Ik heb opgebeld. Wat was er aan de hand? Ben je gewond?'

Gogol schudt zijn hoofd. 'Er is iemand voor de trein gesprongen. Ergens in Rhode Island. Ik heb nog geprobeerd je te bellen. Ze moesten wachten tot de politie er was, denk ik.'

'Ik was ongerust.'

'Ik hoop dat je niet al die tijd buiten in de kou hebt gestaan,' zegt Gogol, en omdat zijn vader niet reageert, weet hij dat dit precies is wat hij wel heeft gedaan. Gogol vraagt zich af wat het voor zijn vader betekent dat zijn vrouw en Sonia er niet zijn. Zou hij eenzaam zijn? Maar zijn vader is niet iemand die zoiets toe zou geven, die openlijk over zijn verlangens, zijn stemmingen, zijn behoeften zou spreken. Ze lopen naar de parkeerplaats, stappen in de auto en beginnen de korte rit naar huis.

Er staat een stevige wind, zo stevig dat de auto zo nu en dan schommelt, en er waaien bruine bladeren zo groot als mensenvoeten over de weg in het licht van de koplampen. Normaal, als ze van het station naar huis rijden, vraagt zijn vader hem van alles, over zijn studie, zijn financiën, wat hij na zijn doctoraal denkt te gaan doen. Maar vanavond zwijgen ze en concentreert Ashoke zich op de weg. Gogol speelt wat met de radio, schakelt van de AM nieuwszender naar NPR.

'Ik wil je iets vertellen,' zegt zijn vader als de muziek zwijgt. Ze zijn inmiddels al Pemberton Road ingeslagen.

'Wat?' vraagt Gogol.

'Het heeft te maken met je naam.'

Gogol kijkt zijn vader vragend aan. 'Mijn naam?'

Zijn vader doet de radio uit. 'Gogol.'

Hij wordt nu nog maar zo zelden Gogol genoemd dat de klank ervan hem veel minder ergert dan vroeger. Na drie jaar bijna voortdurend Nikhil te zijn geweest, stoort het hem niet meer.

'Ik had een reden voor die naam, weet je,' gaat zijn vader verder.

'Ja, baba. Gogol is je lievelingsschrijver. Ik weet het.'

'Nee,' zegt zijn vader. Hij draait de oprijlaan in, zet de motor af en dooft de koplampen. Hij maakt zijn veiligheidsgordel los, begeleidt hem bij het inrollen tot achter zijn linkerschouder. 'Nog een andere reden.'

En terwijl ze samen in de auto zitten keert zijn vader terug naar een veld op 209 kilometer van Howrah. Met zijn vingers losjes om de onderkant van het stuur en zijn blik door de voorruit op de garagedeur gericht, vertelt hij Gogol het verhaal van de trein waarin hij achtentwintig jaar geleden, in oktober 1961, onderweg was naar zijn grootvader in Jamshedpur. Hij vertelt hem van de nacht die hem bijna zijn leven had gekost en van het boek dat zijn redding was geweest, en van het jaar daarna, toen hij zich niet kon bewegen.

Gogol luistert, met stomheid geslagen, zijn ogen gefixeerd op het profiel van zijn vader. Hoewel ze maar enkele tientallen centimeters van elkaar zijn verwijderd, is zijn vader heel even een vreemde voor hem, een man die een geheim heeft bewaard, een ramp heeft overleefd, een man wiens verleden hij maar gedeeltelijk kent. Een man die kwetsbaar is, die op een onvoorstelbare manier heeft geleden. Hij stelt zich zijn vader voor toen hij twintig was, net als hij nu, zittend in een trein zoals hij even tevoren, verdiept in een verhaal, en opeens op een haar na verongelukt. Hij probeert zich het West-Bengaalse landschap voor de geest te halen, zoals hij dat maar een paar keer heeft gezien, en het gemangelde lichaam van zijn vader dat tussen honderden lijken door op een draagbaar langs een rij verwrongen wagons wordt vervoerd. Tegen zijn gevoel in tracht hij zich een leven zonder zijn vader voor te stellen, een wereld waarin zijn vader niet bestaat.

'Waarom weet ik dit niet over jou?' vraagt Gogol. Zijn stem klinkt hard, beschuldigend, maar zijn ogen vullen zich met tranen. Waarom heb je mij dit nooit verteld?'

'Het leek me nooit het juiste moment,' zegt zijn vader.

'Maar het is net alsof je me al die jaren hebt voorgelogen.' En als zijn vader blijft zwijgen, voegt hij eraan toe: 'Dus daarom trek je een beetje met je been?'

'Het is al zo lang geleden gebeurd. Ik wilde je niet overstuur maken.'

'Dat doet er niet toe. Je had het me moeten vertellen.'

'Misschien,' geeft zijn vader toe, met een snelle blik in Gogols richting. Hij haalt de sleutels uit het contact. 'Kom, je zult wel honger hebben. Het wordt koud in de auto.'

Maar Gogol verroert zich niet. Hij zit daar, nog steeds bezig de feiten te verwerken, gegeneerd, vreemd beschaamd, schuldig. 'Het spijt me, baba.'

Zijn vader lacht zachtjes. 'Jij kon er niets aan doen.'

'Weet Sonia het?'

Zijn vader schudt het hoofd. 'Nog niet. Ik zal het haar nog weleens uitleggen. In dit land is je moeder de enige die het weet. En jij nu ook. Ik heb het je altijd willen vertellen, Gogol.'

En plotseling heeft de klank van zijn koosnaam, uitgesproken door zijn vader zoals hij hem al zijn hele leven heeft horen uitspreken, een volkomen nieuwe betekenis, verbonden met een ramp waarvan hij zonder het te weten al die jaren de belichaming is geweest. 'Is dat waar je aan denkt als je aan mij denkt?' vraagt Gogol hem. 'Herinner ik je aan die nacht?'

'Nee, hoor,' zegt zijn vader ten slotte, met een handgebaar naar zijn ribben, een gebaar waarvan de zin Gogol tot nu toe was ontgaan. 'Jij herinnert mij aan alles wat erna is gebeurd.'

6

1994

HIJ WOONT NU in New York. In mei heeft hij aan de Columbia University zijn architectenstudie voltooid en sindsdien werkt hij bij een bureau in de binnenstad dat grote, befaamde projecten op zijn naam heeft staan. Het is niet het soort werk dat hij zich als student had voorgenomen te gaan doen, het ontwerpen en renoveren van woonhuizen. Dat komt misschien later, hebben zijn studiebegeleiders hem verteld, het was nu van belang om bij de grote namen het vak te leren. En dus, met als uitzicht de geelbruine bakstenen muur van een naburig gebouw aan de overkant van een luchtkoker, werkt hij in een team aan ontwerpen voor hotels en museums en bedrijfshoofdkantoren in steden die hij nog nooit heeft gezien: Brussel, Buenos Aires, Abu Dhabi, Hongkong. Zijn bijdragen zijn incidenteel, en nooit helemaal van hemzelf: een trappenhuis, een dakraam, een corridor, een kanaal voor de airconditioning. Toch weet hij dat elk onderdeel van een gebouw, al is het nog zo klein, van essentieel belang is, en het schenkt hem voldoening dat hij na al die jaren studie, na al die kritieksessies en onuitgevoerde projecten, met zijn kennis nu iets praktisch kan doen. Hij is gewend tot laat in de avond door te werken, en meestal ook in het weekend. Hij maakt ontwerpen op de computer, tekent plattegronden, schrijft bestekken, bouwt schaalmodellen van piepschuim en karton. Hij heeft een eenkamerflat in Morningside Heights, met twee ramen op het westen met uitzicht op Amsterdam Avenue. De ingang is gemakkelijk over het hoofd te zien: een glazen deur vol krassen tussen een krantenkiosk en een nagelstudio. Het is het eerste appartement dat hij alleen voor zichzelf heeft, na steeds met anderen te hebben samengewoond tijdens zijn studie aan Yale en Columbia. Er komt zoveel lawaai van de straat dat hem, wanneer hij telefoneert als het raam openstaat, dikwijls gevraagd wordt of hij vanuit een telefooncel belt. De keuken is ingericht in wat een portaaltje had moeten zijn, een ruimte die zo klein is dat de koelkast een paar meter verder bij de badkamerdeur een plaatsje moest vinden. Op het fornuis staat een theepot waarin hij nog nooit water heeft gedaan, en op het aanrecht een broodrooster die hij nog nooit heeft gebruikt.

Zijn ouders maken zich zorgen omdat hij zo weinig verdient, en van tijd tot tijd stuurt zijn vader hem een postcheque om hem te helpen met zijn huur, de afrekeningen van zijn creditcard. Het was voor hen een teleurstelling dat hij naar Columbia was gegaan. Ze hadden gehoopt dat hij voor het MIT zou kiezen, de andere architectenopleiding waarvoor hij was aangenomen. Maar na vier jaar in New Haven wilde hij niet meer terug naar Massachusetts, naar de enige stad in Amerika die zijn ouders kenden. Hij wilde niet aan zijn vaders alma mater studeren en in een appartement wonen aan Central Square zoals zijn ouders eertijds en terugkeren naar de straten waarover zijn ouders met heimwee spreken. Hij wilde niet in het weekend thuiskomen om samen met hen naar pujo's te gaan en naar Bengaalse feestjes, om zonder meer in hun wereld te blijven.

Hij geeft de voorkeur aan New York, een stad die zijn ouders niet goed kennen, voor de schoonheid waarvan zij geen oog hebben, waar ze huiverig voor zijn. Hij had New York enigszins leren kennen tijdens zijn jaren aan Yale, tijdens excursies met een studiegroep van de architectenopleiding. Hij was naar wat feesten op Columbia geweest. Soms was hij met Ruth met de Metro-North de stad ingereden, en dan gingen ze naar musea, of naar de Village, of grasduinen in boeken bij de Strand. Maar als kind was hij met zijn familie maar één keer naar New York geweest, een tochtje waaraan hij geen goed beeld van de stad had overgehouden. Ze waren in het weekend op bezoek gegaan bij Bengaalse vrienden die in Queens woonden. De vrienden hadden zijn familie Manhattan laten zien. Gogol was destijds tien jaar oud, Sonia vier. 'Ik wil Sesamstraat zien,' had Sonia gezegd, ervan overtuigd dat het een echte straat in de stad was, en ze had gehuild toen Gogol haar had uitgelachen en verteld dat die straat niet bestond. Tijdens de rondrit kwamen ze langs het Rockefeller Center en Central Park en het Empire State Building, en Gogol was met zijn hoofd onder het raam van de auto gedoken om te kunnen zien hoe hoog de gebouwen wel waren. Zijn ouders raakten niet uitgepraat over het drukke verkeer, de voetgangers, het lawaai. In Calcutta was het niet erger, hadden ze gezegd. Hij weet nog dat hij wilde uitstappen en boven in een wolkenkrabber gaan kijken, zoals zijn vader hem eens had meegenomen naar de bovenste verdieping van het Prudential Center in Boston. Maar ze mochten pas de auto uit toen ze op Lexington Avenue waren, om te lunchen in een Indiaas restaurant en daarna Indiase kruidenierswaren te kopen, en polyester sari's en 220-volts apparaten om cadeau te doen aan familie in Calcutta. Dit, vonden zijn ouders, was wat je in Manhattan ging doen. Hij weet nog hoe hij hoopte dat zijn ouders door het park zouden gaan en hem mee zouden nemen naar het Museum of Natural History om de dinosaurussen te zien, en misschien zelfs een keertje met de ondergrondse trein. Maar voor dat soort dingen hadden ze geen belangstelling.

Op een avond krijgt Evan, een van de tekenaars op het werk met wie hij bevriend is, hem zover dat hij meegaat naar een feest. Evan vertelt Gogol dat het appartement waar ze heengaan een bezienswaardigheid is, een loft in Tribeca die ontworpen is door een van de partners van het architectenbureau. De gastheer van het feest, Russell, een oude vriend van Evan, werkt voor de Verenigde Naties en heeft jaren in Kenia doorgebracht; als gevolg daarvan bevat de loft een indrukwekkende verzameling Afrikaanse meubels, sculpturen en maskers. Gogol stelt zich een feest voor met honderden gasten in een enorme ruimte, het soort feest waar hij onopgemerkt kan komen en weer gaan. Maar als Gogol en Evan arriveren, is het feest al bijna voorbij en zit er nog maar een dozijn mensen op kussens om een lage salontafel wat overgebleven druiven en kaas te eten. Op een gegeven moment licht Russell, die aan diabetes lijdt, zijn hemd op en geeft zichzelf een insuline-injectie in zijn buik. Naast Russell zit een vrouw van wie Gogol zijn ogen niet kan afhouden. Ze zit geknield op de vloer aan Russells zijde en smeert een dikke laag brie op een cracker, zonder acht te slaan op wat Russell aan het doen is. In plaats daarvan discussieert ze met een man aan de overkant van de salontafel over een film van Buñuel. 'Ach, kom,' zegt ze keer op keer, 'hij was steengoed.' Ze is tegelijkertijd pinnig en aanhalig en lichtelijk aangeschoten. Ze heeft vuilblond haar dat slordig in een knot bijeen is gebonden en waarvan losse strengen op een willekeurige, aantrekkelijke manier om haar gezicht vallen. Haar voorhoofd is hoog en glad, haar kaaklijn is glooiend en ongewoon lang. Haar ogen zijn groenachtig, met dunne ringetjes zwart om de irissen. Ze is gekleed in een zijden driekwartbroek en een mouwloos wit bloesje waar haar gebruinde huid fraai in uitkomt. 'Hoe vond jij hem?' vraagt ze aan Gogol, hem zonder waarschuwing in de discussie betrekkend. Als hij antwoordt dat hij de film niet gezien heeft, wendt ze haar hoofd af.

Ze spreekt hem opnieuw aan als hij zomaar ergens staat te staan en opkijkt naar een imposant houten masker dat boven een hangende metalen trap prijkt; door de holle, ruitvormige ogen en mond is de witte bakstenen muur erachter te zien. 'Er hangt er een in de slaapkamer die nog griezeliger is,' zegt ze, met een grimas alsof ze huivert van angst. 'Stel je voor dat je 's morgens wakker wordt en dat dit het eerste is wat je ziet.' Er is iets in de manier waarop ze het zegt waardoor hij zich afvraagt of ze misschien uit ervaring spreekt, of ze misschien Russells minnares is, of ex-minnares, en ze daar misschien op zinspeelt.

Ze heet Maxine. Ze vraagt hem wat hij aan de Columbia University heeft gedaan, en vertelt dat ze zelf aan het Barnard College van die universiteit kunstgeschiedenis heeft gestudeerd. Ze leunt onder het praten met haar rug tegen een pilaar, lacht hem ontspannen toe en drinkt onderwijl een glas champagne. Eerst veronderstelt hij dat ze ouder is dan hij, dichter bij de dertig dan bij de twintig. Maar tot zijn verrassing hoort hij dat zij haar vierjarige studie voltooide in het jaar nadat hij aan zijn doctoraalstudie begon, dat ze elkaar aan Columbia een jaar lang hadden overlapt en drie straten van elkaar af hadden gewoond en dat ze elkaar naar alle waarschijnlijkheid meermalen zijn tegengekomen op Broadway of op de trappen van de Low Library of in de Avery. Het doet hem denken aan Ruth, aan de manier waarop ook zij eens als vreemden zo dicht bij elkaar hadden geleefd. Maxine vertelt hem dat ze nu als assistent-redactrice bij een uitgever van kunstboeken werkt. Ze is nu bezig met een boek over Andrea Mantegna, en hij maakt indruk op haar doordat hij weet te vertellen dat Mantegna's fresco's zich in Mantua bevinden, in het Palazzo Ducale. Ze praten op die enigszins geforceerde, malle manier die hij nu met flirten associeert – de gedachtewisseling krijgt zo iets hopeloos vrijblijvends en vluchtigs. Het is het soort conversatie dat hij met willekeurig wie had kunnen voeren, maar Maxine richt haar aandacht zo volledig op hem en houdt met haar lichte, alerte ogen zijn blik zo vast dat hij zich die paar minuten het absolute middelpunt van haar wereld voelt.

De volgende morgen belt ze hem, wekt ze hem; 's zondags om tien uur ligt hij nog in bed, met hoofdpijn van alle whiskysoda's die hij de avond tevoren heeft geconsumeerd. Hij meldt zich nors, een beetje geïrriteerd, in de veronderstelling dat het zijn moeder is die opbelt om te vragen hoe het met hem gaat. Hij heeft het gevoel, als hij Maxines stem hoort, dat ze al uren op is, dat ze al ontbeten heeft, haar *Times* al uitgelezen. 'Met Maxine. Van gisteravond,' zegt ze, zonder zich te verontschuldigen voor het feit dat ze hem uit zijn slaap heeft gehaald. Ze zegt dat ze zijn nummer uit het telefoonboek heeft, maar hij kan zich niet herinneren dat hij haar zijn achternaam heeft verteld. 'Jezus, wat is het bij jou gehorig,' zegt ze. Dan, zonder een moment van verlegenheid of aarzeling, vraagt ze of hij bij haar komt eten. Zij kiest de tijd, vrijdagavond, geeft hem het adres, ergens in Chelsea. Hij neemt aan dat het om een etentje met meerdere personen gaat en vraagt of hij iets mee kan brengen, maar ze zegt nee, hij is de enige gast.

'Ik hoor er waarschijnlijk wel bij te vertellen dat ik bij m'n ouders woon,' voegt ze eraan toe.

'O.' Deze onverwachte mededeling ontnuchtert hem, brengt hem in verwarring. Hij vraagt of haar ouders geen bezwaar hebben tegen zijn komst, of ze misschien niet beter in een restaurant kunnen afspreken.

Maar ze lacht om deze suggestie op een manier die hem een beetje het gevoel geeft dat hij iets doms heeft gezegd. 'Waarom zouden ze er in godsnaam bezwaar tegen hebben?'

Hij neemt een taxi van zijn kantoor naar de buurt waar ze woont en stapt uit bij een slijter om een fles wijn te kopen. Het is een koele avond in september, het regent gestaag en de bomen zitten nog vol bladeren. Hij loopt een afgelegen, rustige straat in tussen Ninth en Tenth Avenue. Het is zijn eerste afspraakje in lange tijd; afgezien van een paar onbeduidende avontuurtjes op Columbia heeft hij sedert Ruth met niemand iets serieus gehad. Hij weet niet wat hij van dit hele gebeuren met Maxine moet denken, maar ondanks de merkwaardige voorwaarden van de uitnodiging heeft hij geen nee kunnen zeggen. Hij is nieuwsgierig naar haar, voelt zich door haar aangetrokken, is gevleid door haar doortastende aanpak.

Hij staat versteld van het huis, in Griekse revivalstijl, en bewondert het minutenlang als een toerist voor hij het hek opendoet. Hij ziet de timpanen boven de ramen, de Dorische pilasters, het entablement met consoles, de zwarte deur met panelen in kruisvorm. Hij beklimt de lage stoep met gietijzeren balustrade. De naam onder de bel luidt Ratliff. Meerdere minuten nadat hij die heeft ingedrukt, lang genoeg om het adres op het papiertje in zijn colbertzak nog eens te controleren, verschijnt Maxine. Ze kust hem op de wang terwijl ze zich staande op één voet naar hem toe buigt, het andere been gestrekt en iets geheven achter zich. Ze is blootsvoets en draagt een wijde zwarte wollen broek met een beige vest van dunne wol. Voorzover hij kan zien draagt ze onder het vest niets dan een beha. Haar kapsel is even nonchalant als eerst. Zijn regenjas wordt aan een kapstok gehangen, zijn paraplu in een standaard gezet. Hij werpt een snelle blik in de spiegel in de hal, strijkt zijn haar en zijn stropdas glad.

Ze gaat hem voor, een trap af naar een keuken die wel een hele verdieping van het huis lijkt te beslaan, met een grote boerentafel voor de openslaande deuren die toegang geven tot een tuin. De muren zijn versierd met prenten van pluimvee en kruiden en een assortiment koperen koekenpannen. In een open wandkast staan borden en schotels uitgestald, samen met op het oog honderden kookboeken, culinaire encyclopedieën en boeken met verhandelingen over eten. Een vrouw staat voor een los slagersblok bij de keukenapparatuur en knipt met een schaar de eindjes van sperziebonen.

'Dit is Lydia, mijn moeder,' zegt Maxine. 'En dit is Silas.' Ze wijst naar een roodbruine cockerspaniël die onder de tafel ligt.

Lydia is lang en slank, net als haar dochter, met sluik ijzerkleurig haar dat in een jeugdige coupe haar gezicht omlijst. Ze is met zorg gekleed, met gouden sieraden aan haar oren en om haar hals, een marineblauw schort om haar middel en glanzende zwartleren schoenen. Hoewel haar gezicht gerimpeld is en haar huid enigszins vlekkerig, is ze zelfs nog mooier dan Maxine, met nog regelmatiger gelaatstrekken, hogere jukbeenderen en fraaier getekende ogen.

'Fijn om kennis met je te maken, Nikhil,' zegt ze, met een stralende glimlach, en hoewel ze hem vol belangstelling aankijkt, onderbreekt ze haar werk niet en geeft ze hem ook geen hand.

Maxine schenkt een glas wijn voor hem in, zonder te vragen of hij misschien liever iets anders wil. 'Kom mee,' zegt ze, 'dan zal ik je het huis laten zien.' Ze beklimmen vijf onbeklede trappen, die luid kraken onder hun gezamenlijke gewicht. De indeling van het huis is eenvoudig: twee immens grote kamers per verdieping, die elk op zich, weet hij zeker, groter zijn dan zijn eigen appartement. Beleefd bewondert hij de gipsen kroonlijsten, de plafondmedaillons, de marmeren schoorsteenmantels, dingen waarover hij met verstand van zaken en uitvoerig kan praten. De wanden zijn in sprekende kleuren geschilderd: hibiscusroze, lila, pistache, en hangen vol met groepjes schilderijen, tekeningen en foto's. In een van de kamers ziet hij een olieverfportret van een klein meisje, hoogstwaarschijnlijk Maxine, op de schoot van een verblindend mooie jonge Lydia, gekleed in een gele jurk zonder mouwen. Langs de gangen op elke verdieping staan wandhoge boekenkasten, volgestouwd met alle romans die iemand in zijn leven gelezen moet hebben, biografieën, dikke monografieën van elke belangrijke kunstenaar, alle boeken over architectuur die Gogol ooit heeft begeerd. Buiten die overvolle plekken heerst in het huis een soberheid die hem aanspreekt: de vloeren zijn kaal, het houtwerk onversierd, veel ramen hebben geen gordijnen, zodat hun forse afmetingen beter uitkomen.

Maxine heeft de bovenste verdieping voor zich alleen: een perzikkleurige slaapkamer met achterin een sleebed, een langwerpige badkamer in rood en zwart. De plank boven de wastafel staat vol verschillende crèmes voor haar hals, haar keel, haar ogen, haar voeten, dag, nacht, zon en schaduw. Achter de slaapkamer bevindt zich een grijze zitkamer die ze als diepe kast gebruikt, haar schoenen, tasjes en kleren slingeren over de vloer, op een divan, over rugleuningen van stoelen. Deze eilandjes van wanorde maken geen verschil – het huis is te spectaculair om daaronder te lijden, het vergeeft slordigheid en rommel.

'Prachtige friesbandramen,' commentarieert hij, omhoog kijkend.

Ze kijkt hem vragend aan. 'Wat?'

'Zo noemen ze die dingen,' legt hij uit. 'Je vindt ze vrij veel in huizen uit deze periode.'

Ze kijkt naar boven, dan naar hem, en lijkt onder de indruk. 'Dat heb ik nooit geweten.'

Hij gaat naast Maxine op de divan zitten en bladert in een salontafelboek over achttiende-eeuws Frans behang dat ze heeft helpen redigeren. Ze hebben elk een kant van het boek op hun knieën. Ze vertelt hem dat dit het huis is waarin ze is opgegroeid en vermeldt en passant dat ze een halfjaar geleden weer bij haar ouders is ingetrokken na bij een man in Boston te hebben gewoond, een relatie die was stukgelopen. Als hij haar vraagt of ze van plan is op zichzelf te gaan wonen, antwoordt zij dat ze daar nog niet aan gedacht heeft. 'Het is zo'n gedoe om iets in de binnenstad te vinden,' zegt ze. 'Bovendien ben ik dol op dit huis. Ik zou nergens liever willen wonen dan hier.' Het idee dat zo'n mondaine jonge vrouw na een mislukte liefdesaffaire weer bij haar ouders is gaan wonen, vindt hij vertederend ouderwets; het is iets dat hij zichzelf in dit stadium van zijn leven zeker niet ziet doen.

Aan het avondmaal maakt hij kennis met haar vader, een lange, knappe man met een weelderige witte haardos, Maxines lichte groen-grijze ogen, en een bril met dunne, rechthoekige glazen die halverwege zijn neus balanceert. 'Aangenaam. Ik ben Gerald,' zegt hij, knikkend, terwijl hij Gogol een hand geeft. Gerald geeft hem een bos bestek en linnen servetten en vraagt of hij de tafel wil dekken. Gogol doet wat hem gezegd wordt, zich ervan bewust dat hij met het huisraad in de weer is van een familie die hij amper kent. 'Jij zit hier, Nikhil,' zegt Gerald, naar een stoel wijzend als het bestek op zijn plaats ligt. Gogol gaat aan een kant van de tafel zitten, tegenover Maxine. Gerald en Lydia zitten aan het hoofd en de voet. Gogol heeft die dag niet geluncht, om eerder weg te kunnen naar zijn afspraak met Maxine, en nu al stijgt de wijn, die zwaarder en zachter is dan wat hij gewoonlijk drinkt, hem naar het hoofd. Hij voelt een aangename druk bij zijn slapen en een plotselinge dankbaarheid voor de dag en waar die hem gebracht heeft. Maxine steekt een paar kaarsen aan. Gerald schenkt de glazen vol. Lydia serveert het eten op grote witte borden: een dunne lap biefstuk, opgerold met een touwtje erom, in een plas donkere saus. De sperzieboontjes zijn zo gekookt dat ze nog knapperig zijn. Een schaal gebakken krielaardappeltjes wordt doorgegeven, en daarna een kom sla. Ze eten met smaak en prijzen de malsheid van het vlees, de versheid van de boontjes. Zijn eigen moeder zou een gast nooit zo weinig gerechten hebben voorgezet. Ze zou Maxines bord geen moment uit het oog hebben verloren en hebben aangedrongen op een tweede, een derde portie. Op de tafel zou een hele rij dienschalen hebben gestaan, waaruit men zichzelf kon bedienen. Maar Lydia let niet op Gogols bord. Ze kondigt niet aan dat er nog meer is. Silas zit onder het eten aan Lydia's voeten, en op een gegeven moment snijdt ze een flink stuk van haar vlees af en voert het hem uit haar hand.

Met hun vieren maken ze algauw twee flessen wijn leeg en beginnen dan aan een derde. De Ratliffs zijn erg spraakzaam aan tafel en hebben een mening over dingen waar zijn eigen ouders niets om geven: films, tentoonstellingen, goede restaurants, de vormgeving van alledaagse voorwerpen. Ze praten over New York, over winkels en buurten en gebouwen die ze ofwel verachten of bewonderen, met een vertrouwdheid en gemak die Gogol het gevoel geven dat hij de stad nauwelijks kent. Ze praten over het huis, dat Gerald en Lydia in de jaren zeventig hebben gekocht, toen niemand in deze buurt wilde wonen, over de geschiedenis van de buurt, en over Clement Clarke Moore, die, zo legt Gerald uit, klassieke talen doceerde aan het seminarie aan de overkant van de straat. 'Hij was verantwoordelijk voor de verdeling van de stad in woon- en werkgebieden,' zegt Gerald. 'En de schrijver van het vers "'Twas the Night Before Christmas", natuurlijk.' Gogol is niet gewend aan dit soort tafelconversatie, aan het ontspannen ritueel van het langzame eten en de aangename nazit aan een tafel vol flessen, kruimels en lege glazen. Iets zegt hem dat niets van dit alles speciaal voor hem is georganiseerd, dat de Ratliffs elke dag zo eten. Gerald is advocaat. Lydia is textielconservator in het Metropolitan Museum. Ze hebben zowel vrede met als belangstelling voor zijn afkomst, zijn jaren aan Yale en Columbia, zijn carrière als architect, zijn mediterrane uiterlijk. 'Je zou een Italiaan kunnen zijn,' merkt Lydia tijdens de maaltijd op, als ze hem in het kaarslicht opneemt.

Gerald herinnert zich een reep Franse chocolade die hij onderweg naar huis heeft gekocht en die wordt nu van zijn wikkel ontdaan, in stukken gebroken en rondgedeeld. Ten slotte komt het gesprek op India. Gerald stelt vragen over de recente opkomst van het hindoefundamentalisme, een onderwerp waar Gogol weinig van weet. Lydia vertelt uitvoerig over Indiase tapijten en miniaturen, Maxine over een college over boeddhistische stoepa's dat ze eens heeft gevolgd. Ze hebben nooit iemand gekend die Calcutta heeft bezocht. Gerald heeft op zijn werk een Indiase collega die pas op huwelijksreis is geweest in India. Die was teruggekomen met spectaculaire foto's van een paleis dat in een meer was gebouwd. Was dat in Calcutta?

'Dat is Udaipur,' zegt Gogol. 'Daar ben ik nooit geweest. Calcutta ligt in het oosten, dichter bij Thailand.'

Lydia kijkt in de slakom, vist er een achtergebleven blaadje uit en steekt het in haar mond. Ze lijkt nu meer ontspannen, goedlachser, ze heeft een blos op haar wangen van de wijn. 'Hoe is Calcutta eigenlijk? Is het een mooie stad?'

Haar vraag verrast hem. Hij is gewend dat mensen informeren naar de armoede, de bedelaars, de hitte. 'Gedeelten van de stad zijn heel mooi,' vertelt hij. 'Er is nog een hoop prachtige Victoriaanse architectuur over uit de Britse koloniale tijd. Maar het meeste is aan het vergaan.'

'Dat doet me denken aan Venetië,' zegt Gerald. 'Zijn er ook kanalen?'

'Alleen tijdens de moessons. Dan lopen de straten onder. Verder gaat de gelijkenis met Venetië niet, denk ik.'

'Ik wil naar Calcutta,' zegt Maxine, alsof het iets is dat haar haar hele leven is ontzegd. Ze staat op en loopt naar het fornuis. 'Ik heb zin in thee. Wie wil er thee?'

Maar Gerald en Lydia besluiten vanavond geen thee te drinken; er is een videoband van *I, Claudius* die ze voor het slapengaan willen zien. Zonder zich om de afwas te bekommeren staan ze op, en Gerald neemt hun twee glazen mee plus de rest van de wijn. 'Welterusten, jongen,' zegt Lydia, en ze kust hem luchtig op de wang. Dan gaan ze luid krakend de trap op naar boven.

'Ik veronderstel dat je nog nooit bij een eerste afspraakje met iemands ouders bent opgescheept,' zegt Maxine als ze alleen zijn en Lapsang Souchong met melk uit zware witten mokken drinken.

'Ik heb genoten van de kennismaking. Ze zijn bijzonder aardig.'

'Zo zou je het kunnen zeggen, ja.'

Ze blijven nog een poosje aan tafel zitten praten. Vanuit de omheinde ruimte achter het huis dringt zacht het geruis van de regen door. De kaarsen slinken tot stompjes en druppels was vallen op tafel. Silas, die stilletjes heen en weer heeft gedrenteld, drukt zijn kop tegen Gogols been en kijkt kwispelend naar hem op. Gogol bukt zich en aait hem voorzichtig.

'Je hebt zeker nooit een hond gehad, hè?' zegt Maxine, die hem observeert.

'Nee.'

'Heb je er nooit een gewild?'

'Toen ik klein was. Maar mijn ouders wilden de verantwoordelijkheid niet. En bovendien moesten we om de paar jaar naar India.'

Hij realiseert zich dat dit de eerste keer is dat hij met haar over zijn ouders, over zijn verleden, spreekt. Hij vraagt zich af of ze hem misschien nog meer zal vragen, maar in plaats daarvan zegt ze: 'Silas mag jou. Hij is heel erg kieskeurig.'

Hij kijkt haar aan, slaat haar gade terwijl ze haar haar losmaakt en het een ogenblik los over haar schouders laat hangen, waarna ze het gedachteloos om haar hand wikkelt. Ze beantwoordt zijn blik met een glimlach. Weer is hij zich bewust van haar naaktheid onder het dunne gebreide vest.

'Ik moest maar eens gaan,' zegt hij. Maar hij is blij dat ze zijn aanbod om voor hij weggaat de boel te helpen opruimen, accepteert. Zo langzaam ze kunnen vullen ze de afwasmachine, vegen de tafel en het slagersblok schoon en wassen de potten en pannen af. Ze spreken af om zondag naar het Film Forum te gaan om de film van Antonioni te zien waar Lydia en Gerald pas naartoe zijn geweest en die ze hun tijdens de maaltijd hebben aanbevolen.

'Ik breng je naar de subway,' zegt Maxine als ze klaar zijn, terwijl ze Silas een ketting omdoet. 'Hij moet nodig uit.' Ze gaan de trap op naar de parterre en trekken hun jas aan. Hij hoort het geluid van een televisietoestel vaag door het plafond. Onder aan de trap blijft hij staan. 'Ik ben vergeten je ouders te bedanken,' zegt hij.
'Waarvoor?'
'Voor hun gastvrijheid. Voor het eten.'
Ze haakt haar arm door de zijne. 'Bedank ze de volgende keer maar.'

Vanaf het eerste begin voelt hij zich moeiteloos opgenomen in hun leven. Het is een ander soort gastvrijheid dan hij gewend is, want hoewel de Ratliffs hartelijk zijn, zijn het geen mensen die zich uitsloven om het anderen naar de zin te maken, in de zekerheid, in zijn geval terecht, dat hun leven die anderen zal aanspreken. Gerald en Lydia hebben het druk met hun eigen besognes en blijven uit hun buurt. Gogol en Maxine komen en gaan wanneer ze willen, van bioscoopjes en etentjes in de stad. Hij gaat met haar winkelen op Madison Avenue, in zaken waar ze moeten aanbellen om binnengelaten te worden, en waar ze kasjmier truien en waanzinnig dure Engelse aftershaves uitzoeken die Maxine zonder blikken of blozen koopt. Ze gaan naar donkere, simpel-ogende restaurantjes in het centrum waar de tafeltjes klein zijn en de rekeningen huizenhoog. Vrijwel altijd gaan ze na afloop terug naar haar ouderlijk huis. Altijd is er wel een heerlijk stukje kaas of paté en een goed glas wijn. In haar badkuip op klauwpoten liggen ze samen te weken, glazen wijn of single malt whisky op de vloer. 's Nachts slaapt hij met haar in de kamer waarin ze is opgegroeid, op een zachte, doorzakkende matras, met haar lichaam, warm als een kacheltje, de hele nacht in zijn armen, en bedrijft hij de liefde met haar in een kamer direct boven die waarin Gerald en Lydia slapen. Op avonden dat hij moet overwerken, komt hij gewoon naar haar toe. Maxine bewaart eten voor hem, en daarna gaan ze samen naar boven. Gerald en

Lydia kijken er niet van op, 's ochtends, als Maxine en hij zich bij hen voegen in de keuken beneden, met ongekamd haar, verlangend naar kommen koffie verkeerd en geroosterde sneetjes stokbrood met jam. De ochtend nadat hij voor het eerst was blijven slapen durfde hij hun niet onder ogen te komen en had hij eerst gedoucht en zijn gekreukelde overhemd en broek van de vorige dag aangetrokken, maar ze hadden alleen maar geglimlacht, zelf nog in kamerjas, en hem warme koffiebroodjes van hun favoriete buurtbakker en stukken van de krant geoffreerd.

Het duurt niet lang of hij wordt tegelijkertijd verliefd op Maxine, op het huis en op Gerald en Lydia's manier van leven, want haar kennen en beminnen betekent het kennen en beminnen van dit alles. Hij houdt van de wanorde die Maxine omringt, de honderden dingen die eeuwig op haar vloer en haar nachttafeltje te vinden zijn, haar gewoonte, als ze samen alleen op de vijfde verdieping zijn, om de deur open te laten als ze naar de wc gaat. Haar slonzige manieren, een uitdaging aan zijn steeds minimalistischer smaak, betoveren hem. Hij leert te houden van de gerechten die zij en haar ouders eten, van de polenta en risotto, de bouillabaisse en ossobuco, het vlees gebakken in perkamentpapier. Hij went aan het gewicht van hun tafelgerei in zijn handen, en aan het servet, nog gedeeltelijk opgevouwen, op zijn schoot. Hij leert dat je geen parmezaanse kaas raspt boven pastaschotels met zeevis erin. Hij leert dat hij geen houten lepels in de afwasmachine mag doen, wat hij per ongeluk een keer gedaan heeft toen hij de tafel hielp afruimen. Hij leert er vroeger op te staan dan hij gewend is, als Silas beneden blaft voor zijn ochtendwandeling. Hij leert 's avonds verdacht te zijn op het geluid van het openen van een nieuwe fles wijn.

Maxine is open over haar verleden, ze laat hem foto's van haar ex-vriendjes zien in een album met gemarmerde schutbladen en praat over die affaires zonder gêne of spijt. Ze bezit de gave haar leven te accepteren; als hij haar leert kennen beseft hij dat ze nooit iemand anders heeft willen zijn dan wie ze is, opgevoed waar ze is opgevoed, zoals ze is opgevoed. Dit is, naar zijn mening, hetgene waarin ze het meeste van elkaar verschillen, iets wat hem veel vreemder is dan het prachtige huis waarin ze is opgegroeid, of het particuliere onderwijs dat ze genoten heeft. Daarbij verbaast het hem telkens weer hoezeer Maxine haar ouders tracht te evenaren, hoezeer ze hun smaak en gewoonten respecteert. Aan tafel discussieert ze met hen over boeken en schilderijen en gemeenschappelijke kennissen zoals je met een vriend discussieert. Er is geen sprake van de irritatie die hij in het contact met zijn eigen ouders voelt. Geen gevoel van verplichting. In tegenstelling tot zijn ouders eisen zij niets van haar, en toch leeft ze trouw, tevreden met hen samen.

Bepaalde dingen in zijn leven verwonderen haar: dat zijn ouders uitsluitend Bengaalse vrienden hebben, dat hun huwelijk gearrangeerd was, dat zijn moeder elke dag Indiaas kookt, dat ze sari's draagt en een stip op haar voorhoofd. 'Echt waar?' zegt ze, want ze gelooft hem maar half. 'Maar jij bent toch zo anders. Dat had ik nou nooit gedacht.' Hij is niet beledigd, maar toch voelt hij dat er een lijn is getrokken. Voor hem zijn de omstandigheden van het huwelijk van zijn ouders zowel absurd als gewoon; bijna al hun vrienden en verwanten zijn op die manier getrouwd. Maar hun levens lijken in niets op dat van Gerald en Lydia: dure sieraden voor Lydia's verjaardag, zomaar bloemen meebrengen, elkaar zoenen waar iedereen bij is, samen wandelen in de stad of samen gaan eten, net zoals Gogol en Maxine. Als hij die twee 's avonds tegen elkaar aan genesteld op de bank ziet liggen, Geralds hoofd op Lydia's schouder, beseft Gogol dat hij in heel zijn leven nooit één moment van fysieke genegenheid tussen zijn ouders heeft gezien. Zo er al liefde tussen hen bestaat, is dat een strikt particuliere aangelegenheid die geen extra aandacht verdient. 'Wat vind ik dat triest,' zegt Maxine als hij haar dit bekent, en al doet haar reactie hem pijn, toch moet hij haar wel gelijk geven. Op een dag vraagt Maxine hem of zijn ouders willen dat hij met een Indiaas meisje trouwt. Ze stelt de vraag uit nieuwsgierigheid, zonder een concreet antwoord te verwachten. Maar hij wordt kwaad op zijn ouders en zou willen dat ze anders waren, terwijl hij in zijn hart weet wat het antwoord is. 'Ik weet het niet,' zegt hij. 'Ik denk van wel. Het doet er niet toe wat ze willen.'

Ze bezoekt hem niet vaak en samen zijn ze om allerlei redenen nooit bij hem in de buurt; zelfs het feit dat ze bij hem volkomen alleen kunnen zijn, speelt geen rol. Toch, een enkele avond als haar ouders een etentje geven waar ze geen zin in heeft, of alleen maar uit loyaliteit, komt ze bij hem. Ze vult meteen de kleine ruimte met haar geur van gardenia's, haar jas, haar grote bruinleren tas, haar neergesmeten kleren, en ze vrijen op zijn futon terwijl beneden op straat het verkeer raast. Hij is altijd gespannen als ze bij hem is, zich ervan bewust dat hij niets aan zijn muren heeft hangen, dat hij niet de moeite genomen heeft om lampen te kopen ter vervanging van het naargeestige schijnsel van de plafonnière. 'O, Nikhil, dit is te erg,' zegt ze ten slotte, als ze elkaar nog maar drie maanden kennen. 'Hier kan ik je niet laten wonen.' Toen zijn moeder min of meer hetzelfde zei, de eerste keer dat zijn ouders zijn kamer hadden bezocht, had hij haar tegengesproken en vurig de merites van dit Spartaanse, eenzame bestaan verdedigd. Maar als Maxine het zegt en eraan toevoegt: 'Je moet maar bij mij komen wonen,' is hij heimelijk verrukt. Hij kent haar inmiddels goed genoeg om te weten dat ze zoiets niet aanbiedt als ze het niet meent. Toch stribbelt hij nog tegen: wat vinden haar ouders ervan? Ze haalt haar schouders op. 'Mijn ouders zijn gek op je,' zegt ze zakelijk, beslist, zoals ze alles zegt. Dus trekt hij min of meer bij haar in, met een paar koffers kleren en verder niets. Zijn futon en zijn tafel, zijn waterkoker, broodrooster, televisie en de rest van zijn spullen blijven in Amsterdam Avenue. Zijn antwoordapparaat laat hij aanstaan. Hij blijft er zijn post ontvangen, in een naamloze metalen bus.

Nog geen halfjaar later heeft hij de sleutels van huize Ratliff, waarvan Maxine hem een setje cadeau doet aan een zilveren ketting van Tiffany. Net als haar ouders noemt hij haar nu Max. Hij geeft zijn overhemden af bij de stomerij bij haar om de hoek. Zijn tandenborstel en scheerapparaat zijn te vinden tussen de rommel op haar kolomwastafel. Een paar keer per week staat hij vroeg op om met Gerald voor het werk te gaan joggen langs de Hudson, naar Battery City Park en terug. Hij gaat eigener beweging met Silas wandelen en wacht met de lijn in zijn handen terwijl de hond aan bomen snuffelt en zijn poot optilt; ook raapt hij Silas' warme poep op met een plastic zakje. Hij brengt vaak het hele weekend binnenshuis door, lezend in boeken uit de kasten van Gerald en Lydia, genietend van de manier waarop het zonlicht in de loop van de dag door de enorme onversierde ramen naar binnen valt. Hij ontwikkelt een voorkeur voor bepaalde sofa's en stoelen boven andere; als hij elders is kan hij zich de schilderijen en foto's en hun schikking aan de muren precies voor de geest halen. Hij moet zichzelf dwingen naar zijn appartement te gaan, om het bandje van zijn antwoordapparaat af te luisteren en zijn post op te halen.

Vaak helpt hij in het weekend met boodschappen doen en het treffen van voorbereidingen voor de etentjes van Gerald en Lydia. Met Lydia schilt hij appels en maakt hij garnalen schoon; hij helpt haar met het openen van de oesters en gaat met Gerald naar de kelder om extra stoelen te halen en wijn. Hij is een heel klein beetje verliefd op Lydia en op de ingehouden, rustige manier waarop ze haar gasten onderhoudt. Hij is altijd onder de indruk van deze etentjes: niet meer dan een dozijn gasten zitten om de met kaarsen verlichte tafel, een zorgvuldig samengesteld gezelschap van schilders, uitgevers, academici, galeriehouders. Ze nemen de tijd voor elke gang en converseren op niveau tot de avond ten einde is. Hoe anders gaat het hier toe dan bij de feestjes van zijn eigen ouders, de vrolijke, rommelige avonden met nooit minder dan dertig genodigden en een schare kleine kinderen. Vis en vlees naast elkaar opgediend, de gerechten nog in de pannen waarin ze bereid waren op de overvolle tafel. Ze zochten maar ergens een plaatsje, in de verschillende kamers van het huis, en de helft was al klaar als de andere helft nog moest beginnen. Anders dan Gerald en Lydia, die het middelpunt zijn van hun eigen diner, gedragen zijn ouders zich meer als personeel in hun eigen huis, gedienstig en oplettend, en wachtend tot de meeste gasten hun bord leeg hebben voordat ze uiteindelijk zelf iets nemen. Soms, als de lach aan Gerald en Lydia's tafel aanzwelt, er een nieuwe fles wijn wordt opengemaakt en Gogol zijn glas voor de zoveelste maal ophoudt, is hij zich ervan bewust dat zijn onderdompeling in Maxines familiekring een verraad inhoudt aan de zijne. Het gaat niet alleen om het feit dat zijn ouders geen weet hebben van Maxine, dat ze er geen idee van hebben hoeveel tijd hij bij haar en Gerald en Lydia doorbrengt. Waar het vooral om gaat, is zijn overtuiging dat Gerald en Lydia, afgezien van hun materiële welstand, zich zeker voelen op een manier die voor zijn ouders absoluut niet is weggelegd. Hij kan zich zijn ouders niet voorstellen aan tafel bij Gerald en Lydia, genietend van Lydia's kookkunst, vol waardering voor Geralds wijnkeuze. Hij kan zich niet voorstellen dat ze zouden deelnemen aan het tafelgesprek, iets wat hijzelf, als welkome aanwinst in de wereld van de Ratliffs, avond aan avond doet.

In juni verdwijnen Gerald en Lydia naar hun vakantiehuis aan een meer in New Hampshire. Het is een vast ritueel, een jaarlijkse trek naar het plaatsje waar Geralds ouders het hele jaar wonen. Een paar dagen lang stapelen zich de grote draagtassen, kartonnen dozen met drank, boodschappentassen vol etenswaar en kistjes wijn op in de hal. Hun vertrek doet Gogol denken aan de voorbereidingen die zijn familie om de paar jaar trof voor de reis naar Calcutta, als de woonkamer vol stond met koffers die door zijn ouders werden gepakt en weer uitgepakt, om er zoveel mogelijk cadeaus voor hun verwanten in kwijt te kunnen. Ondanks de opgewonden stemming van zijn ouders gingen deze voorbereidingen altijd met een zekere ernst gepaard; Ashima en Ashoke, tegelijk verlangend en huiverig, bereidden zich erop voor weer minder gezichten te treffen op het vliegveld van Calcutta, de dood van verwanten te verwerken die de vorige keer nog in leven waren. Hoe vaak ze ook al naar Calcutta waren gereisd, toch ging zijn vader altijd weer gebukt onder de verantwoordelijkheid die het vervoer van hun vieren over zo'n grote afstand voor hem betekende. Gogol voelde dat er aan een verplichting werd voldaan, dat het voor alles plichtsbesef was dat zijn ouders telkens terug deed keren. Maar het is de roep van het genot die Gerald en Lydia naar New Hampshire trekt. Ze vertrekken met stille trom, midden op de dag, als Gogol en Maxine beiden op hun werk zijn. Tegelijk met Gerald en Lydia is een aantal dingen verdwenen: Silas, sommige kookboeken, de keukenmachine, romans en cd's, de fax waarmee Gerald contact kan houden met zijn cliënten, de rode Volvo stationcar die in de straat stond geparkeerd. Op het kookeiland in de keuken ligt een briefje 'We zijn weg!' in Lydia's handschrift, gevolgd door x-jes.

Opeens hebben Gogol en Maxine het huis in Chelsea voor zich alleen. Ze zakken af naar de lagere verdiepingen, bedrijven de liefde op talloze meubelstukken, op de vloer, op het kookeiland, één keer zelfs op de parelgrijze lakens van Gerald en Lydia's bed. In het weekend zwerven ze naakt van kamer tot kamer en de vijf trappen op en neer. Ze eten op verschillende plekken naar gelang van hun stemming, op een oud katoenen dekbed dat ze uitspreiden op de vloer. Soms eten ze een afhaalmaaltijd van Lydia's mooiste porselein, en vallen op willekeurige uren in slaap als het felle zomerlicht van de langere dagen door de enorme ramen hun lichamen koestert. Naarmate het warmer wordt, gaan ze eenvoudiger koken. Ze leven van sushi en salades en koude gepocheerde zalm. Ze gaan van rode wijn over op witte. Nu ze met hun tweetjes zijn, heeft hij meer dan ooit het idee dat ze leven als man en vrouw. En toch voelt hij zich om de een of andere reden afhankelijk in plaats van volwassen. Hij voelt zich vrij van verwachtingen, van verantwoordelijkheden, een willige balling van zijn eigen leven. Hij is voor niets in het huis verantwoordelijk; ondanks hun afwezigheid blijven Gerald en Lydia heer en meester, hoe onbewust ook, van hun dagen. Het zijn hun boeken die hij leest, hun muziek waarnaar hij luistert. Als hij thuiskomt van zijn werk steekt hij zijn sleutel in hun voordeur. Hij noteert hun telefonische boodschappen.

Hij komt te weten dat het huis, hoe mooi het ook is, in de zomermaanden bepaalde gebreken vertoont, zodat de zin van Gerald en Lydia's jaarlijkse trek uit de stad duidelijker wordt. Het heeft geen airconditioning, een voorziening die Gerald en Lydia nooit hebben laten installeren omdat ze er nooit zijn in het hete seizoen, en de reusachtige ramen zijn niet van horren voorzien. Het gevolg is dat de kamers overdag smoorheet zijn en dat hij 's avonds, omdat ze de ramen wijdopen moeten laten, wordt belaagd door muggen, die in zijn oren krijsen en gemene bulten tussen zijn tenen en op zijn armen en dijen veroorzaken. Hij zou graag een muskietennet over Maxines bed willen spannen, en herinnert zich de doorzichtige blauwe nylon tenten waarin Sonia en hij tijdens hun bezoeken aan Calcutta sliepen, waarvan de hoeken aan de vier stijlen van het bed werden vastgemaakt en de kanten stevig onder de matras werden ingestopt, zodat er een klein, ondoordringbaar kamertje voor de nacht ontstond. Soms kan hij het niet meer harden, dan doet hij het licht aan en gaat hij op het bed staan om ze te zoeken, een opgerolde krant of een slipper in zijn hand, terwijl Maxine, ongehinderd en ongebeten, hem smeekt om weer te gaan slapen. Soms ziet hij ze tegen de perzikkleurige verf op de muur, volgezogen met zijn bloed, vage vlekjes vlak onder het plafond, altijd te hoog om dood te meppen.

Met zijn werk als excuus gaat hij de hele zomer niet naar zijn ouders in Massachusetts. Het bureau doet mee aan een ontwerpprijsvraag voor een nieuw te bouwen vijfsterrenhotel in Miami. Om elf uur 's avonds is hij, samen met de meeste andere ontwerpers van zijn team, nog hard bezig om de tekeningen en modellen voor het eind van de maand klaar te krijgen. Als zijn telefoon gaat, hoopt hij dat het Maxine is die vraagt waar hij zo lang blijft. Maar het is zijn moeder.

'Waarom bel je me hier zo laat nog op?' vraagt hij in verwarring, zijn blik nog op het computerscherm gericht.

'Omdat je niet op je kamer bent,' zegt zijn moeder. 'Je bent nooit op je kamer, Gogol. Ik heb je midden in de nacht gebeld en dan ben je er niet.'

'Ik ben er wel, ma,' liegt hij. 'Maar ik heb mijn slaap nodig. Ik trek de stekker van de telefoon eruit.'

'Ik begrijp niet waarom iemand een telefoon wil hebben en dan de stekker eruit trekt,' zegt zijn moeder.

'Maar waarom bel je me eigenlijk op?'

Ze vraagt hem of hij het volgende weekend wil komen, de zaterdag voor zijn verjaardag.

'Dan kan ik niet,' zegt hij. Hij vertelt haar dat hij op zijn werk een deadline moet halen, maar dat is niet waar – het is de dag waarop hij met Maxine voor twee weken naar New Hampshire vertrekt. Maar zijn moeder dringt aan: zijn vader vertrekt de dag daarop naar Ohio – wil Gogol niet met hen mee naar het vliegveld om hem uit te zwaaien?

Hij is vaag op de hoogte van zijn vaders plan om negen maanden te gaan werken aan een kleine universiteit ergens in de buurt van Cleveland. Zijn vader en een collega hebben van de universiteit van die collega een toelage gekregen om voor een bedrijf daar research te doen. Zijn vader heeft hem een uit de universiteitskrant geknipt artikel gestuurd over de subsidie, met een foto van zijn vader, staande voor het gebouw van de technische faculteit: 'Prestigieuze toelage voor professor Ganguli', luidde het onderschrift. Eerst leek het de bedoeling dat zijn ouders het huis zouden afsluiten of het aan studenten verhuren en dat zijn moeder mee zou gaan. Maar tot hun verrassing had zijn moeder toen tegengeworpen dat ze in Ohio negen maanden lang niets omhanden zou hebben, dat zijn vader de hele dag naar het lab zou zijn en dat ze daarom liever in Massachusetts bleef, ook al zou ze dan alleen in het huis zijn.

'Waarom moet ik hem komen uitzwaaien?' vraagt Gogol aan zijn moeder. Hij weet dat voor zijn ouders de daad van het reizen nooit iets vanzelfsprekends zal zijn, dat ook bij de gewoonste reisjes wordt weggebracht en afgehaald. Maar toch vervolgt hij: 'Baba en ik wonen al in verschillende staten. Ik ben praktisch even ver van Ohio vandaan als van Boston.'

'Zo moet je niet denken,' zegt zijn moeder. 'Kom nou, Gogol, je bent al vanaf mei niet meer thuis geweest.'

'Ik heb een baan, ma. Ik heb het druk. Trouwens, Sonia komt ook niet.'

'Sonia woont in Californië. Jij bent zo dichtbij.'

'Hoor eens, ik kan dat weekend niet komen,' zegt hij. De waarheid komt druppelsgewijs uit hem los. Hij weet dat het nu nog zijn enige verdediging is. 'Ik ga met vakantie. Ik heb al afspraken gemaakt.'

'Waarom vertel je ons zoiets pas op het laatste moment?' vraagt zijn moeder. 'Wat voor vakantie? Wat voor afspraken?'

'Ik ga een paar weken naar New Hampshire.'

'O,' zegt zijn moeder. Zo te horen is ze niet onder de indruk en tegelijkertijd opgelucht. 'Wat wil je daar in vredesnaam gaan doen? Wat is het verschil tussen New Hampshire en hier?'

'Ik ga samen met een meisje waarmee ik omga,' zegt hij. 'Haar ouders hebben daar een huis.'

Hoewel ze even niets zegt, weet hij wat zijn moeder nu denkt: dat hij zijn vakantie wel bij de ouders van iemand anders wil doorbrengen, maar niet bij zijn eigen ouders.

'Waar is dat huis precies?'

'Dat weet ik niet. Ergens in de bergen.'

'Hoe heet ze?'

'Max.'

'Dat is een jongensnaam.'

Hij schudt zijn hoofd. 'Nee, ma. Ze heet Maxine.'

En zo kan het gebeuren dat ze onderweg naar New Hampshire een bezoek brengen aan Pemberton Road om de lunch te gebruiken, wat hij uiteindelijk toch aan zijn moeder heeft beloofd. Maxine vindt het best: het ligt ten slotte op hun route, en ze wil nu eindelijk weleens met zijn ouders kennismaken. Ze hebben een auto gehuurd en de kofferruimte volgestouwd met meer mondvoorraad dan waarom Gerald en Lydia hun op de achterkant van een prentbriefkaart hebben verzocht: wijn, zakken met een bepaald soort geïmporteerde pasta, een groot blik olijfolie, grote stukken parmezaan en *asiago*. Op zijn vraag aan Maxine waarom dit allemaal nodig is, antwoordt ze dat ze naar een uithoek van de wereld gaan en ze, als ze het van het supermarktje daar moesten hebben, van aardappelchips, WonderBread en Pepsi zouden moeten leven. Onderweg naar Massachusetts vertelt hij haar dingen die ze volgens hem van tevoren moet weten – dat ze elkaar niet kunnen kussen of aanraken waar zijn ouders bij zijn, dat er aan tafel geen wijn zal zijn.

'We hebben zat wijn in de auto,' zegt Maxine.

'Dat is het punt niet,' legt hij uit. 'Mijn ouders hebben geen kurkentrekker.'

Ze vindt deze beperkingen grappig, ze beschouwt ze als een probleempje van één enkele middag, een anomalie die zich verder nooit meer zal voordoen. Ze legt geen verband tussen hem en de levensgewoonten van zijn ouders; hij kan nog steeds niet geloven dat zij de eerste vriendin is die hij ooit mee naar huis heeft genomen. Hij voelt geen blijdschap bij dit vooruitzicht, hij wil het alleen maar graag achter de rug hebben. Als ze de afslag naar zijn ouders nemen, voelt hij dat het landschap volkomen vreemd voor haar is: de winkelcentra, het uitgebreide bakstenen complex van de openbare highschool waar hij en Sonia zijn opgeleid, de met shingles gedekte huizen, onaangenaam dicht bij elkaar, op hun gazonnetjes van dertig bij dertig. Het bord met het opschrift 'SPELENDE KINDEREN'. Hij weet dat deze manier van leven, die voor zijn ouders zo'n trotse verworvenheid is, voor haar van geen enkel belang, van geen enkele betekenis is en dat ze desondanks van hem houdt.

Een bestelauto van een bedrijf dat beveiligingssystemen installeert verspert de oprit van zijn ouderlijk huis, dus parkeert hij maar op de straat, bij de brievenbus aan de rand van het gazon. Hij gaat Maxine voor over het tegelpad en belt aan, omdat zijn ouders de voordeur altijd op slot hebben. Zijn moeder doet open. Hij ziet dat ze nerveus is, ze draagt een van haar betere sari's en heeft lippenstift en parfum op, terwijl Gogol en Maxine beiden gekleed zijn in kakibroek, T-shirt en zachtleren mocassins.

'Dag, ma,' zegt hij, terwijl hij zich vooroverbuigt en zijn moeder een snelle kus geeft. 'Dit is Maxine. Max, dit is mijn moeder, Ashima.'

'Wat leuk u nu eindelijk eens te ontmoeten, Ashima,' zegt Maxine. Ook zij buigt zich voorover en geeft zijn moeder een kus. 'Dit is voor u,' zegt ze en overhandigt Ashima een in cellofaan verpakte mand met ingeblikte patés en potjes met augurkjes en chutneys die, weet Gogol, zijn ouders nooit zullen openen of genieten. Maar toen Maxine bij Dean en DeLuca de spullen voor de mand had uitgezocht, had hij niets gezegd om haar ervan te weerhouden. Hij loopt naar binnen met zijn schoenen aan, in plaats van ze te verruilen voor de teenslippers die zijn ouders in de gangkast bewaren. Ze volgen zijn moeder door de woonkamer en de hoek om, de keuken in. Zijn moeder keert terug naar het fornuis, waar ze een partij samosa's aan het frituren is, zodat een dikke damp de keuken vult.

'Nikhils vader is boven,' zegt zijn moeder tegen Maxine, terwijl ze een samosa met een schuimspaan uit de olie vist en op een met keukenpapier bekleed bord legt. 'Met de man van het alarmbedrijf. Sorry, ik moet dit even afmaken,' voegt ze eraan toe. 'Ik verwachtte jullie pas over een halfuur.'

'Waarom krijgen we in vredesnaam een beveiligingssysteem?' wil Gogol weten.

'Dat wilde je vader graag,' zegt zijn moeder, 'omdat ik straks alleen in huis ben.' Ze vertelt dat er onlangs nog twee keer in de buurt is ingebroken, beide keren op klaarlichte dag. 'Zelfs in de betere buurten zoals deze heb je tegenwoordig criminaliteit,' zegt ze hoofdschuddend tegen Maxine.

Zijn moeder serveert glazen schuimende, roze *lassi*, dik en zoet, gearomatiseerd met rozenwater. Ze zitten in de mooie kamer, die normaal nooit wordt gebruikt. Maxine ziet de schoolfoto's van Sonia en hem tegen een blauwgrijze achtergrond op de schoorsteenmantel boven de gemetselde open haard staan, de familieportretten van fotobedrijf Olan Mills. Ze bekijkt met zijn moeder de fotoalbums uit zijn kindertijd. Ze bewondert de stof van zijn moeders sari en vertelt dat haar moeder textielkunst verzorgt in het Met.

'Het Met?'
'Het Metropolitan Museum of Art,' verduidelijkt Maxine.
'Daar ben je geweest, ma,' zegt Gogol. 'Het is dat grote museum aan Fifth Avenue. Met die enorme trap. Wij zijn er samen geweest om die Egyptische tempel te zien, weet je nog?'
'Ja, dat weet ik nog. Mijn vader was een kunstenaar,' vertelt ze Maxine en ze wijst naar een van zijn grootvaders aquarellen aan de muur.

Ze horen voetstappen de trap afkomen en even later komt zijn vader de woonkamer in met een man in uniform die een klembord in zijn hand heeft. In tegenstelling tot zijn moeder is zijn vader helemaal niet op zijn best gekleed. Hij draagt een dunne bruinkatoenen broek, een loshangend, licht gekreukeld hemd met korte mouwen en teenslippers. Zijn grijze haar lijkt dunner dan Gogol zich van de laatste keer herinnert, zijn buikje nog opvallender. 'Dit is uw kopie van de rekening. Als er problemen zijn, belt u gewoon het achthonderd-nummer,' zegt de man in uniform. Hij geeft zijn vader een hand. 'Prettige dag nog,' roept de man voor hij weggaat.

'Dag, baba,' zegt Gogol. 'Mag ik je voorstellen, dit is Maxine.'
'Hallo,' zegt zijn vader en hij steekt zijn hand op alsof hij een eed gaat afleggen. Hij gaat niet bij hen zitten. In plaats daarvan vraagt hij Maxine: 'Is dat jouw auto buiten?'
'Het is een huurauto,' antwoordt ze.
'Je kunt hem beter op de oprit zetten,' zegt zijn vader.
'Het geeft niet,' zegt Gogol. 'Hij staat daar goed.'
'Je kunt maar beter voorzichtig zijn,' houdt zijn vader vol. 'De kinderen hier in de buurt kijken niet erg uit. Toen ik mijn auto een keer op straat geparkeerd had, vloog er een honkbal door het raam. Als je wilt, verzet ik hem wel even voor je.'
'Ik doe het wel,' zegt Gogol, geërgerd omdat zijn ouders eeuwig het ergste vrezen. Als hij terugkomt, staat het middageten klaar, te copieus en te machtig voor een warme dag als deze. Behalve de samosa's zijn er gepaneerde kipkoteletjes, kikkererwten met tamarindesaus, lam *biryani* en chutney bereid met tomaten

uit eigen tuin. Hij weet dat deze maaltijd zijn moeder meer dan een dag werk heeft gekost, en dat besef brengt hem in verlegenheid. De waterglazen zijn al gevuld, de tafel is gedekt met borden, vorken en papieren servetten die alleen voor bijzondere gelegenheden uit de kast worden gehaald. Ze zitten op stoelen met ongemakkelijk hoge ruggen en zittingen bekleed met goudfluweel.

'Beginnen jullie maar vast,' zegt zijn moeder, nog pendelend tussen de eetkamer en de keuken, waar ze de laatste hand legt aan de samosa's.

Zijn ouders gedragen zich bedeesd in Maxines buurt, niet uitbundig zoals ze gewend zijn om te gaan met hun Bengaalse vrienden. Ze vragen waar ze gestudeerd heeft, wat haar ouders doen. Maar Maxine trekt zich niets aan van hun verlegenheid en geeft hun haar volle aandacht. Gogol moet denken aan hun eerste ontmoeting, toen ze hem op dezelfde manier had verleid. Ze vraagt zijn vader naar zijn onderzoeksproject in Cleveland, zijn moeder naar haar deeltijdbaan bij de plaatselijke openbare bibliotheek, waarmee ze onlangs is begonnen. Gogol heeft maar half zijn aandacht bij het gesprek. Hij is zich er pijnlijk van bewust dat ze niet gewend zijn elkaar aan tafel iets door te geven, of bij het kauwen hun mond helemaal dicht te houden. Ze wenden hun blik af als Maxine zich per ongeluk naar hem toe buigt om met haar hand door zijn haar te strijken. Tot zijn opluchting eet ze flink van de gerechten, terwijl ze zijn moeder vraagt hoe ze een en ander bereid heeft en haar verzekert dat dit het lekkerste Indiase eten is dat ze ooit heeft geproefd en zijn moeders aanbod om nog wat koteletjes en samosa's in te pakken voor onderweg aanneemt.

Als zijn moeder bekent dat ze ertegen opziet om alleen thuis te zijn, zegt Maxine dat ze dat ook zou doen. Ze vertelt dat er een keer bij haar ouders werd ingebroken toen zij alleen thuis was. Als ze hun vertelt dat ze bij haar ouders woont, zegt Ashima: 'Echt waar? Ik dacht dat niemand dat deed in Amerika.' Als ze vertelt dat ze geboren en getogen is in Manhattan, schudt zijn vader het hoofd. 'New York is mij te veel,' zegt hij. 'Te veel auto's, te veel hoge gebouwen.' Hij vertelt het verhaal van de keer dat ze met de auto naar New York waren gegaan om Gogols doctoraal aan Columbia bij te wonen, toen binnen vijf minuten zijn koffer uit de achterbak was verdwenen en hij de plechtigheid zonder colbert en stropdas had bijgewoond.

'Wat jammer dat jullie vanavond niet blijven eten,' zegt zijn moeder als de maaltijd ten einde loopt.

Maar zijn vader spoort hen aan te vertrekken. 'Je kunt beter niet in het donker rijden,' zegt hij.

Na het eten is er thee, en kommetjes payesh, ter ere van zijn verjaardag bereid. Hij krijgt een Hallmark kaart die door zijn beide ouders is ondertekend, een cheque voor honderd dollar, een marineblauwe katoenen trui van Filene.

'Die kan hij straks goed gebruiken,' zegt Maxine goedkeurend. 'Het kan daar behoorlijk koud worden 's avonds.'

Voor het huis wordt ten afscheid omarmd en gekust; Maxine neemt het initiatief, zijn ouders volgen onhandig. Zijn moeder vraagt Maxine om gauw weer eens te komen. Hij krijgt een papiertje met zijn vaders nieuwe telefoonnummer in Ohio en de datum waarop het ingaat.

'Goeie reis naar Cleveland,' zegt hij tegen zijn vader. 'En veel succes met het project.'

'Oké,' zegt zijn vader. Hij klopt Gogol op de schouder. 'Ik zal je missen,' zegt hij. In het Bengaals voegt hij eraan toe: 'En zoek zo nu en dan je moeder eens op.'

'Maak je geen zorgen, baba. Tot Thanksgiving, dan.'

'Ja, tot dan,' zegt zijn vader. Gevolgd door: 'En rij voorzichtig, Gogol.'

Aanvankelijk is hij zich de verspreking niet bewust. Maar zodra ze in de auto zitten en hun riemen vastmaken, zegt Maxine: 'Hoe noemde je vader je daarnet?' Hij schudt het hoofd. 'Het is niet belangrijk. Ik leg het je later wel uit.' Hij start de motor en begint achteruit de oprit uit te rijden, weg van zijn ouders, die daar staan te zwaaien tot het laatst mogelijke ogenblik.

'Bel ons als je daar veilig bent aangekomen,' zegt zijn moeder in het Bengaals tegen Gogol. Maar hij zwaait en rijdt weg, alsof hij het niet heeft gehoord.

Het is een opluchting weer terug in haar wereld te zijn, onderweg naar de staatsgrens in het noorden. Een tijdlang is alles hetzelfde, dezelfde weidse hemel, dezelfde strook autoweg, grote drankwinkels en fastfoodfilialen aan weerszijden. Maxine weet de weg, dus hoeven ze geen kaart te raadplegen. Hij is met zijn familie een keer of twee naar New Hampshire geweest om de herfstkleuren te zien, dagtochtjes naar plekken waar ze konden parkeren om foto's te nemen en van het uitzicht te genieten. Maar zo ver noordelijk is hij nog nooit geweest. Ze komen langs boerderijen, weilanden waarin bonte koeien grazen, rode silo's, witte houten kerkjes, schuren met verroeste golfplaten daken. Dorpen, verspreid in het landschap. De namen zeggen hem niets. Ze verlaten de grote weg en rijden verder over steile, smalle, tweebaanswegen, terwijl in de verte de bergen opdoemen als reusachtige melkwitte golftoppen in de blauwe lucht. Plukjes wolken hangen laag boven de pieken, als rook die uit de bomen opstijgt. Andere wolken werpen brede schaduwen over het dal. Op den duur zijn er nog maar enkele auto's op de weg, geen borden die verwijzen naar toeristenvoorzieningen of campings, alleen maar nog meer boerderijen en bossen en bermen vol blauwe en paarse bloemen. Hij heeft geen idee waar hij is of hoever ze gereden hebben. Maxine vertelt hem dat ze niet ver meer van Canada af zijn, dat ze, als ze dat zouden willen, een dagtocht naar Montreal zouden kunnen maken.

   Ze slaan een lange onverharde weg in die dwars door een dicht bos van Canadese dennen en berken voert. Er is niets dat de afslag markeert, geen bordje of brievenbus. Eerst is er helemaal geen huis te zien, alleen grote, limoenkleurige varens die de bodem bedekken. Steenslag spat onder de banden vandaan en de bomen werpen wisselende schaduwpatronen op de neus van de auto. Ze komen bij een gedeeltelijk open plek, bij een bescheiden huis met een dak van gebleekte bruine shingles, omgeven door een lage muur van platte stenen. De Volvo van Gerald en Lydia staat op het gras geparkeerd omdat er geen oprit is. Gogol en Maxine stappen uit, en hij wordt aan haar hand naar de achterkant van het huis geleid, zijn ledematen zijn stram van de urenlange rit. Hoewel de zon al begint onder te gaan is de warmte nog voelbaar, de lucht loom en zacht. Dichterbij gekomen ziet hij dat de achtertuin op een gegeven moment omlaag duikt, en dan ziet hij het meer, van een blauw dat oneindig veel dieper en zuiverder is dan de lucht en omgeven door dennen. Erachter rijzen in de verte de bergen op. Het meer is groter dan hij verwacht had, te breed om zwemmend over te steken, stelt hij zich voor.

'We zijn er,' roept Maxine, zwaaiend, haar armen in een v. Ze lopen naar haar ouders toe, die in Adirondackstoelen op het gazon zitten, armen en benen bloot, met een borrel in de hand genietend van het uitzicht. Silas komt blaffend met grote sprongen naar hen toe gerend. Gerald en Lydia zijn bruiner, magerder, enigszins schaars gekleed, Lydia in een wit topje en een denim wikkelrok, Gerald in een gekreukeld blauw short en een verschoten groen polohemd. Lydia's armen zijn bijna even donker als die van Gogol. Gerald is verbrand. Aan hun voeten liggen geopende boeken omgekeerd in het gras. Een turkooizen libel blijft boven hen zweven en schiet dan zigzaggend weg. Ze wenden zich ter begroeting naar hen toe, een hand boven hun ogen tegen de lage zon. 'Welkom in het paradijs,' zegt Gerald.

Het is het omgekeerde van hun leven in New York. Het huis is donker, een beetje muf, gevuld met een ratjetoe van primitief meubilair. Buizen lopen vrij door badkamer en wc, snoeren worden met krammen over drempels geleid, spijkers steken uit planken. Aan de muren hangen ingelijste verzamelingen van opgezette vlinders uit de omgeving en een kaart van de streek op dun, wit papier, foto's van de familie aan het meer door de jaren heen. Geruite katoenen gordijnen hangen aan dunne witte roeden voor de ramen. In plaats van bij Gerald en Lydia slapen hij en Maxine in een onverwarmd hutje aan een pad op enige afstand van het grote huis. Het is niet groter dan een cel en oorspronkelijk gebouwd als speelplek voor Maxine toen ze een klein meisje was. Het meubilair bestaat uit een ladekastje, een lits-jumeaux met een nachtkastje ertussen, een lamp met een kap van geplisseerd papier, twee houten kisten waarin gewatteerde reservedekens worden bewaard. Op de bedden liggen ouderwetse elektrische dekens. In een hoek bevindt zich een apparaatje dat met zijn gezoem de vleermuizen op een afstand moet houden. Ruwe onbewerkte balken dragen het dak en tussen de vloer en de wand zit een spleet waardoor je een smal strookje gras kunt zien. Overal zijn er insectenlijkjes, geplet tegen de ruiten en wanden, langzaam vergaand in plasjes water achter de kranen van de wastafel. 'Het heeft wel iets van een schoolkamp,' zegt Maxine als ze hun spullen uitpakken, maar Gogol is nooit op kamp geweest en hoewel hij maar drie uur van het huis van zijn ouders verwijderd is, is dit voor hem een nieuwe wereld, een soort vakantie die hij nog nooit heeft beleefd.

Overdag zit hij met Maxine en haar ouders op een smalle strook strand aan het fonkelende jaden meer, dat omringd wordt door andere huizen, omgekeerde kano's. Lange steigers steken uit in het water. Dicht bij de kant schieten kikkervisjes heen en weer. Hij doet zoals zij en zit in een ligstoel met een katoenen pet op zijn hoofd, smeert af en toe zonnebrandcrème op zijn armen, leest, en valt na nog geen bladzijde in slaap. Als zijn schouders te heet worden loopt hij het water in en zwemt naar de steiger. Het zand van de bodem is vrij van stenen en waterplanten, aangenaam zacht onder zijn voeten. Zo nu en dan krijgen ze gezelschap van Maxines grootouders, Hank en Edith, die een paar huizen verder aan het meer wonen. Hank, een gepensioneerde professor in de klassieke archeologie, brengt altijd een bundeltje Griekse poëzie mee om in te lezen; zijn lange vingers vol ouderdomsvlekken krullen over de bovenkant van de bladzijden. Soms staat hij op, ontdoet zich met veel moeite van sokken en schoenen en waadt tot zijn kuiten het water in terwijl hij met zijn handen op zijn heupen en zijn kin fier in de lucht de omgeving in ogenschouw neemt. Edith is klein en mager, ze heeft de proporties van een klein meisje, haar witte haar is kortgeknipt en haar gezicht diep gerimpeld. Ze hebben samen heel wat van de wereld gezien: Italië, Griekenland, Egypte, Iran. 'Maar in India zijn we nooit geweest,' vertelt Edith hem. 'Dat zouden we ook dolgraag hebben gezien.'

De hele dag lopen Maxine en hij blootsvoets en in zwemkleding rond. Gogol gaat met Gerald joggen om het meer, flinke afstanden over steil hellende onverharde wegen met zo weinig verkeer dat ze in het midden kunnen blijven lopen. Halverwege is een kleine privé-begraafplaats waar leden van de familie Ratliff liggen, waar Gerald en Gogol altijd even stoppen om op adem te komen. Waar Maxine eens begraven zal worden. Gerald brengt het grootste deel van zijn tijd in zijn groentetuin door, zijn nagels zijn constant zwart van de aarde waarin hij met veel zorg sla en kruiden kweekt. Op een dag zwemmen Gogol en Maxine naar het huis van Hank en Edith voor de lunch: brood met eiersalade en tomatensoep uit blik. Sommige nachten, als het te warm is in de hut, pakken Maxine en hij een zaklantaarn en lopen in hun pyjama's naar het meer om naakt te gaan zwemmen. Ze zwemmen door het donkere water, in het maanlicht, belaagd door waterplanten, naar de naburige steiger. Het ongewone gevoel van het water om zijn ongeklede lichaam windt Gogol op, en als ze weer op het droge zijn, vrijen ze in het gras dat nat van hun lichamen is. Hij kijkt naar haar op, en naar de hemel achter haar, waaraan meer sterren staan dan hij ooit bij elkaar heeft gezien, dicht bijeen, een wolk van stof en edelstenen.

Ondanks het feit dat er niets bepaalds te doen valt, nemen de dagen een vast patroon aan. Het leven krijgt een zekere soberheid, een opzettelijk 'afzien van'. 's Ochtends ontwaken ze in alle vroegte, als de vogels tekeergaan en de lucht in het oosten een uiterst fijn roze waas vertoont. Om zeven uur wordt er ontbeten, in de serre met uitzicht op het meer waar ze al hun maaltijden gebruiken, met zelfgemaakte jam op dikke sneden brood. Hun nieuws van de buitenwereld komt uit het dunne plaatselijke krantje dat Gerald elke dag uit de supermarkt meebrengt. Aan het eind van de middag nemen ze een douche en kleden zich voor het avondeten. Ze gaan met hun drankjes op het gazon zitten, eten stukjes van de kaas die Gogol en Maxine uit New York hebben meegebracht en zien de zon achter de bergen zakken. Tussen de dennen, zo hoog als gebouwen van tien verdiepingen, flitsen vleermuizen rond. Al het badgoed hangt te drogen aan een lijn. Het avondeten is eenvoudig: gekookte maïs van de boer, koude kip, pasta met pesto, een bord met gesneden en gezouten tomaten uit de tuin. Lydia maakt pasteitjes en gebakjes met zelfgeplukte bessen. Zo nu en dan is ze een dagje weg om in de stadjes in de omgeving op antiek te jagen. 's Avonds is er geen televisie; op een oude stereo-installatie spelen ze soms klassieke muziek of jazz. Op de eerste regendag leren Gerald en Lydia hem *cribbage* spelen. Vaak liggen ze om negen uur al in bed. In het huis gaat zelden de telefoon.

Hij begint dat totaal afgesloten zijn van de wereld te waarderen. Hij raakt gewend aan de stilte, de geur van zonverwarmd hout. Het enige geluid komt van een enkele motorboot op het meer, een hordeur die dichtklikt. Hij geeft Gerald en Lydia een schets van het huis die hij op een middag aan het strand gemaakt heeft, zijn eerste tekening sinds jaren die niet voor zijn werk is bedoeld. Ze zetten hem op de volle schoorsteenmantel boven de open haard, naast stapels boeken en foto's, en beloven hem in te laten lijsten. Het schijnt dat de familie alles in de omgeving bezit, niet alleen het huis zelf, maar ook elke boom en elk sprietje gras. Niets gaat op slot, het huis net zomin als de hut waarin Maxine en hij slapen. Iedereen kan zo naar binnen wandelen. Hij moet denken aan het alarmsysteem dat nu in het huis van zijn ouders is geïnstalleerd en hij vraagt zich af waarom ook zij niet wat ontspanner in hun fysieke omgeving kunnen leven. De Ratliffs bezitten de maan die boven het meer zweeft en de zon en de wolken. Het is een plek die goed voor hen is geweest, die bij hen hoort, als was het een lid van de familie. Het idee om elk jaar naar één plek terug te keren spreekt Gogol sterk aan. Maar hij kan zich niet voorstellen dat zijn familie een huis als dit zou bewonen, op regenachtige middagen bordspelen zou doen, dat ze 's nachts met al hun verwanten netjes bij elkaar op een smalle strook zand naar vallende sterren zouden kijken. Het is een drijfveer die zijn ouders nooit hebben gehad, deze behoefte om zo ver van alles vandaan te zijn. Zij zouden zich hier eenzaam hebben gevoeld en opgemerkt hebben dat zij de enige Indiërs waren. Zij zouden geen zin hebben om te gaan wandelen, zoals Maxine en hij en Gerald en Lydia bijna dagelijks doen, langs de rotsachtige bergpaden omhoog, om de zon boven het dal te zien ondergaan. Zij zouden bij het koken niet talen naar de verse basilicum die in Geralds tuin welig tiert, of een hele dag bezig zijn met het maken van bosbessenjam. Zijn moeder zou nooit een badpak dragen of zwemmen. Hij heeft geen heimwee naar de vakanties die hij met zijn familie heeft doorgebracht en hij realiseert zich nu dat het eigenlijk nooit echte vakanties waren. In plaats daarvan waren het overweldigende, desoriënterende expedities, of ze nu naar Calcutta gingen of als toeristen plekken gingen bezichtigen waar ze niet thuishoorden en waarnaar ze niet van plan waren ooit terug te keren. 's Zomers hadden ze soms met een of twee Bengaalse gezinnen met een gehuurde bestelbus een tocht gemaakt, naar Toronto of Atlanta of Chicago, plaatsen waar ze andere Bengaalse vrienden hadden. De vaders zaten dan allemaal voorin, om beurten rijdend en de kaart bestuderend waarop door de Amerikaanse Automobilistenbond de route was aangegeven. De kinderen zaten allemaal achterin, samen met plastic bakken *aloo dum* en in folie verpakte koude, geplette *luchi's*, de dag tevoren gebakken, die ze aan picknicktafels op openbare rustplaatsen verorberden. Ze hadden gelogeerd in motels, met hele gezinnen op één kamer geslapen, gezwommen in zwembaden die je van de weg af kon zien.

Op een dag steken ze per kano het meer over. Maxine leert hem hoe hij de peddel moet hanteren: een halve slag draaien en terugtrekken door het stille, grijze water. Ze spreekt met eerbied over haar zomers hier. Dit is haar liefste plekje op aarde, vertelt ze hem, en hij begrijpt dat dit landschap, het water van dit meer waarin ze zwemmen heeft geleerd, een essentieel deel van haar is, meer nog zelfs dan het huis in Chelsea. Hier is ze toen ze veertien was ontmaagd, bekent ze, in een botenhuis door een jongen die vroeger met zijn familie hier de zomer doorbracht. Hij denkt terug aan zichzelf toen hij veertien was, toen zijn leven in niets leek op zijn leven nu en zijn naam Gogol was, zonder meer. Hij moet denken aan Maxines reactie toen hij haar verteld had van zijn andere naam, nadat ze van het huis van zijn ouders hierheen waren vertrokken. 'Zoiets schattigs heb ik nog nooit gehoord,' had ze gezegd. En daarna had ze er nooit meer over gesproken en was ze dit essentiële feit over zijn leven, zoals zovele andere, vergeten. Hij beseft dat dit een plek is die er altijd voor haar zal zijn. Het maakt het gemakkelijk voor hem om zich haar voor te stellen zoals ze was, en zoals ze zal zijn als ze oud wordt. Hij ziet haar met grijzend haar, haar gezicht nog steeds mooi, haar lange lichaam iets breder en minder veerkrachtig, zitten in een strandstoel met een slappe hoed op haar hoofd. Hij ziet haar hier terugkeren, rouwend, om haar ouders te begraven, haar kinderen zwemmen te leren in het meer, ze met twee handen het water in leidend, ze te leren hoe je van de rand van de steiger moet duiken.

Het is daar dat zijn zevenentwintigste verjaardag wordt gevierd, de eerste verjaardag in zijn leven die hij niet bij zijn eigen ouders in Calcutta of in Pemberton Road heeft doorgebracht. Lydia en Maxine bereiden een bijzonder etentje voor, al dagen van tevoren zitten ze met kookboeken op het strand. Ze besluiten een paella te maken en naar Maine te rijden voor de mosselen en sint-jakobsschelpen. Er wordt een *angel food cake* gebakken. Ze zetten de eettafel buiten op het gazon, met wat kaarttafeltjes erbij om voor iedereen plaats te maken. Behalve Hank en Edith wordt er ook een aantal vrienden van om het meer uitgenodigd. De vrouwen verschijnen met strohoeden op en in linnen jurken. Het gazon voor het huis vult zich met auto's waartussen kleine kinderen rondrennen. De gesprekken gaan over het meer, de temperatuur die aan het dalen is, het water dat koeler wordt, de zomer die ten einde loopt. Er wordt geklaagd over motorboten, geroddeld over de eigenaar van het supermarktje, wiens vrouw er met een ander vandoor is en van hem wil scheiden. 'Hier is die architect waar Max mee is komen aanzetten,' zegt Gerald op een gegeven moment, en hij brengt hem naar een echtpaar dat een uitbouw aan hun zomerhuis wil laten maken. Gogol praat met het stel over wat zij van plan zijn en belooft voor hij weg gaat langs te komen om het huis te bekijken. Aan tafel vraagt zijn tafeldame, een middelbare vrouw die Pamela heet, hem hoe oud hij was toen hij uit India naar Amerika kwam.

'Ik kom uit Boston,' zegt hij.

Het blijkt dat Pamela ook uit Boston komt, maar als hij de naam van de buitenwijk noemt waar zijn ouders wonen, schudt ze het hoofd. 'Daar heb ik nog nooit van gehoord.' En ze vervolgt: 'Ik heb eens een vriendin gehad die naar India ging.'

'O ja? Waar in India?'

'Ik heb geen idee. Ik weet alleen maar dat ze zo mager als een lat terugkwam en dat ik ontzettend jaloers op haar was.' Ze lacht. 'Maar daar heb jij natuurlijk geen last van.'

'Wat bedoelt u?'

'Ik bedoel, jij wordt daar toch nooit ziek.'

'Nou nee, dat is echt niet zo,' zegt hij, een beetje geprikkeld. Hij kijkt naar Maxine, probeert haar aandacht te trekken, maar ze is druk in gesprek met haar buurman. 'Wij worden ook altijd ziek. We moeten ook prikken halen voor we vertrekken. Mijn ouders stoppen één koffer bijna helemaal vol medicijnen.'

'Maar jij bent een Indiër,' zegt Pamela fronsend. 'Ik zou toch denken dat het klimaat geen vat op jou heeft, met jouw afkomst.'

'Pamela, Nick is Amerikaan,' zegt Lydia, die zich over de tafel heenbuigt en Gogol redt van dit gesprek. 'Hij is hier geboren.' Ze wendt zich tot hem, en hij ziet aan haar gelaatsuitdrukking dat ze het zelf, na al deze maanden, ook nog niet zeker weet. 'Toch?'

Bij de taart wordt champagne geschonken. 'Op Nikhil,' zegt Gerald, en hij heft zijn glas. Allen zingen 'Happy birthday', deze groep mensen die hem nog maar één avond kennen. Die hem de volgende dag weer vergeten zullen zijn. En te midden van het gelach van deze dronken volwassenen en de kreten van hun kinderen die met blote voeten over het gazon achter vuurvliegjes aan rennen, schiet het hem te binnen dat zijn vader een week geleden naar Cleveland is vertrokken, dat hij daar inmiddels is, in een nieuw appartement, alleen. Dat zijn moeder alleen is in Pemberton Road. Hij weet dat hij zou moeten opbellen om zich ervan te vergewissen dat zijn vader veilig is aangekomen en te informeren hoe zijn moeder het maakt, in haar eentje. Maar dat soort overdreven bezorgdheid slaat nergens op, hier bij Maxine en haar familie. Als hij die nacht naast Maxine in bed ligt, wordt hij gewekt door het geluid van de telefoon in het huis, die aanhoudend rinkelt. Hij staat op, in de overtuiging dat het zijn ouders zijn die hem willen feliciteren met zijn verjaardag, zich doodschamend omdat Gerald en Lydia erdoor uit hun slaap worden gehaald. Hij struikelt het gazon op, maar als zijn blote voeten het kille gras voelen is het opeens stil en realiseert hij zich dat hij het rinkelen alleen maar heeft gedroomd. Hij stapt weer in bed, nestelt zich naast Maxines warme, slapende lichaam, legt zijn arm om haar slanke middel en past zijn knieën in de holte achter de hare. Door het raam ziet hij hoe het eerste licht de hemel bekruipt, er zijn nog maar een paar sterren te zien en de dennen en daken in de omgeving nemen duidelijk vorm aan. Een vogel laat zich horen. En dan schiet hem te binnen dat zijn ouders hem onmogelijk kunnen bereiken: hij heeft hun het nummer niet gegeven en het nummer van de Ratliffs is geheim. Hier, bij Maxine, in deze afgelegen wildernis, is hij vrij.

7

ASHIMA ZIT AAN de keukentafel in Pemberton Road kerstkaarten te adresseren. Een kopje Lipton-thee staat koud te worden naast haar hand. Drie verschillende adresboeken liggen open voor haar, met een paar kalligrafeerpennen die ze in de bureaula in Gogols kamer heeft gevonden en het stapeltje kaarten en een stukje vochtige spons om de enveloppen mee dicht te plakken. Het oudste adresboek, dat ze achtentwintig jaar geleden bij een kantoorboekhandel aan Harvard Square heeft gekocht, heeft een zwart bobbeltjeskaft en blauwe bladzijden, die door een elastiekje bij elkaar worden gehouden. De andere twee zijn groter, fraaier, met de alfabetische tabs nog intact. Het ene heeft een gewatteerde donkergroene band en bladzijden met goud op snee. In haar favoriete adresboek, een verjaarscadeautje van Gogol, staan plaatjes van schilderijen die in het Museum of Modern Art hangen. Op de schutbladen van deze drie boeken staan telefoonnummers zonder namen en de 800-nummers van alle luchtvaartmaatschappijen waarmee ze tussen Boston en Calcutta heen en weer zijn gevlogen, nummers van reserveringen en haar balpenkrabbels, gemaakt tijdens het wachten aan de telefoon.

Het hebben van drie verschillende adresboeken maakt haar huidige karwei gecompliceerd. Maar Ashima gelooft niet in het doorstrepen van namen of in het samenbrengen ervan in één enkel boek. Ze is trots op elke naam in elk boek, want samen vormen ze een archief van alle Bengali's die zij en Ashoke in de loop der jaren hebben gekend, al de mensen met wie ze het geluk heeft gehad in een vreemd land rijst te delen. Ze herinnert zich nog de dag dat ze het oudste boek kocht, kort na hun aankomst in Amerika, een van de eerste keren dat ze zich zonder Ashoke buiten het appartement had begeven, met een vijfdollarbiljet als een klein fortuin in haar tas. Ze weet nog dat ze het kleinste en goedkoopste model koos, met de woorden: 'Ik zou graag deze willen hebben,' terwijl ze het boek op de toonbank legde, haar hart bonzend van angst dat ze niet zou worden verstaan. De verkoopster had haar niet eens bekeken en niets anders gezegd dan wat het kostte. Terug in het appartement had ze op de lege blauwe bladzijden het adres van haar ouders in Calcutta, in Amherst Street, geschreven en daarna dat van haar schoonouders in Alipore en ten slotte haar eigen adres, het appartement aan Central Square, voor het geval ze dat zou vergeten. Ze had ook Ashokes doorkiesnummer op het MIT in het boek geschreven, in het besef dat ze voor de eerste keer in haar leven zijn naam schreef, met zijn achternaam erbij. Dat was toen haar wereld.

Ze heeft dit jaar haar eigen kerstkaarten gemaakt, een idee dat ze heeft opgedaan uit een boek op de handenarbeidafdeling van de bibliotheek. Normaal koopt ze dozen met kaarten in een warenhuis, in januari, als ze met de helft zijn afgeprijsd, en vergeet ze de winter daarop steevast waar ze die heeft gelaten. Ze zoekt kaarten uit met 'Prettige Feestdagen' of 'Prettige Kerstdagen en Gelukkig Nieuwjaar' in plaats van 'Zalig Kerstfeest', om geen engeltjes of kerststalletjes te krijgen, maar in haar ogen ongevaarlijke seculiere voorstellingen – een arrenslee in de sneeuw, of schaatsers op een vijver. Dit jaar heeft ze zelf iets getekend, een met rode en groene edelstenen versierde olifant, en die op zilverpapier geplakt. De olifant heeft ze getekend naar het voorbeeld van een tekening die haar vader meer dan zevenentwintig jaar geleden voor Gogol heeft gemaakt, in de marge van een luchtpostbrief. Ze heeft de brieven van haar overleden ouders op de bovenste plank van haar linnenkast bewaard, in een grote witte handtas die ze in de jaren zeventig had gebruikt tot het hengsel gebroken was. Eens per jaar keert ze de tas op haar bed om en leest ze de brieven door. Ze wijdt dan een hele dag aan de woorden van haar ouders en laat haar tranen de vrije loop. Ze beleeft opnieuw hun genegenheid en bezorgdheid, wekelijks trouw over continenten vervoerd – en al de nieuwtjes die niets van doen hadden met haar leven in Cambridge, maar die haar in die dagen toch tot troost waren geweest. Dat ze de olifant zo goed kon natekenen, had haar verbaasd. Ze had sinds haar kinderjaren nooit meer iets getekend en gedacht dat ze allang vergeten zou zijn wat haar vader haar eens had geleerd, en wat haar zoon had geërfd, over het tekenen met vaste hand en met forse, snelle streken. Ze besteedt een hele dag aan het reproduceren van de tekening op verschillende vellen papier, waarna ze de meest geslaagde inkleurt en uitknipt en ermee naar de kopieerafdeling van de universiteit gaat. Een hele avond is ze zelf met de auto kantoorboekhandels in de stad af geweest op zoek naar rode enveloppen waarin de kaarten zouden passen.

Nu ze alleen is, heeft ze tijd voor dit soort dingen. Nu er wekenlang niemand is die ze moet voeden en bezighouden of met wie ze kan praten. Op haar achtenveertigste maakt ze kennis met de eenzaamheid die haar man, haar zoon en haar dochter al kennen en die zij niet erg zeggen te vinden. 'Het valt best mee,' stellen haar kinderen haar gerust. 'Iedereen moet in zijn leven weleens op zichzelf hebben gewoond.' Maar Ashima voelt zich te oud om die kunst nog te leren. Ze heeft er een hekel aan 's avonds naar een donker, leeg huis terug te keren, in te slapen aan de ene kant van het bed en wakker te worden aan de andere. In het begin was ze woest-energiek, ruimde ze kasten op, sopte ze keukenkastjes aan de binnenkant, schrobde ze de schappen van de koelkast schoon, spoelde ze de groentebakken uit. Ondanks het beveiligingssysteem schoot ze midden in de nacht verschrikt overeind als ze ergens in huis een geluidje hoorde, of het snelle tikken achter de plinten als er heet water door de buizen stroomde. Avond aan avond controleerde ze of alle ramen wel goed waren afgesloten. Op een nacht was ze gewekt door een klappend geluid bij de voordeur en belde ze Ashoke in Ohio. Met de draadloze telefoon tegen haar oor gedrukt was ze naar beneden gegaan en had ze door het kijkgaatje gegluurd, en toen ze eindelijk de deur had geopend zag ze dat het de hordeur was die ze vergeten was op de knip te doen en die woest in de wind heen en weer sloeg.

Ze wast nog maar één keer in de maand. Ze stoft niet meer af, ze ziet trouwens geen stof meer. Ze eet op de bank, voor de televisie, toost met boter en dal – ze doet wel een week met een potje – en een omelet, als het haar niet te veel werk is. Soms eet ze zoals Gogol en Sonia het doen als ze op bezoek komen, staande voor de koelkast, zonder de moeite te nemen iets in de oven op te warmen of op een bord te doen. Haar haar wordt dun en grijs, ze heeft nog steeds een scheiding in het midden en draagt het in een knot in plaats van in een vlecht. Ze heeft onlangs een leesbril gekregen, en die hangt op de plooien van haar sari aan een kettinkje om haar hals. Drie middagen in de week en twee zaterdagen per maand werkt ze in de openbare bibliotheek, net als Sonia toen ze naar de highschool ging. Het is Ashima's eerste baantje in Amerika, het eerste sinds de tijd voor haar huwelijk. Ze maakt haar bescheiden verdiensten over aan Ashoke, die ze voor haar op hun bankrekening stort. Ze werkt in de bibliotheek om iets omhanden te hebben – ze kwam er al jaren regelmatig, eerst naar het voorleesuurtje met de kinderen toen ze nog klein waren, later om voor zichzelf tijdschriften, boeken en breipatronen uit te zoeken, en op een dag vroeg mevrouw Buxton, de directrice, haar of ze er parttime zou willen komen werken. Aanvankelijk doet ze hetzelfde als de highschoolmeisjes: boeken terugzetten die door leners zijn teruggebracht, controleren of alles alfabetisch staat, en zo nu en dan een plumeau over de ruggen halen. Ze repareerde oude boeken, voorzag nieuwe aanwinsten van een beschermend kaft, richtte maandelijkse tentoonstellinkjes in over thema's als tuinieren, presidentiële biografieën, poëzie, Afrikaans-Amerikaanse geschiedenis. Sinds kort werkt ze aan de hoofdbalie, begroet ze de vaste klanten bij naam als ze binnenkomen en vult ze formulieren in als er boeken uit andere bibliotheken moeten worden aangevraagd. Ze raakt bevriend met de andere vrouwen die in de bibliotheek werken, van wie de meesten ook volwassen kinderen hebben. Een aantal van hen woont alleen, zoals Ashima nu, omdat ze gescheiden zijn. Het zijn de eerste Amerikaanse vriendinnen die ze van haar leven heeft gemaakt. Bij de thee in de personeelskamer praten ze over de klanten, over de gevaren van het uitgaan met mannen als je de veertig bent gepasseerd. Zo nu en dan nodigt ze haar bibliotheekvriendinnen uit om bij haar thuis te komen lunchen en gaat ze in het weekend met ze grasduinen in koopjeswinkels in Maine.

Eens in de drie weekends komt haar echtgenoot thuis. Hij arriveert per taxi – hoewel ze best zelf in hun woonplaats durft te rijden, durft ze niet de snelweg op om naar Logan te rijden. Als haar echtgenoot thuis is, winkelt ze en kookt ze zoals vroeger. Als er een uitnodiging komt van vrienden om te komen eten, gaan ze er samen heen en rijden ze over de snelweg zonder de kinderen, in het trieste besef dat Gogol en Sonia, nu beiden volwassen, nooit meer bij hen achterin zullen zitten. Bij zijn bezoeken houdt Ashoke zijn kleren in zijn koffer, zijn scheerspullen in een tasje bij de wastafel. Hij doet de dingen die ze zelf nog steeds niet kan. Hij betaalt alle rekeningen, hij harkt de bladeren van het gazon en tankt haar auto vol bij de zelfbedieningspomp. Zijn bezoeken zijn te kort om enig verschil te maken; in een paar uur, lijkt het wel, is het weer zondag, en is ze weer alleen. Als ze gescheiden zijn, spreken ze elkaar elke avond door de telefoon, om acht uur. Omdat ze soms niet weet wat ze na het eten moet doen, ligt ze dan al in haar nachtpon in bed en kijkt ze naar het kleine zwartwittelevisietoestelletje dat aan haar kant van het bed staat. Ze hebben het ding al meer dan twintig jaar; het beeld is nauwelijks meer te zien en een zwarte kring vormt een blijvende rand om het scherm. Als er niets behoorlijks op de tv is, bladert ze wat in boeken die ze uit de bibliotheek heeft meegenomen en die nu op het bed de ruimte vullen die anders door Ashoke wordt ingenomen.

Het is nu drie uur in de middag en het zonlicht begint al te tanen. Het is zo'n dag die al lijkt te eindigen voor hij goed en wel is begonnen en zo een streep haalt door Ashima's voornemen om hem nuttig te besteden, nu de onvermijdelijkheid van het naderende donker zich alweer aan haar opdringt. Het is zo'n dag waarop Ashima al om vijf uur wil eten. Aan dit aspect van het leven hier heeft ze altijd een hekel gehad, deze kille, korte dagen in de vroege winter, als het een paar uur na de middag al donker wordt. Ze verwacht niets van dagen als deze, behalve dat er spoedig een eind aan komt. Straks gaat ze haar eten opwarmen, haar nachtpon aantrekken, de elektrische deken aanzetten. Ze neemt een slokje inmiddels steenkoude thee. Ze staat op om de ketel te vullen, een nieuwe kop thee te maken. De petunia's in de bak voor haar raam, geplant in het weekend van Memorial Day, toen Gogol en Sonia voor het laatst samen thuis waren, zijn verdord tot trillende bruine sprieten, die ze al weken geleden had willen uitgraven. Ashoke doet het wel, denkt ze, en als de telefoon gaat en haar man zich meldt, is dit het eerste dat ze tegen hem zegt. Ze hoort geluiden op de achtergrond, pratende mensen. 'Kijk je naar de televisie?' vraagt ze hem.

'Ik ben in het ziekenhuis,' antwoordt hij.

'Wat is er gebeurd?' Ze zet de fluitende ketel uit, hevig geschrokken, haar hart bonst in haar keel, ze is doodsbang dat hij een ongeluk heeft gehad.

'Ik heb sinds vanochtend zo'n last van mijn maag.' Hij vertelt Ashima dat het misschien komt doordat hij iets verkeerds heeft gegeten, dat hij de avond tevoren te gast was bij een paar Bengaalse studenten die hij in Cleveland heeft ontmoet en die nog moeten leren koken, waar hij een verdacht uitziende kip biryani kreeg voorgezet.

Ze slaakt hoorbaar een zucht van verlichting, omdat het niets ernstigs is. 'Dan neem je toch een Alka-Seltzer?'

'Heb ik gedaan. Maar het ging niet over. Ik ben zojuist naar de eerste hulp gekomen omdat er vandaag geen huisarts te bereiken is.'

'Je werkt gewoon te hard. Je bent geen student meer, weet je. Ik hoop dat je geen maagzweer krijgt,' zegt ze.

'Dat is niet te hopen, nee.'

'Wie heeft je gebracht?'

'Niemand. Ik zit hier alleen. Heus, het is niet zo erg.'

Toch welt er een golf van medeleven in haar op, bij de gedachte dat hij alleen naar het ziekenhuis is gereden. Ze mist hem opeens, en moet denken aan middagen jaren geleden, toen ze pas naar deze stad waren verhuisd, als hij haar wilde verrassen en midden op de dag van de universiteit naar huis kwam. Dan genoten ze van een echte Bengaalse lunch in plaats van de boterhammen waaraan ze inmiddels gewend waren. Ze kookten rijst, warmden de restanten van het vorige avondmaal op en aten naar hartenlust, zittend en pratend, verzadigd en slaperig, terwijl hun handen geel van de kurkuma opdroogden.

'Wat zegt de dokter?' vraagt ze Ashoke nu.

'Ik heb hem nog niet gesproken. Maar ik ben nog lang niet aan de beurt. Je moet iets voor me doen.'

'Wat dan?'

'Bel morgen dokter Sandler op. Ik moet sowieso voor controle naar hem toe. Maak een afspraak voor me voor aanstaande zaterdag, als hij nog plaats heeft.'

'Dat doe ik.'

'Maak je geen zorgen. Ik voel me alweer wat beter. Ik bel je wel als ik weer thuis ben.'

'Da's goed.' Ze verbreekt de verbinding, maakt haar kopje thee, gaat weer aan tafel zitten. Ze schrijft 'dokter Sandler bellen' op een rode envelop en zet die rechtop tegen het peper-en-zoutstel. Ze neemt een slokje thee en trekt een vies gezicht omdat er een vleugje afwasmiddel op de rand van het kopje is achtergebleven. Ze moet ook zorgvuldiger spoelen. Ze vraagt zich af of ze misschien Gogol en Sonia moet bellen om te zeggen dat hun vader in het ziekenhuis is, maar dat hij, als het geen zondag was, gewoon bij een huisarts zou zitten voor een routineonderzoek. Zijn stem had normaal geklonken, een beetje vermoeid misschien, maar niet alsof hij erge pijn had.

En dus gaat ze maar weer verder met haar karwei. Onder aan de kaarten zet ze hun namen: de naam van haar echtgenoot, die ze nog nooit in zijn aanwezigheid heeft uitgesproken, gevolgd door haar eigen naam en die van haar kinderen, Gogol en Sonia. Ze weigert om 'Nikhil' te schrijven, hoewel ze weet dat hij dat graag zou willen. Geen ouder heeft ooit een kind bij zijn goede naam genoemd. Goede namen hoorden binnen het gezin niet thuis. Ze schrijft de namen onder elkaar, in volgorde van leeftijd: Ashoke Ashima Gogol Sonia. Ze besluit ze elk ook een kaart te sturen en de betreffende naam boven aan de kaart te zetten: aan het appartement van haar man in Cleveland, aan Gogol in New York, met de naam van Maxine erbij. Hoewel ze heel beleefd is geweest, die ene keer dat Gogol Maxine mee naar huis bracht, wenst Ashima haar niet als schoondochter. Ze was hevig ontsteld toen Maxine haar met Ashima had aangesproken, en haar man met Ashoke. Toch gaat Gogol nu al meer dan een jaar met haar om. Ashima weet inmiddels dat Gogol 's nachts bij haar slaapt, in het huis van haar ouders, iets dat Ashima voor haar Bengaalse vrienden niet wil weten. Ze heeft zelfs zijn telefoonnummer daar; ze heeft het een keer gebeld en naar de stem geluisterd van de vrouw die Maxines moeder moet zijn zonder een boodschap in te spreken. Ze weet dat die relatie iets is wat ze aanvaarden moet. Dat heeft Sonia tegen haar gezegd, evenals haar Amerikaanse vriendinnen van de bibliotheek. Ze adresseert een kaart aan Sonia en de twee vriendinnen met wie ze in San Francisco samenwoont. Ashima verlangt naar Kerstmis, als ze weer met hun viertjes zullen zijn. Het zit haar nog dwars dat Gogol en Sonia dit jaar geen van tweeën met Thanksgiving thuis zijn gekomen. Sonia, die bij een milieuorganisatie werkt en zich voorbereidt op het toelatingsexamen voor haar rechtenstudie, zei dat ze de reis te ver vond. Gogol, die de volgende dag moest werken aan een project van zijn bureau, had de feestdag bij Maxine in New York doorgebracht. Omdat ze zelf door haar emigratie naar Amerika van het gezelschap van haar ouders verstoken is geweest, is de onafhankelijkheid van haar kinderen, hun behoefte om afstand van haar te nemen, iets wat ze nooit zal begrijpen. Toch had ze hun er niet op aangesproken. Ook dit begint ze nu te leren. Ze had erover geklaagd tegen haar vriendinnen van de bibliotheek en die hadden haar gezegd dat het onvermijdelijk was, dat je als ouder er niet van uit kon gaan dat je kinderen altijd maar trouw met de feestdagen thuis bleven komen. En zo hadden Ashoke en zij maar met hun tweetjes Thanksgiving gevierd en voor het eerst in jaren maar geen kalkoen gekocht. 'Liefs, ma,' schrijft ze nu onder aan de kaarten voor haar kinderen. En onder aan die voor Ashoke alleen maar 'Ashima'.

Ze slaat twee bladzijden over waarop uitsluitend adressen van haar dochter en haar zoon staan. Ze heeft twee zwervers ter wereld gebracht. Zij is nu de bewaarster van al die namen en nummers, nummers die ze eens uit haar hoofd heeft gekend, nummers en adressen die haar kinderen zelf al vergeten zijn. Ze denkt aan al de donkere, benauwde kamers die Gogol in de loop der jaren heeft bewoond, te beginnen bij zijn eerste studentenkamertje in New Haven en nu het appartement in Manhattan met de bladderende radiator en de scheuren in de muur. Sonia heeft haar broer nagevolgd, vanaf haar achttiende elk jaar een nieuwe kamer, nieuwe kamergenoten waarvan Ashima maar moet weten wie het zijn als ze opbelt. Haar gedachten gaan naar het appartement van haar man in Cleveland, dat ze hem had helpen inrichten toen ze een weekend op bezoek kwam. Ze had goedkope pannen en borden voor hem gekocht, van het soort dat ze vroeger in Cambridge gebruikte, niet het blinkende keukengerei van Williams-Sonoma dat haar kinderen haar tegenwoordig cadeau doen. Lakens en badhanddoeken, vitrage voor de ramen, een grote zak rijst. In haar eigen leven heeft Ashima maar in vijf huizen gewoond: eerst in de flat van haar ouders in Calcutta, daarna een maand in het huis van haar schoonouders, daarna in de huurwoning in Cambridge onder de Montgomery's, daarna in het appartement van de faculteit en ten slotte in hun eigen huis hier. Eén hand, vijf woningen. Een leven in een vuist.

Van tijd tot tijd kijkt ze uit het raam, naar de vroege avondlucht, lila met twee evenwijdige strepen roze. Ze kijkt naar de telefoon aan de muur en hoopt dat hij gauw zal gaan. Ze zal haar man voor de kerst een mobiele telefoon cadeau doen, neemt ze zich voor. Ze werkt door in het stille huis, in het afnemende licht, zonder zich even rust te gunnen, ook al begint haar pols pijn te doen, zonder de moeite te nemen de lamp boven de tafel aan te knippen, of het licht op het gazon of in een van de andere kamers, en dan gaat de telefoon. Ze neemt op na een half belsignaal, maar het is een telefonische colporteur, de een of andere stumper met weekenddienst, die haar aarzelend vraagt of mevrouw eh...

'Ganguli,' antwoordt Ashima bits voor ze ophangt.

In de schemering wordt de lucht blauw, bleek maar intens, en de bomen op het gazon en de vormen van de naburige huizen worden silhouetten, ondoordringbaar zwart. Om vijf uur heeft haar man nog steeds niet opgebeld. Ze belt zijn appartement, maar er wordt niet opgenomen. Ze belt na tien minuten weer en tien minuten later nog eens. Ze hoort haar eigen stem op het antwoordapparaat die het nummer noemt en de beller vraagt een boodschap in te spreken. Telkens als ze belt wacht ze op de toon, maar ze spreekt geen boodschap in. Ze gaat na waar hij onderweg naar huis kan zijn gestopt – bij de apotheek om een recept af te halen, bij de supermarkt om eten te kopen. Om zes uur kan ze haar ongerustheid niet meer verdringen met het dichtplakken en frankeren van de enveloppen die ze de hele dag heeft zitten adresseren. Ze belt inlichtingen, vraagt om verbinding met de centrale in Cleveland en belt dan het nummer van het ziekenhuis waar hij zei dat hij was. Ze vraagt om de eerste hulp en wordt met de ene na de andere ziekenhuisafdeling verbonden. 'Hij is er alleen maar voor een onderzoek,' zegt ze tegen de mensen die opnemen en haar vragen te wachten. Ze spelt de naam zoals ze dat al honderdduizenden keren heeft gedaan: 'G van groen,' 'N van nieuw.' Ze moet zo lang wachten dat ze zich gaat afvragen of ze niet beter maar op kan hangen, omdat haar man nu misschien al thuis is en probeert haar te bereiken. Jammer dat ze geen *call waiting* heeft. Ze wordt verbroken en belt opnieuw. 'Ganguli,' zegt ze. Weer wordt haar gevraagd te wachten. Dan komt er iemand aan de telefoon, de stem van een jonge vrouw, misschien niet ouder dan Sonia. 'Ja, neemt u me niet kwalijk dat u zo lang moest wachten. Met wie spreek ik?'

'Met Ashima Ganguli,' zegt Ashima. 'De vrouw van Ashoke Ganguli. Met wie spreek ik?'

'O, bent u het. Het spijt me, mevrouw. Ik ben de co-assistente die uw man het eerst heeft onderzocht.'

'Ik wacht nu al bijna een halfuur. Is mijn man er nog, of is hij al weg?'

'Het spijt me heel erg, mevrouw,' zegt de jonge vrouw weer. 'We hebben geprobeerd u te bereiken.'

En dan vertelt de jonge vrouw haar dat de patiënt, Ashoke Ganguli, is overleden. Overleden. Het woord zegt Ashima secondelang niets.

'Nee, nee, dat moet een vergissing zijn,' antwoordt Ashima kalm. Ze schudt het hoofd en ze kan een kort lachje niet onderdrukken. 'Mijn man is niet bij u voor een spoedoperatie. Hij had alleen maagpijn.'

'Het spijt me, mevrouw... Ganguli was het toch?'

Ze hoort iets over een hartaanval, een zware hartaanval, dat alle pogingen hem te reanimeren hebben gefaald. Wil ze misschien nog organen van haar man afstaan? wordt haar gevraagd. En dan, is er iemand in Cleveland of omstreken die het lijk kan identificeren en ophalen? In plaats van te antwoorden hangt Ashima de telefoon op, drukt de hoorn zo hard ze kan in de houder en houdt haar hand daar een volle minuut, alsof ze de woorden die ze zojuist heeft gehoord wil smoren. Ze staart naar haar lege theekopje en dan naar de fluitketel op het fornuis, die ze een paar uur geleden moest uitzetten om de stem van haar man te kunnen horen. Ze begint hevig te rillen, het huis voelt op slag twintig graden kouder aan. Ze trekt haar sari strak om haar schouders, als een sjaal. Ze staat op, doorloopt systematisch de kamers van het huis en knipt alle lampen aan, ook de lantaarn op het gazon en de schijnwerper op de garage, alsof zij en Ashoke bezoek verwachten. Ze gaat naar de keuken terug en staart naar de stapel kaarten op de tafel, in de rode enveloppen die ze met zoveel voldoening heeft gekocht, de meeste klaar om te worden gepost. Op alle kaarten staat de naam van haar man. Ze slaat haar adresboek open, ze is opeens het nummer van haar zoon vergeten dat ze normaal in haar slaap kan bellen. Op zijn werk en in zijn appartement wordt niet opgenomen, dus probeert ze het nummer dat ze heeft opgeschreven bij de naam Maxine. Het staat, samen met de andere nummers, onder de G, van Ganguli zowel als Gogol.

Sonia komt over uit San Francisco om bij Ashima te zijn. Gogol vliegt in zijn eentje van LaGuardia naar Cleveland. Hij vertrekt 's ochtends in alle vroegte, met de eerste vlucht die hij kan krijgen. In het vliegtuig staart hij uit het raam naar het landschap beneden hem, naar de besneeuwde velden van het midwesten en naar kronkelende rivieren die bedekt lijken met zilverpapier dat schittert in de zon. De schaduw van het vliegtuig trekt met wisselende lengte over de grond. Het vliegtuig is voor meer dan de helft leeg, mannen en een paar vrouwen in kostuums en mantelpakjes, mensen die gewend zijn op deze manier en op deze tijd te vliegen, die op laptops werken of de krant lezen. Hij is niet gewend aan de banaliteit van binnenlandse vliegreizen, de smalle cabine, de enkele koffer die hij gepakt heeft, klein genoeg om in de bagageruimte boven zijn hoofd te passen. Maxine heeft aangeboden met hem mee te gaan, maar hij heeft nee gezegd. Hij wil niet met iemand gaan die zijn vader nauwelijks heeft gekend, die hem maar één keer heeft ontmoet. Ze is met hem meegelopen naar Ninth Avenue, heeft daar in het ochtendgloren met hem gestaan, met ongekamd haar, met dikke ogen van de slaap, met haar jas en een paar laarzen aangeschoten over haar pyjama. Hij heeft geld gepind, een taxi aangehouden. De meeste New Yorkers, Gerald en Lydia incluis, sliepen nog.

Maxine en hij waren de avond tevoren naar een boekpresentatie van een met Maxine bevriende schrijfster geweest. Na afloop waren ze met een klein groepje gaan eten. Rond tien uur waren ze zoals gewoonlijk in het huis van haar ouders teruggekeerd, moe, alsof het al veel later was, en hadden ze onderweg naar boven Gerald en Lydia welterusten gewenst, die onder een deken op de bank naar een Franse film op video zaten te kijken onder het genot van een glas dessertwijn. Ze hadden het licht uitgedaan, maar in het schijnsel van het televisiescherm zag Gogol dat Lydia haar hoofd op Geralds schouder had gelegd, dat ze beiden hun voeten op de rand van de salontafel lieten rusten. 'O, Nick. Je moeder heeft opgebeld,' had Gerald gezegd, opkijkend van het scherm. 'Twee keer,' zei Lydia. Even geneerde hij zich. Nee, ze had niet gevraagd of ze een boodschap wilden doorgeven, zeiden ze. Zijn moeder belde hem tegenwoordig wel vaker nu ze alleen in huis was. Het leek wel of ze elke dag de stemmen van haar kinderen wilde horen. Maar ze had hem nog nooit bij Maxines ouders opgebeld. Ze belde hem op zijn werk of sprak boodschappen in op het antwoordapparaat in zijn appartement, die hij pas dagen later hoorde. Hij besloot dat het in elk geval wel tot morgen kon wachten. 'Dank je, Gerald,' had hij gezegd, zijn arm om Maxines middel geslagen en zich omgedraaid om de kamer uit te gaan. Maar toen was de telefoon opnieuw gegaan. 'Hallo,' had Gerald gezegd, en toen tegen Gogol: 'Deze keer is het je zusje.'

Hij neemt een taxi van het vliegveld naar het ziekenhuis, verrast hoeveel kouder het in Ohio is dan in New York, door de dikke laag opgevroren sneeuw op de grond. Het ziekenhuis is een complex gebouwen van beige natuursteen dat op een lage heuvel ligt. Hij neemt de ingang van de eerste hulp, net als zijn vader de vorige dag. Hij noemt zijn naam en hem wordt gevraagd met de lift naar de zesde verdieping te gaan en daar te wachten in een lege kamer waarvan de muren warm donkerblauw zijn geverfd. Er hangt een klok die, evenals de rest van de inrichting, geschonken is door de nabestaanden van een zekere Eugene Arthur. Er is geen lectuur in deze wachtkamer, geen televisie, alleen maar een verzameling eendere oorfauteuils langs de wanden en aan één kant een sierfonteintje. Door de glazen deur ziet hij een witte hal, een paar lege ziekenhuisbedden. Er is weinig drukte, geen heen-en-weergeloop van dokters of verpleegsters in de hal. Hij houdt zijn blik op de lift gericht, half verwachtend dat zijn vader eruit zal komen om hem op te halen, hem met een lichte hoofdbeweging duidelijk te maken dat het tijd is om te gaan. Als de liftdeur uiteindelijk opengaat, ziet hij een kar met ontbijtdienbladen, de inhoud grotendeels door deksels aan het oog onttrokken, en kleine pakjes melk. Hij voelt opeens dat hij honger heeft, en heeft spijt dat hij de bagel die hij van de stewardess in het vliegtuig kreeg, niet heeft bewaard. Zijn laatste maaltijd was in het restaurant de avond tevoren, een drukke, gezellige gelegenheid in Chinatown. Ze hadden bijna een uur in de rij gestaan voor een tafel en toen gesmuld van bloeiende knoflookscheuten en gezouten inktvis en de jakobsschelpen in zwartebonensaus waar Maxine dol op was. Ze waren al aangeschoten van de boekpresentatie en dronken ontspannen een biertje en kopjes koude jasmijnthee. Al die tijd lag zijn vader in het ziekenhuis, dood.

De deur gaat open en een kleine, sympathiek-ogende man van middelbare leeftijd met een peper-en-zoutkleurige baard komt de kamer in. Hij draagt een witte halflange jas over zijn kleren en heeft een klembord in zijn hand. 'Hallo,' zegt hij vriendelijk tegen Gogol.

'Bent u... was u de dokter van mijn vader?'

'Nee. Mijn naam is Davenport. Gaat u met mij mee naar beneden?'

Davenport begeleidt Gogol naar een lift die voor patiënten en doktoren is gereserveerd en waarin ze afdalen naar de kelderverdieping onder het souterrain van het ziekenhuis. Hij staat naast Gogol in het mortuarium als er een laken wordt weggetrokken en het gezicht van zijn vader zichtbaar wordt. Het gezicht is geel en wasachtig, een verdikt, vreemd gezwollen beeld. De bijna kleurloze lippen zijn verstard in een uitdrukking van onkarakteristieke hooghartigheid. Onder het laken, realiseert Gogol zich, is zijn vader ongekleed. Dit feit wekt zijn gêne, maakt dat hij zich even moet afwenden. Als hij weer kijkt, bestudeert hij het gezicht nauwlettender, nog steeds denkend dat het misschien wel een misverstand is, dat een klopje op zijn vaders schouder hem zal doen ontwaken. Het enige wat vertrouwd aandoet, is de snor en de stoppels op zijn wangen en kin, die hij nog geen vierentwintig uur geleden geschoren heeft.

'Hij heeft zijn bril niet op,' zegt Gogol, opkijkend naar Davenport.

Davenport antwoordt niet. Na een paar minuten zegt hij: 'Meneer Ganguli, kunt u het lichaam met zekerheid identificeren? Is dit uw vader?'

'Ja, hij is het,' hoort Gogol zichzelf zeggen. Even later merkt hij dat er een stoel is binnengebracht waarop hij mag gaan zitten en dat Davenport een stapje opzij heeft gedaan. Gogol gaat zitten. Hij vraagt zich af of hij het gezicht van zijn vader aan moet raken, een hand op zijn voorhoofd moet leggen, zoals zijn vader dat vroeger bij Gogol deed als hij niet lekker was, om te voelen of hij koorts had. Maar hij durft niet, hij is als verlamd. Uiteindelijk beroert hij met zijn wijsvinger heel even zijn vaders snor, een wenkbrauw, een plukje haar op zijn hoofd, die stukjes van hem waarvan hij weet dat ze nog stilletjes doorleven.

Davenport vraagt Gogol of hij klaar is, waarna het gezicht weer wordt bedekt en hij de kamer wordt uitgeleid. Er verschijnt een co-assistent die uitlegt hoe en wanneer precies de hartaanval heeft plaatsgevonden, en waarom de dokters niets konden doen. Gogol neemt de kleren in ontvangst die zijn vader droeg, een marineblauwe sportpantalon, een wit overhemd met bruine strepen, een grijze L.L.-Bean trui die Gogol en Sonia hem een keer met Kerstmis hebben gegeven. Donkerbruine sokken, lichtbruine schoenen. Zijn bril. Een regenjas en een sjaal. Alles past net in een grote bruinpapieren boodschappentas. Er zit een boek in de zak van de regenjas, *The Comedians* van Graham Greene, kleingedrukt op geel papier. Als hij het opent ziet hij dat het tweedehands is gekocht, dat er een vreemde naam, Roy Goodwin, in geschreven staat. In een afzonderlijke envelop krijgt hij zijn vaders portemonnee, zijn autosleutels. Hij vertelt het ziekenhuis dat er geen religieuze diensten nodig zijn, en krijgt te horen dat de as over enkele dagen beschikbaar zal zijn. Die kan hij zelf afhalen bij de begrafenisondernemer die het ziekenhuis hem aanbeveelt of direct naar Pemberton Road laten sturen samen met de overlijdensakte. Voor hij weggaat, vraagt hij of hij de exacte plek op de afdeling eerste hulp mag zien waar zijn vader het laatst nog in leven was. Het bednummer wordt op een kaart opgezocht; er ligt nu een jonge man met zijn arm in een mitella, zo te zien goedgeluimd, te telefoneren. Gogol ziet de gordijnen die gedeeltelijk zijn vader omgaven toen het leven hem verliet, groen en grijs gebloemd met een strook wit gaas aan de bovenkant, schuivend langs een witte u-vormige rail die met metalen haken aan het plafond bevestigd is.

Zijn vaders lease-auto, die zijn moeder hem de vorige avond door de telefoon heeft beschreven, staat nog op de parkeerplaats voor bezoekers. AM-nieuws vult zijn oren zodra hij de sleutel in het contact omdraait. Hij schrikt ervan; zijn vader had er altijd speciaal op gelet de radio uit te doen aan het eind van een rit. Er is in de auto trouwens helemaal niets dat aan zijn vader herinnert. Geen kaarten of papiertjes, geen lege bekertjes of kleingeld of betaalbonnetjes. Het enige wat hij in het dashboardkastje vindt, is het kentekenbewijs en het instructieboekje. Hij leest er een paar minuten in, vergelijkt de instrumenten van het dashboard met de plaatjes in het boekje. Hij zet de ruitenwissers aan en uit en probeert de koplampen, ook al is het nog licht. Hij zet de radio uit, rijdt in stilte door de kille, sombere middag, door de saaie, onaantrekkelijke stad waar hij nooit meer terug zal komen. Hij volgt de routebeschrijving van een verpleegster in het ziekenhuis naar het appartement waar zijn vader gewoond heeft, en vraagt zich af of zijn vader dezelfde weg heeft gereden toen hij naar het ziekenhuis ging. Telkens als hij een restaurant passeert, overweegt hij van de weg af te gaan, maar dan komt hij in een woonwijk met Victoriaanse herenhuizen op besneeuwde gazons, trottoirs bedekt met plekken ijs die aan kantwerk doen denken.

Het appartement van zijn vader maakt deel uit van een complex met de naam Baron's Court. Achter het hek staat een rij bovenmaatse zilverkleurige brievenbussen, ruim genoeg voor een hele maand post, op een rij. Voor het eerste gebouw, met het opschrift 'VERHUURKANTOOR', staat een man die hem toeknikt als hij langs komt rijden, blijkbaar omdat hij de auto herkent. Ziet hij hem aan voor zijn vader? Gogol vindt het een troostende gedachte. Het enige dat de gebouwen onderscheidt is een nummer en een naam; overigens zijn ze volkomen identiek, allemaal drie verdiepingen hoog, gebouwd aan een lange, lusvormige weg. Tudorgevels, piepkleine ijzeren balkonnetjes, houtspaanders onder de trappen. De meedogenloze eenvormigheid ervan treft hem diep, nog meer dan het ziekenhuis en het zien van zijn vaders gezicht. Als hij bedenkt dat zijn vader hier de afgelopen drie maanden alleen heeft gewoond, voelt hij de eerste neiging tot tranen, maar hij weet dat zijn vader het niet erg vond, dat hij zich zulke dingen niet aantrok. Hij parkeert voor het gebouw van zijn vader en blijft even in de auto zitten terwijl hij een vief bejaard stel met tennisrackets naar buiten ziet komen. Hij herinnert zich dat zijn vader hem vertelde dat de meeste bewoners ofwel gepensioneerd of gescheiden waren. Er zijn wandelpaden, een kleine trimbaan, een kunstmatige vijver met banken en wilgen eromheen.

Zijn vaders flat is op de tweede verdieping. Hij opent de deur, trekt zijn schoenen uit en zet ze op de plastic loper die zijn vader daar neergelegd moet hebben om de pluche gebroken-witte vloerbedekking te sparen. Hij ziet een paar sportschoenen van zijn vader en een paar teenslippers voor in huis. De deur geeft toegang tot een ruime woonkamer met rechts een glazen schuifdeur en links een keuken. Aan de pas geschilderde ivoorkleurige muren hangt niets. De keuken is van de kamer gescheiden door een halve muur, iets dat zijn moeder in hun eigen huis ook altijd heeft gewild, omdat ze dan onder het koken contact kon houden met mensen in de kamer. Op de koelkast zit een foto van hem en zijn moeder en Sonia, op zijn plaats gehouden door een magneetje van een plaatselijke bank. Ze staan bij Fatehpur Sikri met doeken om hun voeten als bescherming tegen de hitte van de hete stenen vloer. Hij was toen een eerstejaars highschoolleerling, mager en stuurs, Sonia nog een kind; zijn moeder droeg een *salwar kameeze*, iets waarin ze zich niet aan haar familie in Calcutta durfde te vertonen, die haar alleen maar in een sari wilde zien. Hij opent de kastjes, eerst die boven het aanrecht, dan die eronder. De meeste zijn leeg. Hij vindt vier borden, twee mokken, vier glazen. In een la vindt hij een mes en twee vorken, een beeld dat hij herkent van thuis. In een ander kastje staat een doos theezakjes, Peek Freans-zandkoekjes, een vijfpondszak suiker die niet in een kom is gedaan, een blik gecondenseerde melk. Er zijn meerdere kleine zakjes gele spliterwten en een grote plastic zak rijst. Een rijstkoker staat op het aanrecht; de stekker is veiligheidshalve uit het stopcontact gehaald. Op de richel boven het fornuis staat een rijtje specerijenpotjes met etiketten in zijn moeders handschrift. Onder de gootsteen vindt hij een fles Windex-allesreiniger, een doos vuilniszakken, een spons.

Hij doorloopt de rest van het appartement. Achter de woonkamer is een kleine slaapkamer met alleen een bed en ertegenover een badkamer zonder ramen. Een pot Pond's Cold Cream, zijn vaders levenslange alternatief voor aftershave, staat naast de wastafel. Hij gaat meteen aan het werk, stopt, terwijl hij door de kamer loopt, van alles in vuilniszakken: de specerijen, de gezichtscrème, het nummer van *Time Magazine* bij zijn vaders bed. 'Breng niets mee naar huis,' heeft zijn moeder hem door de telefoon gevraagd. 'Dat doen wij niet.' Eerst staat hij nergens bij stil, maar in de keuken aarzelt hij. Hij voelt zich schuldig over het weggooien van eten; zijn vader zou in zijn plaats de overgebleven rijst en theezakjes in zijn koffer hebben gestopt. Zijn vader had elke soort verspilling altijd verafschuwd, zozeer zelfs dat hij Ashima erop aansprak als ze te veel water in de fluitketel had gedaan.

Bij zijn eerste bezoek aan de kelder ziet Gogol een tafel waarop andere huurders dingen hebben achtergelaten voor wie ze gebruiken kan: boeken, videobanden, een witte ovenschotel met doorzichtig glazen deksel. Algauw is de tafel gevuld met zijn vaders handstofzuiger, de rijstkoker, de cassettespeler, de televisie, de gordijnen, nog vast aan hun opvouwbare plastic roeden. Uit de tas die hij uit het ziekenhuis heeft meegebracht redt hij zijn vaders portemonnee met daarin veertig dollar, drie creditcards, een hoop kassabonnen, foto's van Gogol en Sonia als baby's. De foto op de koelkast ontziet hij ook.

Alles duurt veel langer dan hij dacht. Na het leegmaken van drie kamers, om te beginnen al vrijwel leeg, is hij doodop. Het verbaast hem hoeveel vuilniszakken hij gevuld heeft, hoe vaak hij de trappen op en neer is geweest. Als hij klaar is, begint het al donker te worden. Hij heeft een lijst van de mensen die hij moet bellen voor zijn karwei geklaard is: Bel verhuurkantoor. Bel universiteit. 'Wat erg voor u,' zegt een hele reeks mensen die hij nog nooit heeft ontmoet. 'We hebben hem vrijdag nog gesproken,' zegt een van zijn vaders collega's. 'Wat een schok moet dat voor u zijn.' Het verhuurkantoor zegt hem dat hij zich geen zorgen hoeft te maken, dat ze iemand zullen sturen om de bank en het bed op te halen. Als hij klaar is, rijdt hij door de stad naar het bedrijf waar zijn vader de auto heeft geleast, en daarna neemt hij een taxi terug naar Baron's Court. In de vestibule valt zijn oog op een folder van een pizzabezorgdienst. Hij bestelt een pizza en terwijl hij op de bezorger wacht, belt hij naar huis. Een uur lang is de lijn bezet; als hij eindelijk verbinding krijgt, slapen zijn moeder en Sonia al, hoort hij van een vriend van de familie. Het is erg lawaaiig in huis, en pas dan realiseert hij zich hoe stil het hier bij hemzelf is. Hij overweegt de cassettespeler en de televisie uit de kelder terug te halen. In plaats daarvan belt hij Maxine en vertelt haar wat hij die dag allemaal gedaan heeft. Verwonderd bedenkt hij dat ze aan het begin ervan nog bij hem was, dat hij in haar armen, in haar bed was ontwaakt.

'Ik had met je mee moeten gaan,' zegt ze. 'Als je wilt kan ik morgenochtend bij je zijn.'

'Ik ben klaar. Ik kan hier verder niets meer doen. Morgen neem ik het eerste vliegtuig terug.'

'Je blijft daar toch zeker niet slapen, hè, Nick?' vraagt ze.
'Ik moet wel. Er gaat vanavond geen vlucht meer.'
'In dat appartement, bedoel ik.'
Hij voelt zich in het defensief; na al zijn inspanningen voelt hij dat hij het voor de drie lege kamers moet opnemen. 'Ik ken hier niemand.'
'In godsnaam, ga weg daar. Neem een kamer in een hotel.'
'Oké,' zegt hij. Hij denkt aan de laatste keer dat hij zijn vader heeft gezien, drie maanden geleden, het beeld van hem, zwaaiend voor het huis toen Maxine en hij per auto naar New Hampshire vertrokken. Hij kan zich niet herinneren wanneer hij voor het laatst met hem heeft gesproken. Twee weken geleden? Vier? Het lag niet in zijn vaders aard om vaak op te bellen, zoals zijn moeder.
'Jij was bij me,' zegt hij.
'Wat bedoel je?'
'De laatste keer dat ik mijn vader heb gezien. Daar was jij bij.'
'Ik weet het. Ik vind het verschrikkelijk, Nick. Maar beloof me dat je naar een hotel gaat.'
'Ja, ik beloof het.' Hij hangt op en slaat het telefoonboek open, kijkt waar hij terecht zou kunnen. Hij is gewend haar te gehoorzamen, haar raad op te volgen. Hij belt een nummer. 'Goedenavond, waar kan ik u mee van dienst zijn?' vraagt een stem. Hij vraagt of hij een kamer kan krijgen voor één nacht, maar terwijl hij in de wacht staat, hangt hij op. Hij wil geen anonieme kamer als nachtverblijf. Zolang hij hier is, wil hij het appartement van zijn vader niet leeg laten staan. Hij gaat in het donker op de bank liggen met zijn kleren aan, zijn jasje over zich heen, omdat hij daaraan de voorkeur geeft boven de kale matras in de slaapkamer. Urenlang ligt hij in het donker, afwisselend slapend en wakend. Hij denkt aan zijn vader, tot gistermorgen nog in dit appartement. Wat was hij aan het doen toen hij zich beroerd begon te voelen? Stond hij bij het fornuis, thee te zetten? Zat hij op de bank, waar Gogol nu ligt? Gogol stelt zich zijn vader voor bij de deur, zich bukkend om voor het laatst zijn schoenveters te strik-

ken. Bezig zijn jas aan te trekken en zijn das om te doen. In de auto onderweg naar het ziekenhuis. Stilstaand voor een stoplicht, luisterend naar het weerbericht op de radio, zonder enige gedachte aan de dood. Uiteindelijk merkt Gogol dat er een blauwachtig licht in de kamer doordringt. Hij voelt zich merkwaardig alert, alsof er zich, als hij maar goed genoeg oplet, een teken van zijn vader zou kunnen voordoen. Hij ziet het licht worden, hoort hoe de volmaakte stilte plaatsmaakt voor het nauw hoorbare gegons van ver verkeer en valt dan gedurende een paar uur in de diepst mogelijke slaap, droomloos, door niets gestoord, zijn ledematen zwaar, bewegingloos.

Het is bijna tien uur in de ochtend als hij wakker wordt, in een kamer waar het zonlicht vrij toegang heeft. Een doffe, gestage pijn, afkomstig van diep in zijn hoofd, teistert de rechterkant van zijn schedel. Hij opent de glazen schuifdeur naar het balkon en stapt naar buiten. Zijn ogen branden van vermoeidheid. Hij kijkt naar de vijver waar zijn vader, zoals die hem door de telefoon eens verteld heeft, elke avond voor het eten twintig keer omheen liep, wat overeenkwam met een afstand van drie kilometer. Er lopen nu wat mensen, sommige met honden, en echtparen die oefeningen doen, met hun armen zwaaien, met dikke fleecebanden over hun oren. Gogol trekt zijn jas aan, gaat naar buiten en probeert één keer om de vijver heen te lopen. Eerst geniet hij van de frisse wind in zijn gezicht, maar de kou wordt snel streng, onbarmhartig, snijdt dwars door hem heen en drukt de achterkant van zijn broekspijpen tegen zijn benen. Hij gaat snel weer naar binnen, neemt een douche en trekt zijn kleren van de vorige dag weer aan. Hij belt een taxi en daalt voor de laatste keer naar de kelder af om de badhanddoek weg te gooien waarmee hij zich heeft afgedroogd, en de druktoetstelefoon. Hij laat zich naar het vliegveld rijden en stapt in het vliegtuig naar Boston. Sonia en zijn moeder zullen hem daar afhalen, samen met wat vrienden van de familie. Hij zou willen dat het anders kon. Dat hij gewoon in een andere taxi kon stappen en over een andere snelweg rijden, om het moment van weerzien zo lang mogelijk uit te stellen.

Hij is bang om zijn moeder te zien, banger dan hij was om zijn vaders lichaam te zien in het mortuarium. Hij begrijpt nu het schuldgevoel waar zijn ouders mee worstelden omdat ze niets hadden kunnen doen toen hun ouders in India gestorven waren, omdat ze er weken, soms maanden later pas heen konden gaan, als er niets meer te doen viel.

Onderweg naar Cleveland had de reis eindeloos lang geschenen, maar nu, na een poos uit het vliegtuigraam te hebben gekeken zonder iets te zien, voelt hij maar al te snel in zijn borst dat de daling wordt ingezet. Net voor de landing gaat hij naar het toilet en geeft over in het kleine metalen wasbakje. Hij houdt zijn gezicht onder de kraan en bekijkt zichzelf in de spiegel. Afgezien van een baard van een dag is zijn gezicht niet veranderd. Hij weet nog dat, toen zijn grootvader van vaders kant gestorven was, zijn moeder het op een gillen zette toen ze de badkamer binnenkwam en zag dat zijn vader bezig was met een wegwerpkrabbertje al het haar van zijn hoofd te scheren. Daarbij had hij zich meermalen tot bloedens toe gesneden en wekenlang een pet moeten dragen om de korsten te verbergen. 'Hou op, je doet jezelf pijn,' had zijn moeder gezegd. Zijn vader had de deur dicht en op slot gedaan en was later gekrompen en kaal tevoorschijn gekomen. Pas jaren later had Gogol gehoord wat dit betekende, dat het de plicht van een Bengaalse zoon was om na de dood van een ouder zijn hoofd kaal te scheren. Maar destijds was Gogol te jong om zoiets te begrijpen; toen de badkamerdeur openging had hij gelachen bij het zien van zijn haarloze, rouwende vader, en Sonia, nog een peutertje, had gehuild.

De eerste week zijn ze geen moment alleen. Niet langer een familie van vier, worden ze nu een huishouden van tien, soms wel twintig. Vrienden komen langs en zitten zwijgend bij hen in de woonkamer met gebogen hoofd thee te drinken, een zwerm mensen die probeert het verlies van zijn vader te compenseren. Zijn moeder heeft het vermiljoen uit haar scheiding gewassen. Ze heeft haar ijzeren trouwarmband afgedaan, hem met cold-cream van haar pols afgewrikt, samen met al de andere armbanden die ze altijd gedragen heeft. Kaarten en bloemen worden aan de lopende band bezorgd, van zijn vaders collega's op de universiteit, van de vrouwen van de bibliotheek waar zijn moeder werkt, van buren die normaal weinig anders doen dan hun hand opsteken vanaf hun gazon. Mensen bellen op van de Westkust, uit Texas, uit Michigan en Washington DC. Alle mensen in zijn moeders adresboeken, altijd maar toegevoegd, nooit geschrapt, allemaal betuigen ze hun innige deelneming. Wie had alles verzaakt en was naar dit land gekomen om een beter bestaan op te bouwen en was hier gestorven? De telefoon staat niet stil en hun oren doen pijn van het te woord staan van al die mensen, hun kelen worden schor van steeds maar weer het verhaal te doen. Nee, hij was niet ziek, zeggen ze, ja, het kwam volkomen onverwacht. In de stadskrant verschijnt een kort in memoriam, met de namen van Ashima, Gogol en Sonia en de vermelding dat de kinderen het plaatselijk onderwijs hebben genoten. Midden in de nacht bellen ze hun familie in India. Voor het eerst van hun leven zijn zij het die slecht nieuws moeten melden.

Gedurende tien dagen na zijn vaders dood volgen zijn moeder, Sonia en hij een dieet zonder vlees of vis. Ze eten alleen rijst met dal en groenten, eenvoudig bereid. Gogol weet nog dat hij vroeger hetzelfde moest doen toen zijn grootouders gestorven waren en dat zijn moeder eens tegen hem tekeerging omdat hij het vergeten was en op school een hamburger had gegeten. Hij weet nog dat hij het toen onzinnig vond, vervelend, omdat het een ritueel was dat door niemand die hij kende in acht werd genomen, ter ere van mensen die hij maar een paar keer in zijn leven had gezien. Hij weet nog dat zijn vader ongeschoren op een stoel zat en dwars door hen heen keek, zonder zijn mond open te doen. Hij herinnert zich die maaltijden, die in volmaakte stilte werden genuttigd, de televisie uit. Nu, wanneer ze om halfzeven 's avonds samen aan de keukentafel zitten en je na een blik door het raam ook kan denken dat het middernacht is, nu, kijkend naar zijn vaders lege stoel, ervaart hij dit vleesloze maal als het enige wat zin schijnt te hebben. Er is geen sprake van dat iemand dit maal zou overslaan; integendeel, tien avonden lang hebben ze gedrieën merkwaardig veel trek, verlangen ze ernaar het flauwe eten te proeven. Het is het enige wat structuur aan hun dagen geeft: het geluid van de magnetron als het eten wordt opgewarmd, de drie borden die uit de kast worden gehaald, de drie glazen die worden gevuld. Het overige – de telefoontjes, de bloemen die overal staan, de bezoekers, de uren die ze samen zittend in de woonkamer doorbrengen, niet in staat iets te zeggen – betekent niets. Zonder het tegenover elkaar uit te spreken ontlenen ze troost aan het feit dat dit de enige tijd van de dag is die ze alleen, afgezonderd als gezin, kunnen doorbrengen; ook als er bezoekers in huis zijn, nemen alleen zij drieën deel aan deze maaltijd. En alleen zolang die duurt, wordt hun verdriet iets verlicht, doordat de verplichte afwezigheid van bepaalde soorten voedsel op hun bord op de een of andere manier zijn vaders aanwezigheid oproept.

Op de elfde dag nodigen ze hun vrienden uit om het einde van de rouw in te luiden. Op de vloer in een hoek van de woonkamer wordt een religieuze ceremonie voltrokken; Gogol wordt verzocht voor een foto van zijn vader te gaan zitten, terwijl een priester verzen zingt in het Sanskriet. Voor de ceremonie hebben ze een hele dag gezocht naar een foto om in te lijsten. Alle fotoalbums worden nageplozen, maar er zijn vrijwel geen foto's waar zijn vader alleen op staat, zijn vader die altijd achter de lens te vinden was. Ze besluiten er een te verknippen, een foto van jaren geleden, waarop hij samen met Ashima poseert voor de zee. Hij is gekleed als een New Englander, in een parka met een sjaal. Sonia gaat ermee naar de fotowinkel om hem te laten vergroten. Ze bereiden een uitgebreide maaltijd, vis en vlees gekocht op een bitter koude ochtend in Chinatown en op de Haymarket, klaargemaakt zoals zijn vader het graag had, met extra aardappels en verse korianderblaadjes. Als ze hun ogen dichtdoen, is het net een gewoon feest, zoals het huis naar eten geurt. Doordat ze al die jaren voor gasten hebben gezorgd, zijn ze er wel op voorbereid. Ashima tobt niettemin dat er niet genoeg rijst zal zijn, Gogol en Sonia nemen de jassen van de bezoekers aan en leggen ze boven, op het logeerkamerbed. De vrienden die hun ouders bijna dertig jaar lang hebben vergaard geven acte de présence om hun medeleven te betuigen, auto's uit zes verschillende staten staan overal langs Pemberton Road geparkeerd.

Maxine komt met de auto uit New York en brengt Gogol de kleren die hij normaal bij haar thuis bewaart, zijn laptop, zijn post. Van zijn bureau heeft hij een maand verlof gekregen. Het verwart hem een beetje om Maxine hier te zien, haar voor te stellen aan Sonia. Ditmaal kan het hem niet schelen welke indruk het huis, de berg schoenen van gasten bij de deur, op haar maakt. Hij kan zien dat ze zich nutteloos voelt, enigszins buitengesloten, in dit huis vol Bengali's. Toch neemt hij niet de moeite te vertalen wat er gezegd wordt, haar voor te stellen aan iedereen, dicht in haar buurt te blijven. 'Wat erg, van uw man,' hoort hij haar tegen zijn moeder zeggen, wetend dat de dood van zijn vader Maxine volstrekt onverschillig laat. 'Jullie kunnen toch niet eeuwig bij je moeder blijven,' zegt Maxine als ze na de ceremonie even alleen zijn, in zijn kamer boven, naast elkaar zittend op de rand van het bed. 'Dat weet je best.' Ze zegt het zachtjes en legt haar hand op zijn wang. Hij staart haar aan, neemt haar hand en legt die terug in haar schoot.

'Ik mis je, Nikhil.'

Hij knikt.

'Wat doen we met oud en nieuw?' vraagt ze.

'Hoe bedoel je?'

'Wil je met oud en nieuw nog naar New Hampshire toe?' Ze hadden het erover gehad, om samen weg te gaan, alleen zij tweetjes. Maxine zou hem dan na de kerst hier ophalen en samen zouden ze in het huis aan het meer gaan logeren. Maxine zou hem daar leren skiën.

'Ik denk het niet.'

'Het zou goed voor je zijn,' zegt ze, haar hoofd een beetje schuin. Ze kijkt de kamer rond. 'Om aan dit alles te ontsnappen.'

'Ik wil niet ontsnappen.'

In de weken daarna, waarin de buren hun heggen en ramen versieren met slingers van gekleurde lampjes, waarin er stapels kerstkaarten worden bezorgd, neemt elk van hen een taak op zich die anders door zijn vader zou zijn verricht. 's Morgens gaat zijn moeder naar de brievenbus en haalt er de krant uit. Sonia rijdt naar de stad en doet de wekelijkse boodschappen. Gogol betaalt de rekeningen, maakt de oprit vrij als het sneeuwt. In plaats van de kerstkaarten op de schoorsteenmantel te zetten, kijkt Ashima naar de afzenders en gooit ze dan zonder de enveloppen te openen in de prullenmand.

Elke kleinigheid lijkt een enorme prestatie. Zijn moeder brengt uren aan de telefoon door en laat de naam veranderen op de bankrekening, de hypotheek, de rekeningen. Het lukt haar niet om de stortvloed van reclamepost te keren die nog jaren zal blijven komen, geadresseerd aan wijlen haar echtgenoot. Tijdens de fletse, druilerige middagen gaat Gogol joggen. Soms rijdt hij naar de universiteit en parkeert hij achter zijn vaders faculteit om op de wegen van de campus te gaan joggen, door het afgeschermde, schilderachtige universum dat bijna vijfentwintig jaar lang zijn vaders wereld is geweest. Later gaan ze in de weekenden in de omringende voorsteden de vrienden van hun ouders thuis opzoeken. Gogol rijdt heen en Sonia terug, of omgekeerd. Ashima zit achterin. Bij hun vrienden thuis vertelt zijn moeder het verhaal van haar telefoongesprek met het ziekenhuis. 'Hij ging erheen omdat hij pijn in zijn maag had,' zegt ze elke keer, en vertelt dan tot in bijzonderheden wat er die middag was gebeurd, van de roze strepen in de lucht, de stapel kaarten, het kopje thee dat naast haar stond, alles opgesomd op een manier die Gogol niet meer aan kan horen, waar hij snel tegenop gaat zien. Vrienden raden haar aan naar India te gaan, haar broer en haar neven en nichten een bezoek te brengen. Maar voor het eerst in haar leven heeft Ashima er geen behoefte aan naar Calcutta te vluchten. Nu niet. Ze weigert zo ver weg te gaan van de plaats waar haar man zijn leven geleefd heeft, van het land waarin hij gestorven is. 'Nu weet ik waarom hij naar Cleveland is gegaan,' vertelt ze deze en gene, weigerend om, zelfs nu hij dood is, de naam van haar man te gebruiken. 'Hij wilde mij alvast leren om alleen te leven.'

Begin januari, na de feestdagen die ze niet hebben gevierd, tijdens de eerste dagen van een jaar dat zijn vader niet meer mee kan maken, stapt Gogol in een trein en reist terug naar New York. Sonia blijft bij Ashima en denkt erover een appartement in Boston of Cambridge te huren, zodat ze in de buurt kan blijven. Ze brengen hem weg naar het station en wuiven hem uit op het koude perron, zijn gereduceerde familie, die vergeefs probeert Gogol te ontwaren, die naar hen zwaait vanachter het getinte glas. Hij herinnert zich dat ze vroeger altijd meegingen om hem uit te zwaaien als hij in zijn eerste studiejaar weer terugging naar Yale. En hoewel zijn vertrek in de loop der jaren gewoon was geworden, bleef zijn vader altijd op het perron staan tot de trein uit het gezicht verdwenen was. Nu klopt Gogol met zijn knokkels tegen het raam, maar de trein zet zich al in beweging terwijl zijn moeder en Sonia hem nog steeds niet kunnen zien.

De trein meerdert vaart, rammelend, schuddend, met een motorgeluid dat aan een vliegtuigpropeller doet denken. Met tussenpozen geeft de locomotief een signaal in mineur. Hij gaat aan de linkerkant van de coupé zitten, waar de winterzon hem vol in het gezicht schijnt. Instructies hoe in geval van nood het raam in drie stappen verwijderd kan worden, zijn op het glas aangebracht. De strokleurige grond is met sneeuw bedekt. De bomen lijken op speren, aan enkele takken zitten nog droge, koperkleurige blaadjes van vorig jaar. Hij ziet de achterkant van huizen van baksteen en hout. Gazonnetjes onder de sneeuw. Een donkere winterse wolkenbank houdt dicht bij de horizon op. Meer sneeuwval, mogelijk zwaar, wordt tegen de avond verwacht. Hij hoort ergens in de coupé een jonge vrouw zachtjes lachend met haar vriend praten via een mobiele telefoon. Ze bespreekt met hem waar ze gaan eten als ze straks in de stad arriveert. 'Ik verveel me zo,' klaagt ze. Ook Gogol wacht een maaltijd als hij in

New York aankomt. Maxine komt hem afhalen van Penn Station, iets wat ze vroeger nooit nodig heeft gevonden. Ze wacht hem op bij het aankomst-en-vertrekbord in de hal.

Het landschap schokt vooruit, helt weg. De trein werpt in het voorbijgaan zijn schaduw op een lange reeks onduidelijke gebouwen. De rails zijn net eindeloze ladders die naar de horizon wijzen in plaats van omhoog en verankerd zitten in de grond. Tussen Westerly en Mystic helt de spoorbaan mee met het land, zodat het een beetje lijkt of de trein in zijn geheel dreigt te kantelen. Hoewel de andere passagiers hier zelden commentaar op leveren, wat ze bijvoorbeeld wel doen als de locomotief in New Haven met een schok van diesel op elektrisch overgaat, haalt deze plotselinge beweging Gogol altijd weer uit zijn slaap, of het boek dat hij aan het lezen is of het gesprek waarin hij gewikkeld is of de gedachte die hem bezighoudt. Onderweg naar het zuiden, naar New York, helt de trein naar links, onderweg naar Boston naar rechts. In dat korte moment van gesuggereerd gevaar moet hij altijd weer denken aan die andere trein, die hij nooit heeft gezien, waarin zijn vader bijna was omgekomen. Aan de ramp waaraan hij zijn naam dankt.

De trein komt overeind, de helling is achter de rug. Weer voelt hij de beweging in zijn onderrug. Kilometers achtereen lopen de rails vlak langs de oceaan, die binnen handbereik is. Soms raakt het water bijna de spoorbaan. Hij ziet een stenen brug, verspreide eilandjes ter grootte van een kamer, mooie grijze en witte villa's met fraai uitzicht. Vierkante huisjes op palen. Eenzame reigers en aalscholvers zitten op gebleekte houten palen. De jachthaven ligt vol boten met kale masten. Het is een panorama waarvan zijn vader genoten zou hebben en Gogol moet denken aan de vele keren dat hij met zijn familie op een koude zondagmiddag naar zee was gereden. Soms was het zo koud geweest dat ze alleen maar op de parkeerplaats in de auto hadden gezeten en naar het water hadden gekeken, samen thee drinkend uit de thermosfles van zijn ouders, de motor aan om hen warm te houden. Ze waren een keer naar Cape Cod geweest en hadden over die gebogen strook land gereden tot ze niet meer verder konden. Hij was met zijn vader naar het uiterste puntje gelopen, over de strekdam, een snoer van reusachtige grijze, schuin aflopende stenen en ten slotte het smalle, ingesloten sikkeltje zand. Zijn moeder was na een paar stenen gestopt en blijven wachten met Sonia, die nog te klein was. 'Niet te ver gaan, hoor,' had zijn moeder gewaarschuwd, 'niet zo ver gaan dat ik je niet meer kan zien.' Hij kreeg halverwege pijn aan zijn benen, maar zijn vader liep voorop en stopte zo nu en dan om Gogol een handje te helpen, zijn lichaam licht hellend als hij steunde op een steen. Terwijl ze over deze stenen liepen, waarvan sommige zo ver van elkaar lagen dat ze even moesten nadenken hoe ze het beste naar de volgende konden komen, had het water hen aan beide kanten omringd. Het was vroeg in de winter. In de getijdenpoeltjes zwommen eenden. Het water stroomde in twee richtingen. 'Hij is nog te klein,' had zijn moeder geroepen. 'Hoor je me? Hij is te klein om zo ver te gaan.' Gogol was toen stil blijven staan, denkend dat zijn vader het daar misschien wel mee eens zou zijn. 'Wat vind jij?' had zijn vader in plaats daarvan gezegd. 'Ben je te klein? Nee, dat dacht ik ook niet.'

Aan het eind van de strekdam lag rechts een veld van geel riet, met daarachter de duinen, en voorbij dat alles de oceaan. Hij had verwacht dat zijn vader terug zou keren, maar ze waren steeds verder gegaan en stapten nu op het zand. Ze liepen langs het water links van hen, in de richting van de vuurtoren, langs verroeste scheepsrompen, ruggengraten van vissen zo dik als buizen, met gele schedels eraan, een dode meeuw, de witte borstveren met vers bloed besmeurd. Ze raapten dofzwarte steentjes op met witte strepen en stopten die in hun zakken tot ze aan weerszijden zwaar afhingen. Hij ziet nog zijn vaders voetafdrukken in het zand; doordat hij enigszins met zijn rechterbeen trok, was zijn rechterschoen altijd naar buiten gericht, de linker recht naar voren. Door de late middagzon in hun rug waren hun schaduwen die dag onnatuurlijk smal en lang; ze helden naar elkaar toe. Ze stonden stil bij een gebarsten, blauw en wit geschilderde houten boei in de vorm van een parasol. De oppervlakte van de boei was omgeven met dunne bruine strengen zeewier en bezet met eendenmossels. Zijn vader tilde het ding op om het beter te bekijken en wees hem op een levende mossel aan de onderkant. Ten slotte bereikten ze uitgeput de vuurtoren, aan drie kanten omringd door water, dat lichtgroen was in de haven en verderop hemelsblauw. Warm van de inspanning ritsten ze hun jassen open. Zijn vader ging even verderop een plas doen. Hij hoorde zijn vader schreeuwen – ze hadden de camera bij zijn moeder gelaten. 'Helemaal hier, en geen foto,' had hij hoofdschuddend gezegd. Hij stak zijn hand in zijn zak en begon de gestreepte steentjes in het water te gooien. 'Dan zullen we het maar moeten onthouden.' Ze keken om zich heen, naar het blinkende grijs-met-witte dorp aan de overkant van de haven. Daarna aanvaardden ze de terugtocht, een tijdlang proberend geen tweede voetspoor te maken, door hun schoenen te zetten in de afdrukken van de heenreis.

'Zul je je deze dag blijven herinneren, Gogol?' had zijn vader gevraagd, zich omdraaiend om hem aan te kijken, zijn handen als oorwarmers tegen zijn hoofd gedrukt.

'Hoe lang moet ik het onthouden?'

Boven het loeien van de wind uit hoorde hij zijn vaders lach. Hij stond te wachten tot Gogol hem had ingehaald en stak bij diens nadering zijn hand uit.

'Je moet proberen het altijd te onthouden,' had hij gezegd toen Gogol bij hem was. Daarna leidde hij hem voorzichtig over de strekdam terug naar de plek waar zijn moeder en Sonia op hen wachtten. 'Onthou dat jij en ik deze tocht hebben gemaakt, dat wij samen op een plek zijn geweest waar we nergens meer heen konden.'

8

ER IS EEN JAAR verstreken sinds zijn vaders dood. Hij woont nog steeds in New York, huurt nog steeds het appartement aan Amsterdam Avenue, werkt nog voor hetzelfde architectenbureau. De enige belangrijke verandering in zijn leven, afgezien van de blijvende afwezigheid van zijn vader, is dat Maxine er ook niet meer is. Aanvankelijk had ze geduld met hem gehad, en een tijdlang had hij zich weer in haar leven terug laten vallen, was hij na zijn werk naar het huis van haar ouders gegaan, naar hun wereld waarin niets was veranderd. In het begin had ze zijn zwijgen aan tafel verdragen, zijn onverschilligheid in bed, zijn behoefte om elke avond met zijn moeder en Sonia te praten en hen in de weekenden, zonder haar, te bezoeken. Maar ze had niet begrepen waarom ze buitengesloten werd van het plan van de familie om die zomer naar Calcutta te gaan om hun verwanten te zien en Ashokes as in de Ganges te strooien. Het duurde niet lang of ze kregen woorden over deze en andere kwesties en Maxine ging op een dag zover te bekennen dat ze jaloers was op zijn moeder en zusje, een beschuldiging die Gogol zo absurd voorkwam dat elke lust tot verder twisten hem verging. En zo gebeurde het dat hij, een paar maanden na zijn vaders dood, voorgoed uit Maxines leven stapte. Onlangs, toen hij in een galerie Gerald en Lydia tegen het lijf liep, heeft hij vernomen dat hun dochter zich met een andere man heeft verloofd.

In het weekend neemt hij de trein naar Massachusetts, naar het huis waarin zijn vaders foto, de foto die tijdens de rouwceremonie is gebruikt, ingelijst op de overloop hangt. Op de verjaardag van zijn vaders dood, en op zijn vaders verjaardag, die ze nooit vierden toen zijn vader in leven was, staan ze samen voor de foto, draperen een slinger van rozenblaadjes om de lijst en zalven zijn vaders voorhoofd met sandelhoutpasta, door het glas. Het is de foto, meer dan wat ook, die Gogol telkens weer naar het huis trekt, en als hij op een dag onderweg naar zijn bed uit de badkamer komt en zijn vaders glimlachende gezicht ziet, beseft hij dat dit, bij gebrek aan iets beters, het graf van zijn vader is.

Thuis is er veel veranderd; vaak is het Sonia die kookt. Sonia woont nog steeds thuis bij zijn moeder, weer in de kamer die ze als meisje al had. Vier dagen in de week gaat ze om halfzes 's ochtends van huis en neemt de bus naar de trein die haar naar het centrum van Boston brengt. Ze doet parajuridisch werk en wil dicht bij huis rechten gaan studeren. Zij is het die haar moeder in het weekend naar feestjes rijdt en op zaterdagochtend naar de Haymarket. Haar moeder is magerder geworden en grijs. De witte kolom van haar scheiding, haar lege polsen, doen Gogol pijn als hij haar voor het eerst weer ziet. Van Sonia hoort hij hoe hun moeder haar avonden doorbrengt, alleen in bed, niet in staat om te slapen, televisiekijkend zonder geluid. Tijdens een weekend stelt hij voor naar een van de stranden te gaan waar zijn vader graag wandelde. Aanvankelijk stemt zijn moeder toe, verheugt ze zich er zelfs op, maar zodra ze op de winderige parkeerplaats uitstappen, kruipt ze weer in de auto en zegt dat ze daar wel zal wachten.

Hij bereidt zich voor op het registratie-examen, de tweedaagse beproeving die hij moet ondergaan om een bevoegd architect te worden, zodat hij tekeningen en ontwerpen kan waarmerken met zijn eigen naam. Hij studeert in zijn appartement en zo nu en dan in een bibliotheek van de Columbia University om zijn kennis bij te spijkeren op het gebied van de meer prozaïsche aspecten van zijn vak: elektriciteit, materialen en dwarskrachten. Hij schrijft zich in voor een repetitiewerkgroep om zich op het examen voor te bereiden. De werkgroep is twee keer per week, na werktijd. Hij geniet ervan weer passief in een lokaal te zitten en te luisteren naar een docent die zegt wat hij doen moet. Het herinnert hem aan de tijd dat hij student was, toen zijn vader nog leefde. Het is een klein groepje en het duurt niet lang of een aantal studenten gaat na afloop samen iets drinken. Hoewel ze hem steeds vragen mee te gaan, zegt hij altijd nee. Maar als ze op een dag allemaal het lokaal verlaten, komt een van de vrouwen naar hem toe en zegt: 'Oké, wat is je excuus?' en omdat hij geen excuus heeft gaat hij die avond mee. De vrouw heet Bridget en in het café gaat ze naast hem zitten. Ze is mooi op een pure manier, met uiterst kort geknipt bruin haar, het soort kapsel dat de meeste vrouwen afschuwelijk zou staan. Ze praat langzaam, weloverwogen, zonder haast. Ze is in het zuiden geboren, in New Orleans. Ze vertelt hem dat ze bij een klein bureau werkt, een manvrouwbedrijfje dat kantoor houdt in een groot negentiendeeeuws herenhuis in Brooklyn Heights. Ze praten een poosje over de projecten waar ze mee bezig zijn, over de architecten die ze beiden bewonderen: Gropius, Mies van der Rohe, Saarinen. Ze is van zijn leeftijd, getrouwd. Ze ziet haar man in het weekend, hij is docent aan een universiteit in Boston. Het doet hem denken aan zijn ouders, die de laatste maanden van zijn vaders leven ook apart woonden. 'Dat valt zeker niet mee,' zegt hij. 'Soms wel,' antwoordt ze. 'Maar het was of dat, of een tijdelijke baan in New York.' Ze vertelt hem over het huis dat haar man huurt in Brookline, een kast van een Victoriaans huis dat minder dan de helft kost van wat ze voor hun tweekamerflatje in Murray Hill betalen. Ze vertelt dat haar man erop stond dat haar naam op de brievenbus en haar stem op het antwoordapparaat kwam. Hij wilde ook met alle geweld een paar kledingstukken van haar in de kast hangen en een lippenstift in het medicijnkastje. Ze vertrouwt Gogol toe dat haar man van dit soort illusies geniet, terwijl zij er alleen maar door herinnerd wordt aan iets dat ontbreekt.

Die avond nemen ze samen een taxi terug naar zijn appartement. Bridget vraagt of ze even naar het toilet mag en als ze weer tevoorschijn komt draagt ze geen trouwring meer. Als ze samen zijn, is hij onverzadigbaar, het is lang geleden dat hij een vrouw heeft gehad. Toch komt het niet bij hem op om haar nog een keer uit te nodigen. De dag dat hij er met zijn AIA *Guide to New York City* op uit trekt om Roosevelt Island te bekijken denkt hij er niet aan haar mee te vragen. Twee keer per week maar, op de avonden dat het repetitieklasje bijeenkomt, verlangt hij naar haar gezelschap.

Ze hebben elkaars telefoonnummer niet. Hij weet niet precies waar ze woont. Ze gaat altijd met hem mee naar zijn appartement. Ze blijft nooit slapen. De beperkingen bevallen hem goed. Hij heeft nog nooit een relatie met een vrouw gehad waarbij hij zo weinig betrokken was, waarin er zo weinig van hem werd verwacht. Hij kent de naam van haar echtgenoot niet en wil die ook niet kennen. Dan, als hij in een weekend in de trein naar Massachusetts zit om zijn moeder en Sonia te bezoeken, flitst er een trein naar het zuiden langs en vraagt hij zich af of daarin misschien niet de echtgenoot zit die onderweg is naar Bridget. Opeens ziet hij in gedachten het huis waar Bridgets man in zijn eentje woont en naar haar verlangt, met de naam van zijn ontrouwe vrouw op de brievenbus en haar lippenstift naast zijn scheergerei. Pas dan voelt hij zich schuldig.

Van tijd tot tijd vraagt zijn moeder hem of hij nog geen nieuwe vriendin heeft. In het verleden roerde ze dit onderwerp aan met de nodige schroom, maar nu is ze hoopvol, een beetje bezorgd. Ze vraagt zelfs een keer of het mogelijk is om het weer bij te leggen met Maxine. Als hij haar eraan herinnert dat zij een hekel had aan Maxine, zegt zijn moeder dat het daar niet om gaat; waar het om gaat is dat hij verder moet met zijn leven. Hij doet zijn best om tijdens deze gesprekken zijn kalmte te bewaren, haar niet te beschuldigen van bemoeizucht, zoals hij vroeger zou hebben gedaan. Als hij haar erop wijst dat hij nog geen dertig is, vertelt ze hem dat zij op die leeftijd al haar tienjarig huwelijksfeest vierde. Hij merkt, zonder dat dit hem hoeft te worden verteld, dat zijn moeder het tijd vindt dat hij een gezin gaat stichten. Het feit dat hij nog vrijgezel is, baart hem geen zorgen, maar hij is zich terdege bewust van de mate waarin het zijn moeder dwarszit. Ze meldt hem nadrukkelijk de verlovingen en huwelijken van de Bengaalse kinderen met wie hij is opgegroeid in Massachusetts, en van zijn neven in India. Ze meldt de geboorte van kleinkinderen.

Als hij haar op een dag aan de telefoon heeft, vraagt ze hem of hij misschien iemand zou willen opbellen. Hij heeft haar als kind gekend, verduidelijkt zijn moeder. Haar naam is Moushumi Mazoomdar. Hij herinnert zich haar vaag. Ze was het dochtertje van vrienden van zijn ouders die een tijdje in Massachusetts hadden gewoond en toen naar New Jersey waren verhuisd, in de tijd dat hij naar highschool ging. Ze sprak met een Brits accent. Had op feestjes altijd een boek in haar hand. Dat is alles wat hij zich van haar herinnert – dingen die hem niet aanspreken, maar ook niet tegenstaan. Zijn moeder vertelt hem dat ze een jaar jonger is dan hij, dat ze een veel jongere broer heeft, dat haar vader een bekend chemicus is met een patent op zijn naam. Dat hij haar moeder Rina mashi noemde en haar vader Shubir mesho. Haar ouders waren voor zijn vaders rouwceremonie met de auto uit New Jersey gekomen, zegt zijn moeder, maar Gogol kan zich niet herinneren hen toen te hebben gezien. Moushumi woont tegenwoordig in New York City, is een doctoraalstudente aan New York University. Ze zou een jaar geleden getrouwd zijn als haar aanstaande, een Amerikaan, de verloving niet had verbroken, en wel lang nadat het hotel was gereserveerd, de uitnodigingen waren verzonden en de huwelijkslijst was gedeponeerd. Haar ouders maken zich een beetje zorgen om haar. Ze heeft behoefte aan een vriend, zegt zijn moeder. Zou hij haar niet eens willen bellen?

Als zijn moeder vraagt of hij een pen bij de hand heeft om het nummer te noteren, zegt hij ja terwijl het niet zo is en luistert hij niet als ze hem het nummer dicteert. Hij is niet van plan Moushumi te bellen, hij zit vlak voor zijn examen en bovendien, hoe graag hij zijn moeder ook een plezier wil doen, hij weigert zich door haar aan iemand te laten koppelen. Er zijn ten slotte grenzen. Als hij weer een weekend naar huis komt, begint zijn moeder er opnieuw over. Omdat hij ditmaal met haar in één kamer is, schrijft hij het nummer wel op, overigens zonder de bedoeling haar op te bellen. Maar zijn moeder houdt vol. Ze herinnert hem eraan dat haar ouders naar zijn vaders rouwceremonie zijn gekomen, dus dat dit wel het minste is wat hij kan doen. Een kopje thee, een praatje – had hij daar nu echt geen tijd voor?

Ze ontmoeten elkaar in een café in de East Village, een plek die Moushumi heeft voorgesteld toen ze elkaar door de telefoon hebben gesproken. Het is een kleine, donkere, stille ruimte, een vierkant vertrek met niet meer dan drie zitnissen aan één kant. Ze is er, ze zit aan de bar een paperback te lezen als hij binnenkomt, en als ze opkijkt uit haar boek krijgt hij, hoewel zij op hem zit te wachten, het gevoel dat hij haar stoort. Ze heeft een smal gezicht met aangenaam feliene trekken, scherp getekende, rechte wenkbrauwen. Ze heeft zware oogleden, de bovenste zwaar aangezet, op de manier van filmsterren in de jaren zestig. Ze draagt het haar in het midden gescheiden en van achteren in een chignon. Ook draagt ze een bril, met een stijlvol, smal schildpadmontuur. Een grijze wollen rok en een dun blauw truitje volgen suggestief de contouren van haar figuur. Ondoorzichtige zwarte kousen bedekken haar kuiten. Een verzameling witte plastic tassen ligt aan de voet van haar barkruk. Aan de telefoon heeft hij het niet nodig gevonden te vragen hoe ze eruitziet, omdat hij dacht haar wel te zullen herkennen, maar nu weet hij het niet zo zeker meer.

'Moushumi?' zegt hij, op haar toe lopend.

'Hé, hallo,' zegt ze. Ze doet het boek dicht en zoent hem vluchtig op beide wangen. Het boek heeft een effen, ivoorkleurig kaft en een Franse titel. Haar Britse accent, een van de weinige dingen die hij zich duidelijk van haar herinnert, is verdwenen, ze praat net zo Amerikaans als hijzelf, met de lage, gruizige stem die hem door de telefoon had verrast. Ze heeft voor zichzelf een martini met olijven besteld. Ernaast ligt een blauw pakje Dunhill.

'Nikhil,' zegt ze, als hij op de kruk naast haar gaat zitten en om een single malt vraagt.

'Inderdaad.'

'Niet Gogol.'

'Inderdaad.' Het had hem geïrriteerd toen hij haar opbelde, dat ze hem niet als Nikhil had herkend. Dit is de eerste keer dat hij een afspraak heeft met een vrouw die hem ooit bij een andere naam heeft gekend. Door de telefoon had ze behoedzaam, licht achterdochtig geklonken, net als hijzelf. Het gesprek was kort en tenenkrommend geweest. 'Neem me niet kwalijk dat ik je bel,' zo was hij begonnen, na haar te hebben uitgelegd dat hij van naam was veranderd. 'Even in mijn agenda kijken,' had ze geantwoord toen hij gevraagd had of ze zondagavond tijd had om iets met hem te gaan drinken, en toen had hij haar over een kale houten vloer horen lopen.

Ze bestudeert hem een ogenblik, terwijl ze speels haar lippen krult. 'Als ik me goed herinner, moest ik jou van mijn ouders, omdat je een jaar ouder was dan ik, Gogol dada noemen.'

Hij merkt dat de barkeeper een snelle, zakelijk taxerende blik op hen werpt. Hij ruikt Moushumi's parfum, een lichtelijk overweldigende geur die hem doet denken aan vochtig mos en pruimedanten. De stilte en de intimiteit van de ruimte brengen hem van zijn stuk. 'Laten we het daar niet over hebben.'

Ze lacht. 'Daar drink ik op,' zegt ze, haar glas heffend.

'Ik heb het nooit gedaan, uiteraard,' voegt ze eraan toe.

'Wat nooit gedaan?'

'Jou Gogol dada noemen. Ik kan me eigenlijk niet herinneren dat we ooit met elkaar hebben gesproken.'

Hij neem een slokje uit zijn glas. 'Ik evenmin.'

'Ik heb zoiets dus nog nooit eerder gedaan,' zegt ze na een korte stilte. Ze zegt het op zakelijke toon, maar toch wendt ze haar blik af.

Hij weet wat ze bedoelt. Desondanks vraagt hij: 'Wat nooit eerder gedaan?'

'Naar een blind date gaan die door mijn ma is geregeld.'

'Nou ja, een blind date is het eigenlijk niet,' zegt hij.

'O, nee?'

'We kennen elkaar toch al een beetje?'

Ze haalt haar schouders op en glimlacht heel even, alsof ze nog overtuigd moet worden. Haar tanden verdringen elkaar enigszins, ze staan niet helemaal recht. 'Een beetje. Een beetje, ja.'

Ze kijken samen toe als de barkeeper een cd in de speler stopt die aan de muur bevestigd is. Een jazznummer.

'Het spijt me van je vader,' zegt ze.

Hoewel haar toon van oprecht medeleven getuigt, vraagt hij zich af of ze zich zijn vader eigenlijk nog wel herinnert. Hij zou het haar willen vragen, maar in plaats daarvan knikt hij alleen maar. 'Dank je,' zegt hij. Meer kan hij nooit bedenken.

'Hoe gaat het nu met je moeder?'

'Wel goed, dacht ik.'

'Kan ze het aan, zo alleen?'

'Sonia woont nu bij haar in.'

'O. Dat is goed. Dat moet wel een geruststelling voor je zijn.' Ze pakt het doosje Dunhills, maakt het open en vouwt het goudfolie terug. Na hem er een aangeboden te hebben, pakt ze een mapje lucifers uit een asbak op de bar en geeft zichzelf vuur. 'Wonen jullie nog in hetzelfde huis waar ik vroeger weleens op bezoek ben geweest?' vraagt ze.

'Ja.'

'Dat herinner ik me nog wel.'

'O, ja?'

'Ik herinner me dat de oprit aan de rechterkant van het huis was, als je ervoor stond. En er liep een tegelpad het gazon in.'

Dat ze zich deze bijzonderheden zo precies kan herinneren vindt hij zowel verbazingwekkend als vertederend. 'Nee maar. Wat goed van jou.'

'Ik weet ook nog dat ik heel veel televisie gekeken heb in een kamer met erg dikke goudbruine vloerbedekking.'

Hij kreunt. 'Die ligt er nog steeds.'

Ze excuseert zich dat ze niet bij de rouwceremonie is geweest.

Ze zat toen in Parijs. Daar woonde ze na haar studie aan Brown, legt ze uit. Nu werkt ze voor een doctorstitel in Franse literatuur aan New York University. Ze woont al bijna twee jaar in New York. De afgelopen zomer heeft ze als uitzendkracht gewerkt op het kantoor van een duur hotel in de binnenstad. Daar moest ze de vragenlijsten die door de gasten waren ingevuld, lezen en archiveren, er kopieën van maken en zorgen dat die bij de juiste mensen terechtkwamen. Aan deze simpele bezigheid had ze een dagtaak gehad. Ze had versteld gestaan van de energie die mensen aan die vragenlijsten besteedden. Ze klaagden dat de kussens te hard of te zacht waren, of dat er om de wastafels niet genoeg ruimte was om hun toiletspullen neer te zetten, of dat er aan het rokje om het bed een draadje los zat. De meeste mensen betaalden niet eens zelf voor hun kamer. Het waren conferentiegasten die alles declareerden. Iemand had ooit geklaagd dat er onder het glas van een ingelijste architectuurprent boven de balie een stofje zichtbaar was.

Het voorval amuseert hem. 'Dat had ik kunnen zijn,' mijmert hij.

Ze lacht.

'Waarom ben je niet in Parijs gebleven?' vraagt hij. 'Franse literatuur kun je toch beter in Frankrijk studeren, zou ik zo zeggen.'

'Ik ben uit liefde teruggekomen,' zegt ze. Haar openhartigheid verrast hem. 'Je weet vast wel van mijn prenuptiale echec.'

'Niet echt,' liegt hij.

'Nou, dat hoor je toch te weten,' zegt ze hoofdschuddend. 'Elke Bengaal aan de oostkust weet ervan.' Ze praat er luchtig over, maar hij hoort toch iets van bitterheid in haar stem. 'Trouwens, ik weet vrijwel zeker dat jij en je familie voor de bruiloft waren uitgenodigd.'

'Wanneer hebben wij elkaar eigenlijk voor het laatst gezien?' zegt hij, in een poging van onderwerp te veranderen.

'Als ik het mis heb moet je het zeggen, maar volgens mij was dat op jouw eindexamenfeestje.'

In gedachten ziet hij weer een helverlichte ruimte in het souterrain van een kerk die zijn ouders en hun vrienden soms afhuurden voor bijzonder grote feesten. Normaal werd er zondagsschool in gehouden. In de gangen hingen vilten wandkleden met spreuken over Jezus. Hij herinnert zich de lange opklaptafels die hij samen met zijn vader had opgezet, de schoolborden aan de muur waarop Sonia, staande op een stoel, 'Proficiat' schreef.

'Was jij daarbij?'

Ze knikt. 'Het was vlak voor we naar New Jersey verhuisden. Jij zat daar met je Amerikaanse highschoolvrienden. Er waren ook een paar leraren van je bij. Jij vond het allemaal een beetje gênant, geloof ik.'

Hij schudt zijn hoofd. 'Ik herinner me jou niet, daar. Heb ik nog iets tegen je gezegd?'

'Je negeerde me straal. Maar dat geeft niks.' Ze glimlacht. 'Ik weet zeker dat ik een boek bij me had.'

Ze drinken een tweede glas. Het café begint vol te lopen. Groepjes bezetten de nissen, aan weerszijden ervan komen mensen zitten. Er komt een groot gezelschap binnen en nu staan er klanten achter hen om drankjes te bestellen. Toen hij binnenkwam, had hij het te leeg gevonden, te stil, en had hij zich wat opgelaten gevoeld, maar nu hindert de drukte hem nog meer.

'Het wordt hier een beetje een gekkenhuis,' zegt hij.

'Zo druk is het hier op zondag meestal niet. Kunnen we maar niet beter weggaan?'

Hij weifelt. 'Misschien wel, ja.'

Ze vragen de rekening en stappen samen de koele oktoberavond in. Hij kijkt op zijn horloge en ziet dat er nog geen uur verstreken is.

'Welke kant moet je op?' vraagt ze op een manier waaruit hij opmaakt dat ze ervan uitgaat dat het afspraakje ten einde is.

Hij was niet van plan geweest om met haar te gaan eten. Hij had na de ontmoeting in het café terug willen gaan naar zijn appartement om te studeren, en wat van de Chinees te laten komen. Maar nu hoort hij zichzelf zeggen dat hij iets wilde gaan eten, en of ze misschien zin heeft om mee te gaan?

'Graag,' zegt ze.

Ze kunnen geen van beiden meteen iets bedenken, dus besluiten ze om zomaar wat te gaan lopen. Hij biedt aan haar boodschappentassen te dragen, en hoewel die helemaal niets wegen laat ze hem begaan. Ze vertelt hem dat ze vlak voor hun ontmoeting naar een showmodellenverkoop in SoHo is geweest. Ze staan stil voor een klein restaurantje dat eruitziet of het pas is geopend. Ze bekijken het handgeschreven menu dat met tape op het raam is geplakt, naast een recensie uit de *Times* van nog maar een paar dagen terug. Zijn blik dwaalt af naar haar spiegelbeeld in het glas, een strengere versie van haarzelf, opwindender, om de een of andere reden.

'Maar doen?' vraagt hij, al op weg naar de deur. Binnen zijn de muren rood geschilderd. Ze worden omringd door oude wijnaffiches, straatnaamborden en foto's van Parijs die boven de schilderijlijsten zijn aangebracht.

'Jij zult dit wel een mal tentje vinden,' zegt hij begrijpend, als hij haar naar de muren ziet kijken.

Ze schudt het hoofd. 'Het is best authentiek, eigenlijk.'

Ze bestelt een glas champagne en bestudeert zorgvuldig de wijnkaart. Hij vraagt weer om een single malt, maar hoort dat er alleen bier en wijn te krijgen zijn.

'Zullen we een fles nemen?' vraagt ze, terwijl ze hem de kaart aanreikt.

'Kies jij maar.'

Ze bestelt een salade en de bouillabaisse en een fles Sancerre. Hij neemt de cassoulet. Ze praat geen Frans tegen de ober, een Fransman, maar aan haar uitspraak van de gerechten op het menu is te horen dat ze de taal vloeiend spreekt. Hij is onder de indruk. Afgezien van Bengaals heeft hij nooit moeite gedaan een andere taal te leren. De maaltijd vliegt voorbij. Hij praat over zijn werk, de projecten waar hij mee bezig is, zijn aanstaande examen. Ze becommentariëren elkaars gerechten en wisselen op hun broodbordje hapjes uit. Ze bestellen espresso en delen een crème brûlée, waarbij ze met hun theelepeltjes de harde amberkleurige korst van twee kanten te lijf gaan.

Als de rekening komt, biedt ze aan voor zichzelf te betalen, net zoals in het café, maar ditmaal staat hij erop haar te trakteren. Hij loopt met haar mee naar haar appartement, in een verwaarloosd maar aardig uitziend woonblok in de buurt van het café waar ze elkaar hebben ontmoet. Het gebouw waar ze woont heeft een bouwvallige stoep, een terracottakleurige gevel met een opzichtig groene kroonlijst. Ze bedankt hem voor het etentje en zegt dat ze het erg fijn heeft gevonden. Weer kust ze hem op beide wangen, waarna ze in haar tasje haar sleutels begint te zoeken.

'Vergeet deze hier niet.' Hij geeft haar de boodschappentassen en kijkt toe als ze die aan haar pols hangt. Nu hij ze niet langer draagt, voelt hij zich wat ongemakkelijk, weet hij niet wat hij met zijn handen moet doen. Door de alcohol die hij gedronken heeft, lijkt zijn keel uitgedroogd. 'Wat vind jij, zullen we onze ouders blij maken en elkaar nog een keertje zien?'

Ze kijkt hem aan, bestudeert aandachtig zijn gezicht. 'Misschien.' Haar blik dwaalt af naar een passerende auto, die met zijn koplampen even hun lichamen beschijnt, maar keert dan terug naar zijn gezicht. Ze glimlacht en knikt. 'Bel me maar.'

Hij kijkt haar na als ze snel de stoep beklimt met haar boodschappentassen, zonder met haar hakken de treden te raken, riskant om te zien. Ze draait zich even om, zwaait en verdwijnt door de glazen tochtdeur zonder nog te kijken of hij terugzwaait. Nog een minuut blijft hij daar staan, terwijl de deur weer opengaat en er een bewoner verschijnt die iets deponeert in een van de vuilnisbakken onder de stoep. Gogol kijkt langs het gebouw omhoog, zich afvragend welk appartement het hare is, wachtend om te zien of er achter een van de ramen licht aangaat.

Hij had niet verwacht dat hij het leuk zou vinden, dat hij haar ook maar in de verste verte aantrekkelijk zou vinden. Hij bedenkt dat er geen naam bestaat voor wat ze eens van elkaar waren. Hun ouders waren vrienden, zij niet. Ze is een kennis van de familie, maar zelf geen familie. Hun contact was tot vanavond kunstmatig, opgelegd, zoiets als zijn relatie met zijn neven en nichten in India, maar zelfs zonder de rechtvaardiging van bloedverwantschap. Voordat hij haar vanavond ontmoette, had hij haar nooit buiten de context van haar familie gezien, of zij hem buiten de zijne. Hij besluit dat het juist haar bekendheid is die hem nieuwsgierig naar haar maakt, en onderweg naar de subway vraagt hij zich af wanneer hij haar weer zal zien. Ter hoogte van Broadway bedenkt hij zich en wenkt hij een taxi. Het besluit voelt gemakzuchtig aan, want het is niet bijzonder laat of koud of nat en hij heeft ook bepaald geen haast om thuis te komen. Maar hij heeft er opeens behoefte aan om alleen te zijn, totaal passief, en de avond in alle eenzaamheid opnieuw te beleven. De taxichauffeur is een Bangladeshi, de naam op de registratiekaart die op het plexiglas achter de bestuurdersstoel zit geplakt, luidt Mustafa Sayeed. Hij praat in het Bengaals in zijn mobiele telefoon, klagend over het verkeer op de FDR Drive, over lastige passagiers terwijl ze noordwaarts rijden, langs de met luiken gesloten winkels en restaurants aan Eighth Avenue. Als zijn ouders in de taxi hadden gezeten, zouden ze een praatje met de chauffeur hebben aangeknoopt, hem gevraagd hebben uit welk deel van Bangladesh hij afkomstig was, hoe lang hij hier al was, of zijn vrouw en kinderen hier woonden of ginds. Gogol zit zwijgend achterin, als een willekeurige passagier, verdiept in zijn eigen gedachten, denkend aan Moushumi. Maar bij het naderen van zijn appartement buigt hij zich naar het plexiglas en zegt tegen de chauffeur, in het Bengaals: 'Daar is het, aan de rechterkant.'

De chauffeur draait zich verrast om en lacht. 'Ik had geen idee,' zegt hij.

'Geeft niet,' zegt Gogol en hij pakt zijn portemonnee. Hij geeft de chauffeur een buitensporige fooi en stapt uit.

In de dagen die volgen begint hij zich dingen van Moushumi te herinneren, beelden die onaangekondigd bij hem opkomen als hij op zijn werk aan zijn bureau zit of tijdens een vergadering of voor hij 's nachts in slaap valt of als hij 's ochtends onder de douche staat. Het zijn scènes die hij met zich mee heeft gedragen, ver weggestopt maar intact, scènes waarover hij nooit heeft nagedacht en aan het terughalen waarvan hij tot nu toe geen behoefte heeft gehad. Hij is dankbaar dat zijn geest deze beelden van haar heeft bewaard, ingenomen met zichzelf, alsof hij zojuist een aangeboren talent heeft ontdekt voor een sport of een spel waaraan hij nooit heeft gedaan. Hij herinnert zich haar voornamelijk van de pujo's waar hij twee keer per jaar met zijn ouders naartoe ging, waarbij ze een sari droeg die zorgvuldig boven op haar schouder was vastgespeld. Van Sonia werd hetzelfde verwacht, maar die deed altijd na een uur of twee haar sari weer uit en haar spijkerbroek aan, waarna ze de sari in een plastic zak stopte en aan Gogol of haar vader vroeg hem voor haar in de auto te leggen. Hij kan zich niet herinneren Moushumi ooit met de andere tieners naar de McDonald's te hebben zien gaan die zich tegenover het gebouw in Watertown bevond waar de pujo's meestal gehouden werden, of later in iemands auto op de parkeerplaats zien zitten luisteren naar de radio onder het genot van een blikje bier. Hoe hij ook zijn best doet, hij slaagt er niet in zich haar aanwezigheid in Pemberton Road voor de geest te halen; toch doet het hem heimelijk plezier dat ze die kamers heeft gezien, zijn moeders gerechten heeft geproefd, in de badkamer haar handen heeft gewassen, hoe lang ook geleden.

Hij weet nog dat hij eens bij haar ouders thuis een kerstfeest heeft meegemaakt. Sonia en hij hadden geen zin om te gaan, Kerstmis vierde je alleen met familie. Maar zijn ouders hadden geantwoord dat in Amerika je Bengaalse vrienden de rol van familie vervulden en dus waren ze naar Bedford gegaan, waar de Mazoomdars woonden. Haar moeder, Rina mashi, had gekoelde *quatre-quarts* geserveerd en opgewarmde diepvries-donuts die inzakten zodra je ze aanraakte. Haar broertje, Samrat, nu laatste jaar highschool, was toen een jochie van vier, helemaal gek van Spider-Man. Rina Mashi had erg haar best gedaan om een anonieme uitwisseling van cadeautjes te organiseren. Elk gezin werd gevraagd evenveel cadeautjes mee te brengen als het leden telde, zodat iedereen iets uit te pakken had. Aan Gogol was gevraagd om nummers op papiertjes te schrijven, één stel om op de cadeautjes te plakken en een tweede stel om, opgevouwen in een zakje met trekkoord, aan de gasten uit te delen. Allen dromden door twee deuren één kamer in waar de uitreiking plaatsvond. Hij herinnert zich dat hij in hun woonkamer zat en samen met alle andere gasten naar Moushumi luisterde die iets op de piano speelde. Aan de muur boven haar hing een ingelijste reproductie van *Jong meisje met een groene gieter* van Renoir. Na veel wikken en wegen, net toen de gasten onrustig begonnen te worden, had ze een kort stukje van Mozart gespeeld, vereenvoudigd voor kinderen, maar de gasten wilden 'Jingle Bells' horen. Ze schudde van nee, maar haar moeder zei: 'Ach, Moushumi is gewoon een beetje verlegen. Ze kan heel goed "Jingle Bells" spelen.' Even had ze haar moeder woest aangekeken, maar toen had ze het liedje gespeeld, keer op keer, terwijl de nummers werden afgeroepen en de mensen hun cadeautjes ophaalden, met haar rug naar de kamer gekeerd.

Een week later gaan ze tussen de middag samen eten. Het is midden in de week en ze heeft voorgesteld hem ergens in de buurt van zijn kantoor te ontmoeten, dus heeft hij haar gevraagd naar het gebouw te komen waar hij werkt. Als de receptioniste hem meldt dat ze in de hal op hem staat te wachten, bonst zijn hart van verwachting, de hele ochtend heeft hij zich niet kunnen concentreren op de geveltekening waar hij mee bezig is. Hij geeft haar een korte rondleiding, wijst foto's aan van projecten waaraan hij gewerkt heeft, stelt haar voor aan een van de hoofdontwerpers en laat haar de kamer zien waar de partners vergaderen. Zijn collega's op de tekenkamer kijken op van hun werk als hij langs komt lopen. Het is begin november, een dag waarop de temperatuur plotseling fors is gedaald en de eerste echte kou van het jaar zich laat voelen. Buiten haasten onvoorbereide voetgangers zich onaangenaam verrast voorbij, de armen over de borst gevouwen. Dode bladeren, gehavend en verbleekt, wervelen over het trottoir. Gogol heeft geen hoofddeksel of handschoenen bij zich, en onder het lopen steekt hij zijn handen in de zakken van zijn jasje. Moushumi, daarentegen, lijkt benijdenswaardig goed beschermd en heeft nergens last van. Ze draagt een marineblauwe wollen jas, een zwarte wollen sjaal en lange zwartleren laarzen met ritsen opzij.

Hij neemt haar mee naar een Italiaans restaurant waar hij weleens heen gaat met mensen van zijn werk om een verjaardag te vieren of een bevordering of een geslaagd project. De ingang bevindt zich een paar traptreden onder straatniveau en voor de ramen staan schermen van kant. De ober herkent hem en glimlacht. Ze worden naar een tafeltje achterin gebracht, in plaats van naar de lange tafel in het midden waar hij normaal zit. Onder haar jas ziet hij een mantelpakje van grijze bobbeltjesstof, met grote knopen aan het jasje en een klokvormige rok tot net boven haar knieën.

'Ik heb vandaag lesgegeven,' legt ze uit, zich bewust van zijn blik. Als ze lesgeeft, zegt ze, draagt ze bij voorkeur een mantelpak, gegeven het feit dat haar studenten maar een jaar of tien jonger zijn dan zij. Overigens speelt autoriteit voor haar geen rol. Hij benijdt opeens haar studenten, die haar gegarandeerd drie keer in de week kunnen zien, en stelt zich voor hoe ze om een tafel zitten en haar onafgebroken aangapen terwijl ze op het bord schrijft.

'De pasta's zijn hier meestal erg goed,' zegt hij als de ober de menu's brengt.

'Drink een glaasje wijn met me mee,' zegt ze. 'Ik hoef vandaag niet meer te werken.'

'Jij boft maar. Ik heb straks nog een zware vergadering.'

Ze kijkt hem aan en vouwt haar menu dicht. 'Des te meer reden voor een glaasje,' zegt ze opgewekt.

'Da's waar,' geeft hij toe.

'Twee glazen merlot, graag,' zegt hij als de ober terugkomt. Zij bestelt hetzelfde als hij: *porcini ravioli* en een salade van aragula met peertjes. Hij is bang dat zijn keuze haar zal tegenvallen, maar als het eten arriveert bekijkt ze het goedkeurend en ze eet gretig en snel haar bord leeg, waarna ze met een stukje brood het restant van de saus van haar bord poetst. Onder het eten en drinken geniet hij van de lichtval op haar gezicht, de fijne, lichte haartjes die glanzen langs de omtrek van haar wang. Ze praat over haar studenten, over het onderwerp van het proefschrift dat ze wil schrijven: twintigste-eeuwse Franstalige dichters uit Algerije. Hij vertelt haar van zijn herinnering aan het kerstfeest, toen ze 'Jingle Bells' moest spelen.

'Weet je dat nog?' vraagt hij, in de hoop dat ze ja zal zeggen.

'Nee. Ik moest van mijn moeder altijd dat soort dingen doen.'

'Speel je nog piano?'

Ze schudt het hoofd. 'Ik heb het eigenlijk nooit willen leren. Het was een idee van mijn moeder. Ze had er zoveel. Ik denk dat mijn moeder nu zelf les neemt.'

De rust is weergekeerd in het restaurant. Het lunchpubliek is gekomen en gegaan. Hij kijkt rond waar de ober is, wenkt om de rekening, betreurend dat hun borden leeg zijn, dat het uurtje voorbij is.

'Zij is uw zuster, *signore*?' vraagt de ober als hij de rekening tussen hen in legt, eerst naar Moushumi kijkend en dan naar Gogol.

'Nee, nee,' zegt Gogol, hoofdschuddend en lachend, tegelijk beledigd en vreemd geprikkeld. In zekere zin, realiseert hij zich, is het waar – ze hebben dezelfde huidskleur, dezelfde rechte wenkbrauwen, dezelfde lange, slanke lichaamsbouw, dezelfde hoge jukbeenderen en hetzelfde donkere haar.

'U weet zeker?' houdt de ober aan.

'Heel zeker,' zegt Gogol.

'Maar u zou kunnen zijn,' zegt de ober. '*Sì, sì*, er is een grote gelijkenis.'

'Zou u denken?' zegt Moushumi. Zij lijkt geen enkele moeite te hebben met de vergelijking en kijkt Gogol guitig van opzij aan. Maar toch merkt hij dat haar wangen nu een lichte blos vertonen, en hij weet niet of dat door de wijn of door verlegenheid komt.

'Wat grappig dat hij dat vindt,' zegt ze, als ze weer buiten in de kou lopen.

'Hoe bedoel je?'

'Nou, het is grappig te bedenken dat onze ouders ons heel ons leven hebben willen laten geloven dat we neef en nicht zijn, dat we allemaal tot één grote Bengaalse surrogaatfamilie behoren, en hier zijn we dan, jaren later, en iemand denkt dat we echt familie zijn.'

Hij weet niet wat hij moet zeggen. De opmerking van de ober heeft hem van zijn stuk gebracht, hem het gevoel gegeven dat hij zich eigenlijk niet tot Moushumi aangetrokken mag voelen.

'Je bent niet warm genoeg gekleed,' zegt ze, en windt de wollen sjaal stevig om haar hals.

'Het is in mijn appartement ook altijd zo verdomde heet,' antwoordt hij. 'De verwarming is net weer aangezet. Op de een of andere manier wil ik er maar niet aan dat de temperatuur buiten anders is.'

'Kijk je dan niet in de krant?'

'Die koop ik onderweg naar mijn werk.'

'Ik bel altijd even het weerbericht voor ik van huis ga,' zegt Moushumi.

'Je maakt een geintje.' Hij kijkt haar met grote ogen aan, niet bereid te geloven dat iemand als zij werkelijk zover zou kunnen gaan. 'Zeg alsjeblieft dat het een geintje is.'

Ze lacht. 'Ik beken dat niet zomaar aan iedereen, hoor.' Ze is klaar met haar sjaal. Dan, zonder hem los te laten, zegt ze: 'Wil jij hem niet om?' en begint hem weer los te maken.

'Nee, nee, het gaat best.' Hij legt een hand op zijn keel, op de knoop van zijn stropdas.

'Zeker weten?'

Hij knikt, half in de verleiding om nee te zeggen, om haar sjaal tegen zijn huid te voelen.

'Maar in elk geval moet je iets op je hoofd hebben,' zegt ze. 'Ik weet een winkel hier in de buurt. Moet je meteen weer naar je werk?'

Ze troont hem mee naar een boetiekje aan Madison Avenue. De etalage puilt uit van de dameshoeden op grijze koppen zonder gelaatstrekken met zwanenhalzen van drie decimeter lang.

'Achterin hebben ze spullen voor mannen,' zegt ze. De winkel staat vol vrouwen. Achterin, waar stapels gleufhoeden en baretten op gebogen houten planken zijn uitgestald, is het betrekkelijk rustig. Hij pakt een bontmuts, een hoge hoed en zet ze voor de grap op zijn hoofd. Het glas wijn heeft zijn uitwerking niet gemist. Moushumi rommelt wat in een mand.

'Deze is lekker warm,' zegt ze, en voelt met haar hand in een pet van dikke marineblauwe stof, met een geelgestreepte klep. Ze rekt de pet uit met haar vingers. 'Wat denk je?' Ze zet hem op zijn hoofd, raakt met haar handen zijn haar aan, zijn schedel. Ze lacht en wijst naar de spiegel. Ze kijkt toe terwijl hij zichzelf bestudeert.

Hij is zich ervan bewust dat ze naar hem kijkt en niet naar zijn spiegelbeeld. Hij vraagt zich af hoe haar gezicht eruit ziet zonder bril, en met losse haren. Hoe het zou zijn om haar mond te kussen. 'Hij bevalt me,' zegt hij. 'Ik neem hem.'

Ze trekt hem snel van zijn hoofd, zodat zijn haar in de war raakt.

'Wat doe je nu?'

'Ik wil hem voor je kopen.'

'Maar dat hoef je toch niet te doen.'

'Ik wil het graag,' zegt ze, al onderweg naar de kassa. 'Het was trouwens mijn idee. Jij zou gewoon doodvriezen als ik jou je gang liet gaan.'

Bij de kassa valt Moushumi's oog op een bruine, met veren versierde hoed van wol en fluweel. 'Het is een heel bijzonder stuk,' zegt de vrouw bij de kassa, terwijl ze de hoed voorzichtig van de buste haalt. 'Handgemaakt door een vrouw in Spanje. Er zijn er geen twee hetzelfde. Wilt u hem passen?'

Moushumi zet de hoed op haar hoofd. Een klant complimenteert haar ermee. Evenals de verkoopster. 'Er zijn niet veel vrouwen die zo'n hoed kunnen dragen,' zegt ze.

Moushumi bloost, werpt een blik op het prijskaartje dat aan een draadje naast haar gezicht bungelt. 'Ik ben bang dat het mijn budget voor vandaag te boven gaat,' zegt ze.

De verkoopster zet de hoed terug. 'Goed, nu weet u dus wat u haar voor haar verjaardag moet geven,' zegt ze, Gogol aankijkend.

Hij zet de nieuwe pet op en ze verlaten de winkel. Hij is laat voor zijn vergadering. Als die er niet was, zou hij het liefst bij haar blijven, naast haar door de straten lopen of met haar in het donker van een bioscoop verdwijnen. Het is nog kouder geworden, nog harder gaan waaien, de zon is een vage witte vlek. Ze loopt met hem mee naar zijn kantoor. De rest van de dag, tijdens de vergadering en daarna, als hij probeert zijn werk te hervatten, denkt hij aan haar. Als hij uit kantoor komt, loopt hij, in plaats van naar de subway, de weg terug die ze eerder samen gegaan zijn, langs het restaurant waar nu mensen de avondmaaltijd gebruiken en vindt zo tot zijn vreugde de hoedenwinkel weer. Het loopt tegen achten, het is al donker. Hij neemt aan dat de winkel dicht is, maar ziet tot zijn verrassing dat er binnen nog licht brandt en dat het rolluik maar gedeeltelijk omlaag is gedraaid. Hij bekijkt de hoofddeksels in de etalage en zijn spiegelbeeld in de ruit, met de pet die ze voor hem heeft gekocht. Ten slotte gaat hij naar binnen. Hij is de enige klant, van achter in de winkel komt het geluid van een stofzuiger.

'Ik wist dat u terug zou komen,' zegt de verkoopster als ze hem ziet. Zonder dat hij het hoeft te vragen neemt ze de bruinfluwelen hoed van het piepschuimen hoofd. 'Hij was hier eerder vandaag met zijn vriendin,' zegt ze tegen haar assistente. 'Zal ik hem voor u inpakken?'

'Dat lijkt me een prima idee.' Het windt hem op om zo over zichzelf te horen spreken. Hij kijkt toe terwijl de hoed in een ronde chocoladekleurige doos wordt gedaan die met een dik, crème lint wordt dichtgestrikt. Hij realiseert zich dat hij nog niet naar de prijs heeft gevraagd, maar zonder te aarzelen tekent hij de bon voor tweehonderd dollar. Hij neemt de hoed mee naar zijn appartement en verstopt hem achter in zijn diepe kast, hoewel Moushumi er nog nooit is geweest. Hij wil hem haar voor haar verjaardag geven, al heeft hij geen idee wanneer dat is.

Toch vermoedt hij dat hij een paar keer op haar verjaardag is geweest, en zij op de zijne. In zijn ouderlijk huis dat weekend bevestigt hij zijn vermoeden: 's avonds laat, als zijn moeder en Sonia naar bed zijn, speurt hij naar haar in de fotoalbums die zijn moeder in de loop der jaren heeft verzameld. Daar is Moushumi, achter een taart met brandende kaarsjes in de eetkamer van zijn ouderlijk huis. Ze heeft de blik afgewend, een papieren puntmuts op haar hoofd. Hij kijkt recht in de lens en houdt voor de foto het mes boven de taart, zijn gezicht glanzend van aanstaande puberteit. Hij probeert het kiekje los te trekken van de kleverige gele onderlaag om het haar bij hun volgende ontmoeting te laten zien, maar het blijft hardnekkig vastzitten en weigert zich goedschiks van het verleden te laten scheiden.

Het weekend daarop gaat hij bij haar eten. Ze moet naar beneden komen om hem binnen te laten, omdat de elektrische deuropener defect is, zoals ze bij het maken van de afspraak al had gezegd.

'Leuke pet,' zegt ze. Ze draagt een mouwloze zwarte jurk met twee flappen die van achteren in een losse knoop is gesloten. Haar benen zijn bloot, haar voeten slank, haar teennagels, die uit haar sandalen steken, kastanjebruin gelakt. Pieken haar hebben zich losgewerkt uit haar chignon. Ze heeft een half opgerookte sigaret tussen haar vingers, maar even voordat ze zich vooroverbuigt om hem op zijn wangen te kussen, laat ze hem vallen en vertrapt ze hem met de teen van haar sandaal. Ze gaat hem voor naar een appartement op de derde verdieping. Ze heeft de deur open laten staan. In het appartement hangt een sterke etensgeur, op het fornuis liggen een paar grote stukken kip bruin te braden in een pan olie. Er klinkt muziek, een man zingt liedjes in het Frans. Gogol geeft haar een bos zonnebloemen waarvan de stelen in zijn armen zwaarder wegen dan de fles wijn die hij ook heeft meegebracht. Ze weet niet waar ze de bloemen moet laten; de aanrechtruimte, toch al beperkt, staat vol ingrediënten van de maaltijd die ze aan het bereiden is: uien, paddestoelen, bloem, een pakje boter dat dreigt te smelten in de hitte, een glas wijn waaraan ze bezig is, plastic boodschappentassen die ze bij gebrek aan tijd nog niet heeft opgeruimd.

'Ik had ook iets handigers moeten meebrengen,' zegt hij, terwijl ze de keuken rondkijkt met de bloemen tegen haar schouder alsof ze verwacht dat er ergens op miraculeuze wijze een plaatsje zal ontstaan.

'Ik was al weken van plan om zonnebloemen te kopen,' zegt ze. Ze werpt een snelle blik in de pan op het fornuis en brengt hem door de keuken naar de woonkamer. Ze haalt de bloemen uit het papier. 'Daarbovenop staat een vaas,' zegt ze en ze wijst naar een boekenkast. 'Wil je die even voor me pakken?'

Ze loopt met de vaas naar de badkamer en hij hoort water in het bad stromen. Hij maakt van de gelegenheid gebruik om zich van zijn jas en pet te ontdoen en die op de rugleuning van de bank te leggen. Hij heeft zich met zorg gekleed: een blauw-wit gestreept Italiaans overhemd dat Sonia bij Filene's Basement voor hem heeft gekocht, een zwarte spijkerbroek. Ze komt terug en doet de bloemen in de vaas, die ze op de salontafel zet. Het appartement ziet er frisser uit dan de groezelige hal beneden deed vermoeden. De vloeren zijn opgeknapt, de muren opnieuw geschilderd, aan het plafond hangen spotjes aan rails. In een hoek van de woonkamer staat een vierkante eettafel, in een andere hoek een bureau en archiefkasten. Langs één muur staan drie boekenkasten van spaanplaat. Op de eettafel ziet hij een pepermolen, een zoutvaatje en een schaal met frisse, gave clementines. Hij herkent versies van dingen die hem bekend zijn van thuis: een geborduurd kleed uit Kasjmir op de vloer, kussens van Rajasthaanse zijde op de bank, een gietijzeren Natraj op een van de boekenkasten.

Terug in de keuken doet ze wat olijven op een bordje met een stukje geitenkaas dat bedekt is met as. Ze geeft hem een kurkentrekker en vraagt hem de fles te openen die hij heeft meegebracht en zichzelf een glas in te schenken. Ze haalt nog meer stukken kip door de bloem. In de pan sist en bruist het hevig en de muur achter het fornuis zit onder de oliespatten. Onder de bedrijven door refereert ze aan een kookboek van Julia Child. Het maakt hem verlegen als hij ziet wat er te zijner ere allemaal wordt verricht. Hoewel ze al verschillende keren samen gegeten hebben, is hij voor dit etentje met haar een beetje nerveus.

'Wanneer wil je aan tafel?' vraagt ze. 'Heb je honger?'

'Het maakt mij niet uit. Wat ben je aan het maken?'

Ze kijkt hem onzeker aan. 'Coq-au-vin. Ik heb het nooit eerder gemaakt. Ik kom er net achter dat je het eigenlijk vierentwintig uur van tevoren moet doen. Dus ik denk dat ik een beetje achterloop.'

Hij haalt zijn schouders op. 'Het ruikt nu al fantastisch. Ik zal je helpen.' Hij stroopt zijn mouwen op. 'Wat kan ik doen?'

'Eens even kijken,' zegt ze, al lezend. 'O. Juist, ja. Je kunt die uien daar doen. Maak met een mes een kruis aan de onderkant en doe ze dan in de pan.'

'Bij de kip?'

'Nee, alsjeblieft.' Ze knielt neer en haalt een pan onder uit de aanrechtkast. 'Hierin. Ze moeten een minuutje koken en dan haal je ze eruit.'

Hij doet wat hem gezegd wordt, vult de pan met water en steekt de pit eronder aan. Hij vindt een mes en snijdt de uien in, zoals hij dat in de keuken van de Ratliffs met spruitjes heeft gedaan. Hij ziet hoe ze afgemeten hoeveelheden wijn en tomatenpuree in de pan met de kip doet. Uit een roestvrijstalen kruidenrekje dat ze in een kastje heeft staan, gooit ze er een laurierblad bij.

'Mijn moeder vindt het natuurlijk een schande dat ik geen Indiaas eten voor je maak,' zegt ze, de inhoud van de pan bestuderend.

'Heb je haar verteld dat ik bij je kwam eten?'

'Ze belde toevallig vandaag.' Dan vraagt ze hem: 'En jij? Heb jij je moeder al bijgepraat?'

'Niet meer dan strikt noodzakelijk was. Maar ik denk dat ze iets vermoedt, gezien het feit dat het zaterdag is en ik niet thuis bij haar en Sonia ben.'

Moushumi buigt zich over de pan, kijkt hoe de inhoud begint te pruttelen en port met een houten lepel in de stukken kip. Ze werpt nogmaals een blik op het recept. 'Ik denk dat er meer vocht bij moet,' zegt ze, en giet uit een fluitketel wat water in de pan, zodat door de damp haar bril beslaat. 'Ik zie niks meer.' Ze lacht en doet een pas achteruit, waardoor ze iets dichter bij hem komt te staan. De cd is afgelopen en in het appartement is het nu stil, op de kookgeluiden na. Ze keert zich naar hem toe, nog lachend, nog verblind door de bril. Ze houdt haar handen omhoog, vies door het koken, onder de bloem en het kippenvet. 'Zou jij hem voor me af willen doen?'

Met beide handen haalt hij de bril van haar gezicht, zijn vingers om het montuur waar het haar slapen raakt. Hij legt de bril op het aanrecht. En dan buigt hij zich over haar heen en kust haar. Hij streelt met zijn vingers haar blote armen, koel ondanks de warmte van de keuken. Hij drukt haar tegen zich aan, een hand ter hoogte van haar middel, tegen de knoop van haar jurk, en proeft de warme, licht zure smaak van haar mond. Ze komen via de woonkamer in de slaapkamer terecht. Hij ziet een boxspring zonder ombouw. Hij trekt de knoop aan de achterkant van haar jurk los, en dan snel de lange rits, waarna er niets dan een zwart hoopje aan haar voeten overblijft. In het licht dat uit de woonkamer binnenkomt, ziet hij een glimp van een doorzichtig slipje en een dito beha. Ze is voluptueuzer dan ze lijkt met haar kleren aan, haar borsten voller, haar heupen royaal bemeten. Ze vrijen boven op de dekens, snel, efficiënt, alsof ze elkaars lichaam al jaren kennen. Maar als ze klaar zijn, knipt ze de lamp naast het bed aan en bekijken ze elkaar in alle rust, ontdekken ze littekens, moedervlekken, andere bijzonderheden.

'Wie had dat kunnen denken,' zegt ze, haar stem vermoeid en voldaan. Ze glimlacht, haar ogen halfgesloten.

Hij kijkt omlaag naar haar gezicht. 'Je bent mooi.'

'Jij ook.'
'Kun je me wel zien zonder die bril?'
'Alleen als je dicht in mijn buurt blijft,' zegt ze.
'Dan kan ik beter blijven waar ik ben.'
'Graag.'
Ze slaan de dekens terug en liggen, kleverig en uitgeteld, in elkaars armen. Hij begint haar weer te kussen en ze slaat haar benen om hem heen. Maar de lucht van aanbrandend eten maakt dat ze naakt uit bed springen en als in een slapstickfilm naar de keuken rennen, schaterend. De saus is verdampt en de kip onherstelbaar verschroeid, zo erg zelfs dat ook de pan moet worden weggegooid. Inmiddels zijn ze uitgehongerd, en omdat ze geen energie meer hebben om de deur uit te gaan en evenmin om opnieuw te gaan koken, bellen ze maar een Chinees en voeren ze elkaar kleine, zure partjes clementine tot het eten arriveert.

Binnen drie maanden hebben ze kleren en tandenborstels in elkaars appartement. Hij ziet haar hele weekenden zonder makeup, ziet haar met grauwe schaduwen onder haar ogen werkstukken typen aan haar bureau, en als hij haar hoofd kust, proeft hij het vet dat zich tussen twee wasbeurten op haar schedel verzamelt. Hij ziet het haar dat tussen de epilaties op haar benen groeit, de zwarte stoppeltjes die verschijnen als ze een poosje niet naar de schoonheidssalon is geweest, en op die momenten gelooft hij dat hij met niemand ooit intiemer is geweest. Hij komt te weten dat ze als ze slaapt altijd haar linkerbeen gestrekt heeft en haar rechter gebogen, enkel over knie, in de vorm van een 4. Hij komt te weten dat ze de neiging heeft te snurken, heel licht, met een geluid als van een grasmaaimachine die maar niet aan wil slaan, en tot tandenknarsen, wat hij probeert te verhelpen door haar kaken te masseren als ze slaapt. Als ze in een restaurant of café zitten, gooien ze door hun conversatie soms een uitdrukking in het Bengaals, om ongestraft commentaar te kunnen leveren op de haardracht of de schoenen van een andere gast.
Ze praten eindeloos over de vraag in hoeverre ze elkaar kennen

en niet kennen. In zekere zin valt er weinig te verklaren. Toen ze opgroeiden moesten ze dezelfde feesten bijwonen, waren er dezelfde afleveringen van *Love Boat* en *Fantasy Island* waar de kinderen naar keken terwijl hun ouders elders in huis feestvierden, kregen ze hetzelfde eten op papieren bordjes voorgezet, in kamers waarvan de vloerbedekking soms met kranten was bedekt als de gastvrouw en gastheer bijzonder netjes op hun spullen waren. Hij kan zich haar leven, ook nadat ze met haar familie naar New Jersey was verhuisd, moeiteloos voorstellen. Hij ziet het grote huis in een buitenwijk dat haar ouders hadden gekocht, de porseleinkast in de eetkamer, haar moeders trots, de grote public highschool waar ze uitblonk, maar erg ongelukkig was. Er waren dezelfde regelmatige bezoeken aan Calcutta geweest, waarbij ze maanden achtereen uit hun Amerikaanse leven waren geplukt. Ze berekenen de maanden die ze zonder het te weten samen in die verre stad hebben doorgebracht, tijdens bezoeken die elkaar weken en soms maanden hebben overlapt. Ze praten over het feit dat ze beiden regelmatig voor Grieks, Egyptisch of Mexicaans worden versleten – ook daarin zijn ze door het lot verbonden.

    Ze vertelt met heimwee over de jaren die haar familie in Engeland heeft doorgebracht, eerst in Londen, dat ze zich amper herinnert, en daarna in een half vrijstaand bakstenen huis in Croydon met rozenstruiken ervoor. Ze beschrijft het smalle huis, de gaskachels, de bedompte lucht van de wc's, de Weetabix in warme melk die ze at als ontbijt, het uniform dat ze aan moest naar school. Ze vertelt hem dat ze het vreselijk vond om naar Amerika te verhuizen, dat ze haar Britse accent had bewaard zolang ze maar kon. Om de een of andere reden waren haar ouders voor Amerika beduchter geweest dan voor Engeland, misschien omdat het zo groot was, of misschien omdat het voor hun gevoel minder binding had met India. Een paar maanden voor hun aankomst in Massachusetts was er een jongetje verdwenen dat in de tuin van zijn huis aan het spelen was en nooit teruggevonden; nog jaren nadien hingen er aanplakbiljetten in de supermarkt. Ze weet nog dat ze altijd haar moeder moest bellen als ze met haar vriendinnetjes naar een ander huis in de buurt ging, een huis dat vanuit het hare te zien was, om met het speelgoed van een ander meisje te spelen, om bij een ander gezin koekjes te eten en limonade te drinken. Bij aankomst moest ze zich altijd excuseren en vragen of ze even mocht bellen. De Amerikaanse moeders waren zowel vertederd als verbluft door zoveel plichtsbesef. 'Ik ben bij Anna thuis,' meldde ze haar moeder dan in het Engels. 'Ik ben bij Sue.'

Hij voelt zich niet beledigd als ze hem vertelt dat hij gedurende het grootste deel van haar leven precies het soort man was waar ze niets van moest hebben. Integendeel, hij voelt zich gevleid. Al vanaf haar vroege meisjesjaren, zegt ze, had ze zich vast voorgenomen haar ouders te verbieden zich met haar huwelijk te bemoeien. Er was haar altijd voorgehouden geen Amerikaanse man te trouwen, zoals ook hij voor Amerikaanse vrouwen was gewaarschuwd, maar hij begrijpt dat in haar geval deze waarschuwingen veel frequenter en dwingender waren geweest en haar leven meer hadden vergald. Toen ze nog maar vijf jaar oud was, hadden familieleden haar gevraagd of ze in een rode sari wilde trouwen of in een witte bruidsjapon. Hoewel ze geweigerd had het spelletje mee te spelen, wist ze toen al wat het juiste antwoord was. Toen ze twaalf was, had ze met twee andere Bengaalse meisjes die ze kende een verbond gesloten dat ze nooit met een Bengaalse man zouden trouwen. Ze hadden een verklaring opgesteld waarin ze plechtig beloofden dit nooit te zullen doen en er alle drie tegelijk op gespuugd, waarna ze hem ergens in de tuin van haar ouders had begraven.

Vanaf het begin van haar puberteit was ze het onderwerp geweest van een aantal mislukte koppelpogingen; om de zoveel tijd verschenen er opeens een stuk of wat ongetrouwde Bengaalse mannen bij haar thuis, jonge collega's van haar vader. Ze sprak nooit met hen, ze stoof de trap op met de verontschuldiging dat ze huiswerk moest maken en ze kwam niet naar beneden om afscheid te nemen. Tijdens zomerse bezoeken aan Calcutta doken er in de zitkamer van de flat van haar grootouders op onverklaarbare wijze vreemde mannen op. Toen ze eens per trein onderweg waren naar Durgapur om een oom te bezoeken, had een echtpaar brutaalweg aan haar ouders gevraagd of zij al verloofd was; ze hadden een zoon die chirurg in opleiding was in Michigan. 'Gaan jullie geen huwelijk voor haar arrangeren?' vroegen familieleden aan haar ouders. Die vragen hadden haar met kille angst vervuld. Ze vond het afschuwelijk hen over de details van haar bruiloft te horen praten, het menu en de verschillende kleuren sari's die ze bij de verschillende rituelen zou dragen, alsof het een onontkoombare zekerheid in haar leven betrof. Ze gruwde als haar grootmoeder haar *almari* ontsloot en haar liet zien welke sieraden ze zou krijgen als het zover was.

De trieste waarheid was dat ze met niemand iets had, dat ze in wezen wanhopig eenzaam was. Ze had de Indiase mannen, van wie ze niets moest hebben, afgewezen, en als tiener was het haar verboden om met jongens uit te gaan. Op de universiteit had ze langdurige verliefdheden gekoesterd, op studenten met wie ze nooit sprak, op docenten en onderwijsmedewerkers. In haar fantasie had ze relaties met deze mannen, en ze richtte haar dagen in rond toevallige ontmoetingen in de bibliotheek of een gesprek in werktijd of het enige college dat zij en een medestudent gemeen hadden, zodat ze zelfs nu nog een bepaald studiejaar associeerde met de man of jongen die ze heimelijk, standvastig, zinloos, begeerde. Een enkele keer culmineerde een verliefdheid in een lunchafspraak of een gezamenlijke kop koffie, een ontmoeting waar ze al haar hoop op vestigde, maar die tot niets leidde. In werkelijkheid was er niemand geweest, zodat ze er aan het eind van haar vierde jaar, toen ze moest gaan afstuderen, tot in haar diepste wezen van overtuigd was dat er ook nooit iemand zou zijn. Soms vroeg ze zich af of haar afschuw van het idee met iemand getrouwd te zijn van wie ze niet hield er niet ongeweten de oorzaak van was dat ze zich afsloot. Ze schudt onder het praten haar hoofd, geërgerd door de herinnering aan dit aspect van haar verleden. Zelfs nu nog betreurt ze haar tienertijd. Ze betreurt haar gehoorzaamheid, haar lange haar waaraan geen kapster ooit te pas kwam, haar pianolessen en bloesjes met kanten kraagjes. Ze betreurt haar verlammende gebrek aan zelfvertrouwen, de vijf kilo overgewicht die ze als puber heeft meegesjouwd. 'Geen wonder dat je toen nooit iets tegen me zei,' zegt ze. Ze vertedert hem als ze zichzelf op deze manier kleineert. Maar hoewel hij van dit stadium in haar leven zelf getuige is geweest, kan hij het zich niet meer voor de geest halen; die vage herinneringen aan haar die hij zijn hele leven heeft meegedragen, zijn uitgewist, vervangen door de vrouw die hij nu kent.

Op Brown University was haar rebellie van academische aard geweest. Op aandringen van haar ouders had ze scheikunde als hoofdvak genomen, omdat ze hoopten dat ze in het voetspoor van haar vader zou treden. Maar zonder hun iets te vertellen had ze een tweede hoofdvak, Frans, gekozen. Zich verdiepen in een derde taal, een derde cultuur, was haar toevlucht geweest – ze benaderde het Frans, anders dan Amerikaanse of Indiase aangelegenheden, zonder schuldgevoelens, zonder wantrouwen, zonder enigerlei verwachting. Het was gemakkelijker die twee landen de rug toe te keren die iets van haar verlangden en zich te wijden aan een land dat helemaal niets van haar wilde. Dankzij haar vier jaar heimelijke studie kon ze nu, na de universiteit, zo ver mogelijk vluchten. Ze zei tegen haar ouders dat ze niet van plan was scheikundige te worden en had, doof voor hun protesten, al haar geld bijeengeschraapt en het vliegtuig naar Parijs genomen zonder precies te weten wat ze daar ging doen.

Opeens was het gemakkelijk, en na er jaren van overtuigd te zijn geweest dat ze geen minnaar kon krijgen, rolde ze nu van de ene affaire in de andere. Zonder te aarzelen had ze zich door mannen laten verleiden, in cafés, in parken, in museumzalen. Ze gaf zich openlijk, volledig, zonder aan de gevolgen te denken. Ze was precies dezelfde persoon, met hetzelfde uiterlijk en hetzelfde gedrag als vroeger, maar plotseling, in die nieuwe stad, veranderde ze in het soort meisje dat ze altijd had benijd, dat ze dacht zelf nooit te kunnen worden. Ze liet zich door mannen trakteren in cafés en restaurants, en na afloop in taxi's meenemen naar hun appartementen, in buurten die ze in haar eentje nog niet had ontdekt. Achteraf zag ze in dat haar plotselinge ongeremdheid haar meer in vervoering had gebracht dan welke man ook. Sommigen van hen waren getrouwd en veel ouder dan zij, hadden kinderen op de middelbare school. De meesten waren Fransen, maar er waren ook Duitsers bij, Iraniërs, Italianen, Libanezen. Het kon gebeuren dat ze na de lunch met de ene man naar bed ging en na het diner met een andere. Ze waren niet krenterig, vertelt ze Gogol met een veelzeggende blik; het was een soort mannen dat haar met parfum en sieraden overlaadde.

Ze vond werk bij een instituut waar ze Amerikaanse zakenlui Franse conversatieles gaf en Engelse conversatieles aan Franse zakenlui. Ze ontmoette ze in cafés, of praatte met ze over de telefoon. Dan stelde ze hun vragen over hun gezin, hun achtergrond, hun favoriete boeken en gerechten. Ze maakte vrienden onder andere Amerikanen in Parijs. Haar verloofde hoorde ook bij die categorie. Hij was een investeringsbankier uit New York die een jaar in Parijs werkte. Graham heette hij. Ze was verliefd op hem geworden en al snel bij hem ingetrokken. Het was voor Graham dat ze een postdoctoraalstudie aan New York University had aangevraagd. Ze huurden een appartement aan York Avenue. Daar woonden ze in het geheim samen, met twee aparte telefoons, zodat haar ouders er niet achter zouden komen. Als haar ouders naar de stad kwamen, verdween hij naar een hotel en wiste hij alle sporen van zijn aanwezigheid uit. In het begin was het spannend om zo'n ingewikkeld bedrog vol te houden, maar op de lange duur was het te vermoeiend, onmogelijk geworden. Ze nam hem mee naar haar ouders in New Jersey, klaar voor een gevecht, maar tot haar enorme verbazing waren haar ouders opgelucht. Ze was inmiddels oud genoeg, en nu deed het er voor hen niet meer toe dat hij Amerikaan was. Veel kinderen van hun vrienden waren met Amerikanen getrouwd en hadden lichtgekleurde, donkerharige, half-Amerikaanse kinderen gekregen, en dat was allemaal lang zo vreselijk niet als ze zich hadden voorgesteld. Haar ouders deden dus hun best om hem te accepteren. Ze vertelden hun Bengaalse vrienden dat Graham welgemanierd was, aan een goede universiteit gestudeerd had en een indrukwekkend salaris verdiende. Ze leerden geen aandacht te schenken aan het feit dat zijn ouders gescheiden waren, dat zijn vader niet één, maar twee keer hertrouwd was en dat zijn tweede vrouw maar tien jaar ouder was dan Moushumi.

Toen ze op een avond in een taxi in de binnenstad in een verkeersopstopping zaten, had ze hem in een opwelling gevraagd met haar te trouwen. Achteraf bedacht ze dat het waarschijnlijk kwam door al die jaren dat ze door anderen was geclaimd, gekozen, gevangen in een onzichtbaar web, dat ze besloot dit aanzoek te doen. Graham had ja gezegd, haar de diamant van zijn grootmoeder gegeven. Hij was met haar en haar ouders naar Calcutta gevlogen, had daar met heel haar uitgebreide familie kennisgemaakt en de zegen van haar grootouders gevraagd. Hij had ze allemaal voor zich ingenomen, geleerd op de vloer te zitten en met zijn vingers te eten, ritueel het stof van de voeten van haar grootouders te wassen. Hij was bij tientallen verwanten van haar op bezoek geweest, had borden vol stroperige *mishti* gegeten, geduldig geposeerd voor talloze foto's op dakterrassen, omringd door haar neven en nichten. Hij had toegestemd in een hindoebruiloft, en dus was zij met haar moeder gaan winkelen in Gariahat en New Market, waar ze een dozijn sari's hadden gekocht, gouden sieraden in met paars fluweel gevoerde rode doosjes, een *dhoti* en een *topor* voor Graham, die haar moeder tijdens de vliegreis terug in haar handbagage had vervoerd. De bruiloft werd in de zomer in New Jersey gepland, er werd een verlovingsfeest gegeven, er kwamen al een paar cadeaus binnen. Haar moeder had op de computer een verklaring van de Bengaalse bruiloftsrituelen getypt en die aan alle Amerikanen op de gastenlijst gestuurd. Er werd een foto van het aanstaande bruidspaar gemaakt voor de stadskrant in de woonplaats van haar ouders.

Een week voor de bruiloft waren ze met vrienden uit eten en al vrolijk aangeschoten toen ze Graham over hun bezoek aan Calcutta hoorde vertellen. Tot haar verbazing beklaagde hij zich, zei hij dat hij het een corvee had gevonden, dat de cultuur hem benauwd had. Ze hadden niets anders gedaan dan bij haar familie op bezoek gaan, zei hij. Hij vond de stad fascinerend, maar het maatschappelijk leven was er naar zijn mening nogal provinciaals. De mensen bleven er meestal thuis. En er was niets te drinken. 'Stel je voor dat je je daar met vijftig leden van je schoonfamilie moet vermaken zonder alcohol. Ik kon op straat niet eens haar hand vasthouden zonder dat er naar ons gekeken werd,' had hij gezegd. Ze had hem aangehoord, deels met begrip, deels vol ontzetting. Want dat zíj zich van haar afkomst distantieerde, dat zíj kritiek had op de culturele erfenis van haar familie, was één ding. Het hém horen zeggen was heel iets anders. Ze besefte dat hij iedereen voor de gek had gehouden, haar incluis. Toen ze van het restaurant naar huis liepen, was ze erover begonnen, had ze hem verteld dat ze van zijn woorden geschrokken was – waarom had hij die dingen nooit tegen haar gezegd? Had hij al die tijd alleen maar gedaan alsof hij het leuk vond? Ze hadden woorden gekregen, er had zich tussen hen een afgrond geopend die hen had verzwolgen, en opeens, in een opwelling van woede, had ze de ring van zijn grootmoeder van haar vinger gehaald en op straat gegooid, in het drukke verkeer, en toen had Graham haar voor het oog van alle voorbijgangers een klap in haar gezicht gegeven. Aan het eind van de week was hij uit hun gezamenlijke appartement vertrokken. Ze ging niet meer naar college, vroeg voor al haar tentamens uitstel aan. Ze slikte een half flesje pillen, moest van een eerstehulpdokter houtskoolpoeder drinken. Ze werd verwezen naar een psychotherapeut. Ze belde haar studiebegeleider op de universiteit, vertelde hem dat ze een zenuwinzinking had gehad en nam de rest van het semester vrij. Het huwelijk werd afgelast, er werden honderden telefoontjes gepleegd. Ze verloren de aanbetaling die ze bij het cateringbedrijf Shah Jahan hadden gedaan, evenals die voor hun huwelijksreis met de Indiase cruisetrein Palace on Wheels. Het goud verdween in een bankkluis, de sari's, blouses en rokken in een motbestendige kist.

Haar eerste impuls was terug te gaan naar Parijs. Maar ze had haar studie, waarin ze al te ver was om het nu op te geven, en bovendien had ze er het geld niet voor. Ze ontvluchtte het appartement aan York Avenue, dat ze zich in haar eentje niet permitteren kon. Ze weigerde naar haar ouders terug te gaan. Vrienden in Brooklyn gaven haar onderdak. Het was pijnlijk, vertelt ze hem, om juist in die periode bij een echtpaar in huis te wonen, ze 's morgens samen te horen douchen, ze elkaar te zien kussen en ze elke avond de deur van hun slaapkamer te horen dichtdoen, maar in het begin kon ze het niet verdragen alleen te zijn. Ze ging werken voor een uitzendbureau. Tegen de tijd dat ze genoeg had gespaard om naar een eigen kamer in de East Village te verhuizen, was ze blij weer alleen te kunnen zijn. De hele zomer ging ze in haar eentje naar de bioscoop, soms wel drie keer per dag. Ze kocht elke week de TV *Guide*, die ze van a tot z las en gebruikte om haar avonden om haar favoriete programma's heen te plannen. Ze begon te leven op een dieet van yoghurtsalade en Triscuits. Ze werd magerder dan ze ooit van haar leven geweest was, zodat haar gezicht op de paar foto's die er in die tijd van haar genomen waren moeilijk herkenbaar is. In de najaarsuitverkoop kocht ze alles in maat vier, een halfjaar later kon ze het allemaal weer naar een uitdragerij brengen. In de herfst wierp ze zich weer op haar studie, om al het werk in te halen waarmee ze dat voorjaar was gestopt. Zo nu en dan ging ze weer uit. En toen, op een dag, had haar moeder haar opgebeld en gevraagd of ze zich een jongen herinnerde met de naam Gogol.

9

ZE TROUWEN NOG geen jaar later, in een Double Tree hotel in New Jersey, dicht bij het huis van haar ouders. Het is geen bruiloft zoals ze die zelf echt hadden gewild. Zij zouden liever het soort gelegenheid gekozen hebben waar hun Amerikaanse vrienden de voorkeur aan geven: de Brooklyn Botanic Gardens, of de Metropolitan Club, of het Boat House in Central Park. Ze hadden liever zittend aan een tafel gedineerd, een receptie met levende jazz gehad, foto's in zwart-wit, alles klein gehouden. Maar hun ouders staan erop rond de driehonderd mensen uit te nodigen, Indiaas eten te serveren en ervoor te zorgen dat alle gasten moeiteloos kunnen parkeren. Gogol en Moushumi zijn het erover eens dat ze maar beter aan deze verwachtingen kunnen voldoen dan het gevecht aan te gaan. Het is hun eigen schuld, grappen ze tegen elkaar, dan hadden ze maar niet naar hun moeders moeten luisteren en niet met elkaar moeten afspreken, en bovendien maakt het feit dat ze zich samen gewonnen hebben gegeven de gevolgen nog enigszins draaglijk. Een paar weken nadat ze hun verloving hebben aangekondigd wordt de datum vastgesteld, het hotel gereserveerd, het menu uitgekozen, en hoewel er een poosje elke avond wordt opgebeld door haar moeder, die vraagt of ze een platte taart willen of een met etages, saliekleurige of rooskleurige servetten, chardonnay of chablis, kunnen zowel Gogol als Moushumi weinig anders doen dan luisteren en ja zeggen, wat het beste uitkomt, het klinkt allemaal prima. 'Tel uit je winst,' houden Gogols collega's hem voor. Het organiseren van een bruiloft is een ongelooflijk zenuwslopende aangelegenheid, de eerste echte beproeving van een huwelijk. Toch voelt het een beetje vreemd om zo weinig betrokken te zijn bij zijn eigen huwelijk, en hij moet denken aan de vele andere vieringen in zijn leven, al de verjaardags-, overgangs- en afstudeerfeestjes die zijn ouders voor hem hebben georganiseerd, en die werden bijgewoond door de vrienden van zijn ouders, gelegenheden waarbij hij zich ook altijd enigszins een buitenstaander heeft gevoeld.

De zaterdag van de bruiloft pakken ze hun koffers, huren een auto en rijden naar New Jersey. Pas bij hun aankomst in het hotel scheiden zich hun wegen en worden ze voor de laatste keer door hun respectieve families opgeëist. Vanaf morgen, bedenkt hij tot zijn schrik, zullen Moushumi en hij als een apart gezin worden beschouwd. Ze hebben het hotel niet van tevoren gezien. De gedenkwaardigste attractie is een glazen lift die onophoudelijk in het centrum van het gebouw op en neer gaat, tot groot vermaak van kinderen zowel als volwassenen. De kamers zijn gegroepeerd om een reeks elliptische balkons die zichtbaar zijn vanuit de lobby en die Gogol aan een parkeergarage doen denken. Hij heeft een kamer voor zichzelf alleen, op dezelfde verdieping als zijn moeder en Sonia en een paar goede vrienden van de familie Ganguli. Moushumi logeert kuisheidshalve op de verdieping erboven, naast haar ouders, ook al leven Gogol en zij al praktisch als man en vrouw in haar appartement. Zijn moeder heeft hem de kledingstukken gebracht die hij aan moet, een perkamentkleurig Punjaabs hes dat aan zijn vader heeft toebehoord, een voorgeplisseerde dhoti die met een trekkoord om het middel wordt bevestigd, een paar *nagrai* slippers met gekrulde tenen. Zijn vader heeft het hes nooit gedragen, en Gogol moet het in de badkamer hangen en de hete douchekraan openzetten om de kreukels eruit te krijgen. 'Zijn zegen is altijd met je,' zegt zijn moeder terwijl ze haar beide handen een ogenblik op zijn hoofd legt. Voor het eerst sinds zijn vaders dood heeft ze zich met zorg gekleed, in een mooie lichtgroene sari, met een halssieraad van parels, en heeft ze Sonia toegestaan haar wat lippenstift op te doen. 'Is het niet te veel?' vraagt zijn moeder bezorgd, terwijl ze zichzelf in de spiegel bekijkt. Toch heeft hij haar in jaren niet zo mooi, zo gelukkig, zo opgewonden gezien. Ook Sonia draagt een sari, fuchsiakleurig met zilveren borduursel, een rode roos in het haar. Ze geeft hem een kistje, verpakt in vloeipapier.

'Wat is dit?' vraagt hij.

'Je dacht toch niet dat ik je dertigste verjaardag vergeten was, hè?'

Die was een paar dagen geleden, op een doordeweekse dag waarop Moushumi en hij het te druk hadden gehad om er veel aan te doen. Zelfs zijn moeder, volop bezig met de laatste voorbereidingen voor de bruiloft, was vergeten hem 's ochtends meteen te bellen, zoals ze gewend is.

'Ik denk dat ik nu officieel oud genoeg ben om te willen dat de mensen mijn verjaardag vergeten,' zegt hij als hij het geschenk in ontvangst neemt.

'Arme Goggles.'

In het kistje vindt hij een kleine fles bourbon en een met rood leer beklede heupflacon. 'Ik heb er iets in laten graveren,' zegt ze, en als hij hem omdraait ziet hij de letters NG. Hij herinnert zich dat hij jaren geleden eens zijn hoofd om de deur van Sonia's kamer heeft gestoken om haar te vertellen dat hij besloten had zijn naam in Nikhil te veranderen. Ze was toen een jaar of dertien en zat op haar bed haar huiswerk te maken. 'Dat mag je niet doen,' had ze toen tegen hem gezegd en haar hoofd geschud, en toen hij haar gevraagd had waarom niet, had ze simpelweg geantwoord: 'Omdat je dat niet mag. Omdat je Gogol bent.' Hij slaat haar nu gade terwijl ze zich in zijn kamer staat op te maken, de huid naast haar oog strak trekt en een dun zwart lijntje op het ooglid tekent, en hij moet denken aan foto's van zijn moeder op haar eigen trouwdag.

'Nu ben jij aan de beurt, hè,' zegt hij.

'Praat me er niet van.' Ze maakt een grimas en lacht. Hun gedeelde gekte, de opwinding van de voorbereidingen, stemt hem triest omdat dit alles hem eraan herinnert dat zijn vader er niet meer is. In gedachten ziet hij zijn vader net zo uitgedost als hij, met een sjerp over één schouder gedrapeerd, zoals tijdens pujo.

Het kostuum waarin hij zelf, naar hij vreest, een ietwat belachelijke indruk maakt, zou zijn vader waardig en elegant hebben gestaan, zou bij zijn vader hebben gepast zoals, dat weet hij, dat bij hem niet het geval is. De nagrais zijn te groot en moeten met papieren zakdoekjes worden opgevuld. In tegenstelling tot Moushumi, die professioneel wordt gekapt en opgemaakt, is Gogol in een paar minuten klaar. Hij heeft spijt dat hij zijn sportschoenen niet heeft meegebracht, dan had hij nog een paar kilometer op de loopband kunnen doen alvorens zich voor te bereiden op het grote moment.

Op een met lakens bekleed podium vindt een versimpelde, tot één uur ingekorte hindoeceremonie plaats. Gogol en Moushumi zitten met gekruiste benen, eerst tegenover, dan naast elkaar. De gasten zitten tegenover hen op ijzeren klapstoeltjes, de vouwwand tussen twee vensterloze feestzalen met verlaagde plafonds is weggeschoven om meer ruimte te maken. Een videocamera en handbediende filmlampen hangen boven hun gezichten. Uit een gettoblaster klinkt *shenai*-muziek. Er is niets gerepeteerd, niets is hun vooraf uitgelegd. Om hen heen staat een groepje mashi's en mesho's die hun voortdurend vertellen wat te doen, wanneer te spreken, of te gaan staan, of bloemen naar een koperen potje te gooien. De priester is een vriend van Moushumi's ouders, een anesthesist die toevallig brahmaan is. Er worden offers gebracht aan foto's van hun grootouders en zijn vader, er wordt rijst gestrooid in een brandstapel die de directie van het hotel hun verboden heeft aan te steken. Hij denkt aan zijn ouders, vreemden tot op dit moment, twee mensen die elkaar niet hadden gesproken voordat ze daadwerkelijk waren getrouwd. Zittend naast Moushumi beseft hij plotseling wat dat betekent, en hij verbaast zich over de moed van zijn ouders, de gehoorzaamheid die nodig was om zoiets te doen.

Het is de eerste keer dat hij Moushumi in een sari ziet, afgezien van al die pujo's van vroeger, waar ze zich zwijgend in had geschikt. Ze torst nu zo'n tien kilo goud – op een gegeven moment, als ze tegenover elkaar zitten met hun handen samen in een geblokte doek gewikkeld, telt hij elf halskettingen. Op haar wangen zijn in rood en wit twee enorme paisley-ornamenten geschilderd. Tot nu toe heeft hij Moushumi's vader nog Shubir mesho, en haar moeder Rina mashi genoemd, net als vroeger, alsof ze nog steeds zijn oom en tante zijn, alsof Moushumi nog steeds een soort nichtje van hem is. Maar later die avond zal hij hun schoonzoon zijn en geacht worden hen aan te spreken als zijn tweede paar ouders, een alternatieve baba en ma.

Voor de receptie verkleedt hij zich in een gewoon kostuum, zij in een japon van rode Banarasi-zijde met spaghettibandjes, die ze zelf ontworpen heeft en door een bevriende naaister heeft laten maken. Ze draagt de japon ondanks de protesten van haar moeder – wat was er mis met een *salwar kameeze*, wilde ze weten – en als Moushumi per ongeluk haar sjaal op een stoel laat liggen en haar slanke, bronzen schouders ontbloot, die glitteren dankzij een speciaal poeder dat ze erop heeft aangebracht, ziet haar moeder kans om midden in het talrijke gezelschap haar verwijtende blikken af te vuren, die Moushumi negeert. Talloze mensen komen Gogol feliciteren, hem vertellen dat ze hem nog als jochie hebben gekend, hem vragen voor een kiekje te poseren, om zijn armen om families heen te slaan en te lachen. Tussen de bedrijven door heeft hij stevig gedronken, dankzij de open bar waarop haar ouders hebben getrakteerd. Moushumi ziet tot haar ontzetting dat in de feestzaal de tafels omkranst zijn met tule, de pilaren omwonden met wingerd en gipskruid. Als hij haar bij het damestoilet tegen het lijf loopt, wisselen ze snel een kus, de sigarettenrook in haar adem wordt door een pepermuntje zwak gemaskeerd. Hij denkt dat ze op de wc heeft zitten roken. Ze hebben de hele avond amper een woord met elkaar gesproken; gedurende de hele ceremonie hield ze haar ogen neergeslagen en tijdens de receptie was ze, telkens als hij naar haar keek, druk in gesprek met mensen die hij niet kende. Hij wil opeens alleen met haar zijn, zou willen dat ze samen naar zijn of haar kamer konden glippen, het feest verder het feest laten, zoals hij dat als jongen deed. 'Kom op,' dringt hij aan, gebarend naar de glazen lift, 'een kwartiertje maar. Niemand die het merkt.' Maar het diner gaat al beginnen en via de geluidsinstallatie worden een voor een de tafelnummers afgeroepen. 'Eigenlijk moet iemand mijn haar even opnieuw doen,' zegt ze. De gerechten in hun schalen met rechaud zijn ten behoeve van de Amerikaanse gasten van naamkaartjes voorzien. Het is typisch Noord-Indiaas eten, bergen hete, roze tandoori, *ollo gobi* in dikke sinaasappelsaus. Hij hoort iemand in de rij zeggen dat de kikkererwten bedorven zijn. Ze zitten aan de hoofdtafel midden in de zaal, met zijn moeder en Sonia, haar ouders en een handjevol familieleden van haar die uit Calcutta zijn overgekomen, en haar broer, Samrat, die zijn oriëntatieperiode aan Chicago University heeft onderbroken om bij de bruiloft te kunnen zijn. Er wordt onbeholpen getoast met champagne, familieleden en vrienden van hun ouders spreken het bruidspaar toe. Haar vader staat op, lacht nerveus, vergeet zijn glas te heffen en zegt: 'Dank jullie allemaal voor jullie komst,' en wendt zich dan tot Gogol en Moushumi: 'Oké, veel geluk.' Er wordt met vorken tegen glazen getikt door giechelende, in sari geklede mashi's, die hun vertellen wanneer ze elkaar moeten kussen. Hij is hun elke keer ter wille en kust tam de wang van zijn bruid.

Er wordt een taart binnengereden: 'Nikhil trouwt Moushumi' luidt de opgespoten tekst. Moushumi glimlacht zoals ze altijd glimlacht voor een camera, met gesloten mond, haar hoofd een ietsje omlaag en naar links gebogen. Hij is zich ervan bewust dat Moushumi en hij samen een collectieve, diepgewortelde wens vervullen – omdat ze beiden Bengali's zijn kan iedereen zich een beetje uitleven. Soms, als hij zijn blik over de gasten laat gaan, dringt de gedachte zich aan hem op dat hij daar, in die zee van ronde tafeltjes die hem nu omringen, had kunnen zitten en haar had kunnen zien trouwen met een andere man. De gedachte overspoelt hem als een onverwachte golf, maar hij houdt zichzelf snel voor dat hij degene is die naast haar zit. De rode Banarasibruidssari en het goud zijn twee jaar geleden gekocht, voor haar huwelijk met Graham. Ditmaal hoefden haar ouders alleen maar de dozen uit de kast en de sieraden uit de bankkluis te halen, terwijl de bestellijst voor de cateraar ook weer dienst kon doen. De nieuwe uitnodigingskaart, die door Ashima is ontworpen en waarvan de Engelse vertaling door Gogol is gekalligrafeerd, is het enige dat niet een vorig doel heeft gediend.

Omdat Moushumi drie dagen na de bruiloft les moet geven, moeten ze de huwelijksreis uitstellen. Voorlopig moeten ze het doen met een nacht alleen in de Double Tree, die ze allebei zo snel mogelijk willen ontvluchten. Maar hun ouders hebben kosten noch moeite gespaard om de bruidssuite voor hen te reserveren. 'Ik moet nu onder de douche,' zegt ze, zodra ze eindelijk alleen zijn en verdwijnt in de badkamer. Hij weet dat ze doodop is, net als hij – tot besluit van de avond is er nog lang op nummers van Abba gedanst. Hij inspecteert de kamer, trekt laden open en haalt er het schrijfgerei uit, opent de minibar, leest het roomservicemenu, ook al heeft hij in het geheel geen trek. Integendeel, hij voelt zich niet helemaal lekker, vanwege de combinatie van de bourbon met de twee grote stukken taart die hij gegeten heeft omdat hij niets van het diner had genomen. Hij gaat languit op het kingsize bed liggen. De sprei is met rozenblaadjes bestrooid, een laatste geste voordat hun families zich terugtrokken. Terwijl hij op haar wacht, zapt hij langs de televisiekanalen. Naast hem staat een fles champagne in een emmer en een bord met hartvormige bonbons op een kanten servet. Hij neemt een hap uit een bonbon. De vulling bestaat uit taaie toffee, die meer kauwkracht vereist dan hij had verwacht.

Hij speelt wat met de gouden ring die ze aan zijn vinger heeft geschoven nadat ze de taart hadden aangesneden, identiek aan de ring die hij haar heeft gegeven. Hij heeft haar op haar verjaardag gevraagd en haar toen een solitaire diamant gegeven, samen met de fluwelen hoed die hij na hun tweede ontmoeting voor haar had gekocht. Hij had er een hele toestand van gemaakt en haar verjaardag als voorwendsel gebruikt om haar in het weekend mee te nemen naar een landelijk hotelletje in een plaatsje aan de Hudson, de eerste keer dat ze samen ergens anders heen gingen dan naar haar ouderlijk huis in New Jersey of naar Pemberton Road. Het was lente, voor de hoed was het al iets te laat. Ze was sprakeloos dat hij het al die tijd onthouden had. 'Hoe is het mogelijk dat ze hem nog steeds hadden.' Hij vertelde haar niet wanneer hij de hoed in werkelijkheid had gekocht. Hij had hem haar beneden gegeven, in de eetzaal, na een chateaubriand die aan tafel voor hen was gesneden. Vreemden draaiden zich om en bewonderden Moushumi toen ze de hoed op haar hoofd zette. Na hem gepast te hebben, had ze de doos onder haar stoel gezet, zonder de kleinere doos op te merken die tussen het vloeipapier verborgen zat. 'Er zit nog iets anders in,' was hij genoodzaakt geweest te zeggen. Later bedacht hij dat ze meer verrast was door de hoed dan door zijn aanzoek. Want terwijl het eerste echt een verrassing was, kwam het laatste niet onverwacht – vanaf het prille begin was door beide families veilig aangenomen, en algauw ook door henzelf, dat als ze het met elkaar konden vinden een verkering niet uit kon blijven en een huwelijk vaststond. 'Ja,' had ze gezegd, grinnikend opkijkend van de hoedendoos, voordat hij het zelfs had hoeven vragen.

Ze komt nu tevoorschijn in de sneeuwwitte badstof kamerjas van het hotel. Ze heeft de make-up van haar gezicht gehaald en haar sieraden afgedaan; het vermiljoen waarmee hij aan het eind van de ceremonie haar scheiding heeft gekleurd, is uit haar haar gewassen. Haar voeten zijn bevrijd van de naaldhakken die ze had aangetrokken zodra het religieuze gedeelte van de ceremonie voorbij was en waarmee ze boven bijna iedereen uittorende. Zo vindt hij haar nog steeds het betoverendst, onversierd, zich ervan bewust dat ze er zo alleen maar voor hem uit wil zien. Ze gaat op de rand van de matras zitten, smeert wat blauwe crème uit een tube op haar kuiten en voetzolen. Ze heeft met die crème ook eens zijn voeten ingewreven, toen ze over de Brooklyn Bridge waren gelopen, en toen waren ze gaan tintelen en hadden koud aangevoeld. En dan legt ze haar hoofd op het kussen, kijkt hem aan en steekt haar hand naar hem uit. Onder de kamerjas verwacht hij pikante lingerie aan te treffen – thuis in New York had hij een glimp opgevangen van de berg spulletjes in de hoek van haar slaapkamer die ze van vrienden voor haar huwelijk had gekregen. Maar ze is naakt, haar huid geurt, een beetje te sterk, naar een soort bes. Hij kust het donkere haar op haar onderarmen, de uitstekende sleutelbenen, het deel van haar lichaam dat, zo heeft ze hem eens bekend, haar het dierbaarst is. Ze vrijen, zo moe als ze zijn, haar vochtige haar slap en koel tegen zijn gezicht, de rozenblaadjes plakkend aan hun ellebogen, schouders en kuiten. Hij ademt de geur van haar huid in, nog niet in staat te bevatten dat ze nu man en vrouw zijn. Wanneer zou hij het echt gaan geloven? Zelfs nu voelt hij zich nog niet volkomen met haar alleen, verwacht hij nog half dat er iemand op de deur zal kloppen en hun zal gaan vertellen hoe ze het verder moeten aanpakken. En hoewel hij haar niet minder begeert dan anders, is hij toch opgelucht als ze klaar zijn en naakt naast elkaar liggen, wetend dat er niets meer van hen wordt verwacht, dat ze zich eindelijk kunnen ontspannen.

Later maken ze de champagne open en zitten ze samen op bed met een grote boodschappentas vol enveloppen met persoonlijke cheques tussen hen in. De cheques zijn geschonken door de honderden vrienden van hun ouders. Zij had geen huwelijkslijst willen maken. Tegen Gogol had ze gezegd dat ze er geen tijd voor had, maar hij vermoedde dat het iets was dat ze liever geen tweede keer wilde meemaken. Hij vindt het prima, dat hun appartement niet uitpuilt van de kristallen vazen en schalen en bij elkaar passende potten en pannen. Ze hebben geen rekenmachientje, dus tellen ze de bedragen op met behulp van talrijke blaadjes briefpapier van het hotel. De meeste cheques zijn uitgeschreven aan de heer en mevrouw Nikhil en Moushumi Ganguli. Sommige aan Gogol en Moushumi Ganguli. De bedragen zijn honderdeen dollar, tweehonderdeen dollar, een enkele keer driehonderdeen dollar, omdat Bengali's denken dat het geven van ronde bedragen ongeluk brengt. Van elk blaadje maakt Gogol een subtotaal.

'Zevenduizendvijfendertig,' zegt hij ten slotte.

'Niet slecht, meneer Ganguli.'
'Volgens mij hebben we een klapper gemaakt, mevrouw Ganguli.'

Alleen, ze is niet mevrouw Ganguli. Moushumi heeft haar eigen achternaam gehouden. Ze neemt de naam Ganguli niet aan, ook niet met een verbindingsstreepje. Haar eigen achternaam, Mazoomdar, is al een hele mond vol. Met een dubbele achternaam zou ze niet meer in het venster van een zakelijke envelop passen. Bovendien is ze inmiddels gaan publiceren als Moushumi Mazoomdar, de naam die gedrukt staat boven van voetnoten voorziene artikelen over de Franse feministische theorie in een aantal vooraanstaande bladen voor academici, die er altijd in slagen Gogol op papier een sneer te geven als hij ze probeert te lezen. Hoewel hij het tegenover haar niet heeft toegegeven, had hij gehoopt, de dag dat ze gingen aantekenen, dat ze zich nog zou bedenken, al was het maar als eerbewijs aan zijn vader. Maar de gedachte om haar achternaam in Ganguli te veranderen is zelfs nooit bij Moushumi opgekomen. Als familieleden in India doorgaan hun brieven en kaarten te adresseren aan 'Mevrouw Moushumi Ganguli', schudt ze zuchtend het hoofd.

Ze gebruiken het geld als deel van een borgsom voor een tweekamerappartement in de Twenties, bij Third Avenue. Het kost eigenlijk iets meer dan ze zich kunnen veroorloven, maar ze gaan door de knieën voor de kastanjebruine luifel, de parttime portier, de vestibule met pompoenkleurige tegels. Het appartement zelf is klein maar luxueus, met ingebouwde mahonie boekenkasten tot aan het plafond en vloeren van brede, donkere, glanzende delen. Er is een woonkamer met een dakraam, een keuken met dure roestvrijstalen apparatuur, een badkamer met een marmeren vloer en wanden. Er zit een Julia-balkon aan de slaapkamer, waarin Moushumi in een hoek haar bureau, haar computer, haar printer en ordners installeert. Ze wonen op de bovenste verdieping, en als je ver genoeg uit het raam van de badkamer hangt, kun je het Empire State Building zien. Een paar weekenden achtereen nemen ze de pendelbus naar Ikea en kleden de kamers aan: imitatie Noguchi-lampen, een zwarte aanbouwbank, kelim- en flokatikleden, een naturel grenen ledikant. Zowel haar ouders als Ashima zijn tegelijkertijd onder de indruk en verbaasd als ze voor het eerst op bezoek komen. Is het niet een beetje klein, nu ze getrouwd zijn? Maar Gogol en Moushumi denken nog niet aan kinderen, zeker niet voordat Moushumi is gepromoveerd. 's Zaterdags gaan ze samen eten kopen op de boerenmarkt in Union Square, met canvas tassen over hun schouders. Ze kopen dingen die ze nog nooit hebben klaargemaakt, zoals prei en verse tuinbonen en *fiddleheads*, zoeken recepten op in de kookboeken die ze voor hun huwelijk hebben gekregen. Als ze aan het koken zijn, gaat zo nu en dan het overgevoelige brandalarm af, wat ze tot zwijgen brengen door er een por met een bezemsteel tegen te geven.

Ze geven van tijd tot tijd samen een feestje, het soort feestje dat hun ouders nooit hebben gekend, met drankjes die ze mixen in een roestvrijstalen shaker voor een paar architecten van Gogols werk, of voor medestudenten van Moushumi aan NYU. Ze draaien bossanova's en serveren brood met salami en kaas. Hij maakt het geld van zijn bankrekening over op de hare en ze gebruiken lichtgroene cheques met hun beider namen in de hoek gedrukt. Het codewoord dat ze kiezen voor hun ATM-pinkaart, Lulu, is de naam van het Franse restaurant waar ze voor het eerst samen hebben gegeten. 's Avonds eten ze meestal naast elkaar op de krukken aan de bar in de keuken, en soms aan de salontafel, ondertussen kijkend naar de tv. Ze maken maar een enkele keer Indiaas eten, meestal is het pasta of gegrilde vis of een afhaalmaaltijd uit het Thaise restaurant in de straat. Maar soms, op zondag, als ze allebei snakken naar het eten waarmee ze zijn grootgebracht, stappen ze in de subway naar Queens om te gaan brunchen in de Jackson Diner, waar ze hun bord vol laden met tandoorikip en *pakora's* en *kabobs*, en na afloop basmatirijst kopen en de specerijen die aanvulling behoeven. Of ze gaan naar een van de gat-in-de-muur theehuisjes en drinken daar thee met dikke room in kartonnen bekertjes; daarbij vragen ze de serveerster in het Bengaals om kommen zoete yoghurt en *haleem*. Elke avond belt hij haar voordat hij het kantoor verlaat even op, om te vragen of hij onderweg nog een krop sla of een brood moet kopen. Na het eten kijken ze televisie, terwijl Moushumi bedankkaarten schrijft aan alle vrienden van hun ouders voor de cheques die ze met behulp van twintig verschillende stortingsbiljetten op hun bankrekening hebben gezet. Dit zijn de dingen die hem het gevoel geven getrouwd te zijn. Overigens is alles hetzelfde, maar nu zijn ze altijd samen. 's Nachts slaapt ze naast hem, ze rolt zich altijd op haar buik en wordt elke ochtend wakker met een kussen op haar hoofd gedrukt.

Zo nu en dan vindt hij in het appartement nog een restantje van haar leven voordat hij er zijn intrede in deed, haar leven met Graham – hun beider namen in een gedichtenbundel, een prentbriefkaart uit de Provence achter in een woordenboek, geadresseerd aan het appartement dat ze heimelijk deelden. Eén keer, niet in staat de verleiding te weerstaan, is hij tijdens zijn middagpauze naar dat adres toe gewandeld, nieuwsgierig hoe haar leven er in die tijd had uitgezien. In gedachten ziet hij haar over het trottoir lopen, sjouwend met boodschappentassen uit de supermarkt op de hoek, verliefd op een andere man. Op zichzelf geeft haar verleden hem geen reden tot jaloezie. Alleen vraagt Gogol zich weleens af of hij toch niet enigszins een capitulatie of nederlaag vertegenwoordigt. Hij voelt dit niet voortdurend, maar wel zo vaak dat het aan hem knaagt, zich op zijn gedachten vastzet als een web. Maar dan zoekt hij geruststelling in het appartement om hem heen en herinnert hij zichzelf aan het leven dat ze samen hebben ingericht en dat ze delen. Hij kijkt naar de foto van hun huwelijk waarop ze gelijke bloemenkransen om hun hals dragen. De foto staat in een smaakvolle leren lijst op de televisie. Hij loopt de slaapkamer in waar ze aan het werk is, kust haar schouder, troont haar mee naar het bed. Maar in de diepe kast die ze nu delen hangt een kledingzak waarin zich een witte jurk bevindt waarvan hij weet dat ze die een maand na de Indiase ceremonie die voor haar en Graham was gepland, gedragen zou hebben, tijdens een tweede huwelijksvoltrekking door een *Justice of the Peace* in de tuin van Grahams vader in Pennsylvania. Ze had hem erover verteld. Een stukje van de jurk is zichtbaar door een plastic ruitje in de kledingzak. Hij heeft het ding een keer opengeritst, een glimp opgevangen van iets mouwloos tot op de knie, met een eenvoudige ronde hals, iets dat op een tennisjurkje leek. Op een dag vraagt hij haar waarom ze het nog steeds bewaart. 'O, dat,' zegt ze schouderophalend. 'Dat wil ik nog steeds een keertje laten verven.'

In maart gaan ze naar Parijs. Moushumi is uitgenodigd een voordracht te komen houden op een congres aan de Sorbonne en ze besluiten er een kleine vakantie van te maken, waarvoor Gogol een week vrij zal nemen. In plaats van een hotel te nemen, logeren ze in een appartement in de Bastille dat aan een vriend van Moushumi toebehoort, een journalist die Emanuel heet en in Griekenland op vakantie is. Het appartement is nauwelijks verwarmd, piepklein, zes steile trappen hoog, met een badkamer ter grootte van een telefooncel. Het bed is een hoogslaper, zo dicht onder het plafond dat seks een riskante bezigheid wordt. Een espressopot vult bijna het smalle tweepitsfornuis. Twee stoelen aan de eettafel vormen de enige zitgelegenheid. Het weer is guur, vreugdeloos, de hemel bleek, de zon is voortdurend onzichtbaar. Parijs is befaamd om dit soort weer, vertelt Moushumi hem. Hij voelt zich zelf ook onzichtbaar, mannen op straat staren constant naar Moushumi, hun blikken treuzelen merkbaar, hoewel Gogol naast haar loopt.

Het is zijn eerste bezoek aan Europa. Voor het eerst ziet hij het soort architectuur waarover hij zoveel jaren gelezen heeft, die hij alleen van afbeeldingen in boeken en op dia's kent. Om de een of andere reden voelt hij zich in Moushumi's gezelschap meer verontschuldigend dan opgewonden. Hoewel ze samen een dag naar Chartres gaan en ook een dag in Versailles doorbrengen, heeft hij het gevoel dat ze liever koffie zou drinken met vrienden, naar forumdiscussies van het congres zou gaan, eten in haar favoriete bistro's, snuffelen in haar favoriete boutiques. Van het begin af aan voelt hij zich nutteloos. Moushumi neemt alle beslissingen, voert steeds het woord. Hij is stom in de brasserieën waar ze tussen de middag eten, stom in de winkels waar hij kijkt naar prachtige ceintuurs, stropdassen, vulpennen, briefpapier, stom tijdens de regenachtige middag die ze samen doorbrengen in het Musée d'Orsay. Hij is vooral stom als Moushumi en hij gaan eten met groepjes Franse vrienden van haar, die pernod drinken en zich te goed doen aan couscous of choucroute, die roken en discussiëren aan tafels vol kranten. Hij doet zijn best de gespreksonderwerpen te begrijpen – de euro, Monica Lewinsky, Y2K – maar al het andere is wazig, niet te onderscheiden van het gekletter van borden, het lawaai van luide, lachende stemmen. Hij slaat hen gade in de reusachtige goud omlijste spiegels aan de muren, hun donkere hoofden naar elkaar toe gebogen.

Een deel van hem beseft dat dit een voorrecht is, hier te zijn met iemand die de stad zo goed kent, maar het andere deel wil alleen maar toerist zijn, klungelen met een vertaalgidsje, alle gebouwen op zijn lijstje bekijken, verdwalen. Als hij deze wens op een avond, als ze teruglopen naar het appartement, aan Moushumi bekent, reageert ze: 'Waarom heb je dat niet meteen gezegd?' en de volgende ochtend instrueert ze hem naar het station van de Métro te lopen, zich in een automatische fotocabine van pasfoto's te voorzien en een *carte orange* te kopen. En zo gaat Gogol in zijn eentje de stad bekijken, terwijl Moushumi zich helemaal aan haar congres kan wijden, of in het appartement de laatste hand aan haar voordracht kan leggen. Zijn enige metgezel is Moushumi's *Plan de Paris*, een klein rood gidsje voor de arrondissementen, met een gevouwen kaart aan de achterflap. Op de laatste bladzijde schrijft Moushumi een paar zinnetjes voor hem op: '*Je voudrais un café, s'il vous plaît.*' '*Où sont les toilettes?*' En bij zijn vertrek waarschuwt ze hem: 'Bestel geen café crème, tenzij het ochtend is. De Fransen doen dat nooit.'

Hoewel voor de verandering de zon schijnt, is het ook bijzonder koud, de vrieslucht doet zijn oren tintelen. Hij herinnert zich zijn eerste lunch met Moushumi, de middag dat ze hem meetroonde naar de hoedenwinkel. Hij herinnert zich hoe ze het samen uitschreeuwden toen de wind hun gezichten geselde, toen het nog te vroeg voor hen was om zich aan elkaar te verwarmen. Hij loopt nu naar de hoek, besluit nog een croissant te kopen bij de boulangerie waar Moushumi en hij elke ochtend hun ontbijt halen. Hij ziet een jong stelletje dat elkaar in een plek zonlicht op het trottoir gebakjes staat te voeren uit een zak. Opeens wil hij terug naar het appartement, in het hoge bed klimmen en met Moushumi in zijn armen de bezienswaardigheden de bezienswaardigheden laten. Hij wil zo urenlang met haar liggen, net als in het begin, maaltijden overslaan, dan op de gekste tijden op straat zwerven, uitgehongerd op zoek naar iets eetbaars. Maar ze moet aan het eind van de week haar voordracht houden, en hij weet dat ze zich niet zal laten afbrengen van haar taak de tekst hardop te lezen, met kleine tekentjes in de kantlijn de tijdsduur te noteren. Hij raadpleegt zijn kaart en in de dagen daarop volgt hij de routes die ze met potlood voor hem heeft uitgestippeld. Hij zwerft kilometers langs de beroemde boulevards, door de Marais, en arriveert na meermalen fout te zijn gelopen bij het Musée Picasso. Hij gaat op een bank zitten en tekent de herenhuizen aan het Place des Vosges, loopt langs de troosteloze grindpaden van de Jardin du Luxembourg. Voor de Académie des Beaux-Arts brengt hij uren door in de winkels waar oude prenten worden verkocht en koopt hij ten slotte een tekening van het Hôtel de Lauzun. Hij maakt foto's van de smalle trottoirs, de straatjes van donkere kasseien, de mansardedaken, de oude, van raamluiken voorziene gebouwen van lichtbeige steen. Hij vindt dit alles onbeschrijflijk mooi, maar tegelijkertijd stemt het hem triest dat niets van dit alles nieuw is voor Moushumi, dat zij dit alles al honderden keren heeft gezien. Hij begrijpt nu waarom ze hier zo lang is blijven wonen, ver van haar familie, van iedereen die ze kende. Haar Franse vrienden aanbidden haar. Ze hoort helemaal bij hen, maar blijft toch een beetje exotisch. Moushumi heeft zichzelf opnieuw uitgevonden, zonder angst, zonder schuldgevoel. Hij bewondert haar, is zelfs ook een beetje nijdig op haar, omdat ze naar een ander land is gegaan en daar een ander leven heeft geleid. Hij beseft ook dat zijn ouders in Amerika hetzelfde hebben gedaan. En dat hij dat zelf naar alle waarschijnlijkheid nooit zal doen.

Op hun laatste dag gaat hij 's ochtends cadeautjes kopen voor zijn schoonfamilie, zijn moeder en Sonia. Het is de dag dat Moushumi haar voordracht zal houden. Hij heeft aangeboden met haar mee te gaan, in de zaal te gaan zitten en haar te horen spreken. Maar ze antwoordde dat hij wel gek zou zijn. Waarom zou hij in een zaal vol mensen gaan zitten die een taal spraken die hij niet verstond, terwijl er voor hem in de stad nog zoveel te zien was? En dus zet hij na het winkelen koers naar het Louvre, want daar is hij nog niet geweest. Aan het eind van de middag treft hij haar in een café in het Quartier Latin. Ze zit buiten op het terras op hem te wachten, haar lippen donkerrood gestift, nippend aan een glas wijn.

Hij gaat zitten, bestelt een kop koffie. 'Hoe was het? Hoe ging het?'

Ze steekt een sigaret op. 'Goed. 't Is achter de rug, in elk geval.'

Ze lijkt meer teleurgesteld dan opgelucht, haar blik dwaalt over het kleine ronde tafelblad tussen hen, waarvan het marmer blauw geaderd is als schimmelkaas.

Normaal wil ze een volledig verslag van zijn belevenissen horen, maar vandaag zitten ze zwijgend naar de voorbijgangers te kijken. Hij laat haar zien wat hij gekocht heeft, een stropdas voor zijn schoonvader, zeep voor zijn moeder, een shirt voor Samrat, een zijden sjaal voor Sonia, tekenboeken voor zichzelf, flesjes inkt, een pen. Ze bewondert de tekeningen die hij gemaakt heeft. Ze zijn in dit café al eerder geweest en hij voelt het lichte heimwee dat je soms kunt hebben aan het eind van een langdurig verblijf in den vreemde terwijl hij zich de details inprent die al spoedig uit zijn geheugen gewist zullen zijn: de norse kelner die hen beide keren heeft bediend, de winkels aan de overkant van de straat, de groen-gele rieten stoelen.

'Vind je het jammer om weer weg te gaan?' vraagt hij. Hij roert suiker in zijn koffie en drinkt het kopje in één teug leeg.

'Een beetje wel. Ik denk dat een stukje van me eigenlijk nooit uit Parijs weg heeft gewild.'

Hij buigt zich naar haar toe, neemt haar beide handen in de zijne. 'Maar dan zouden wij elkaar nooit hebben ontmoet,' zegt hij, op een toon die meer zelfvertrouwen suggereert dan hij in werkelijkheid voelt.

'Dat is zo,' beaamt ze. En dan: 'Wie weet verhuizen we nog weleens hierheen.'

Hij knikt. 'Wie weet.'

Hij vindt haar beeldschoon. Ze ziet er moe uit, het geconcentreerde licht van de ondergaande zon geeft haar gezicht een oranjeroze gloed. Hij volgt met zijn blik de rook die van haar weg zweeft. Hij wil dit moment vasthouden voor later, zij tweeën samen, hier. Zo wil hij zich Parijs herinneren. Hij haalt zijn camera tevoorschijn en stelt scherp op haar gezicht.

'Nee, Nikhil, niet doen, alsjeblieft,' zegt ze, lachend, hoofdschuddend. 'Ik zie er echt niet uit.' Ze houdt een hand voor haar gezicht.

Hij laat de camera niet zakken. 'Ach, kom nou, Mo. Je bent prachtig. Je ziet er geweldig uit.'

Maar ze weigert hem terwille te zijn en schuift haar stoel schrapend over het plaveisel uit zijn gezichtsveld; ze wil in deze stad niet voor een toeriste worden aangezien, zegt ze.

Een zaterdagavond in mei. Een etentje in Brooklyn. Een dozijn mensen zit op houten krukken om een lange, door de tand des tijds getekende eettafel sigaretten te roken en uit sapglazen chianti te drinken. Het is donker in de kamer; van onder een koepelvormige metalen lampenkap aan een lang koord werpt een enkel peertje een afgebakende lichtkring op het midden van de tafel. Een aftandse radiocassetterecorder op de vloer speelt operamuziek. Er gaat een joint van hand tot hand. Gogol neemt een haal, maar heeft er algauw spijt van – hij heeft al zo'n honger. Hoewel het tegen tienen loopt, moet het eten nog worden opgediend. Behalve de chianti is een brood en een kommetje olijven tot dusver het enige wat er op tafel verschenen is. Het tafelblad is bezaaid met broodkruimels en puntige paarse olijvenpitten. Het brood, dat veel wegheeft van een hard, stoffig kussen, zit vol gaten zo groot als pruimen, en de korst doet pijn aan Gogols verhemelte.

Ze zijn op bezoek bij Moushumi's vrienden Astrid en Donald. Het huis is een negentiende-eeuws patriciërshuis van bruinrode zandsteen, dat wordt gerenoveerd. Astrid en Donald, die hun eerste kind verwachten, zijn bezig hun woonruimte uit te breiden van één enkele verdieping van het huis naar de bovenste drie. Dikke vellen plastic hangen van dakbalken omlaag en creëren zo doorzichtige, tijdelijke gangen. Achter hen ontbreekt een muur. Zelfs nu arriveren er nog gasten. Onder het binnenkomen klagen ze over de kou die tot zo ver in het voorjaar voortduurt, over de gemene, snijdende wind die buiten door de boomtoppen giert. Ze trekken hun jassen uit, stellen zich voor, schenken zichzelf chianti in. Als ze voor het eerst in het huis zijn, staan ze na een poosje van tafel op en beklimmen achter elkaar de trap, om alles te bewonderen: de schuifdeuren, de originele metalen plafonds, de enorme ruimte die later de kinderkamer wordt, het briljante uitzicht vanaf de bovenste verdieping op Manhattan, heel in de verte.

Gogol is hier al eerder geweest, een beetje te vaak, vindt hij zelf. Astrid is een vriendin van Moushumi, ze kennen elkaar van Brown University. Hij heeft Astrid en Donald voor het eerst op zijn bruiloft ontmoet. Althans, dat zegt Moushumi, hij kan het zich niet herinneren. Tijdens het eerste jaar dat Gogol en Moushumi elkaar kenden, woonden zij in Rome van een Guggenheimbeurs die Astrid had gekregen. Maar inmiddels zijn ze weer terug in New York, waar Astrid aan de New School filmwetenschap doceert. Donald is een matig getalenteerde schilder van klein formaat stillevens van enkelvoudige alledaagse voorwerpen – een ei, een kopje, een kam – tegen felgekleurde achtergronden. Donalds weergave van een klosje garen, een huwelijkscadeau voor Gogol en Moushumi, hangt in hun slaapkamer. Donald en Astrid zijn relaxte levensgenieters, een voorbeeld, denkt Gogol, van hoe Moushumi haar leven met hem graag zou zien. Ze verzamelen mensen om zich heen, geven etentjes, geven kleine stukjes van zichzelf weg aan vrienden. Het zijn vurige propagandisten voor hun eigen manier van leven, die Gogol en Moushumi van een gestage stroom onbetwistbare adviezen voorzien betreffende de gewoonste zaken. Ze zweren bij een bepaalde bakkerij in Sullivan Street, een bepaalde slager in Mott, een bepaald soort koffiezetapparaat, een bepaalde Florentijnse ontwerper van beddenlakens. Gogol wordt gestoord van hun decreten. Maar Moushumi is loyaal. Ze neemt regelmatig de extra moeite en de extra kosten voor lief om brood te gaan kopen bij die ene bakkerij en vlees bij die ene slager.

Vanavond ziet hij een paar bekende gezichten: Edith en Colin, die sociologie doceren aan respectievelijk Princeton en Yale, en Louise en Blake, beiden, net als Moushumi, bezig met hun promotie aan NYU. Oliver is redacteur van een kunsttijdschrift, Sally, zijn vrouw, werkt als chef pâtissière. De anderen zijn collega-schilders van Donald, dichters, documentairefilmers. Allemaal zijn ze getrouwd. Zelfs nu nog slaat een zo doodgewoon, voor de hand liggend feit als dit hem met stomme verbazing. Allemaal getrouwd! Maar zo is het leven nu. Soms is het weekend vermoeiender dan de werkweek: een eindeloze stroom etentjes, borrels, en af en toe after-eleven feesten met dansen en drugs om hen eraan te herinneren dat ze nog jong zijn, gevolgd door zondagse brunches met bloody mary's zoveel je wilt en veel te dure eieren.

Het zijn intelligente, aantrekkelijke, goedgeklede mensen. Ook een beetje incestueus. De overgrote meerderheid kent elkaar van Brown, en Gogol kan zich nooit aan de indruk onttrekken dat de helft van de aanwezigen met elkaar naar bed is geweest. Aan tafel worden de gebruikelijke academische gesprekken gevoerd, versies van dezelfde conversatie waaraan hij niet mee kan doen, over congressen, vacatures, ondankbare studenten, sluitingsdata van scriptievoorstellen. Aan de ene kant van de tafel praat een vrouw met kort rood haar en een bril met kattenmontuur over een toneelstuk van Brecht waarin ze in San Francisco heeft gespeeld, volledig naakt. Aan de andere kant legt Sally de laatste hand aan een dessert dat ze heeft meegebracht, ingespannen laagjes samenstellend, die ze bedekt met glinsterend wit schuim dat als een dichte bundel vlammen omhoogschiet. Astrid laat aan een paar mensen verfstaaltjes zien, die ze als tarotkaarten voor zich heeft uitgestald, varianten van een appelgroen dat zij en Donald voor de vestibule willen gebruiken. Ze heeft een bril op die van Malcolm x kan zijn geweest. Ze bekijkt de verfstaaltjes nauwkeurig; hoewel ze haar gasten om advies vraagt, heeft ze allang besloten welke kleurnuance ze zal kiezen. Links van Gogol legt Edith uit waarom ze met brood is gestopt. 'Ik heb gewoon zoveel meer energie als ik geen tarwe eet,' vertelt ze.

Gogol heeft deze mensen niets te zeggen. Hij geeft niets om hun dissertatieonderwerpen of hun dieetperikelen of de kleur van hun muren. In het begin waren deze bijeenkomsten lang niet zo ondraaglijk geweest. Toen Moushumi hem pas aan haar vriendenkring had voorgesteld, zaten hij en zij met hun armen om elkaar heen en waren hun medegasten een voetnoot bij hun eigen, doorlopende conversatie. Eens, tijdens een feestje bij Sally en Oliver, waren ze ertussenuit geknepen en hadden ze een vluggertje gemaakt in Sally's diepe garderobekast, onder stapels van haar truien. Hij weet dat aan dit soort geïsoleerde hartstocht een keer een eind moet komen. Toch is het hem een raadsel wat Moushumi nog steeds in deze mensen ziet. Hij kijkt naar haar. Ze steekt een Dunhill op. In het begin had het hem niet gehinderd dat ze rookte. Hij vond het prettig als ze, nadat ze gevreeën hadden, zich over het nachtkastje boog en een lucifer aanstak, dan lag hij zwijgend naast haar en hoorde hij haar uitademen in de stilte en zag de rook boven hun hoofden wegdrijven. Maar de laatste tijd begint de verschaalde geur ervan, in haar haren en aan haar vingertoppen en in de slaapkamer waar ze zit te typen, hem enigszins tegen te staan, en van tijd tot tijd betrapt hij zich op een vluchtig visioen van zichzelf, eenzaam achtergebleven als gevolg van haar lichte, maar hardnekkige verslaving. Toen hij haar op een dag zijn ongerustheid bekende, had ze gelachen. 'O, Nikhil,' had ze gezegd, 'dat meen je toch niet?'

Ze lacht nu ook en knikt heftig bij iets dat Blake tegen haar zegt. Zo levendig als nu is ze in tijden niet geweest. Hij kijkt naar haar sluike, gladde haar, dat ze pas zo heeft laten knippen dat het aan de einden even omhoogkrult. De bril die haar schoonheid alleen nog maar accentueert. Haar bleke, aantrekkelijke mond. Hij weet dat de goedkeuring van deze mensen iets voor haar betekent, maar hij weet niet precies wat. Maar, hoe prettig Moushumi het ook vindt om Astrid en Donald te ontmoeten, toch merkt Gogol dat ze na afloop somber is, alsof ze er door die ontmoeting alleen maar aan herinnerd wordt dat hun eigen leven nooit aan het hunne zal kunnen tippen. De laatste keer dat ze na een etentje bij Astrid en Donald huiswaarts keerden, was ze, zodra ze binnen waren, tegen hem uitgevaren over het lawaai op Third Avenue, over de schuifdeuren van de kasten die altijd uit de rails liepen en over het feit dat je niet naar de wc kon gaan zonder de oorverdovende herrie van de ventilator voor lief te nemen. Hij houdt zichzelf voor dat het de spanning is – ze studeert nu voor haar mondeling en zit 's avonds meestal tot negen uur te blokken in haar studiecel in de bibliotheek. Hij weet nog hoe het hemzelf verging bij zijn architectenexamen, waarvoor hij eerst twee keer was gezakt. Hij herinnert zich nog wat een consequente afzondering dat had gevergd, dat hij dagen achtereen met niemand een woord gewisseld had, en daarom zegt hij ook nu niets. Vanavond had hij gehoopt dat ze haar mondeling als excuus zou gebruiken om de uitnodiging van Astrid en Donald af te slaan. Maar inmiddels weet hij dat er geen sprake van 'nee' kan zijn als het om die twee gaat.

Het was via Astrid en Donald dat Moushumi haar vroegere verloofde Graham had ontmoet; Donald had samen met hem op kostschool gezeten en hij had Graham het telefoonnummer van Moushumi gegeven toen die naar Parijs was verhuisd. Gogol wordt niet graag herinnerd aan het feit dat Moushumi's connectie met Graham voortduurt via Astrid en Donald, dat Moushumi via hen heeft gehoord dat Graham nu in Toronto woont, getrouwd en vader van een tweeling is. Toen Moushumi en Graham nog samen waren, vormden ze een kwartet met Donald en Astrid en huurden ze samen vakantiehuisjes in Vermont en *timeshare* appartementen in The Hamptons. Ze proberen Gogol bij soortgelijke plannen te betrekken; deze zomer, bijvoorbeeld, willen ze een huis huren aan de Bretonse kust. Hoewel Astrid en Donald hem hartelijk in hun leven verwelkomd hebben, heeft hij soms toch het gevoel dat ze nog steeds denken dat ze met Graham is. Astrid heeft hem zelfs een keer per ongeluk Graham genoemd. Niemand had het gemerkt, behalve Gogol. Ze waren allemaal een beetje aangeschoten geweest, maar hij wist zeker dat hij het goed had gehoord, tegen het eind van een avond die veel leek op deze. 'Mo, als jij en Graham nu eens wat van deze varkenshaas mee naar huis namen,' had Astrid onder het afruimen gezegd. 'Het is heerlijk op de boterham.'

Op dit moment zijn de gasten verenigd in de bespreking van één enkel onderwerp: een naam voor de baby. 'Wij willen iets dat volkomen uniek is,' zegt Astrid. De laatste tijd heeft Gogol een nieuwe trend opgemerkt: nu ze zich in deze wereld van getrouwde stellen bewegen, komt de koetjes-en-kalfjesconversatie tijdens etentjes dikwijls op kindernamen terecht. Als er een vrouw aan tafel in verwachting is, zoals Astrid nu, is het onderwerp onvermijdelijk.

'Ik heb pausnamen altijd erg leuk gevonden,' zegt Blake.

'Johannes en Paulus, bedoel je?' vraagt Louise.

'Eerder zoiets als Innocentius, of Clemens.'

Er zijn ook onzinnige namen, zoals Walker en Tipper. Die worden met gekreun begroet. Iemand beweert ooit een meisje gekend te hebben dat Anna Graham heette – voel je 'm? Anagram! – en iedereen lacht.

Moushumi betoogt dat een naam zoals de hare een vloek is, ze klaagt dat niemand hem behoorlijk kan uitspreken, dat de kinderen op school hem uitspraken als Moesoemi en afkortten tot Moes. 'Ik vond het vreselijk dat ik de enige Moushumi was die ik kende,' zegt ze.

'Wat nou, ik zou dat juist prachtig hebben gevonden,' reageert Oliver.

Gogol schenkt zich nog een sapglas chianti in. Hij heeft de pest aan dit soort conversaties, kan er niet aan meedoen, kan er niet naar luisteren. Er worden boeken doorgegeven: *Hoe vind ik de beste naam voor mijn kind? Alternatieve kindernamen, Namengids voor debielen.* Eén boek heeft de titel *Hoe noem ik mijn kind niet?* Bladzijden zijn omgevouwen, sommige hebben sterretjes en vinkjes in de kantlijn. Iemand oppert de naam Zachary. Iemand anders had ooit een hond die zo heette. Iedereen wil zijn of haar eigen naam opzoeken om te zien wat die betekent, wat afwisselend voor vreugde en teleurstelling zorgt. Gogol en Moushumi komen in deze boeken niet voor, en voor het eerst die avond voelt hij iets van de oude band die hen eens bij elkaar heeft gebracht. Hij gaat naar haar toe, neemt een van haar handen, die aan gestrekte armen plat op het tafelblad liggen, in de zijne. Ze keert zich naar hem toe en kijkt hem aan.

'Hé, hallo,' zegt ze. Ze lacht hem toe en legt even haar hoofd op zijn schouder. Hij beseft dat ze dronken is.

'Wat betekent Moushumi eigenlijk?' vraagt Oliver aan haar andere kant.

'Een vochtige zuidwestenwind,' zegt ze, hoofdschuddend, met rollende ogen.

'Zoiets als die daarbuiten?'

'Ik heb altijd geweten dat je een natuurkracht was,' lacht Astrid.

Gogol wendt zich tot Moushumi. 'Echt waar?' zegt hij. Hij bedenkt dat het nooit bij hem opgekomen is haar dit te vragen, dat het iets is wat hij niet wist.

'Dat heb je mij nooit verteld,' zegt hij.
Ze schudt in verwarring het hoofd. 'O, nee?'
Het zit hem dwars, al weet hij niet precies waarom. Maar dit is niet het moment om er lang over na te denken. Niet te midden van dit alles. Hij staat op om naar de wc te gaan. Als hij klaar is, keert hij niet terug naar de eetkamer maar loopt de trap op om de renovatiewerkzaamheden te bekijken. Hij blijft staan bij de deuren van een reeks pas gewitte kamers waarin alleen ladders staan. In andere staan stapels dozen, zes, zeven hoog. Hij bekijkt een paar bouwtekeningen die op de vloer liggen uitgespreid. Hij herinnert zich dat toen Moushumi en hij pas verkering hadden, ze eens een hele middag in een café een ontwerp voor het ideale huis hadden zitten maken. Hij had gepleit voor iets modernistisch, met veel glas en licht, maar zij wilde een negentiende-eeuws herenhuis zoals dit. Uiteindelijk hadden ze iets onmogelijks ontworpen, een herenhuis van stortbeton met een glazen voorgevel. Het was nog voordat ze met elkaar naar bed waren geweest en hij weet nog dat ze allebei wat schuchter waren toen er besloten moest worden waar de slaapkamer zou komen.

Hij eindigt zijn tocht in de keuken, waar Donald nu pas aan de bereiding van de spaghetti *alle vongole* begint. Het is een oude keuken, uit een van de vroegere huureenheden, die ze gebruiken tot hun nieuwe klaar is. Groezelig linoleum en keukenapparatuur langs één muur herinneren Gogol aan zijn vroegere appartementje aan Amsterdam Avenue. Op het fornuis staat een lege, glanzende roestvrijstalen soepketel, zo groot dat hij twee pitten in beslag neemt. In een kom zitten slabladen, afgedekt met vochtig keukenpapier. Een berg groene jakobsschelpjes, niet groter dan kwartjes, ligt te spoelen in de diepe porseleinen gootsteenbak.

Donald is lang, hij draagt een spijkerbroek, teenslippers en een paprikarood overhemd waarvan de mouwen tot even boven de ellebogen zijn opgerold. Hij is knap om te zien, met aristocratische gelaatstrekken en achterovergekamd, enigszins vettig, lichtbruin haar. Hij draagt een schort over zijn kleren en is bezig blaadjes te plukken van een enorme bos peterselie.

'Hé, hallo,' zegt Gogol. 'Kan ik wat doen?'

'Nikhil. Welkom.' Donald overhandigt hem de peterselie. 'Ga je gang.'

Gogol is blij dat hij wat omhanden heeft, dat hij bezig kan zijn en zich nuttig kan maken, al is het maar in de rol van sous-chef onder Donald.

'En hoe staat het met de renovatie?'

'Praat me er niet van,' zegt Donald. 'We hebben net onze aannemer de laan uitgestuurd. Als het zo doorgaat, is ons kind al lang en breed het huis uit tegen de tijd dat de kinderkamer klaar is.'

Gogol kijkt toe terwijl Donald de jakobsschelpjes uit hun bad haalt, ze schoonschrobt met iets dat op een miniatuur wc-borstel lijkt, en ze dan een voor een in de soepketel gooit. Gogol steekt zijn hoofd in de pot en ziet de vongole, hun schelpen eendrachtig geopend in een rustig schuimende bouillon.

'En wanneer zijn jullie van plan naar deze buurt te verhuizen?' vraagt Donald.

Gogol haalt zijn schouders op. Hij is niet van plan in Brooklyn te gaan wonen, in elk geval niet in de buurt van Donald en Astrid. 'Ik heb er nog niet echt over nagedacht. Ik geef de voorkeur aan Manhattan. Moushumi ook.'

Donald schudt zijn hoofd. 'Dat heb je mis. Moushumi is dol op Brooklyn. Na die geschiedenis met Graham hebben we haar praktisch de deur uit moeten schoppen.'

Het horen van die naam steekt hem, geeft hem zoals altijd een machteloos gevoel.

'Heeft ze hier bij jullie gelogeerd?'

'Daar, verderop in de gang. Ze is hier een paar maanden geweest. Ze was er beroerd aan toe. Ik heb nooit iemand zo totaal in de vernieling gezien.'

Hij knikt. Dus dit was het huis en dit was het bevriende echtpaar waarvan ze hem had verteld. Opeens haat hij dit huis, nu hij weet dat ze hier, bij Donald en Astrid, haar moeilijkste uren heeft doorgebracht. Dat ze hier om een andere man heeft getreurd.

'Maar jij bent veel beter voor haar,' concludeert Donald.

Gogol kijkt op, verrast.

'Begrijp me goed, Graham is een prima kerel. Maar ze waren ergens te veel hetzelfde, te veel één.'

Gogol vindt deze opmerking niet bepaald geruststellend. Hij plukt het laatste peterselieloof van de stelen en kijkt toe terwijl Donald het snel en vakkundig fijnhakt, met een vlakke hand dwars op de rug van het mes.

Gogol voelt zich plotseling hopeloos onhandig. 'Dat heb ik nu nooit kunnen leren,' zegt hij.

'Het enige wat je nodig hebt is een goed mes,' zegt Donald. 'Ik zweer bij deze hier.'

Gogol wordt weggestuurd met een stapel borden en een bos vorken en messen. Onderweg werpt hij een blik in de kamer verderop in de gang waar Moushumi heeft gelogeerd. Hij is nu leeg. Op de vloer ligt een spatkleed, uit een gat in het midden van het plafond komt een wirwar van draden. In gedachten ziet hij haar in een hoek in bed liggen, lusteloos, mager, een rookwolk boven haar hoofd. Beneden gaat hij naast Moushumi aan tafel zitten. Ze kust zijn oorlelletje. 'Waar was je?'

'Ik heb Donald een beetje gezelschap gehouden.'

Het gesprek over namen is nog in volle gang. Colin zegt dat hij een voorkeur heeft voor namen die een deugd vertegenwoordigen: Patience, Faith, Chastity. Hij vertelt dat zijn overgrootmoeder Silence heette, maar dat wenst niemand te geloven.

'Wat zou je zeggen van Prudence? Is voorzichtigheid niet een van de deugden?' zegt Donald, die de trap afkomt met een schotel spaghetti. De schotel wordt onder verspreid applaus op tafel gezet. De pasta wordt opgeschept, de borden rondgedeeld.

'Het lijkt me toch een enorme verantwoordelijkheid, om een baby een naam te geven,' tobt Astrid. 'Stel je voor dat hij er later niks van moet hebben.'

'Nou, dan verandert hij hem toch?' zegt Louise. 'Tussen haakjes, kun jij je Joe Chapman nog herinneren, uit onze studententijd? Ik heb gehoord dat hij nu Joanna heet.'

'Jeetje, ik zou mijn naam nooit willen veranderen,' zegt Edith. 'Ik heb hem van mijn grootmoeder.'

'Nikhil heeft ook zijn naam veranderd,' flapt Moushumi er opeens uit, en voor het eerst die avond wordt het in de kamer, op de opera na, helemaal stil.

Hij staart haar aan, met stomheid geslagen. Hij heeft haar nooit gevraagd om het aan niemand te vertellen. Hij heeft eenvoudig aangenomen dat ze het nooit zou doen. Zijn gelaatsuitdrukking is aan haar verspild, ze beseft niet wat ze heeft gedaan. De gasten aan tafel slaan hem met open mond, onzeker lachend, gade.

'Wat bedoel je, heeft zijn naam veranderd?' vraagt Blake langzaam.

'Nikhil. Dat is niet de naam waarmee hij geboren is.' Ze knikt, met volle mond, en gooit een jakobsschelpje op tafel. 'Zo heette hij niet toen we klein waren.'

'Wat is je geboortenaam dan?' vraagt Astrid en ze kijkt hem vorsend aan, haar wenkbrauwen fronsend om indruk te maken.

Een paar seconden lang blijft hij zwijgen. 'Gogol,' zegt hij ten slotte. Het is jaren geleden dat hij Gogol is geweest voor iemand anders dan zijn familie en hun vrienden. Het klinkt zoals het altijd klinkt, simpel, onmogelijk, absurd. Hij kijkt naar Moushumi terwijl hij het zegt, maar ze is te dronken om zijn verwijt op te merken.

'Zoals in "De mantel"?' vraagt Sally.

'Ik snap het,' zegt Oliver. 'Nik-olaj Gogol.'

'Ik begrijp niet dat je ons dat nooit hebt verteld, Nick,' zegt Astrid berispend.

'Wat heeft je ouders in godsnaam bewogen die naam te kiezen?' wil Donald weten.

Hij denkt terug aan het verhaal dat hij onmogelijk aan deze mensen kan vertellen, het verhaal dat nog altijd even levend als ongrijpbaar is: de gekantelde trein in het holst van de nacht, de arm van zijn vader die uit het raam hangt met het verfrommelde blaadje uit een boek in zijn vuist geklemd. Hij heeft het verhaal een paar maanden na hun eerste ontmoeting aan Moushumi verteld. Hij heeft haar van de treinramp verteld en daarna van de avond toen zijn vader het hem had verteld, in de auto op de oprit van Pemberton Road. Hij had haar bekend dat hij zich soms nog schuldig voelde omdat hij zijn naam veranderd had, des te meer nu zijn vader gestorven was. En zij had hem verzekerd dat het begrijpelijk was, dat iedereen in zijn plaats hetzelfde zou hebben gedaan. Maar nu is het voor haar iets om te lachen. Opeens spijt het hem dat hij het haar ooit heeft verteld, hij vraagt zich af of ze het verhaal van zijn vaders ongeluk ook aan de hele tafel gaat verkondigen. Morgen is de helft van de aanwezigen het alweer vergeten. Het wordt gewoon een klein, merkwaardig feitje over zijn persoon, een anekdote misschien, voor een toekomstig etentje. Die gedachte kwelt hem nog het meest.

'Het was mijn vaders lievelingsschrijver,' zegt hij ten slotte.

'Dan moeten wij de baby misschien Verdi noemen,' mijmert Donald, terwijl de opera juist zijn slotmaten bereikt en het bandje met een klik zwijgt.

'Aan jou heb ik ook niks,' klaagt Astrid en ze kust Donald op zijn neus. Gogol slaat hen gade, wetend dat het allemaal scherts is – zij zijn er de mensen niet naar om iets zo impulsiefs, zo naïefs, zo onhandigs te doen als zijn ouders hebben gedaan.

'Rustig maar,' zegt Edith. 'De juiste naam valt je op den duur vanzelf in.'

Dat is het moment waarop Gogol meedeelt: 'Die bestaat niet.'

'Wat bestaat niet?' vraagt Astrid.

'Er bestaat niet zoiets als de juiste naam. Ik vind dat mensen op hun achttiende zelf een naam moeten kunnen kiezen. Tot die tijd: voornaamwoorden.'

Er wordt afkeurend met hoofden geschud. Moushumi werpt hem een blik toe die hij negeert. De salade wordt opgediend. Het gesprek neemt een nieuwe wending, gaat verder zonder hem. Maar hij moet denken aan een roman die hij eens van de stapel aan Moushumi's kant van het bed heeft gepakt, een Engelse vertaling van iets Frans, waarin de hoofdpersonen honderden bladzijden lang eenvoudigweg werden aangeduid met Hij en Zij. Hij had het boek in een paar uur uitgelezen, vreemd opgelucht dat de namen nooit werden onthuld. Het was het verhaal van een ongelukkige liefde. Was zijn eigen leven maar zo eenvoudig.

10

1999

DE OCHTEND VAN de dag dat ze een jaar getrouwd zijn, worden ze door Moushumi's ouders uit bed gebeld en gefeliciteerd, voordat ze de kans hebben gehad het elkaar te doen. Maar er is nog iets anders te vieren: Moushumi is de week tevoren voor haar mondelinge examen geslaagd en is nu officieel 'promovabel'. Er is nog een derde reden voor een feestje, maar die heeft ze verzwegen – er is haar een onderzoeksbeurs toegekend om in Frankrijk een jaar aan haar proefschrift te werken. Ze heeft de beurs in het geheim aangevraagd, net voor hun huwelijk, gewoon om te zien of ze ervoor in aanmerking zou komen. Het was altijd goed, zo had ze geredeneerd, om zoiets te hebben geprobeerd. Twee jaar geleden zou ze onmiddellijk ja hebben gezegd. Maar ze kan nu onmogelijk zomaar een jaar naar Frankrijk gaan nu ze met een echtgenoot, een huwelijk, rekening moet houden. Dus toen het goede nieuws kwam, heeft ze besloten dat ze maar beter stilletjes voor de beurs kon bedanken, de brief opbergen, er niet over beginnen.

Ze heeft voor deze avond het initiatief genomen en een tafel gereserveerd in een restaurant in het centrum dat Donald en Astrid hebben aanbevolen. Ze voelt zich een beetje schuldig vanwege al die maanden van studie, wetend dat ze met haar tentamens als excuus Nikhil misschien wel meer heeft verwaarloosd dan nodig was. Er waren avonden dat ze hem vertelde dat ze in de bibliotheek aan het studeren was terwijl ze in werkelijkheid Astrid en haar baby, Esme, in SoHo trof of in haar eentje was gaan wandelen. Soms ging ze alleen een restaurant in, zette zich aan de bar, bestelde sushi of een sandwich en een glas wijn, alleen maar om zichzelf eraan te herinneren dat ze nog steeds haar eigen boontjes kon doppen. Die zelfstandigheid is belangrijk voor haar: naast de geloften in het Sanskriet die ze tijdens haar huwelijksceremonie had afgelegd, had ze zichzelf beloofd nooit volledig van haar echtgenoot afhankelijk te zullen worden, zoals haar moeder dat was. Want zelfs na tweeëndertig jaar in het buitenland, eerst in Engeland en daarna in Amerika, te hebben geleefd, kan haar moeder nog niet autorijden, heeft ze geen baan, en kent ze het verschil niet tussen een girorekening en een spaarrekening bij de bank. En toch is het een intelligente vrouw, was ze een veelbelovend filologiestudente aan het Presidency College voordat ze op haar tweeëntwintigste werd uitgehuwelijkt.

Ze hebben zich beiden mooi aangekleed – als ze uit de badkamer komt, ziet ze dat hij het overhemd draagt dat ze hem gegeven heeft, moskleurig met een fluwelen Nehru-boordje van een iets donkerder groen. Pas nadat de verkoper het had ingepakt herinnerde ze zich de regel dat je iemand voor de eerste verjaardag van zijn huwelijk geen papier mag geven. Ze heeft overwogen hem het overhemd met Kerstmis te geven en bij Rizzoli een boek over architectuur voor hem te kopen, maar daar had ze geen tijd meer voor. Zelf draagt ze het zwarte jurkje dat ze aanhad toen hij voor het eerst bij haar kwam eten, toen ze voor het eerst met elkaar naar bed waren gegaan, met daarop een lila *pasjmina*, die ze vandaag van Nikhil heeft gekregen. Ze herinnert zich nog hun allereerste ontmoeting, hoe leuk ze zijn enigszins woeste haardos vond toen hij haar aan de bar aansprak, de donkere stoppeltjes op zijn kin, het overhemd dat hij droeg, met brede groene en smalle lavendelkleurige strepen, en een boord dat al iets begon te rafelen. Ze weet nog hoe verbijsterd ze was toen ze van haar boek opkeek en hem zag, hoe haar hart oversloeg en ze onmiddellijk de aantrekkingskracht voelde, sterk, in haar borst. Want wat ze had verwacht was een oudere versie van de jongen die ze zich herinnerde, afstandelijk, stil, in een corduroy broek en een sweater, met pukkels op zijn kin. De dag voor die afspraak had ze met Astrid geluncht. 'Ik zie jou gewoon niet met zo'n Indiase jongen,' had Astrid laatdunkend gezegd toen ze aan de salade zaten in de City Bakery. Zelf was ze ook erg sceptisch geweest – afgezien van de jonge Shashi Kapoor en een neef in India had ze zich tot dusver nooit aangetrokken gevoeld tot een Indiase man. Maar Nikhil had ze meteen sympathiek gevonden. Ze vond het een verademing dat hij geen arts was, of ingenieur. Het beviel haar dat hij zijn naam van Gogol in Nikhil had veranderd; hoewel ze hem al die jaren had gekend, was dat iets wat hem op de een of andere manier nieuw maakte, anders dan de persoon waarover haar moeder het had gehad.

Ze besluiten te voet naar het restaurant te gaan, dertig blokken ten noorden van hun appartement en vier blokken westelijk. Hoewel het al donker is, is het aangenaam warm, zo warm zelfs dat ze onder de luifel van hun gebouw aarzelt en zich afvraagt of de pasjmina wel nodig is. Maar ze kan hem nergens kwijt, haar avondtasje is te klein. Ze laat de sjaal van haar schouders glijden en staat ermee in haar handen.

'Ik kan hem misschien maar beter naar boven brengen.'

'Maar als we straks terug willen lopen?' zegt hij. 'Dan heb je hem waarschijnlijk nodig.'

'Best mogelijk, ja.'

'Hij staat je trouwens goed.'

'Herinner jij je dit jurkje nog?'

Hij schudt het hoofd. Ze is teleurgesteld, maar niet verbaasd. Ze weet inmiddels dat zijn architectengeheugen voor details het laat afweten als het over alledaagse dingen gaat. Zo heeft hij bijvoorbeeld verzuimd de kassabon van de sjaal op te bergen en heeft hij die gewoon, samen met het kleingeld uit zijn broekzak, op hun gezamenlijke bureau gelegd. Dat hij zich het jurkje niet herinnert kan zij hem eigenlijk niet kwalijk nemen. Ze is zelf vergeten welke datum het precies was. Een zaterdag in november. Maar nu zijn deze mijlpalen uit hun verkeringstijd vervaagd en hebben ze plaatsgemaakt voor de gebeurtenis die ze nu vieren.

Ze lopen op Fifth Avenue, langs de winkels waar oosterse tapijten in verlichte etalages hangen. Langs de openbare bibliotheek. In plaats van meteen naar het restaurant te gaan, besluiten ze nog een eindje verder te wandelen, hun reservering gaat pas over twintig minuten in. Op Fifth Avenue is het griezelig stil, niet meer dan een handjevol mensen en taxi's in een buurt waar het normaal krioelt van de winkelende mensen en toeristen. Zij komt hier zelden, alleen om make-up te kopen bij Bendel of een enkele keer om een film te zien in de Paris en één keer, met Graham en zijn vader, om iets te gaan drinken bij Plaza. Ze lopen langs de etalages van gesloten winkels waarin horloges, koffers, tassen en regenjassen zijn uitgestald. Bij het zien van een paar turkooizen sandalen houdt Moushumi halt. Ze staan op een plexiglazen voetstuk te glanzen onder een spot, de bandjes zijn in gladiatorstijl met bergkristallen bezet.

'Lelijk of mooi?' vraagt ze hem. Het is een vraag die ze hem dikwijls stelt, als ze samen interieurfoto's bekijken in *Architectural Digest* of het katern vormgeving van *Times Magazine*. Dikwijls verrast hij haar met zijn antwoord, weet hij haar waardering te winnen voor iets dat ze anders zonder meer zou hebben afgekeurd.

'Ik weet vrijwel zeker dat ze lelijk zijn. Maar ik zou ze eerst aan moeten zien.'

'Ik ben het met je eens. Raad eens hoeveel ze kosten,' zegt ze.

'Tweehonderd dollar.'

'Vijf. Niet te geloven, hè? Ik heb ze in *Vogue* gezien.'

Ze loopt door, maar als ze zich na een paar passen omdraait, ziet ze dat hij er nog staat, bukkend om te zien of er een prijsje onder de zolen zit. Het gebaar heeft tegelijkertijd iets onschuldigs en iets oneerbiedigs, en ze wordt er opeens met kracht aan herinnerd waarom ze nog steeds van hem houdt. Ze voelt weer hoe dankbaar ze was toen hij opnieuw in haar leven verscheen. In de tijd dat ze hem ontmoette was ze bang dat ze zich weer in haar vroegere zelf, van voor Parijs, aan het terugtrekken was – een eenzelvige, eenzame boekenwurm. Ze herinnert zich haar panische angst: al haar vrienden getrouwd. Ze had zelfs overwogen een contactadvertentie te plaatsen. Maar hij had haar geaccepteerd, haar vroegere vernedering uitgewist. Ze geloofde niet dat hij in staat was haar zo te kwetsen als Graham had gedaan. Na jaren van clandestiene liaisons was het een verademing om openlijk verkering te hebben, om vanaf het begin de steun van haar ouders te hebben, om samen door de onvermijdelijkheid van een vanzelfsprekende toekomst, van een huwelijk, te worden meegevoerd. En toch was de vertrouwdheid die haar eerst in hem had aangetrokken er de oorzaak van dat ze nu afstand van hem begon te nemen. Al weet ze dat het zijn schuld niet is, ze associeert hem soms, tegen beter weten in, met een gevoel van berusting, in het leven waartegen ze zich had verzet, waartegen ze zo had moeten vechten om ervan los te komen. Hij was niet degene die het einddoel vormde in haar leven, die persoon was hij nooit geweest. Misschien had juist om die reden in die eerste maanden het bij hem zijn, het verliefd op hem worden, het precies doen wat heel haar leven van haar verwacht was, haar het gevoel gegeven dat ze iets deed wat verboden was, dat ver over de schreef ging, dat indruiste tegen haar eigen instinctieve wil.

Ze kunnen het restaurant eerst niet vinden. Hoewel ze het exacte adres hebben, op een blaadje dat opgevouwen in Moushumi's avondtasje zit, voert dat hen alleen maar naar een aantal kantoren die in een herenhuis gevestigd zijn. Ze drukken op de bel, turen door een glazen deur in een lege vestibule, naar een grote vaas bloemen onder aan een trap.

'Hier kan het niet zijn,' zegt ze, met haar handen aan weerszijden van haar gezicht tegen het glas om het licht buiten te sluiten.

'Weet je zeker dat je het adres goed hebt opgeschreven?' vraagt Gogol.

Ze lopen een eindje verder en een eindje terug langs het blok, gaan kijken aan de overkant. Ze keren terug naar het herenhuis en kijken langs de donkere ramen omhoog of ze een teken van leven zien.

'Daar is het,' zegt hij, als hij een man en een vrouw uit een deur van het souterrain onder de stoep ziet komen. Daar, in een gangetje, verlicht door een enkel muurlampje, vinden ze, onopvallend aan de gevel van het gebouw bevestigd, een bordje met de naam van het restaurant, Antonia. Een legertje mensen verschijnt om hen welkom te heten, hun naam wordt op een lijst aangekruist en ze worden naar een tafel gebracht. De drukte doet overdreven aan als ze een kale, lager gelegen eetzaal betreden. De sfeer is somber, wat troosteloos, net als de buurt zelf. Er zit een gezin te eten dat naar een toneelvoorstelling is geweest, veronderstelt Moushumi, de twee dochtertjes in bizarre feestjurkjes met petticoats en grote kanten kragen. Verder enkele zo te zien welgestelde middelbare echtparen in kostuum en mantelpak. Een goedgeklede oudere heer dineert in zijn eentje. Ze vindt het verdacht dat er zoveel tafels onbezet zijn, dat er geen muziek is. Ze had gehoopt op iets meer drukte, iets meer gezelligheid. Voor een souterrain lijkt de ruimte verrassend groot en hoog. De airconditioning staat te hoog, met haar blote armen en benen krijgt ze het snel te koud. Ze trekt de pasjmina stevig om haar schouders.

'Ik bevries hier. Denk je dat ze die airco wat lager zullen zetten als ik het vraag?'

'Ik betwijfel het. Wil je misschien mijn jasje?' biedt Nikhil aan.

'Nee, het gaat wel.' Ze glimlacht hem toe. En toch voelt ze zich niet op haar gemak, gedeprimeerd. De twee Bangladeshi hulpkelnertjes, tieners nog, gekleed in vestjes van gobelinstof en zwarte pantalons, die hun met een zilveren tang warm brood komen serveren, deprimeren haar. Het ergert haar dat de kelner, overigens uiterst attent, hen geen van tweeën aankijkt als hij het menu toelicht, maar zijn blik gevestigd houdt op de fles mineraalwater tussen hen in. Ze beseft dat het te laat is om nog iets anders te gaan zoeken. Maar zelfs nadat ze besteld hebben, voelt ze de neiging, een bijna onbedwingbare behoefte, om op te staan en weg te gaan. Ze heeft een paar weken terug iets dergelijks gedaan toen ze in de stoel zat van een dure kapsalon met de kapmantel al om haar schouders terwijl de kapster even naar een andere klant ging kijken, simpelweg omdat ze iets in de houding van die kapster, de verveelde uitdrukking op haar gezicht toen ze een lok van Moushumi's haar had opgetild en in de spiegel had bekeken, als beledigend had ervaren. Ze vraagt zich af wat Donald en Astrid hier goed aan vinden en concludeert dat het het eten moet zijn. Maar als het arriveert, stelt ook dat haar teleur. Het eten, geserveerd op vierkante witte borden, is truttig opgedirkt, de porties zijn microscopisch klein. Zoals gewoonlijk ruilen ze halverwege de maaltijd van bord, maar ditmaal vindt ze wat hij eet niet lekker, dus houdt ze zich bij haar eigen keuze. Ze is te vlug klaar met haar sint-jakobsschelpen en moet voor haar gevoel eindeloos lang wachten tot Nikhil zijn kwarteltje naar binnen heeft gewerkt.

'We hadden hier niet heen moeten gaan,' zegt ze opeens, fronsend.

'Waarom niet?' Hij kijkt goedkeurend om zich heen. 'Het is toch best aardig?'

'Ik weet het niet. Het is niet wat ik had gedacht.'

'Laten we ons gewoon amuseren.'

Maar ze kan zich niet amuseren. Als ze het einde van de maaltijd naderen, bedenkt ze dat ze niet bijzonder dronken is en evenmin bijzonder verzadigd. Ondanks twee cocktails en de fles wijn die ze samen hebben geleegd, voelt ze zich bedroevend nuchter. Ze kijkt naar de flinterdunne kwartelbotjes die Nikhil op de rand van zijn bord heeft gedeponeerd en voelt een lichte afkeer opkomen; schoot hij nu maar wat op, dan kon ze haar after-dinnersigaret opsteken.

'Mevrouw, uw sjaal,' zegt een van de hulpkelnertjes. Hij raapt hem van de vloer op en reikt hem haar aan.

'Sorry,' zegt ze, en ze voelt zich onhandig, een slons. Dan ziet ze dat haar zwarte jurkje onder de lila haartjes zit. Ze poetst over de stof, maar de haartjes zijn hardnekkig, als kattenhaar.

'Wat is er?' vraagt Nikhil, opkijkend van zijn bord.

'Niks,' zegt ze, omdat ze hem niet wil kwetsen, geen kritiek wil leveren op zijn kostbare geschenk.

Ze gaan als laatsten de deur uit. Het was waanzinnig duur, veel duurder dan ze hadden verwacht. Ze leggen een creditcard neer.

Terwijl ze Nikhil de bon ziet tekenen, voelt ze zich opeens goedkoop, vanwege haar ergernis om de ruime fooi terwijl er op de prestatie van de ober eigenlijk niets aan te merken viel. Ze ziet dat een aantal tafels al is afgeruimd, dat er stoelen ondersteboven op de bladen zijn gezet.

'Moet je zien, ze zijn al aan het schoonmaken.'

Hij haalt zijn schouders op. 'Het is al laat. Waarschijnlijk sluiten ze vroeger op zondag.'

'Ze zouden toch wel even kunnen wachten tot we weg zijn,' zegt ze. Ze krijgt een brok in haar keel en in haar ogen blinken opeens tranen.

'Moushumi, wat is er? Als er iets is, zeg het dan!'

Ze schudt haar hoofd. Ze heeft geen zin om iets uit te leggen. Ze wil naar huis, naar bed, de avond zo snel mogelijk vergeten. Buiten merkt ze tot haar opluchting dat het motregent, zodat ze in plaats van naar huis terug te lopen, zoals ze van plan waren, een taxi kunnen nemen.

'Is er echt niks met je?' vraagt hij onderweg naar huis. Ze merkt dat hij zijn geduld met haar begint te verliezen.

'Ik heb nog steeds honger,' zegt ze, met een blik uit het raam van de taxi naar de restaurants die nog open zijn – felverlichte eetcafés met dagmenu's op kartonnen borden gekrabbeld, goedkope calzonerestaurantjes met zaagsel op de vloer, het soort eetgelegenheid waar ze normaal geen voet in zou zetten, maar die nu opeens een verlokking vormen. 'Ik zou best een pizza lusten.'

Twee dagen later begint er een nieuw semester. Het is Moushumi's achtste semester aan NYU. Ze is klaar met haar colleges, zal er nooit van haar leven meer één volgen. Nooit zal ze meer een tentamen doen. Ze is opgetogen – eindelijk officieel verlost van het studentenbestaan. Hoewel ze nog een eindscriptie moet schrijven, nog een studiebegeleider heeft die haar vorderingen bijhoudt, heeft ze voor haar gevoel toch al de trossen losgegooid en het wereldje verlaten dat zo lang heeft bepaald wie en wat ze is en wat ze moet doen en laten. Dit is de derde keer dat ze college moet geven. Frans voor eerstejaars, op maandag, woensdag en vrijdag, in totaal drie uur per week. Het enige wat ze heeft moeten doen is vooruitkijken in haar agenda en de collegedata veranderen. Haar grootste inspanning zal bestaan uit het leren van de namen van haar studenten. Ze voelt zich altijd gevleid als ze denken dat zij zelf Française is, of voor de helft Frans. Ze geniet van hun ongelovige blikken als ze hun vertelt dat ze uit New Jersey komt en een kind van Bengaalse ouders is.

Moushumi's college is om acht uur 's ochtends, waar ze eerst erg tegen opzag. Maar nu ze eenmaal wakker is, gedoucht heeft, zich heeft aangekleed en op straat loopt, een *caffè latte* uit de delicatessenwinkel in hun straat in haar hand, kan ze de hele wereld aan. Alleen al het feit dat ze zo vroeg buiten loopt, geeft haar een voldaan gevoel. Toen ze van huis ging, lag Nikhil nog te slapen, niet gestoord door het aanhoudende gepiep van de wekker. Ze heeft de avond tevoren haar kleren en haar papieren klaargelegd, iets wat ze niet meer gedaan heeft sinds ze zich als klein meisje gereedmaakte om naar school te gaan. Ze vindt het prettig om zo vroeg op straat te lopen, vond het prettig om in het halfdonker alleen op te staan, genoot van de belofte die de nieuwe dag inhield. Het is een aangename afwisseling van hun gewone patroon – Nikhil gedoucht, in het pak, holt de deur uit terwijl zij zichzelf net een eerste kop koffie inschenkt. Ze is blij dat ze niet zoals anders meteen geconfronteerd wordt met haar bureau in de hoek van hun slaapkamer, dat omringd is door zakken met vuile kleren die ze alsmaar naar de wasserij willen brengen, maar waar ze hooguit één keer per maand aan toekomen, en dan nog alleen omdat ze anders nieuwe sokken en ondergoed zouden moeten kopen. Moushumi vraagt zich af hoe lang ze dit studentenbestaan nog zal volhouden dat ze leiden hoewel ze een getrouwde vrouw is, hoewel ze al zo ver met haar studie is, hoewel Nikhil een behoorlijke, zij het niet riant betaalde baan heeft. Met Graham zou het anders zijn geweest – die zou meer dan genoeg voor hen beiden hebben verdiend. En toch was ook dat frustrerend geweest, was ze bang geweest dat haar carrière daardoor eigenlijk maar een luxe was, iets overbodigs. Als ze eerst maar eens een baan heeft, een echte, volledige baan met uitzicht op een vaste aanstelling, houdt ze zichzelf voor, dan zal alles wel anders worden. Ze stelt zich voor waarheen die eerste baan haar kan voeren, neemt aan dat het een of ander gat ver van de bewoonde wereld zal zijn. Soms maakt ze grappen met Nikhil over de mogelijkheid dat ze over een jaar of wat naar Iowa moeten verhuizen, naar Kalamazoo. Maar ze weten allebei dat hij onmogelijk uit New York weg zal kunnen, dat zij degene zal zijn die in het weekend heen en weer vliegt. Er is iets dat haar wel aantrekt in dit vooruitzicht, ergens met een schone lei te beginnen waar niemand haar kent, net zoals vroeger in Parijs. Het is het enige in het leven van haar ouders waar ze echt bewondering voor heeft – hun vermogen om, ongeacht de consequenties, hun thuisland de rug toe te keren.

Als ze bij de faculteit aankomt, ziet ze dat er iets aan de hand is. Er staat een ziekenauto op het trottoir met de achterdeuren open. Uit de portofoon van een ziekenbroeder klinkt gekraak. Ze werpt bij het oversteken een blik in de ziekenauto, ziet de reanimatieapparatuur, maar geen mensen. Toch doet de aanblik haar huiveren. Boven in de gang is het druk. Ze vraagt zich af wie er gewond is, of het een student is of een docent. Ze herkent niemand, alleen een groepje onthutste eerstejaars met college-inschrijfformulieren in de hand. 'Ik geloof dat er iemand is flauwgevallen,' hoort ze iemand zeggen. 'Geen idee wie het is.' Een deur gaat open en men wordt verzocht ruim baan te maken. Ze verwacht iemand in een rolstoel te zien, maar ziet tot haar schrik een lichaam, bedekt met een laken, dat op een brancard naar buiten wordt gedragen. Sommige omstanders slaken een kreet van ontzetting. Moushumi's hand gaat naar haar mond. De helft van de aanwezigen kijkt omlaag, kijkt weg, schudt het hoofd. Aan de naar buiten gekeerde voeten die onder het laken uitsteken, voeten met beige, lage schoenen eraan, kan ze zien dat het een vrouw is. Van een docent hoort ze wat er gebeurd is: Alice, de administratief medewerkster, is bij de postvakken plotseling in elkaar gezakt. Het ene ogenblik stond ze nog post te sorteren, het volgende lag ze bewusteloos op de grond. Toen de ziekenbroeders arriveerden, was ze dood. Gestorven aan een aneurysma. Ze was in de dertig, ongetrouwd, dronk nooit iets anders dan kruidenthee. Moushumi was nooit bepaald dol op haar geweest. Ze had iets bits over zich, iets onbuigzaams, een jonge vrouw die al iets van de ouderdom in zich droeg.

Moushumi is hevig ontdaan door het gebeurde, een zo plotselinge dood van een vrouw die zo marginaal, maar toch ook zo centraal in haar wereld was. Ze betreedt het kantoor dat ze deelt met de andere onderwijsmedewerkers, maar dat nu leeg is. Ze belt Nikhil thuis, op zijn werk. Geen gehoor. Ze kijkt op haar horloge, bedenkt dat hij wel in de subway zal zitten, onderweg naar zijn werk. Opeens is ze blij dat hij onbereikbaar is – ze moet denken aan de manier waarop Nikhils vader gestorven is, plotseling, zonder waarschuwing. Dit geval zou hem daar beslist aan herinnerd hebben. Ze voelt een aanvechting om weg te lopen, naar huis te gaan. Maar ze moet over een halfuur college geven. Ze gaat terug naar de kopieerkamer om kopieën van haar syllabus te maken, en van een korte passage uit Flaubert om in de les te vertalen. Ze drukt op de knop om de syllabus te verzamelen, maar vergeet op de knop voor het nieten te drukken. Ze zoekt in de voorraadkast naar een nietapparaat, en als ze dat niet vindt, loopt ze automatisch naar het bureau van Alice. De telefoon gaat. Er hangt een vest over de rug van de stoel. Ze trekt Alices bureaula open, bang om iets aan te raken. In de la vindt ze achter zakjes Sweet'N Low en paperclips een nietapparaat. Op het apparaat zit een stukje afplakband met de naam 'Alice' erop. De postvakken van de staf zijn nog voor de helft leeg, de rest van de post ligt op een hoop in een mand.

Moushumi gaat naar haar postvak om te kijken of haar collegerooster erin zit. Haar vak is leeg, dus zoekt ze in de mand naar haar post. Terwijl ze de poststukken geadresseerd aan deze of gene docent of onderwijsmedewerker een voor een in handen neemt, begint ze ze in de juiste vakken te stoppen, naam bij naam. Ook nadat ze haar rooster gevonden heeft, gaat ze door en maakt ze het werk af dat Alice heeft laten liggen. Het gedachteloos bezig zijn kalmeert haar zenuwen. Als kind had ze al een sterk gevoel voor orde; ze belastte zichzelf met het opruimen van kasten en laden, niet alleen die van haarzelf maar ook die van haar ouders. Zo schiep ze orde in de bestekla en de koelkast, en met deze vrijwillig ondernomen karweitjes hield ze zichzelf bezig tijdens stille, hete dagen van haar zomervakantie, terwijl haar moeder, onder het genot van een watermeloensorbet en met een ventilator voor haar neus, ongelovig toekeek. Er liggen nog maar een paar stukken in de mand. Ze bukt zich om ze te pakken. En dan valt haar oog op een andere naam, de naam van een afzender die in de linkerbovenhoek van een zakelijke envelop is getypt.

Ze neemt het nietapparaat en de brief en haar andere spullen mee naar haar kamer. Ze sluit de deur en gaat aan haar bureau zitten. De brief is gericht aan een professor in de vergelijkende literatuurwetenschap die zowel Duits als Frans doceert. Ze maakt de envelop open. Er zit een begeleidingsbrief in en een curriculum vitae. Een minuut lang staart ze naar de naam die met een laserprinter in een sierlijk lettertype midden boven het curriculum vitae is afgedrukt. Ze herinnert zich die naam. Geen wonder, want alleen al die naam was, toen ze hem voor het eerst hoorde, voldoende geweest om haar te verleiden. Dimitri Desjardins. Hij sprak Desjardins op zijn Engels uit, de s'en allebei intact, en ondanks haar Franse spreekervaring hoort ze hem in gedachten nog steeds zo. Onder de naam staat een adres in West 164th Street. Hij solliciteert naar een tijdelijke aanstelling als parttime docent Duits. Ze leest het curriculum vitae door, komt precies te weten waar hij de laatste tien jaar geweest is en wat hij heeft gedaan. Door Europa gereisd. Bij de BBC gewerkt. Artikelen en kritieken geschreven voor *Der Spiegel*, *Critical Inquiry*. Een doctorsgraad in de Duitse literatuur behaald aan de Universiteit van Heidelberg.

Ze heeft hem jaren geleden ontmoet, in haar laatste maanden op highschool. Het was een periode waarin zij en twee vriendinnen, popelend van verlangen om aan de universiteit te gaan studeren en wanhopig vanwege het feit dat niemand van hun eigen leeftijd hen mee uit wilde vragen, met de auto naar Princeton reden, daar wat op de campus rondhingen, in de universiteitsboekwinkel snuffelden, hun huiswerk maakten in gebouwen waar ze zonder pasje in konden. Haar ouders hadden deze expedities aangemoedigd in het geloof dat ze in de bibliotheek zat of colleges bijwoonde – ze hoopten dat ze in Princeton zou gaan studeren, zodat ze thuis kon blijven wonen. Op een dag, toen ze met haar vriendinnen in het gras zat, werden ze uitgenodigd om zich aan te sluiten bij een studentenbeweging van de universiteit, een beweging die protesteerde tegen de apartheid in Zuid-Afrika. De beweging wilde een mars organiseren naar Washington om sancties te eisen tegen het apartheidsregime.

Ze reden 's nachts met een gecharterde bus naar DC om de volgende ochtend te gaan demonstreren. Ze hadden alle drie hun ouders wijsgemaakt dat ze bij elkaar thuis sliepen. Iedereen in de bus rookte hasj en luisterde naar dezelfde Crosby, Stills en Nash-plaat die non-stop op een batterijrecorder werd gespeeld. Moushumi zat half omgedraaid in haar stoel te praten tegen haar vriendinnen, die in de twee stoelen achter haar zaten, en toen ze zich weer terug had gedraaid zat hij in de stoel naast de hare. Hij leek zich afzijdig te houden van de rest van de groep, geen echt lid van de beweging te zijn, de hele bedoening eigenlijk niet serieus te nemen. Hij was pezig, rank van postuur, met kleine ogen onder afhangende oogleden en een intellectueel, gehavend uitziend gezicht dat ze sexy vond, maar niet knap. Zijn haarlijn was al op zijn retour, zijn haar krullend en blond. Hij was ongeschoren, zijn nagels waren te lang. Hij droeg een wit button-down overhemd, een verschoten spijkerbroek met tot op de draad versleten knieën en een bril met buigzaam gouden montuur waarvan de poten om zijn oren krulden. Zonder zich voor te stellen begon hij tegen haar te praten, alsof ze elkaar allang kenden. Hij was zevenentwintig, had aan het Williams College gestudeerd, met als hoofdvak Europese geschiedenis. Hij volgde nu colleges Duits aan Princeton University en woonde bij zijn ouders, die beiden aan die universiteit doceerden, en hij dacht dat hij gek werd. Hij had na het Williams College jaren door Azië en Latijns-Amerika gereisd. Hij vertelde haar dat hij waarschijnlijk weleens zou willen promoveren. De willekeurigheid van dit alles had haar sterk aangesproken. Hij vroeg haar hoe ze heette, en toen ze het hem gezegd had, boog hij zich naar haar toe met een hand aan zijn oor, al wist ze zeker dat hij het heel goed verstaan had. 'Hoe spel je dat in godsnaam?' had hij gevraagd, en toen ze haar naam had gespeld sprak hij hem, zoals de meeste mensen, verkeerd uit. Ze corrigeerde hem, legde uit dat 'Mou' rijmde op 'zo', maar hij schudde zijn hoofd en zei: 'Ik noem je gewoon Mouse.'

Die bijnaam had haar geïrriteerd, maar ook plezier gedaan. Ze voelde zich er belachelijk door, maar ze was zich er tegelijkertijd van bewust dat hij haar, door haar een nieuwe naam te geven, al een beetje voor zich had opgeëist, tot de zijne had gemaakt. Toen het stil werd in de bus, toen iedereen in slaap begon te vallen, had ze hem toegestaan zijn hoofd op haar schouder te leggen. Dimitri sliep, tenminste dat dacht ze. Dus deed zij alsof ze ook in slaap viel. Na een poosje voelde ze zijn hand op haar been, op de witte denim rok die ze aanhad. Toen, langzaam, begon hij de rok los te knopen. Tussen het losmaken van een knoop en de volgende verstreken meerdere minuten, en ondertussen lag zijn hoofd maar op haar schouder, terwijl de bus over de lege, donkere snelweg raasde. Het was de eerste keer van haar leven dat een man haar had aangeraakt. Ze hield zich doodstil. Ze wilde niets liever dan hem ook aanraken, maar dat durfde ze voor geen goud. Ten slotte opende Dimitri zijn ogen. Ze voelde zijn mond bij haar oor en ze keerde zich naar hem toe, bereid om, zeventien jaar oud, voor de allereerste keer te worden gekust. Maar hij had haar niet gekust. Hij had haar alleen maar aangekeken en gezegd: 'Jij zult heel wat harten breken, weet je dat wel?' En toen had hij achterover geleund, ditmaal in zijn eigen stoel, zijn hand uit haar schoot gehaald en zijn ogen weer dichtgedaan. Ze had hem stomverbaasd aangestaard, boos omdat hij ervan uitging dat ze nog geen harten gebroken had, maar ook gevleid. De rest van de reis had ze haar rok losgeknoopt gelaten, in de hoop dat hij zijn werk zou hervatten. Maar hij had haar daarna niet meer aangeraakt, en de volgende morgen werd er op geen enkele manier gezinspeeld op wat er tussen hen was voorgevallen. Tijdens de demonstratie was hij weggelopen, had hij geen aandacht aan haar besteed. Op de terugweg hadden ze niet naast elkaar gezeten.

Naderhand ging ze elke dag naar de universiteit terug in de hoop hem tegen het lijf te lopen. Na een paar weken zag ze hem over de campus lopen, alleen, met een exemplaar van *Der Mann ohne Eigenschaften* in zijn hand. Ze hadden samen koffiegedronken en buiten op een bank gezeten. Hij had haar gevraagd met hem naar een film te gaan, *Alphaville* van Godard, en bij de Chinees te gaan eten. Ze had iets aan waar ze na al die tijd nog kromme tenen van krijgt, een oude blazer van haar vader die haar te lang was, op een spijkerbroek, de mouwen van de blazer opgerold zoals bij een overhemd, waardoor de gestreepte voering zichtbaar was. Het was het eerste afspraakje van haar leven geweest, strategisch gepland op een avond dat haar ouders naar een feest waren. Ze herinnerde zich niets van de film, had niets gegeten in het restaurant, in een winkelcentrum aan Route 1. En toen, nadat Dimitri hun beider gelukskoekjes had opgegeten zonder de spreuken te hebben gelezen, had ze haar grote fout gemaakt: ze had hem gevraagd haar naar haar eindexamenfeest te vergezellen. Hij had bedankt, haar met de auto thuisgebracht, een vluchtig kusje op haar wang gedrukt, en toen nooit meer iets van zich laten horen. Die avond was ze vernederd, hij had haar als een kind behandeld. Op een dag in de zomer was ze hem in de bioscoop tegengekomen. Hij was met een vriendin, een lang, sproetig meisje met haar tot haar middel. Moushumi had willen vluchten, maar hij had erop gestaan haar aan het meisje voor te stellen. 'Dit is Moushumi,' had Dimitri met nadruk gezegd, alsof hij wekenlang op een kans had gewacht haar naam uit te spreken. Hij vertelde haar dat hij een tijdje naar Europa ging, en uit de manier waarop de vriendin keek, had ze opgemaakt dat zij mee zou gaan.

Moushumi had hem verteld dat ze was aangenomen op Brown. 'Je ziet er geweldig uit,' had hij tegen haar gezegd toen de vriendin het niet kon horen.

Toen ze aan Brown studeerde, kwamen er van tijd tot tijd ansichtkaarten en met kleurige, overmaatse postzegels beplakte enveloppen. Zijn handschrift was peuterig maar slordig, het kostte haar altijd moeite het te lezen. Hij schreef er nooit een adres op. Een tijdlang nam ze die brieven in haar boekentas mee naar college, puilden ze uit haar agenda. Zo nu en dan stuurde hij haar boeken die hij gelezen had en waarvan hij dacht dat zij ze goed zou vinden. Een paar keer belde hij haar midden in de nacht wakker en praatte ze urenlang met hem in het donker, in haar bed in haar studentenkamer, waarna ze door haar ochtendcolleges heen sliep. Op één telefoontje teerde ze weken. 'Ik kom naar je toe, ik ga met je eten,' beloofde hij haar. Het kwam er nooit van. Ten slotte werden de brieven zeldzamer. Zijn laatste levensteken bestond uit een doos met boeken en een aantal ansichtkaarten die hij haar in Griekenland had geschreven maar destijds niet had kunnen posten. En toen was ze naar Parijs verhuisd.

Ze leest Dimitri's curriculum vitae nog een keer en daarna de begeleidende brief. De brief onthult niets anders dan oprechte pedagogische bedoelingen, noemt een forumdiscussie waaraan Dimitri en de professor aan wie hij is gericht een paar jaar geleden beiden hebben deelgenomen. Vrijwel dezelfde brief zit in een bestand in haar computer. In zijn derde zin ontbreekt een punt, die ze nu voorzichtig aanbrengt met haar fijnste vulpen. Ze kan zich er niet toe brengen zijn adres te noteren, maar ze wil het ook niet vergeten. In de kopieerkamer maakt ze een kopie van het curriculum vitae. Die stopt ze onder in haar tas. Dan typt ze een nieuwe envelop en doet die met het origineel in het postvak van de professor. Als ze naar haar kamer teruggaat, bedenkt ze dat er geen postzegel of stempel op de nieuwe envelop staat en ze is bang dat de professor iets zal merken. Maar ze stelt zichzelf gerust met de gedachte dat Dimitri de brief best persoonlijk kan hebben bezorgd, en het idee dat hij hier op de afdeling had kunnen staan en dezelfde ruimte had kunnen innemen als zij nu, vervult haar met dezelfde combinatie van wanhoop en lust die hij altijd in haar heeft gewekt.

Het moeilijkste van alles is nog te bedenken waar ze het telefoonnummer zal noteren, in welk deel van haar agenda. Ze zou willen dat ze over een of andere code beschikte. In Parijs heeft ze een korte relatie gehad met een Iraanse filosofieprofessor die de namen van zijn studenten in het Perzisch op de achterkant van systeemkaarten schreef, samen met een klein, wreed detail om ze uit elkaar te kunnen houden. Een keer las hij Moushumi de kaarten voor. Lelijke huid, stond er op een kaart. Dikke enkels, op een andere. Moushumi kan dat trucje niet gebruiken, ze kan geen Bengaals schrijven. Ze weet nog maar amper hoe ze haar eigen naam moet schrijven, iets wat haar grootmoeder haar ooit heeft geleerd. Uiteindelijk schrijft ze het nummer op de D-bladzijde, maar zijn naam schrijft ze er niet bij. Alleen de nummers, zonder toevoeging, voelen niet aan als verraad. Ze zouden van iedereen kunnen zijn. Ze kijkt naar buiten. Terwijl ze aan haar bureau gaat zitten, gaat haar blik omhoog; het raam van haar kamer reikt tot boven aan de muur, zodat de nok van het gebouw aan de overkant langs de onderkant van de vensterbank loopt. Dit beeld veroorzaakt het tegendeel van hoogtevrees, een onstuimig gevoel, niet gewekt door de aards gerichte zwaartekracht, maar door het oneindige verschiet van de hemel.

Die avond, thuis, gaat Moushumi op zoek in de boekenkast in de woonkamer waarin hun beider boeken staan. Sinds hun huwelijk staan hun boeken er door elkaar. Nikhil heeft ze allemaal uitgepakt en niets staat meer waar ze het zou verwachten. Haar blik glijdt over stapels vaktijdschriften van Nikhil, dikke boeken over Gropius en Le Corbusier. Nikhil, die aan de eettafel over een bouwtekening gebogen zit, vraagt wat ze zoekt.

'Stendhal,' zegt ze. Ze liegt niet. Een oude Modern Library-uitgave van *Le Rouge et le Noir* in het Engels, met een opdracht aan Mouse. Liefs, Dimitri, had hij erin geschreven. Het was het enige boek waarin hij ooit haar naam had gezet. Destijds was het voor haar een soort liefdesbrief geweest, ze had maanden met het boek onder haar kussen geslapen en het later tussen haar matras en de boxspring gestoken. Op de een of andere manier is het haar gelukt het al die jaren bij zich te houden, het is met haar mee verhuisd van Providence naar Parijs naar New York, een geheime talisman in haar boekenkast waar ze zo nu en dan naar keek, nog steeds gevleid door zijn bijzondere aandacht voor haar en nog altijd een beetje nieuwsgierig naar wat er van hem geworden was. Maar nu ze het boek met alle geweld wil vinden, is ze ervan overtuigd dat het niet in het appartement is, dat Graham het misschien per abuis heeft meegenomen toen hij uit hun woning aan York Avenue vertrok, of dat het bij haar ouders thuis in de kelder ligt, in een van de dozen die ze daar een paar jaar geleden heeft heengebracht toen haar boekenkast te vol werd. Ze herinnert zich niet het in haar oude appartement te hebben ingepakt, of het te hebben uitgepakt toen ze met Nikhil ging samenwonen. Kon ze Nikhil maar vragen of hij het gezien heeft – een groen boekje in een linnen band zonder stofomslag, met de titel in een zwarte rechthoek op de rug gestempeld. En dan ziet ze het opeens zelf staan, open en bloot, op een plank die ze een minuut geleden nog heeft nageplozen. Ze opent het boekje, ziet het embleem van de Modern Library, de hardlopende, naakte fakkeldrager. Ze ziet de opdracht, de kracht waarmee zijn balpen zich in het blad heeft gegrift, zodat de letters aan de andere kant in reliëf zichtbaar zijn. Ze had de roman na het tweede hoofdstuk terzijde gelegd. De plek waar ze gebleven is wordt nog steeds gemarkeerd door een vergelend kassabonnetje van shampoo. Inmiddels heeft ze het boek al drie keer in het Frans gelezen. Ze leest de vertaling van Scott-Moncrieff in een paar dagen uit, aan haar bureau op de universiteit en in haar studiecel in de bibliotheek. 's Avonds, thuis, leest ze het in bed tot Nikhil ook aanstalten maakt om naar bed te komen – dan legt ze het weg en opent iets anders.

De week daarna belt ze hem op. Inmiddels heeft ze de ansichtkaarten, die ze bewaart in een open, bruine envelop zonder opschrift in de doos waarin ze haar belastingpapieren opbergt, opgediept en herlezen, verbaasd dat zijn woorden, het zien van zijn handschrift, haar nog steeds zo grondig in verwarring kunnen brengen. Ze houdt zichzelf voor dat ze een oude vriend opbelt, dat het ontdekken van zijn curriculum vitae, van het op die manier weer aan hem herinnerd worden, een te merkwaardig toeval is, en dat iedereen in haar plaats de telefoon zou hebben gepakt en zou hebben gebeld. Ze houdt zichzelf voor dat hij heel goed getrouwd kan zijn, net als zij. Misschien kunnen ze met hun viertjes gaan eten, dikke vrienden worden. Desondanks vertelt ze Nikhil niets over het curriculum vitae. Op een avond in haar kamer, na zeven uur, als er alleen nog maar een conciërge in het gebouw is, en na een paar slokken uit het flesje Maker's Mark-bourbon dat ze achter in haar archiefkast bewaart, belt ze. Een avond dat Nikhil gelooft dat ze drukproeven voor een artikel in *PMLA* aan het corrigeren is.

Ze draait het nummer, hoort de telefoon vier keer overgaan. Ze vraagt zich af of hij zelfs nog maar weet wie ze is. Haar hart bonst in haar keel. Haar vinger gaat al naar de haak, klaar om de verbinding te verbreken.

'Hallo?'

Het is zijn stem. 'Hallo, Dimitri?'

'Daar spreekt u mee. Met wie spreek ik?'

Ze wacht. Ze kan nog steeds ophangen als ze wil. 'Met Mouse.'

Ze beginnen elkaar 's maandags en 's woensdags te ontmoeten, nadat ze haar college heeft gegeven. Ze neemt de trein naar een buitenwijk en ze treffen elkaar in zijn appartement, waar hij de lunch klaar heeft staan. Ze lunchen in grote stijl: gepocheerde vis, romige aardappelgratins, hele kippen in goudbruin bladerdeeg met hele citroenen in hun lichaamsholte. Er is altijd een fles wijn. Ze zitten aan een tafel waarop zijn boeken en papieren en laptop naar één kant zijn geschoven. Ze luisteren naar de klassieke-muziekzender WQXR, drinken koffie met cognac en roken na afloop een sigaret. Pas dan raakt hij haar aan. Zonlicht valt door grote vuile ramen in het armoedige vooroorlogse appartement. Er zijn twee ruime kamers, muren met bladderende witkalk, versleten parketvloeren, hoge stapels dozen die hij nog steeds niet heeft uitgepakt. Het bed, een splinternieuwe matras en boxspring op wieltjes, wordt nooit opgemaakt. Na de seks merken ze altijd tot hun verbazing dat het bed zo'n vijf tot tien centimeter van de muur weg is gereden en tegen het bureau aan de andere kant van de kamer drukt. Ze houdt van de manier waarop hij naar haar kijkt als hun ledematen nog verstrengeld zijn, buiten adem alsof hij haar achterna heeft gezeten, een bezorgde uitdrukking op zijn gezicht voordat het zich ontspant tot een glimlach. In het haar op Dimitri's hoofd en borst zit nu wat grijs, om zijn mond en ogen zijn wat lijnen verschenen. Hij is zwaarder geworden, heeft ontegenzeglijk een buikje, waarbij zijn magere benen lichtelijk komisch afsteken. Hij is onlangs negenendertig geworden. Hij is niet getrouwd. Hij lijkt niet bijzonder om een baan verlegen te zitten. Hij brengt zijn dagen door met koken, lezen, en luisteren naar klassieke muziek. Ze heeft de indruk dat hij wat geld van zijn grootmoeder heeft geërfd.

Bij hun eerste ontmoeting, de dag nadat ze hem had opgebeld, aan de bar van een druk Italiaans restaurant in de buurt van New York University, raakten ze niet op elkaar uitgekeken, raakten ze niet uitgepraat over het curriculum vitae en de vreemde manier waarop het Moushumi in handen was gevallen. Hij was nog maar een maand geleden naar New York verhuisd, had haar in het telefoonboek gezocht, maar het nummer staat op naam van Nikhil. Het deed er niet toe, vonden ze allebei. Het was beter zo. Ze dronken glazen *prosecco*. Ze stemde toe in een vroege maaltijd met Dimitri die avond, zittend aan de bar van het restaurant, want de prosecco was hun snel naar het hoofd gestegen. Hij had een salade besteld met warme lamstong, een gepocheerd ei en *pecorino*-kaas, iets wat ze zwoer met geen vinger te zullen aanraken, maar wat ze uiteindelijk toch grotendeels naar binnen werkte.

Na afloop waren ze naar Balducci gegaan om pasta met kant-en-klare wodkasaus te kopen, die ze thuis met Nikhil op zou eten.

Op maandag en woensdag weet niemand waar ze is. Er zijn geen Bengaalse fruitventers die haar onderweg van het subway-station naar Dimitri kunnen groeten, geen buren die haar kunnen herkennen als ze Dimitri's straat in loopt. Het doet haar denken aan haar leven in Parijs – gedurende een paar uur bij Dimitri is ze onbereikbaar, anoniem. Dimitri is niet bijster nieuwsgierig naar Nikhil, vraagt niet eens naar zijn naam. Hij geeft geen blijk van jaloezie. Toen ze hem in het Italiaanse restaurant vertelde van haar huwelijk, was zijn gelaatsuitdrukking niet veranderd. Hij beschouwt hun samenzijn als volkomen normaal, als iets dat zo moet zijn, en ze begint te beseffen hoe gemakkelijk het is. Moushumi duidt Nikhil in hun gesprekken aan als 'mijn man': 'Mijn man en ik moeten donderdag ergens gaan eten.' 'Mijn man heeft me verkouden gemaakt.'

Thuis vermoedt Nikhil niets. Zoals altijd eten ze samen, bespreken ze wat ze overdag hebben beleefd. Ze ruimen samen de keuken op en hij gaat op de bank televisiekijken terwijl zij de schriftelijke toetsen en oefeningen van haar studenten corrigeert. Bij het nieuws van elf uur eten ze een kommetje ijs van Ben & Jerry's en dan poetsen ze hun tanden. Zoals altijd gaan ze dan naar bed, geven elkaar een nachtzoen en wenden zich dan langzaam van elkaar af om zich te ontspannen en in te slapen. Maar Moushumi blijft wakker. Elke maandag- en woensdagavond vreest ze dat hij iets zal merken, dat hij zijn armen om haar heen zal slaan en het op dat moment zal weten. Uren nadat ze het licht hebben uitgedaan blijft ze wakker, klaar om hem van repliek te dienen, hem glashard voor te liegen. Ze is gaan winkelen, zal ze hem vertellen als hij het vraagt, want dat had ze inderdaad gedaan, die eerste maandag, toen ze haar terugreis van Dimitri naar de binnenstad halverwege had onderbroken en bij 72nd Street uit de subway was gestapt om vervolgens in een winkel waar ze nog nooit was geweest een paar zwarte schoenen te kopen waar kraak noch smaak aan was.

Op een nacht is het erger dan anders. Het wordt drie uur, dan vier. De laatste paar weken zijn er in hun straat bouwwerkzaamheden aan de gang en zijn arbeiders met grote bakken puin en betonmolens in de weer. Moushumi is kwaad op Nikhil, die overal maar doorheen kan slapen. Ze heeft zin om op te staan, iets te drinken, een bad te nemen, wat dan ook. Maar omdat ze doodmoe is, blijft ze liggen. Ze kijkt naar de schaduwen die het langskomende verkeer op hun plafond werpt, luistert naar een vrachtauto die in de verte als een eenzaam nachtdier jankt. Ze weet zeker dat ze nog wakker zal zijn als het licht wordt. Maar ondanks alles valt ze toch weer in slaap. Even na zonsopgang wordt ze wakker van het geluid van regen die tegen het slaapkamerraam slaat, met zo'n geweld dat ze bijna verwacht dat het glas aan scherven zal gaan. Ze heeft een barstende hoofdpijn. Ze stapt uit bed en schuift de gordijnen opzij, loopt naar het bed terug en schudt Nikhil wakker. 'Moet je zien,' zegt ze, naar de regen wijzend, alsof het iets heel ongewoons is. Nikhil doet, slapend en wel, wat ze zegt, gaat overeind zitten, doet dan zijn ogen weer dicht.

Om halfacht staat ze op. De ochtendhemel is onbewolkt. Ze loopt de slaapkamer uit en ziet dat het dak gelekt heeft, op het plafond zit een lelijke gele vlek en er liggen plassen in het appartement, een in de badkamer en nog een in de hal. De vensterbank van een raam in de woonkamer dat open heeft gestaan is kletsnat en bemodderd, evenals de stapels boeken, de papieren en rekeningen die erop liggen. Bij de aanblik ervan barst ze in tranen uit. Tegelijkertijd is ze dankbaar dat er iets tastbaars is om overstuur van te zijn.

'Waarom huil je nou?' vraagt Nikhil, slaperig naar haar turend in zijn pyjama.

'Er zitten scheuren in het plafond,' zegt ze.

Nikhil kijkt omhoog. 'Het valt wel mee. Ik zal de huismeester bellen.'

'De regen kwam dwars door het dak heen.'

'Welke regen?'

'Weet je dat dan niet meer? Het goot van de regen toen het licht werd. Ongelooflijk, zo hard. Ik heb je nog wakker gemaakt.'
Maar Nikhil weet er niets meer van.

Een maand van maandagen en woensdagen verstrijkt. Ze begint hem ook op vrijdag te ontmoeten. Op een vrijdag bevindt ze zich alleen in Dimitri's appartement, hij is zodra ze aankwam de deur uitgegaan om boter te kopen voor een witte saus die hij maakt voor over de forel. Er klinkt Bartók op de stereo-installatie; dure componenten staan zo maar ergens op de vloer. Door het raam ziet ze hem de straat in lopen, een kleine, kalende, werkloze, middelbare man waarvoor zij bereid is haar huwelijk op de klippen te jagen. Ze vraagt zich af of zij de enige vrouw in haar familie is die haar man heeft bedrogen, hem ontrouw is geweest. Dit is wat ze zichzelf het moeilijkst kan bekennen: dat ze zich dankzij deze affaire zo merkwaardig rustig is gaan voelen, dat de gecompliceerdheid ervan haar kalmeert, haar leven structuur geeft. Na de eerste keer, toen ze zich in de badkamer had gewassen, was ze ontzet geweest door wat ze had gedaan, bij het zien van haar kleren die door twee kamers verspreid lagen. Voordat ze wegging, had ze haar haar in de badkamerspiegel gekamd, de enige spiegel die in het appartement te vinden was. Ze had haar hoofd gebogen gehouden en alleen op het laatst even opgekeken. Toen ze dat deed, zag ze dat het een van die spiegels was die om de een of andere reden bijzonder flatteus werkten, door een bepaald lichteffect of een eigenschap van het glas waardoor haar huid lichtgevend leek.

Dimitri's muren zijn nog altijd even kaal. Hij leeft nog steeds uit een stel bovenmaatse weekendtassen. Ze is blij dat ze zich zijn leven niet in al zijn bijzonderheden, zijn wanorde, kan voorstellen. Het enige dat hij heeft uitgepakt zijn de keukenspullen, de stereo-installatie en wat boeken. Elke keer dat ze komt zijn er bescheiden tekenen van vooruitgang. Ze loopt door zijn woonkamer, kijkt naar de boeken die hij begint te rangschikken in zijn multiplex boekenkast. Afgezien van al het Duits lijken hun persoonlijke bibliotheken veel op elkaar. Dezelfde lindegroene rug van *The Princeton Encyclopedia of Poetry and Poetics*. Dezelfde uitgave van *Mimesis*. Dezelfde cassette-uitgave van Proust. Ze pakt een overmaats fotoboek van Parijs, met foto's van Atget, van de plank. Ze gaat in een leunstoel zitten, Dimitri's enige woonkamermeubel. Hierin zat ze bij haar eerste bezoek, toen hij achter haar was gaan staan en een plekje op haar schouder had gemasseerd waardoor ze in opwinding was geraakt, waarna ze was opgestaan en ze samen naar het bed waren gelopen.

Ze opent het boek om de straten, de markante stadsbeelden te zien waar ze vroeger vertrouwd mee was. Ze denkt aan haar weggegooide onderzoeksbeurs. Er verschijnt een groot vierkant van zonlicht op de vloer. De zon staat recht achter haar en de schaduw van haar hoofd ligt verspreid over de dikke, glanzende bladzijden, een paar plukjes haar vreemd vergroot, trillend, als gezien door een microscoop. Ze buigt haar hoofd achterover, doet haar ogen dicht. Als ze ze even later weer opendoet, is de zon verschoven, is er op de vloerplanken nog maar een streepje van over, alsof er een gordijn is dichtgegaan waardoor het felle wit van de bladzijden is veranderd in grijs. Ze hoort Dimitri de trap opkomen; de scherpe klik van zijn sleutel in het slot snijdt door het appartement. Ze staat op om het boek terug te zetten en zoekt de lege plek waar het heeft gestaan.

11

GOGOL ONTWAAKT LAAT op een zondagmorgen, alleen, uit een angstdroom die hij zich niet kan herinneren. Hij kijkt naar Moushumi's kant van het bed, naar de slordige berg boeken en tijdschriften op het tafeltje aan het voeteneind, de fles met lavendel luchtverfrisser waarmee ze soms hun kussens bespuit, haar schildpad haarklem waarin wat haren zijn achtergebleven. Ze is dit weekend weer naar een congres, in Palm Beach. Vanavond komt ze thuis. Ze zei dat ze hem al maanden geleden van het congres had verteld, maar daar weet hij niets meer van. 'Maak je maar geen zorgen,' heeft ze onder het pakken gezegd. 'Voor ik daar bruin kan worden ben ik al weer terug.' Maar toen hij haar badpak boven op de kleren op het bed zag, en hij haar in gedachten met gesloten ogen en een boek aan haar zijde zonder hem aan de rand van een hotelzwembad zag liggen, was hij door een vreemde, panische angst overvallen. In elk geval heeft een van ons het niet koud, denkt hij nu en vouwt zijn armen stevig voor zijn borst. Gistermiddag heeft de verwarmingsketel van het gebouw het begeven, zodat het appartement nu een ijskast is. Gisteravond moest hij de oven aanzetten om de temperatuur in de woonkamer enigszins draaglijk te maken en moest hij zijn oude trainingsbroek van Yale, een dikke trui over een T-shirt en een paar dikke wollen sokken aan om het in bed warm te krijgen. Hij slaat het dekbed terug, samen met de extra deken die hij er midden in de nacht nog op heeft gelegd. Hij kon de deken eerst niet vinden en had bijna Moushumi in het hotel gebeld om te vragen waar ze hem had opgeborgen. Maar inmiddels was het bijna drie uur in de ochtend, dus was hij ten slotte zelf maar op zoek gegaan en had hij hem op de bovenste plank van de gangkast gevonden.

Het ongebruikelijke huwelijksgeschenk zat nog in zijn plastic hoes met ritssluiting verpakt.

Hij stapt uit bed, poetst zijn tanden met ijskoud water uit de kraan, besluit het scheren maar over te slaan. Hij trekt een spijkerbroek aan en een extra trui, met daaroverheen Moushumi's kamerjas, zonder zich erom te bekommeren dat hij er lachwekkend uitziet. Hij zet een pot koffie en roostert een paar sneetjes brood om met boter en jam op te eten. Hij opent de voordeur en raapt de *Times* van de mat, haalt het blauwe bandje eraf en legt hem op de salontafel voor later. Er is een werktekening die hij morgen af moet hebben, een dwarsdoorsnede van een gehoorzaal voor een school in Chicago. Hij haalt de tekening uit de koker, spreidt hem uit op de eettafel en zet de hoeken vast met paperbacks die hij uit de boekenkast haalt. Hij zet zijn *Abbey Road*-cd op, zoekt de nummers op die op kant 2 van de lp zouden hebben gestaan en probeert verder te werken aan de tekening, ervoor zorgend dat zijn maten kloppen met de aantekeningen van de hoofdontwerper. Maar zijn vingers zijn te stijf, dus rolt hij de tekening maar weer op, legt een briefje voor Moushumi op het aanrecht en vertrekt naar zijn kantoor.

Hij is blij dat hij een excuus heeft om de deur uit te gaan in plaats van in het appartement te wachten tot ze ergens in de loop van de avond thuiskomt. Buiten voelt het nu zachter aan, de lucht is aangenaam vochtig, en in plaats van de subway te nemen loopt hij de dertig blokken, eerst langs Park Avenue en dan richting Madison. Hij is de enige aanwezige in het kantoor. Hij zit op de donkere tekenkamer, omringd door de bureaus van zijn collega's, sommige schuilgaand onder stapels tekeningen en modellen, andere keurig opgeruimd. Hij buigt zich over zijn tafel, een enkele metalen tekentafellamp werpt zijn lichtcirkel op het grote vel papier. Aan de muur boven zijn bureau hangt een klein kalendertje van het hele jaar, dat alweer op zijn einde loopt. Aan het eind van de week zal het vier jaar geleden zijn dat zijn vader gestorven is. Omcirkelde data geven al zijn deadlines aan, in verleden en toekomst. Vergaderingen, bezoeken aan bouwlocaties, besprekingen met opdrachtgevers. Een lunchafspraak met een architect die mogelijk in hem is geïnteresseerd. Hij wil graag naar een kleiner bureau, iets doen in de woningbouw, werken met minder mensen. Naast de kalender hangt een prentbriefkaart van een schilderij van Duchamp dat hij altijd erg mooi heeft gevonden, van een 'chocolademolen' die hem doet denken aan een drumstel, tegen een grauwe achtergrond. Verschillende Post-it-briefjes. De foto van zijn moeder, Sonia en hemzelf in Fatehpur Sikri, gered van de deur van zijn vaders koelkast in Cleveland. En daarnaast een foto van Moushumi, een oude pasfoto die hij gevonden heeft en van haar mocht houden. Ze is even in de twintig, heeft loshangend haar, de ogen met de zware oogleden zijn iets neergeslagen, kijken schuin weg. De foto dateert van vóór hun verkering, toen ze in Parijs woonde. Een tijd in haar leven waarin hij voor haar nog Gogol was, een restje van haar verleden dat niet veel kans had een rol te gaan spelen in haar toekomst. En toch hadden ze elkaar weer ontmoet; na al haar avonturen was hij het met wie ze getrouwd was. Met wie ze haar leven deelde.

Het vorige weekend was Thanksgiving. Zijn moeder en Sonia en Sonia's nieuwe vriend Ben waren met Moushumi's ouders en broer naar New York gekomen en hadden allemaal samen in het kleine appartement van Gogol en Moushumi de feestdag gevierd. Het was de eerste keer dat hij een feestdag niet bij zijn ouders of bij zijn schoonouders had doorgebracht. Het was een vreemd gevoel om zelf gastheer te zijn, om de verantwoordelijkheid op je te nemen. Ze hadden vooraf op de boerenmarkt een verse kalkoen besteld, een menu uitgezocht in *Food and Wine*, klapstoeltjes gekocht zodat iedereen kon zitten. Moushumi was een deegroller gaan kopen, had voor het eerst van haar leven een appeltaart gebakken. Terwille van Ben hadden ze allemaal Engels gesproken. Ben is half joods en half Chinees, en opgegroeid in Newton, in dezelfde buurt als Gogol en Sonia. Hij werkt op de redactie van de *Globe*. Sonia en hij hebben elkaar bij toeval ontmoet, in een café in Newbury Street. Toen hij ze samen stiekem naar de vestibule zag verdwijnen om elkaar ongestoord te kunnen zoenen en ze aan tafel discreet elkaars hand zag vasthouden, had Gogol een vreemde jaloezie gevoeld, en toen ze allemaal van de kalkoen met maïsbroodvulling en gebakken zoete aardappelen zaten te eten, opgediend met de gekruide cranberrysaus die zijn moeder had gemaakt, keek hij naar Moushumi en vroeg zich af wat er mis was. Ze maakten geen ruzie, ze hadden nog seks en toch twijfelde hij. Maakte hij haar gelukkig? Ze verweet hem niets, maar toch, meer en meer voelde hij haar afstandelijkheid, haar ontevredenheid, haar afwezigheid. Maar hij had de tijd niet gehad om erbij stil te staan. Het weekend was uiterst vermoeiend geweest, ook al omdat ze hun diverse familieleden naar de appartementen van vrienden in de buurt hadden moeten brengen die zelf weg waren en hun de sleutel hadden gegeven. De dag na Thanksgiving waren ze gezamenlijk naar Jackson Heights gegaan, naar de *halal*-slager daar, zodat hun beider moeders geitenvlees konden inslaan, en daarna hadden ze gebruncht. En op zaterdag waren ze naar een concert van klassieke Indiase muziek in de Columbia University geweest. Eigenlijk wil hij er met haar over praten. 'Ben je blij dat je met me getrouwd bent?' zou hij haar willen vragen. Maar het feit dat hij die vraag zelfs maar overweegt, maakt hem bang.

 Hij legt de laatste hand aan de tekening en laat hem met de punaises op zijn tekentafel vastgeprikt zitten, zodat hij de volgende morgen bekeken kan worden. Hij heeft tussen de middag doorgewerkt, en als hij uit zijn kantoorgebouw de straat opstapt, is het kouder geworden en schemert het al. Hij koopt een kop koffie en een broodje falafel bij het Egyptische restaurant op de hoek, en loopt al etend in zuidelijke richting naar het Flatiron Building en de Lower Fifth Avenue, waar hij in de verte de twee torens van het World Trade Center ziet oprijzen, fonkelend aan de zuidpunt van Manhattan. Het in aluminiumfolie verpakte broodje falafel is warm en klef in zijn handen. De winkels zijn vol, de etalages versierd, de trottoirs krioelen van het koperspubliek. De gedachte aan Kerstmis overvalt hem. Vorig jaar hebben ze het bij Moushumi's ouders gevierd. Dit jaar gaan ze naar Pemberton Road. Hij verlangt niet meer naar het feest, hij zou willen dat het hele feestseizoen voorbij was. Zijn ongeduld maakt hem ervan bewust dat hij nu onweerlegbaar, eindelijk, volwassen is. Hij loopt in gedachten verzonken een parfumerie binnen, dan een kledingzaak, dan een winkel die alleen tassen verkoopt. Hij weet niet wat hij Moushumi met Kerstmis moet geven. Normaal geeft ze hem hints, wijst ze iets aan in een folder of catalogus, maar hij heeft geen idee wat ze ditmaal wenst, of het een paar nieuwe handschoenen is of een portemonnee of een nieuwe pyjama. In de doolhof van kraampjes op Union Square, waar kaarsen, sjaals en handgemaakte sieraden verkocht worden, is er niets wat hem op een idee brengt.

Hij besluit het bij Barnes & Noble te proberen, aan de noordkant van het plein. Maar als hij de reusachtige muur van nieuwe titels in de winkel uitgestald ziet, bedenkt hij dat hij geen van deze boeken gelezen heeft, en wat heeft het voor zin haar iets te geven dat hij niet gelezen heeft? Op weg naar de uitgang blijft hij staan bij een tafel vol reisgidsen. Hij bladert wat in een gids van Italië, vol foto's van de architectuur die hij als student zo uitgebreid heeft bestudeerd, maar die hij alleen van afbeeldingen kent en die hij altijd nog eens een keer in het echt wil gaan zien. Het ergert hem, maar hij heeft het uitsluitend aan zichzelf te wijten. Wat hield hem tegen? Een reisje samen, naar een plek waar ze geen van tweeën eerder zijn geweest – misschien is dat wat Moushumi en hij nodig hebben. Hij zou het helemaal zelf kunnen plannen, uitzoeken welke steden ze gingen bezoeken, de hotels. Het zou zijn kerstcadeau voor haar kunnen zijn, twee vliegtickets achter in het reisboek gestoken. Hij heeft nog vakantie te goed, ze kunnen het in haar voorjaarsvakantie doen. Geïnspireerd door het idee sluit hij aan bij een lange rij voor de kassa en rekent zijn aankoop af.

Hij loopt door het park naar huis, bladerend in het boek, verlangend haar nu te zien. Hij besluit even binnen te lopen bij de nieuwe delicatessenwinkel in Irving Place, om een paar dingen te kopen waar ze van houdt: bloedsinaasappels, een stuk Pyreneeënkaas, plakjes *soppresata*, een boerenbrood. Want ze zal wel honger hebben – in het vliegtuig wordt tegenwoordig niets meer geserveerd. Hij kijkt op uit het boek, naar de avondlucht waarin prachtige diepgouden wolken torenen, en moet even inhouden voor een troep duiven die rakelings over hem heen schiet. Verschrikt bukt hij zich, waarvoor hij zich achteraf een beetje geneert. Van de andere voetgangers heeft niemand gereageerd. Hij staat stil en ziet de vogels omhoogschieten en neerstrijken op de takken van twee kale bomen in de buurt. Het schouwspel brengt hem in verwarring. Hij heeft deze onelegante vogels op vensterbanken en trottoirs gezien, maar nooit in bomen. Het lijkt in strijd met de natuur. Maar lag het eigenlijk niet voor de hand? Hij denkt aan Italië, aan Venetië, de reis die hij wil gaan uitstippelen. Misschien is het een gunstig voorteken voor hun verblijf daar. Is het San Marcoplein niet beroemd om zijn duiven?

De vestibule van het woongebouw is warm als hij binnenkomt, de verwarming doet het weer. 'Ze is net terug,' zegt de portier met een knipoog tegen Gogol, en zijn hart maakt een sprongetje, bevrijd van zijn bange voorgevoel, dankbaar voor het simpele feit van haar terugkeer naar hem. Hij ziet haar in gedachten door het appartement rondscharrelen, de badkraan opendraaien, voor zichzelf een glas wijn inschenken, haar koffers in de gang. Hij steekt het boek dat hij haar met Kerstmis wil geven in de zak van zijn jas, controleert of het echt onzichtbaar is en drukt op de knop van de lift.

12

HET IS DE DAG voor Kerstmis. Ashima Ganguli zit aan haar keukentafel Indiase vleesballen te maken voor een feestje dat ze die avond zal geven. Het is een specialiteit van haar, die haar gasten inmiddels van haar verwachten en hun op bordjes wordt geserveerd als ze nog maar een paar minuten binnen zijn. In haar eentje heeft ze een productielijn opgezet: eerst perst ze warme gekookte aardappelen door een pureeknijper. Dan boetseert ze een handje puree om een eetlepel gekookt lamsgehakt, even gelijkmatig als het wit van een hardgekookt ei de dooier omsluit. Ze doopt elke bitterbal, ongeveer even groot en rond als een biljartbal, in een kom met geklopte eieren, rolt ze dan door een bord met paneermeel en schudt de overtollige kruimels eraf in haar tot een kom gevormde handen. Ten slotte stapelt ze de ballen op een groot, rond dienblad, met tussen elke laag en de volgende een vel vetvrij papier. Ze pauzeert even om te tellen hoeveel ze er al heeft. Ze rekent drie stuks per volwassene en een of twee per kind. Op de lijnen aan de bovenkant van haar vingers telt ze nog eens na hoeveel gasten ze precies verwacht. Nog een dozijn, besluit ze, voor alle zekerheid. Ze voorziet het bord van een nieuwe laag paneermeel, waarvan de kleur en substantie haar aan zeezand doen denken. Ze herinnert zich dat ze dit voor het eerst deed in haar keuken in Cambridge, voor haar eerste feestjes, met haar echtgenoot aan het fornuis in een witte pyjama en een T-shirt, die de ballen met twee tegelijk in een geblakerde steelpan frituurde. Ze herinnert zich dat Gogol en Sonia haar hielpen toen ze klein waren, Gogol die met het blik paneermeel in zijn handjes stond, Sonia die altijd al aan de ballen wilde beginnen voor ze gepaneerd en gebakken waren.

Dit wordt het laatste feest dat Ashima zal geven in Pemberton Road. Het eerste sinds de dood van haar man. Het huis waar ze zevenentwintig jaar heeft gewoond, langer dan op enige andere plek in haar leven, is onlangs verkocht, getuige een makelaarsbord op het gazon. Het is gekocht door een Amerikaans gezin, de Walkers, een jonge professor die nieuw is op de universiteit waar haar man vroeger werkte, met zijn vrouw en dochtertje. De Walkers hebben een verbouwing in de zin. Ze gaan de muur tussen de woonkamer en de eetkamer slopen, een kookeiland in de keuken maken en spotjes aan rails tegen het plafond monteren. Ze willen de vaste vloerbedekking eruit hebben en van het zonneterras een hobbykamer maken. Luisterend naar hun plannen had Ashima heel even paniek gevoeld, een opwelling van beschermingsdrift, en had ze haar aanbod willen intrekken, omdat ze wilde dat het huis zo zou blijven als het altijd was geweest, zoals haar man het voor het laatst had gezien. Maar dat was sentimentaliteit, beseft ze nu. Het is dwaas van haar te hopen dat de gouden letters van de naam Ganguli op de brievenbus er niet afgehaald en vervangen zullen worden. Dat Sonia's naam, met Magic Marker op de binnenkant van haar slaapkamerdeur geschreven, er niet afgeschuurd zal worden en de deur niet opnieuw geverfd. Dat de potloodstreepjes op de muur naast de linnenkast, waar Ashoke de lengte van zijn kinderen op hun verjaardag noteerde, niet onder nieuwe verf zullen verdwijnen.

Ashima heeft besloten om zes maanden per jaar in India te gaan doorbrengen en zes maanden in Amerika. Het is een eenzame, enigszins premature versie van de toekomst die zij en haar man hadden gepland toen hij nog leefde. In Calcutta gaat Ashima wonen bij haar jongere broer, Rana, en zijn vrouw en hun twee volwassen, nog ongetrouwde dochters, in een ruime flat in Salt Lake. Daar zal ze een kamer krijgen, de eerste in haar leven die uitsluitend voor haar gebruik is bestemd. Voor de lente en zomer komt ze terug naar het noordoosten van de Verenigde Staten, waar ze haar tijd zal verdelen tussen haar zoon, haar dochter en haar beste Bengaalse vrienden. Getrouw aan de betekenis van haar naam zal ze geen grenzen kennen, geen eigen huis, zal ze overal wonen en nergens. Maar hier kan ze niet meer blijven wonen, nu Sonia gaat trouwen. De bruiloft zal over iets meer dan een jaar plaatsvinden in Calcutta, op een bijzondere dag in januari, de dag waarop zij en haar echtgenoot bijna vierendertig jaar geleden getrouwd zijn. Iets zegt haar dat Sonia gelukkig zal worden met deze jongen – met deze jongeman, corrigeert ze zichzelf vlug. Hij heeft haar dochter geluk gebracht, zoals Moushumi het haar zoon nooit heeft gedaan. Dat zij het is geweest die Gogol heeft aangespoord om Moushumi te ontmoeten, is iets waarover Ashima zich altijd schuldig zal blijven voelen. Maar hoe had ze dat kunnen weten? Gelukkig hebben ze zich niet verplicht gevoeld om getrouwd te blijven, zoals de Bengali's van Ashokes en Ashima's generatie zouden doen. Ze hebben hun geluksideaal, en tot het aanvaarden van, zich schikken in, of genoegen nemen met minder dan dat zijn ze niet bereid. Die dwang heeft, in het geval van de tweede generatie, plaatsgemaakt voor Amerikaans gezond verstand.

Nog een paar laatste uren is ze alleen in het huis. Sonia is met Ben naar het station om Gogol af te halen. Ashima realiseert zich opeens dat ze de volgende keer alleen zal zijn, dat ze op reis zal zijn, in het vliegtuig zal zitten. Voor het eerst sinds ze kwam overvliegen om haar man in Cambridge te ontmoeten, in de winter van 1967, zal ze de reis helemaal in haar eentje maken. Het vooruitzicht jaagt haar geen schrik meer aan. Ze heeft geleerd om dingen alleen te doen, en hoewel ze nog steeds sari's draagt en van haar lange haar nog steeds een wrong maakt, is ze niet meer de Ashima die ooit in Calcutta woonde. Ze zal naar India terugkeren met een Amerikaans paspoort. In haar portefeuille zit haar rijbewijs van de staat Massachusetts en haar sociale-verzekeringskaart. Ze zal terugkeren naar een wereld waar ze niet in haar eentje feesten kan geven voor tientallen mensen. Ze hoeft zelf geen yoghurt meer te maken van halfroom, of sandesh van ricottakaas. Ze hoeft zelf geen vleesballen meer te bakken. Die zal ze kant-en-klaar kunnen bestellen bij restaurants; die ballen, met een smaak die ze in al deze jaren niet heeft kunnen evenaren, zullen door bedienden bij haar thuis worden bezorgd.

Ze paneert de laatste bal en kijkt op haar polshorloge. Ze ligt iets op haar schema voor. Ze zet het dienblad op het aanrecht naast het fornuis. Ze haalt een pan uit de kast en giet er een paar koppen olie in die ze zal verhitten vlak voor ze haar eerste gasten verwacht. Uit een aardewerken pot kiest ze de schuimspaan die ze gaat gebruiken. Ze hoeft nu even niets meer te doen. Alle andere gerechten zijn klaar en staan in langwerpige CorningWare-pannen op de eetkamertafel: dal met een dik vel erop, dat zal breken zodra de eerste portie wordt geserveerd, een gebakken-bloemkoolgerecht, aubergine, een *korma* van lamsvlees. Op het dressoir staan als dessert zoete yoghurt en *pantua's*. Ze overziet alles met tevredenheid. Normaal heeft ze na het koken voor feesten zelf geen trek meer, maar vanavond verheugt ze zich erop zichzelf te kunnen bedienen, te midden van haar gasten. Met Sonia's hulp is het huis voor de laatste keer schoongemaakt. Ashima heeft altijd genoten van deze uren voorafgaand aan een feest, als de tapijten gezogen zijn, de salontafel afgenomen is met Pledge, waarbij haar spiegelbeeld, dof, wazig zichtbaar wordt in het hout, precies zoals vroeger in het televisiereclamespotje werd beloofd.

Ze zoekt in haar keukenla naar een pakje wierook. Ze steekt een stokje aan in de vlam van het fornuis en loopt van kamer tot kamer. Het geeft haar voldoening dat ze zich al deze moeite heeft getroost – om een laatste feestmaal aan te richten voor haar kinderen, haar vrienden. Een menu samen te stellen, een lijst te maken, inkopen te doen bij de supermarkt en de koelkast te vullen met gerechten. Het is een aangename afwisseling, iets afgeronds, in tegenstelling tot haar huidige, allesoverheersende, voortdurende bezigheid: de voorbereiding van haar vertrek, het leeg opleveren van het huis. De laatste maand heeft ze haar huishouden stukje bij beetje ontmanteld. Elke avond heeft ze een lade, een kastje, een paar kastplanken onderhanden genomen. Hoewel Sonia aanbiedt haar te helpen, doet Ashima dit liever alleen. Ze heeft dingen gesorteerd om aan Gogol en Sonia te geven, aan vrienden, aan liefdadigheidsinstellingen en om in vuilniszakken te doen en naar de stortplaats te brengen. Dit werk stemt haar triest, maar het schenkt haar ook voldoening. Ze voelt een zekere opwinding bij het uitdunnen van haar bezittingen tot weinig meer dan ze had meegebracht naar die drie kamers in Cambridge, midden in een winternacht. Vanavond zal ze haar vrienden uitnodigen om alles mee te nemen wat hun maar van nut kan zijn: lampen, planten, schotels, potten en pannen. Sonia en Ben zullen een vrachtauto huren en al het meubilair meenemen waar ze plaats voor hebben.

Ze gaat naar boven om zich te douchen en te verkleden. De muren doen haar nu denken aan het huis zoals het was toen ze er introkken, kaal op de foto van haar man na, die ze als laatste zal weghalen. Ze blijft even staan en zwaait het restant van het wierookstokje voor de foto heen en weer alvorens het weg te gooien. Ze draait de douchekraan open en zet de thermostaat iets hoger om het gevreesde moment te compenseren dat ze op de mat op de badkamervloer zal moeten stappen zonder kleren aan. Ze stapt in haar beige badkuip, achter de schuifdeurtjes van craquelé glas. Ze is uitgeput na twee dagen in de keuken te hebben gestaan, na een hele ochtend te hebben schoongemaakt, na weken van inpakken en bezig zijn met de verkoop van het huis. Haar voeten voelen zwaar aan op de kunststof bodem van het bad. Even staat ze daar alleen maar, voordat ze begint met het wassen van haar haar, het inzepen van haar verslappende, licht krimpende vijftigjarige lichaam, dat ze iedere morgen moet versterken met calciumtabletten. Als ze klaar is, veegt ze de beslagen badkamerspiegel schoon en bekijkt ze haar gezicht. Het gezicht van een weduwe. Maar voor het grootste deel van haar leven, houdt ze zichzelf voor, een echtgenote. En misschien, op een dag, een grootmoeder, die in Amerika aankomt met een vracht zelfgebreide truien en cadeaus, en een maand of twee later, ontroostbaar, in tranen, weer vertrekt.

Ashima voelt zich opeens eenzaam, afschuwelijk, voorgoed alleen, en even, afgewend van de spiegel, huilt ze om haar man. Ze voelt zich overweldigd door de stap die ze gaat nemen, haar terugkeer naar de stad die eens haar thuis was en nu, op zijn eigen manier, vreemd gebied. Ze voelt zowel ongeduld als onverschilligheid bij het vooruitzicht van alle dagen die ze nog te leven heeft, want iets zegt haar dat ze niet snel zal gaan, zoals haar man. Drieëndertig jaar lang heeft ze haar leven in India gemist. Nu zal ze haar baan bij de bibliotheek gaan missen, de vrouwen met wie ze heeft samengewerkt. Ze zal het geven van feesten missen. Ze zal de omgang met haar dochter missen, de verbazingwekkende kameraadschap die er tussen hen is gegroeid, de avonden dat ze samen naar Cambridge gingen om oude films in de Brattle te zien, de lessen in het koken van de gerechten waar Sonia als kind niets van moest hebben. Ze zal het missen dat ze niet meer, zoals soms als ze van haar werk in de bibliotheek naar huis rijdt, een omweg kan maken langs de universiteit, langs het gebouw van de technische faculteit waar haar man vroeger werkte. Ze zal het land missen waar ze haar man heeft leren kennen en liefhebben. Ook al is zijn as in de Ganges gestrooid, het is hier, in dit huis en in deze stad, dat zij zich hem zal blijven herinneren.

Ze haalt diep adem. Nog even, dan hoort ze het piepen van de alarminstallatie, het openen van de garagedeur, het dichtslaan van autoportieren, de stemmen van haar kinderen in huis. Ze wrijft lotion op haar armen en benen, pakt een perzikkleurige badstof kamerjas van een haak aan de deur. Ze heeft de kamerjas jaren geleden van haar man gekregen, voor een Kerstmis die nu allang is vergeten. Ook die zal ze nu weg moeten geven, zal ze niet kunnen gebruiken, daar waar ze heengaat. In zo'n vochtig klimaat zou het drogen van zulke dikke stof dagen duren. Ze neemt zich voor om hem goed te wassen en hem aan de uitdragerij te geven. Ze kan zich het jaar niet meer herinneren dat ze de kamerjas gekregen heeft, kan zich niet herinneren dat ze hem heeft uitgepakt, of wat haar reactie was. Ze weet alleen dat het Gogol of Sonia is geweest die hem in een warenhuis in het winkelcentrum heeft uitgezocht, die hem heeft ingepakt zelfs. Dat haar man alleen maar zijn naam en de hare op het van-aan-kaartje heeft geschreven. Ze neemt hem dit niet kwalijk. Zulke hiaten in toewijding, in toegenegenheid, weet ze nu, zijn op de lange duur onbelangrijk. Ze vraagt zich niet langer af hoe het geweest zou zijn om te doen wat haar kinderen hebben gedaan, om eerst verliefd te worden in plaats van na jaren, om maanden of jaren te hebben voor een beslissing in plaats van één middag, de tijd waarin zij en Ashoke hadden besloten met elkaar te trouwen. Het is het beeld van hun beider namen op het kaartje waaraan ze terugdenkt, een kaartje dat ze niet belangrijk genoeg vond om te bewaren. Het herinnert haar aan hun leven samen, aan het onverwachte leven dat hij, door haar tot bruid te kiezen, haar hier gegeven had, en dat zij zoveel jaren geweigerd had te aanvaarden. En hoewel ze zich binnen deze muren in Pemberton Road nog steeds niet helemaal thuis voelt, weet ze dat dit niettemin thuis is – de wereld waarvoor zij verantwoordelijk is, die zij heeft geschapen, die overal om haar heen is en die nu ingepakt moet worden, weggegeven, stukje bij beetje weggegooid. Ze steekt haar vochtige armen in de mouwen van de kamerjas en strikt de ceintuur om haar middel. Hij is haar altijd een beetje te kort geweest, een maatje te klein. Maar hij is wel lekker warm.

Er is niemand op het perron om Gogol af te halen als hij uit de trein stapt. Hij vraagt zich af of hij misschien te vroeg is en kijkt op zijn horloge. In plaats van de stationshal binnen te gaan, gaat hij buiten op een bank zitten wachten. De laatste passagiers stappen in, de treindeuren schuiven dicht. De conducteurs zwaaien naar elkaar met hun seinbordjes, de wielen komen langzaam op gang, de coupés glijden een voor een voorbij. Hij ziet hoe zijn medepassagiers door familieleden worden begroet, gelieven zich zonder een woord in elkaars armen herenigen. Studenten die gebukt onder rugzakken thuiskomen voor de kerstvakantie. Een paar minuten later is het perron weer verlaten, net als de plek waar de trein heeft gestaan. Gogol kijkt nu naar een veld, een paar sprieterige boompjes tegen een kobaltblauwe avondlucht. Hij overweegt of hij naar huis zal bellen, maar besluit dat het geen kwaad kan nog wat langer te wachten. Na de uren in de trein geniet hij van de koelte in zijn gezicht. Hij heeft het grootste deel van de reis naar Boston geslapen en bij aankomst op South Station heeft de conducteur hem wakker gepord; hij was de enig overgebleven passagier in de coupé en de laatste die was uitgestapt. Hij had, behaaglijk opgerold op twee zitplaatsen, geslapen als een roos, met zijn overjas als deken opgetrokken tot zijn kin, en zijn boek ongelezen gelaten.

Hij voelt zich een beetje suf, wat licht in zijn hoofd, want hij heeft sinds de ochtend niets meer gegeten. Aan zijn voeten staat een weekendtas met kleren, een plastic tas van Macy's met cadeautjes die hij eerder die ochtend heeft gekocht voordat hij op Penn Station de trein had genomen. Zijn keuzes zijn ongeïnspireerd – een paar veertienkaraats gouden oorbellen voor zijn moeder, truien voor Sonia en Ben. Ze hebben afgesproken het dit jaar eenvoudig te houden. Hij heeft een week vakantie. Er moet thuis gewerkt worden, heeft zijn moeder hem gewaarschuwd. Zijn kamer moet leeg, alles, maar dan ook alles, moet met hem mee naar New York of weggegooid. Hij moet zijn moeder helpen met pakken, met het regelen van haar financiële zaken. Ze zullen met haar naar Logan rijden en haar zo ver wegbrengen als de bewakingsdienst van het vliegveld maar toestaat. En dan zullen vreemden het huis in bezit nemen en zal niets er nog aan herinneren dat zij er ooit gewoond hebben, geen adres, geen naam in het telefoonboek. Niets dat getuigt van de jaren die zijn familie hier heeft geleefd, niets waaruit blijkt wat een inspanning, wat een prestatie dat is geweest. Het is moeilijk te geloven dat zijn moeder werkelijk weggaat, dat ze maandenlang zo ver weg zal zijn. Hij vraagt zich af hoe zijn ouders het hebben klaargespeeld, hun respectievelijke families achter te laten, ze zo zelden te zien, zonder bloedverwanten in een vreemd land te leven, in een voortdurende staat van verwachting, van verlangen. Al die reizen naar Calcutta waar hij destijds zo'n hekel aan had –

hoe konden die ooit genoeg zijn geweest? Ze waren niet genoeg. Gogol weet nu dat zijn ouders hun leven in Amerika hebben geleefd ondanks datgene wat ze misten, met een uithoudingsvermogen dat hij zelf, naar hij vreest, niet bezit. Hij was jarenlang bezig geweest met afstand te nemen van zijn afkomst, zijn ouders met het zo goed mogelijk overbruggen van die afstand. En toch, ondanks al zijn reserve ten opzichte van zijn familie in het verleden, tijdens zijn jaren als student en daarna in New York, is hij nooit vervreemd van dit stille, doodgewone stadje, dat voor zijn moeder en vader altijd even uitheems is gebleven. Hij was niet in Frankrijk geweest, zoals Moushumi, of zelfs maar in Californië, zoals Sonia. Maar drie maanden lang was hij door meer dan drie kleine staatjes van zijn vader gescheiden geweest, een afstand die Gogol in het geheel niet bezwaarlijk vond, tot het te laat was. Behalve die drie maanden is hij tijdens het grootste deel van zijn volwassen leven nooit meer dan vier uur met de trein van huis verwijderd geweest. En er was behalve zijn familie niets wat hem naar huis trok, waarvoor hij telkens weer die treinreis maakte.

Het was in de trein geweest, precies een jaar geleden, dat hij achter Moushumi's affaire was gekomen. Ze waren onderweg om bij zijn moeder en Sonia Kerstmis te vieren. Ze waren laat uit de stad vertrokken, en buiten de treinramen was het donker, het verontrustende aardedonker van vroege winteravonden. Ze waren midden in een gesprek over wat ze de komende zomer zouden gaan doen, of ze samen met Donald en Astrid een huis in Siena zouden huren, een idee waartegen Gogol zich verzette, toen ze zei: 'Dimitri zegt dat Siena iets uit een sprookje is.' Onmiddellijk was er een hand naar haar mond gegaan en hoorde hij dat ze haar adem inhield. Daarna, stilte. 'Wie is Dimitri?' had hij gevraagd. En toen: 'Heb je een vriend?' De vraag was plotseling bij hem opgekomen, niet iets wat hij vóór dat moment bewust in zijn hoofd had geformuleerd. Hij voelde bijna komisch aan, brandde hem in de keel. Maar toen hij hem stelde wist hij het antwoord al. Hij voelde de kilte van haar heimelijkheid, die hem verlamde als een vergif dat zich snel door zijn aderen verspreidde. Zo had hij zich maar één keer eerder gevoeld, de avond dat hij bij zijn vader in de auto zat en de reden voor zijn naam had vernomen. Die avond had hij dezelfde verbijstering ervaren, dezelfde afkeer gevoeld. Maar hij voelde niets van de tederheid die hij voor zijn vader had gevoeld, alleen de woede, de vernedering van het bedrogen zijn. En toch was hij tegelijkertijd vreemd kalm – op het moment dat zijn huwelijk in feite op de klippen liep, wist hij voor het eerst in maanden wat hij aan haar had. Hij herinnerde zich een avond, weken geleden; toen hij in haar tas naar haar portemonnee had gezocht om de bezorger van het Chinese restaurant te betalen, had hij het doosje met haar pessarium gevonden. Ze vertelde hem dat ze die middag bij de dokter was geweest om het opnieuw passend te laten maken en dus had hij er verder niet meer bij stilgestaan.

Zijn eerste opwelling was om bij het volgende station uit te stappen, om fysiek zo ver mogelijk van haar verwijderd te zijn. Maar ze zaten aan elkaar vast, door de trein, door het feit dat zijn moeder en Sonia hen verwachtten, en zo hadden ze zich dan maar door de rest van de reis heen geslagen, en daarna door het weekend, zonder iemand iets te zeggen en te doen alsof er niets aan de hand was. In bed in het huis van zijn ouders vertelde ze hem midden in de nacht het hele verhaal, hoe ze Dimitri tijdens een busreis had leren kennen, hoe ze zijn curriculum vitae in de postmand gevonden had. Ze bekende dat Dimitri haar naar Palm Beach had vergezeld. Een voor een borg hij de stukjes onwelkome, onvergeeflijke informatie in zijn hoofd op. En voor het eerst van zijn leven had Gogol het met de naam van een andere man moeilijker dan met zijn eigen naam.

De dag na Kerstmis vertrok ze uit Pemberton Road, met het excuus aan zijn moeder en Sonia dat een sollicitatie bij de Modern Language Association op het laatste moment toch nog een afspraak had opgeleverd. Maar in werkelijkheid was het een smoes, zij en Gogol hadden besloten dat zij maar het beste alleen naar New York terug kon gaan. Toen hij in het appartement terugkeerde, waren haar kleren, haar make-up en badkamerspullen verdwenen. Het leek wel of ze weer op reis was. Maar ditmaal kwam ze niet meer terug. Ze wilde niets van het korte leven dat ze samen hadden gehad; toen ze nog een laatste keer op zijn kantoor verscheen, een paar maanden later, om hem de echtscheidingspapieren te laten tekenen, vertelde ze hem dat ze naar Parijs terugging. En dus, systematisch, zoals hij het bij zijn gestorven vader had gedaan, verwijderde hij haar bezittingen uit het appartement, zette hij 's nachts haar boeken in dozen op het trottoir, waar iedereen ze kon meenemen, en gooide hij de rest weg. In het voorjaar ging hij in zijn eentje een week naar Venetië, het reisje dat hij samen met haar had willen maken, en zoog zich vol met de eeuwenoude, melancholieke schoonheid van die stad. Hij verloor zich in de donkere, smalle, door talloze bruggetjes verbonden straten, ontdekte verlaten pleintjes waar hij Campari of koffie dronk en schetste de gevels van roze en groene paleizen en kerken, zonder ooit precies zijn weg terug te kunnen vinden.

En daarna keerde hij terug naar New York, naar het appartement waar ze samen hadden gewoond en dat nu helemaal van hem alleen was. Een jaar later is de schok weggeëbd, maar een gevoel van mislukking en schaamte is gebleven, hardnekkig en diep. Het komt nog steeds voor dat hij 's avonds op de bank ongewild in slaap valt, en om drie uur 's nachts wakker wordt met de televisie nog aan. Het is alsof een gebouw voor het ontwerp waarvan hij verantwoordelijk is, voor het oog van de hele wereld is ingestort. En toch kan hij haar eigenlijk niets verwijten. Ze hebben beiden volgens dezelfde drijfveer gehandeld, dat is hun fout geweest. Ze hebben beiden troost bij elkaar gezocht, en bij hun gezamenlijke wereld, misschien vanwege het nieuwtje, of misschien uit angst dat die wereld aan het verdwijnen was. Niettemin vraagt hij zich af hoe dit allemaal heeft kunnen gebeuren: hij is tweeëndertig jaar oud en al getrouwd geweest en gescheiden. Zijn tijd met haar lijkt een permanent deel van hem dat er niet meer toe doet, dat geen geldigheid meer bezit. Alsof die tijd een naam is die hij niet meer gebruikt.

Hij hoort de vertrouwde piep van zijn moeders auto, ziet hem de parkeerplaats oprijden. Sonia zit achter het stuur, ze wuift. Naast haar zit Ben. Dit is de eerste keer dat hij Sonia ziet sinds zij en Ben hun verloving hebben bekendgemaakt. Hij neemt zich voor haar te vragen even te stoppen bij een slijterij, zodat hij champagne kan kopen. Ze stapt uit de auto en komt naar hem toe. Ze is inmiddels advocaat en werkt op een kantoor in het Hancock-gebouw. Ze heeft nu halflang haar. Ze heeft een oud blauw donsjack aan dat Gogol in zijn highschooltijd nog gedragen heeft. En toch is er een nieuwe rijpheid in haar gezicht; hij kan zich haar moeiteloos voorstellen, over een paar jaar, met twee kinderen op de achterbank. Ze omhelst hem. Even staan ze daar met hun armen om elkaar heen in de kou. 'Welkom thuis, Goggles,' zegt ze.

Voor de laatste keer zetten ze de twee meter hoge kunstboom in elkaar, waarvan de takken aan de uiteinden van een kleurcode zijn voorzien. Gogol haalt de doos uit de kelder. Al twintig jaar is de gebruiksaanwijzing zoek; ieder jaar moeten ze weer uitvinden waar de takken precies moeten komen, de langste onder, de kortste boven. Sonia houdt de stam vast, terwijl Gogol en Ben de takken monteren. Eerst komen de oranje takken, dan de gele, dan de rode en het laatst de blauwe. Het topje reikt enigszins krom naar het witte, gespikkelde plafond. Ze zetten de boom voor het raam en doen, even opgetogen als toen ze nog kinderen waren, de gordijnen open, zodat de voorbijgangers hem kunnen zien. Ze tuigen hem op met versiersels die Sonia en Gogol nog op de basisschool hebben gemaakt: kandelaars van vouwpapier, godsogen van lollystokjes en gekleurde breiwol, dennenappels met glittertjes. Een kapotte Banarasi-sari van Ashima wordt om de voet gewonden. Op het topje komt zoals elk jaar een plastic vogeltje bekleed met turkooizen fluweel, met pootjes van bruin ijzerdraad.

Kousen worden aan spijkers aan de schoorsteenmantel gehangen; de kous die vorig jaar voor Moushumi was, is nu voor Ben. Ze drinken de champagne uit piepschuimen bekertjes – ook Ashima moet eraan geloven – en ze spelen de kerstcassette van Perry Como waar zijn vader altijd van genoot. Ze plagen Sonia door Ben te vertellen van de keer dat ze haar kerstcadeautjes geweigerd had nadat ze aan de universiteit een college hindoeïsme had gevolgd en bij thuiskomst had betoogd dat ze geen christenen waren. Morgenochtend zal zijn moeder, getrouw aan de regels van Kerstmis die haar kinderen haar, toen ze klein waren, hebben geleerd, vroeg opstaan en de kousen vullen met cd-bonnen, zuurstokken, netjes met chocoladegeld. Hij kan zich nog herinneren dat zijn ouders voor de eerste keer, op zijn aandringen, een boom in huis hadden gehaald, een plastic gevalletje ter grootte van een tafellamp, dat op de schoorsteenmantel werd gezet. En toch had de aanwezigheid ervan als iets reusachtigs aangevoeld. Hij was er helemaal weg van geweest. Hij had hun gesmeekt het ding in de drugstore te kopen, en hij weet nog dat hij het onhandig had opgetuigd met slingers en engelenhaar en een snoer lichtjes waar zijn vader nerveus van werd. Elke avond zat Gogol daar, tot zijn vader binnenkwam en de stekker eruittrok zodat het boompje zich in duister hulde. Hij herinnert zich het ene pakje dat hij gekregen had, een stukje speelgoed dat hij zelf had uitgezocht en dat zijn moeder had betaald nadat ze hem had gevraagd bij de wenskaarten te gaan staan. 'Weet je nog dat we toen die vreselijke gekleurde knipperlichtjes gebruikten?' vraagt zijn moeder nu, als ze klaar zijn, hoofdschuddend. 'Ik wist toen echt van niets.'

Om halfacht wordt er gebeld, en door de open voordeur stromen mensen en koude lucht het huis in. Gasten praten in het Bengaals, roepen, kibbelen, overschreeuwen elkaar en vullen met hun uitgelatenheid de al overvolle kamers. De vleesballen pruttelen in de olie en worden op bordjes met een rode-uiensalade gegarneerd. Sonia serveert ze met papieren servetjes erbij. Ben, de toekomstige *jamai*, wordt aan alle gasten voorgesteld. 'Ik onthou al die namen nooit,' vertrouwt hij Gogol op een gegeven moment toe. 'Maak je geen zorgen, dat is ook helemaal niet nodig,' antwoordt Gogol. Deze mensen, deze ere-tantes en ere-ooms met een dozijn verschillende achternamen hebben Gogol zien opgroeien, hebben hem omringd op zijn bruiloft, zijn vaders rouwceremonie. Hij belooft contact met hen te houden nu zijn moeder weggaat, hen niet te vergeten. Sonia toont haar ring, een smaragd omgeven door zes diamantjes, aan de mashi's in hun rode en groene sari's. 'Je zult voor de bruiloft je haar moeten laten groeien,' waarschuwen ze haar. Een van de mesho's pronkt met een kerstmannenmuts. Ze zitten in de woonkamer, op het meubilair en op de vloer. De kinderen zoeken het souterrain op, de oudere gaan naar boven. Hij ziet dat ze zijn oude Monopolyspel tevoorschijn hebben gehaald. Het bord is in tweeën, de raceauto ontbreekt sinds Sonia hem in de plintconvector heeft laten vallen toen ze klein was. Gogol weet niet bij wie deze kinderen horen – de gasten zijn voor de helft mensen met wie zijn moeder pas de laatste jaren bevriend is geraakt, mensen die op zijn bruiloft zijn geweest maar die hij niet herkent. Hij hoort mensen zeggen hoeveel ze van Ashima's feestjes op kerstavond zijn gaan houden, dat ze die de laatste jaren hebben gemist, dat het zonder haar niet meer zo gezellig zal zijn. Ze zijn op haar gaan leunen, beseft Gogol, als degene die hen bij elkaar brengt, deze feestdag voor hen organiseert en voor hen vertaalt, die deze traditie introduceert bij hen die hier nieuw zijn. Voor zijn gevoel is het altijd iets geadopteerds geweest, iets dat bij toeval is ontstaan, een viering die eigenlijk nooit de bedoeling is geweest. En toch was het voor hem en voor Sonia dat zijn ouders zich de moeite hadden getroost zich deze gebruiken eigen te maken. Het was ter wille van hen beiden dat dit alles zover was gekomen.

In zoveel opzichten komt het leven van zijn familie hem als een reeks toevallige, onvoorziene, onbedoelde gebeurtenissen voor, waarin uit het ene incident het volgende werd geboren. Het was begonnen met het treinongeluk van zijn vader, dat hem eerst had verlamd en later had geïnspireerd om zo ver mogelijk weg te gaan, om aan de andere kant van de wereld een nieuw leven te beginnen. Dan was er de verdwijning van de naam die Gogols grootmoeder voor hem had gekozen, zoekgeraakt in de post, ergens tussen Calcutta en Cambridge. Vervolgens had dit weer geleid tot de samenloop van omstandigheden die hem de naam Gogol had bezorgd, die hem zoveel jaren had getekend en gekweld. Hij had geprobeerd dat toeval, die vergissing, te corrigeren. Maar het was hem niet gelukt om zichzelf helemaal opnieuw uit te vinden, om zich van die ongelukkige naam te bevrijden. Ook zijn huwelijk was tot op zekere hoogte een misstap geweest. En de manier waarop zijn vader hun was ontvallen, dat was het allergrootste ongeluk geweest, alsof het voorbereidende werk van de dood al langgeleden was gedaan, in de nacht dat hij bijna gestorven was, en dat hem niets anders meer restte dan op een dag stilletjes heen te gaan. Toch hebben deze gebeurtenissen Gogol gevormd, hem gemaakt tot wat hij is, tot wie hij is. Het waren dingen die je onmogelijk had kunnen voorzien, maar die je de rest van je leven bleef overdenken en probeerde te verklaren, te begrijpen, te aanvaarden. Dingen die nooit hadden moeten gebeuren, die misplaatst leken en verkeerd, die wonnen het op den duur, die bleven je bij.

'Gogol, de camera,' roept zijn moeder boven het lawaai uit. 'Wil je vanavond wat foto's nemen? Ik wil deze kerst graag onthouden. Volgend jaar om deze tijd ben ik zo ver hiervandaan.' Hij gaat naar boven om zijn vaders Nikon te halen, die nog op de bovenste plank van Ashokes kleerkast staat. Verder is de kast vrijwel leeg. Aan de stang hangen geen kleren meer. De leegte grijpt hem aan, maar de camera voelt stevig, vertrouwd in zijn handen. Hij neemt hem mee naar zijn kamer om er een nieuwe batterij in te doen, en een nieuwe film. Vorig jaar hebben Moushumi en hij nog in de logeerkamer geslapen, in het tweepersoonsbed, met op het dressoir de gevouwen badhanddoeken met het stuk zeep erop die zijn moeder altijd klaarlegde voor de gasten. Maar nu Sonia er is met Ben, is de logeerkamer voor hen en heeft Gogol weer zijn eigen kamer, met een bed dat hij nooit met Moushumi of iemand anders heeft gedeeld.

Het bed is smal en bedekt met een effen bruine sprei. Als hij rechtop staat, kan hij bij de witte matglazen plafonnière, die vol dode nachtvlinders zit. Op de muren is nog te zien waar het cellotape gezeten heeft waarmee hij zijn posters bevestigd had. Hier heeft hij onder de stoffige zwarte zwanenhalslamp zijn huiswerk gemaakt. Op de vloer ligt een dun, pauwblauw kleed, een ietsje te groot, zodat het aan één kant tegen de muur opkrult. De kastplanken en laden zijn nagenoeg leeg. Allerhande ongewenste zaken zitten al in dozen: opstellen die hij als highschoolleerling heeft geschreven, onder de naam Gogol. Een op de basisschool gemaakt verslag over Griekse en Romeinse bouwkunst, geïllustreerd met Korinthische, Ionische en Dorische zuilen die hij uit een encyclopedie heeft overgetrokken. Pen-en-potloodsetjes van Cross, grammofoonplaten die hij twee keer beluisterd heeft en daarna nooit meer, kleren die te groot waren of te klein – die het nooit waard leken te worden meegenomen naar de steeds krappere appartementen die hij in de loop der jaren had bewoond. Al zijn oude boeken – de boeken die hij bij een zaklantaarn onder de dekens las en de verplichte boeken voor zijn lijst, maar voor de helft gelezen, sommige met gele 'tweedehands'-stickers op de rug. Zijn moeder gaat ze allemaal cadeau doen aan de bibliotheek waar ze heeft gewerkt, voor de jaarlijkse boekverkoping die ze in het voorjaar houden. Ze heeft hem gevraagd ze allemaal nog een keer te bekijken, voor het geval er nog boeken bij zijn die hij zelf wil houden. Hij snuffelt wat in de doos. *De Zwitserse familie Robinson. On the Road. Het Communistisch Manifest. How to Get into an Ivy League School.*

En dan is er nog een ander boek, nooit gelezen, lang vergeten, dat zijn aandacht trekt. Het stofomslag ontbreekt, de titel op de rug is nog maar nauwelijks te lezen. Het is een dik boek in linnen band, bedekt met het stof van jaren. De ivoorkleurige bladzijden zijn zwaar, ruiken iets zurig, voelen zijdezacht aan. De rug kraakt zachtjes als hij het boek opent op de titelpagina. *De korte verhalen van Nikolaj Gogol.* 'Voor Gogol Ganguli', staat er op het voorste schutblad in rode balpeninkt in zijn vaders rustige hand. De letters klimmen geleidelijk, optimistisch, naar de rechterbovenhoek van de bladzijde. 'De man die jou zijn naam heeft gegeven, van de man die jou jouw naam heeft gegeven,' staat er tussen aanhalingstekens. Onder de opdracht, die hij nooit eerder heeft gezien, staat zijn geboortedatum, en het jaar, 1982. Zijn vader stond daar in de deuropening, een armlengte van waar hij nu zit. Hij was weggegaan om hem de opdracht zelf te laten ontdekken, nooit had hij Gogol gevraagd wat hij vond van het boek, nooit had hij het meer ter sprake gebracht. Het handschrift herinnert hem aan de cheques die zijn vader hem zijn hele studietijd en nog jaren daarna was blijven geven, om wat meer armslag te hebben, om een borgsom te betalen, om zijn eerste kostuum te kopen, soms zonder bepaalde reden. De naam die hij zozeer had verfoeid, hier verborgen en bewaard – dat was het eerste dat zijn vader hem had gegeven.

De gevers en bewaarders van Gogols naam zijn nu ver van hem vandaan. Eén is er dood. Een andere, een weduwe, staat op het punt om, net als zijn vader, naar een andere wereld te vertrekken. Ze zal hem bellen, eens per week. Ze gaat leren e-mailen, zegt ze. Een of twee keer per week zal hij 'Gogol' horen door de telefoon, het getypt zien op een scherm. En al die mensen die nu hier in huis zijn, als die mashi's en mesho's voor wie hij nog steeds Gogol is en altijd Gogol zal zijn – hoe vaak zal hij die, als zijn moeder weg is, nog zien? Als er geen mensen meer in de wereld zijn die hem Gogol noemen, zal Gogol Ganguli, hoe lang hij zelf ook nog zal leven, van de lippen van al die hem dierbaar zijn verdwijnen, en daarmee ophouden te bestaan. Maar de gedachte aan dit uiteindelijke verscheiden schenkt hem geen gevoel van overwinning, geen troost. Het schenkt geen enkele troost.

Gogol staat op en sluit de deur van zijn kamer voor het feestgedruis dat onder hem aanzwelt, het geschater van de spelende kinderen in de gang. Hij installeert zich in kleermakerszit op het bed. Hij slaat het boek open, bekijkt een portret van Nikolaj Gogol en leest op de bladzijde ernaast de chronologie van zijn leven. Geboren op 20 maart 1809. Dood van zijn vader, 1825. Publiceert zijn eerste verhaal, 1830. Reist naar Rome, 1837. Sterft in 1852, een maand voor zijn drieënveertigste verjaardag. Nog tien jaar, dan is Gogol Ganguli ook zo oud. Hij vraagt zich af of hij nog een keer zal trouwen, of hij ook eens een kind een naam zal geven. Over een maand begint hij aan een nieuwe baan bij een kleiner architectenbureau waar hij zijn eigen ontwerpen kan maken. Er bestaat een kans dat hij daar op den duur partner wordt, dat de firma mede zijn naam gaat dragen. En in dat geval zal Nikhil voortleven, publiekelijk gevierd, in tegenstelling tot Gogol, die, opzettelijk weggemoffeld, juridisch ontkracht, nu vrijwel ter ziele is.

Hij gaat naar het eerste verhaal. 'De mantel'. Over een paar minuten komt zijn moeder hem boven zoeken. 'Gogol,' zal ze zeggen, zonder kloppen binnenkomend, 'waar is de camera? Waar blijf je toch?' 'Er is nu geen tijd voor boeken,' zal ze, met een haastige blik op het geopende boek op de dekens, mopperen, zich er, evenmin als haar zoon al die jaren, van bewust dat haar echtgenoot zich discreet, zwijgend, geduldig, tussen de bladzijden ophoudt. 'Er is beneden een feest aan de gang, mensen om mee te praten, eten in de oven dat eruit moet, dertig glazen water te vullen en op het dressoir te zetten. Denk eraan dat we hier nooit meer allemaal bij elkaar zullen zijn. Had je vader maar een beetje langer bij ons kunnen blijven,' zal ze zeggen en het dan heel eventjes te kwaad krijgen. 'Maar kom nou, de kinderen zitten al onder de boom.'

Hij zal zich verontschuldigen, het boek wegleggen, een hoekje van de bladzijde omvouwen om later te weten waar hij gebleven is. Hij zal met zijn moeder de trap afgaan en zich in het feestgewoel begeven, voor de laatste keer foto's nemen van de mensen in het leven van zijn ouders, opeengepakt op banken, met borden op hun schoot, etend met hun handen. Ten slotte zal hij op aandringen van zijn moeder ook gaan eten, zittend op de vloer met gekruiste benen, en met de vrienden van zijn ouders praten, over zijn nieuwe baan, over New York, over zijn moeder, over de bruiloft van Sonia en Ben. Na het eten zal hij Sonia en Ben helpen laurierbladen, lamsbotjes en kaneelstokken van de borden te schrapen en die op het aanrecht en twee pitten van het fornuis te stapelen. Hij zal zijn moeder zien doen wat zijn vader aan het eind van elk feest altijd deed: fijnbladige lopchu-thee in twee ketels doen. Hij zal haar het overgebleven eten zien weggeven, met pan en al. Naarmate de avond vordert, zal hij ongeduriger worden, gaan verlangen naar zijn eigen kamer, alleen willen zijn, om het boek te lezen dat hij vroeger heeft versmaad, dat hij tot nu toe verwaarloosd heeft. Nog maar een ogenblik geleden leek het voorbestemd om voorgoed uit zijn leven te verdwijnen, maar hij heeft het bij toeval gered, zoals zijn vader veertig jaar geleden uit een verpletterde trein was gered. Hij leunt achterover tegen het hoofdeinde van het ledikant en stopt een kussen in zijn rug. Over een paar minuten zal hij naar beneden gaan en zich voegen bij de feestvierenden, zijn familie. Maar voorlopig is zijn moeder afgeleid, lacht ze om een verhaal dat een vriend haar vertelt, is ze de afwezigheid van haar zoon vergeten. Voorlopig begint hij te lezen.

VERANTWOORDING

Ik wil graag de John Simon Guggenheim Foundation bedanken voor haar ruimhartige steun. Mijn hartelijke dank gaat ook uit naar Susan Choi, Carin Clevidence, Gita Daneshjoo, Samantha Gillison, Daphne Kalotay, Cressida Leyshon, Heidi Pitlor, Janet Silver, Eric Simonoff en Jayne Yaffe Kemp.

Ik heb bij het schrijven van deze roman gebruikgemaakt van *Nikolai Gogol* van Vladimir Nabokov en *Gogol* van Henri Troyat.

J.L.

Met haar debuut *Een tijdelijk ongemak* won Jhumpa Lahiri de Pulitzer Prize en vestigde haar naam als een van de meest veelbelovende hedendaagse schrijvers. Op elegante en geraffineerde wijze toont ze het leven van Indiase migranten in de Verenigde Staten. Ze beschrijft hun emotionele reis die tot ver over landsgrenzen en generaties reikt.

'Een volmaakt debuut dat terecht meteen belangrijke literaire prijzen kreeg.' *NRC Handelsblad*

ISBN 978 90 290 8218 1
€ 17,95

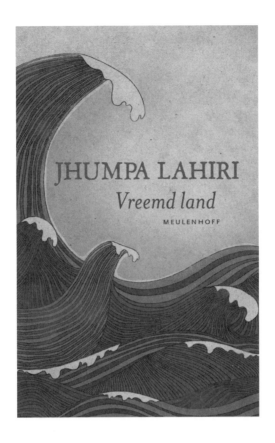

In acht opmerkelijke verhalen waarbij ze de lezer meeneemt naar Cambridge, Seattle, India en Thailand onderzoekt Jhumpa Lahiri de complexiteit van familiebanden en het leven tussen twee culturen. Uitzonderlijk mooi van toon, rijk, kristalhelder, elegant, wijs, gevoelig en subtiel: met *Vreemd land* bewijst Lahiri dat ze een van de beste schrijvers van haar generatie is.

'Het beste boek van het jaar.' *de Volkskrant*

ISBN 978 90 290 8129 0
€ 19,95